Lisa Renee Jones

Zodius

Ein Sturm zieht auf

LISA RENEE JONES

ZODIUS

EIN STURM ZIEHT AUF

Roman

Ins Deutsche übertragen von
von Helga Köller

LYX
EGMONT

Die Originalausgabe erschien 2011 unter dem Titel
The Legend of Michael bei Sourcebooks, Inc.

Deutschsprachige Erstausgabe März 2013 bei LYX
verlegt durch EGMONT Verlagsgesellschaften mbH,
Gertrudenstraße 30–36, 50667 Köln

1. Auflage
Redaktion: Catherine Beck
Satz: Greiner & Reichel, Köln
Printed in Germany (671575)
ISBN 978-3-8025-8842-6

www.egmont-lyx.de

Dieses Buch ist Diego Harrison gewidmet.
Deine Hilfe ist unübertroffen und grenzenlos,
deshalb scheint mir ein einfaches »Danke« unangemessen.
Eines Tages zahle ich dir alles in Comicheften zurück,
vorläufig wirst du dich mit meiner Liebe begnügen müssen.

Glossar

Area 51
Eine andere Bezeichnung für Groom Lake.

Bindungsprozess
Die körperliche Verbindung zwischen Mann und Frau wird als Lebensband bezeichnet, sie besteht auf Lebenszeit und über den Tod hinaus. Tritt bei einem Partner der Tod ein, so stirbt auch der andere. Die Verbindung ermöglicht dem GTECH die Fortpflanzung und verleiht der Frau dieselben körperlichen Fähigkeiten wie ihrem Partner. Nach dem ersten Geschlechtsverkehr erscheint am Nacken der Frau das Bindungssymbol, ein tattooähnlicher doppelter Kreis. Um die physische Wandlung der Frau zum GTECH abzuschließen, muss ein Blutaustausch vorgenommen werden, dem sich das Paar freiwillig unterziehen kann. Die Frau erleidet während des Bindungsprozesses Schmerzen und wird krank.

Bindungssymbol
Ein doppelter tattooähnlicher Kreis, der nach dem ersten sexuellen Kontakt mit einem GTECH am Nacken der Frau erscheint. Nur Frauen, die für ein Lebensband mit einem GTECH vorherbestimmt sind, tragen das Symbol. Nach Erscheinen des Symbols verspürt die Frau ein Kribbeln, sobald sich ihr Lebensband nähert.

Blutaustausch

Nach Erscheinen des Symbols können sich die Paare diesem Teil des Bindungsprozesses freiwillig unterziehen. Der Blutaustausch bildet den Abschluss der weiblichen Wandlung zum GTECH und verbindet zwei Lebensbänder sowohl im Leben als auch im Tod (siehe auch Bindungsprozess).

Dreamland

Auch wenn Groom Lake/Area 51 von den Renegades oftmals als Dreamland bezeichnet wird, handelt es sich um einen fingierten Militärstützpunkt, den General Powell achtzig Meilen außerhalb von Area 51 eröffnete, um die Zodius zu bekämpfen, die Area 51 überrannten.

Green Hornet

Ein spezielles, äußerst kraftvolles Projektil, das nicht nur menschliches Muskelgewebe und Knochen zerfetzt, sondern auch den hauchdünnen Körperpanzer durchdringt, den sowohl die Zodius als auch Renegades tragen. Keine andere Munition ist dazu in der Lage.

Groom Lake

Auch Area 51 genannt. Projekt Zodius führte auf diesem Stützpunkt Experimente mit außerirdischer DNS durch. Später rissen Zodius-Rebellen den Stützpunkt gewaltsam an sich.

GTECH

Supersoldaten, die von Projekt Zodius erschaffen wurden und sich später in zwei Gruppierungen spalteten: Zodius und Renegades. GTECHs sind stärker, schneller und gewandter als Menschen. Ihre Wunden heilen rasend schnell, zudem beherrschen sie das Windwalking. Die Sterblichkeitsrate unter den GTECHs ist gering. Im Laufe der Zeit entwickeln viele GTECHs besondere, einzigartige Gaben wie Telepathie und die Kommunikation mit Tieren.

GTECH-Körperpanzer

Ein hauchdünner, äußerst leichter und elastischer Schutzanzug, der wie eine zweite Haut sitzt. Das Gewebe wird anhand einer außerirdischen Technologie hergestellt, die man in den Fünfzigerjahren an einer Absturzstelle entdeckte. Bevor Green Hornet konzipiert wurde, war keine herkömmliche Munition in der Lage, den Panzer zu durchdringen.

GTECH-Serum

Das Serum wurde aus der außerirdischen DNS gewonnen, die man in den Fünfzigerjahren an einer Absturzstelle zusammengetragen und für die Erzeugung von GTECHs genutzt hat. Die Originalprobe wurde vernichtet. Da es nicht möglich ist, die außerirdische DNS zu reproduzieren, kann das Serum erst wieder generiert werden, wenn neue wissenschaftliche Erkenntnisse vorliegen. Das restliche Serum verschwand, als die GTECH-Rebellen namens Zodius-Soldaten Area 51/Groom Lake an sich rissen. Das GTECH-Serum kann nicht aus GTECH-DNS gewonnen werden. Man hat sich erfolglos darum bemüht.

Neonopolis

Die Satellitenstation der Renegades in Las Vegas. Abseits der Las Vegas Avenue gelegen und im Untergeschoss des Neonopolis Entertainment Komplexes versteckt.

PMI oder »Private Military Intelligence«

Ein von General Powell, dem Offizier, der Projekt Zodius ins Leben rief, geführtes Unternehmen. PMI dient als Deckmantel für die Top-Secret-Projekte des Militärs, über die die Regierung nicht offiziell Protokoll führen möchte.

Projekt Zodius
Codename der streng geheimen Operation der Regierung, für die man zweihundert Soldaten zu einem Sondereinsatz auf Groom Lake (Area 51) verpflichtete. Die Soldaten erhielten eine Injektion, die man als Impfung deklarierte; in Wahrheit handelte es sich um außerirdische DNS.

Red Dart
Ein roter Kristall, der in den Fünfzigern an derselben UFO-Absturzstelle entdeckt wurde wie die GTECH-DNS. Der Kristall stößt einen roten Laserstrahl aus, der in den Blutkreislauf eindringt und dort dauerhaft einen Peilsender installiert, der empfindlich auf Schallwellen reagiert. Diese Schallwellen ermöglichen die Folter und Kontrolle der GTECHs. Die Versuche des US-Militärs mit Red Dart sind bisher alle tödlich verlaufen.

Renegade-Soldat
Ein GTECH, der die Menschheit beschützt und sich den Rebellen namens Zodius widersetzt. Die Renegades unterstehen der Führung von Adam Rains Zwillingsbruder Caleb Rain.

Schutzschirm
Eine geistige Schranke, die ein GTECH errichtet, um seine psychischen Rückstände vor Trackern zu verbergen.

Stardust
Eine außerirdische Substanz, die in menschlichem Blut nicht nachgewiesen werden kann und Hirnaneurysmen auslöst.

Sunrise City
Der Hauptsitz der Renegades. Eine fortschrittliche, unterirdische Stadt, im Sunrise Mountain Gebirge in Nevada.

Tracker
GTECHs mit der besonderen Gabe, die psychischen Rückstände anderer GTECHs oder menschlicher Frauen aufspüren zu können, die Sex mit einem GTECH hatten. Wenn eine Frau solche Rückstände besitzt, kann nur ihr Lebensband sie vor Trackern abschirmen.

Windwalking
Das Vermögen, im Wind zu entschwinden wie Nebel in der Atmosphäre und unsichtbar weite Strecken mit rasanter Geschwindigkeit zurücklegen zu können.

X2-Gen
Ein Gen, das bei einigen, jedoch nicht allen GTECHs bis zum fünfzehnten Monat nach Injektion des Serums zutage treten kann.

Zodius City
Noch bekannt als der streng geheime US-Militärstützpunkt, oftmals auch Area 51 oder Groom Lake genannt; in Nevada gelegen. Unter der Führung von Adam Rain von den GTECH-Rebellen ergriffen. Diese Basis beherbergt über- und unterirdisches Areal.

Zodius-Soldat
GTECH-Rebell, der Adam Rains Kommando untersteht, dem Anführer der Rebellenbewegung. Adam beabsichtigt, die Weltherrschaft zu ergreifen.

Erster Teil

WIE ALLES BEGANN …

1

Nevadas Area 51 spielte nicht nur in den Verschwörungstheorien, die man mit der Regierung in Verbindung brachte, eine Rolle, sondern war nun auch offiziell ihre neue Heimat. Eine gute Stunde vor Sonnenaufgang fuhr Cassandra Powell auf den Parkplatz des Militärgeländes abseits der Abschussrampe, die zu den streng geheimen, unterirdischen Einrichtungen führte. Dort befand sich die Einführung des Supersoldaten-Programms von Projekt Zodius GTECH seit einem Jahr in Arbeit. Die Fahrt von ihrer neuen, auf dem Stützpunkt gelegenen Wohnung hatte sage und schreibe drei Minuten gedauert, womit sie sich angesichts der unmenschlichen Arbeitszeiten des Militärs durchaus arrangieren konnte. Der schlichte grüne Uniformrock und die Jacke – die trotz ihres Aufgabengebiets vorgeschrieben waren – schienen ebenfalls brauchbar zu sein. Das klapprige Bett hingegen weniger. Wenigstens hatte es einen brauchbaren Tischersatz für den Laptop abgegeben, um die ganze Nacht darauf lesen zu können.

Da sie den neuen Job erst vor drei Tagen angetreten hatte – sie übernahm die Leitung der Klinischen Psychologie, deren früherer Chef in eine andere Abteilung gewechselt war –, lag noch reichlich Arbeit vor ihr. Der frühere Fachbereich hatte nicht mal ein Viertel der Untersuchungen durchgeführt, die Cassandra als ausschlaggebend erachtete, um die Soldaten präzise evaluieren zu können. Obwohl der therapeutische Aspekt nicht in ihren Verantwortungsbereich fiel, war sie alles andere als begeistert von den Aussichten. Bestimmt würde sie sich durchkämpfen müssen.

Mit jeder Menge Akten in den Händen stieg sie aus ihrem roten VW Käfer und schlug die Tür mit einem Schubs aus der Hüfte zu. Nach gerade einmal zwei Schritten frischte der Wind auf, ließ ihr die Jacke um die Hüfte flattern und löste ihren im Nacken gebundenen Knoten.

Nach den losen Haarsträhnen fuchtelnd, blieb sie wie angewurzelt stehen und blinzelte ungläubig. Im heißen Augustwind materialisierten sich vier Männer in schwarzer Tarnkleidung beim Fahrstuhl auf der anderen Seite des weitläufigen Parkplatzes. Sie schnappte nach Luft und versuchte, ihr rasendes Herz zu beruhigen. Offensichtlich war sie doch nicht so gut auf die Erscheinung von GTECH-Supersoldaten vorbereitet, wie sie gedacht hatte. Oder zumindest nicht auf die Eigenschaft, die in ihren Akten »Windwalking« genannt wurde. Es war eine Sache, über übermenschliche Kräfte und Schnelligkeit zu verfügen, aber mit dem Wind reisen zu können, war regelrecht gruselig – was man auch vom Parkplatz behaupten konnte, als die vier Männer im Fahrstuhl verschwanden.

Cassandra wollte ihn noch erwischen und setzte sich in Bewegung, kam jedoch nur zwei Schritte weit, als ein anderer Mann am Lift erschien, diesmal ohne vorwarnende Bö. Heiliger Strohsack, von diesem hinterhältigen kleinen Trick hatte sie noch nie gehört. Die Soldaten der Spezialeinheit wurden ohnehin schon als tödliche Waffen bezeichnet, doch jene Männer, und dieser im Besonderen, brachten das Ganze auf ein vollkommen neues Niveau.

In der Hoffnung, nicht bemerkt zu werden, ließ sich Cassandra ein gutes Stück vom Gebäude entfernt zurückfallen – doch so viel Glück war ihr nicht beschieden. Der Soldat drückte den Fahrstuhlknopf, drehte sich um und winkte sie heran. O nein. Nein. Sie wollte noch niemandem begegnen. Zumindest nicht, bevor nicht einige Dinge geregelt waren.

Hektisch hantierte Cassandra mit den Akten und riss ihr Handy aus der Handtasche, um eine Ausrede zu haben, sein Angebot auszuschlagen. Das Telefon in die Luft gestreckt, winkte sie ab. Als sich die Türen öffneten, zögerte er kurz, trat schließlich ein und verschwand im Lift.

Cassandra setzte sich in Bewegung, fest entschlossen, den verflixten Aufzug zu erwischen, bevor noch ein Soldat aufkreuzte. Kaum in der Kabine angekommen, schlug sie sogleich die Akte über das Windwalking auf – eine gute Ablenkung vom gesamten unterirdischen, luftschutzbunkerartigen Arbeitsplatz, der ihr ein gewisses Unbehagen einflößte.

Mit gesenktem Kopf in ihre Lektüre vertieft, flitzte Cassandra aus dem Fahrstuhl, kaum dass sich die Türen geöffnet hatten, und rannte direkt gegen eine muskelbepackte, steinharte Brust. Sie schnappte nach Luft, Papiere flogen in alle Richtungen, und starke Hände packten ihre Arme, um sie vor einem Sturz zu bewahren. Sie sah auf und blickte in die schönsten kristallblauen Augen, die sie je gesehen hatte. Schluckend bemerkte sie das lange schwarze, im Nacken gebundene Haar statt des üblichen Bürstenhaarschnitts; ein untrügliches Zeichen dafür, dass der Mann der Spezialeinheit angehörte. Er könnte einer von den zweihundert GTECH-Soldaten sein, die auf dem Stützpunkt lebten. *Ein Windwalker*, dachte sie, noch immer in Ehrfurcht vor dem, was sie über Tage gesehen hatte.

»Entschuldigung. Ich habe nicht aufgepasst, wohin ich …« Das letzte Wort blieb unausgesprochen, denn ihr Mund war staubtrocken, als sie plötzlich merkte, dass sich ihre Beine fest an seinen Wüstentarnanzug pressten und der biedere Armeerock halb den Oberschenkel hinaufgerutscht war. »Oh!«

Rasch trat sie einen Schritt zurück und rückte den Rock hektisch zurecht. Gerade mal drei Tage am neuen Arbeitsplatz, und schon zog sie eine Show ab. Sie schlug sich die Hand vor die Stirn. »Eigentlich weiß ich, dass man beim Gehen nicht lesen sollte. Ich hoffe, ich habe Ihnen nicht wehgetan?« Als ihr Blick an dem über einen Meter achtzig großen, unglaublich heißen, nur aus stählernen Muskeln und Chaos bestehenden Mann hinaufwanderte, zog er eine Augenbraue hoch, und sie begriff, wie lächerlich ihre Frage war. Sie musste selbst lachen und war dabei untypisch nervös. Barfuß maß sie einen Meter zweiundsechzig – auf Zehenspitzen zumindest – und ging jede Wette ein, dass dieser Kerl mindestens dreißig Zentimeter über ihr emporragte. »Okay. Ich hab Ihnen also nicht wehgetan. Aber es tut mir trotzdem leid.«

Er sah ungerührt auf sie hinab, die kantigen Linien seiner Wangenknochen und der eckige Kiefer blieben ausdruckslos. Nur in den auffallend blauen Augen entdeckte sie ein leichtes Flackern, das sie für Belustigung hielt. »Mir tut es nicht leid«, sagte er, als er in die Hocke ging, um ihre Papiere einzusammeln.

Sie blinzelte, neigte den Kopf und ging in die Hocke, um ihm ins Gesicht sehen zu können. »Wie meinen Sie das?«, fragte sie, während ihr eine blonde Strähne über die Augenbraue fiel. »Es tut Ihnen nicht leid?«

Er klaubte die letzten Blätter auf und sagte: »Es macht mir nichts aus, dass Sie mich angerempelt haben. Trinken Sie doch einen Kaffee mit mir.«

Das war keine Frage. Tatsächlich grenzte es fast an einen Befehl. Und sie wollte verdammt sein, wenn ihr dieser Beinahe-Befehlston nicht gefiel. Die unerwartete Einladung ließ Schmetterlinge in ihrem Bauch flattern. »Ich bin nicht sicher, ob das angemessen wäre«, sagte sie, während sie an ihre neue Position dachte. Sie geriet ins Stocken. »Ich weiß ja nicht mal, wie Sie heißen.«

Hinter ihnen öffneten sich rumpelnd die Fahrstuhltüren, und Kelly Peterson, stellvertretende Direktorin der wissenschaftlichen und medizinischen Abteilung von Projekt Zodius, trat heraus. »Du bist früh dran, Cassandra«, sagte sie, wobei sie belustigt die Stimme hob. »Morgen, Michael.« Dann ging sie weiter, als sei es nicht ungewöhnlich, dass Cassandra am Korridorboden neben einem sexy Soldaten kauerte.

Cassandra sprang auf, entsetzt über sich selbst. Ihr Soldat der Spezialeinheit folgte ihrem Beispiel. »Jetzt wissen Sie, wie ich heiße«, stellte er fest, und diesmal hoben sich seine harten, viel zu verführerischen Lippen ein wenig. Kein Lächeln – nur ein Anheben. Gott … war das sexy. »Michael Taylor.«

»Cassandra«, erwiderte sie, unfähig, ihren Nachnamen auszusprechen; bei diesem Mann fürchtete sie es noch mehr als bei den vielen anderen, die ihr in den vergangenen Tagen vorgestellt worden waren. Was sollte sie denn sagen? *Hi. Ich bin die Tochter des Mannes, der Ihr Leben für immer verändert hat, indem er Ihnen ohne Ihr Wissen außerirdische DNS gespritzt hat und anschließend sagte, es sei geschehen, um sie vor einer feindlichen biologischen Bedrohung zu schützen. Nun sind Sie vermutlich für den Rest Ihres Lebens ein GTECH-Supersoldat, und kein Mensch weiß, was das auf lange Sicht für Sie bedeutet. Aber hey, ich verspreche, dass ich zu den Guten gehöre. Ich bin hier, um dafür zu sorgen, dass Sie nicht benutzt und missbraucht werden, weil Sie eine machomäßige, wahnsinnig geheime Waffe der Regierung sind. Und habe ich schon erwähnt, dass ich nicht wie mein Vater bin?*

»Cassandra Powell«, sagte er, als er ihr die Akten reichte, wobei er ihr sehr nahe kam und seine Körperwärme sie mit einem spürbaren Knistern einhüllte. »Ich weiß, wer Sie sind. Und es schreckt mich nicht ab. Ich laufe nie vor etwas davon, das ich haben möchte.« Er richtete sich auf und taxierte sie wieder mit diesen traumhaft blauen Augen. »Also, was ist nun mit dem Kaffee?«

Angesichts dieser Direktheit verschluckte Cassandra fast ihre Zunge. Doch als echte Generalstochter fing sie sich schnell wieder und dachte mit schmerzhaftem Pflichtbewusstsein an ihren Job. »Ich … glaube, das ist keine gute Idee.«

Er betrachtete sie einen Augenblick, bevor er in den nun offenen Lift trat. »Ich werde wieder fragen«, verkündete er, als er sich zu ihr umdrehte. Sie versank in seinen süchtig machenden kristallblauen Augen – Augen, die nichts versprochen hatten und doch alles versprachen –, bis sich die Stahltüren zwischen ihnen schlossen.

Cassandra atmete ein, sein Duft hing immer noch in der Luft, und biss sich auf die Unterlippe. Was für ein Jammer, dass sie schon vor Jahren geschworen hatte, die Finger von Soldaten zu lassen. Dieser Typ war nun wirklich ein Bild von einem Mann. Allerdings hatte sie miterleben müssen, wie ihre Mutter bis zu ihrem Tod vor zwei Jahren ständig wegen eines Mannes beunruhigt und verärgert gewesen war – dauernd verschwanden sie, und nie wusste man, ob sie zurückkehren. Und Cassandra musste sich schon um ihren Vater sorgen. Warum machte sie sich also Gedanken darüber, wann er »wieder fragen« würde?

Sie zwang sich, die Begegnung abzuschütteln, und steuerte auf das Labor zu. Es grenzte an das winzige Eckbüro, das sie bei ihrem einzigen Vorabbesuch für sich beansprucht hatte. Eigentlich hätte dieser Bereich so früh am Morgen verlassen sein sollen, doch Kelly wartete bereits ungeduldig auf sie. Seit sie sich vor Jahren bei einem Seminar der Army kennengelernt hatten, verband die beiden eine lockere Freundschaft. Auf den ersten Blick sah Cassandra, dass Kelly mit dem hellbraunen, ordentlich hochgesteckten Haar, dem bereits übergeworfenen Laborkittel und einem Bleistift hinter dem Ohr zwar durch und durch wie eine Wissenschaftlerin wirkte, ihre verschmitzte Miene aber verriet, dass sie alles außer Arbeit im Sinn hatte.

»Was für eine Schande, dass seine blauen Augen jetzt in Wirklichkeit schwarz sind«, sagte sie.

»Hallo und auch dir einen guten Morgen«, entgegnete Cassandra, als sie ihre Unterlagen auf einem der zehn leer stehenden Labortische stapelte und sich Kelly zuwandte. »Was soll das heißen, seine Augen sind eigentlich schwarz?«

»Wie ich sehe, hinkt jemand mit den Hausaufgaben hinterher«, sagte Kelly und nahm sich einen der Stühle. »Alle GTECHs haben schwarze Augen, die sie mit ihrer natürlichen Farbe tarnen können. Na ja, außer vor den Frauen, mit denen sie verbunden sind. Es ist irgendwie verrückt und erstaunlich zugleich, wie so ziemlich alles hier.«

»Ich muss wirklich einiges nachholen«, sagte Cassandra und setzte sich. »Ich habe nämlich keine Ahnung von der Tarnung und Änderung von Augenfarben. Und was meinst du mit Frauen und Verbindungen?«

»Bisher hatten drei Frauen kurz nach dem ersten Sex mit einem GTECH Schmerzen am Nacken. Unmittelbar nach dem Akt erschien dort ein Symbol, ähnlich wie Tattoo – ein doppelter Kreis mit einem komplizierten Muster am äußeren Rand. Mangels einer besseren Bezeichnung nennen wir die Paare vorerst ›verbunden‹, weil das Symbol eindeutig eine Art Bindung zwischen ihnen herstellt. Um ehrlich zu sein, haben wir bisher bestenfalls dürftige Erkenntnisse vorzuweisen. Allein die Tatsache, dass die GTECHs ihre Augenfarbe nicht vor der Frau verbergen können, der sie das Symbol beschert haben, lässt eine gewisse einzigartige Bindung vermuten.«

Cassandra blinzelte verwundert. »Bist du sicher, dass es nicht bloß Tätowierungen sind und die drei Frauen – vielleicht sogar die GTECHs – unter einer Decke stecken, um Aufmerksamkeit zu erregen?«

»Das habe ich zuerst auch angenommen. Allerdings wurde

das Symbol nicht mit Tinte gezeichnet, und wir haben uns vergeblich bemüht, es operativ zu entfernen. Es bildet sich auf der Stelle neu.«

»Wow«, staunte Cassandra. »Einfach nur wow.«

»Das kannst du laut sagen«, stimmte Kelly zu. »Das ist das Gute an diesem Job: Es wird nie langweilig.«

Was eine glatte Untertreibung war. »Abgesehen davon, dass die Augentarnung nicht funktioniert – wie wirkt sich das Symbol auf die Frauen aus?«

»Ihr Blutbild verändert sich, scheint aber keine bösartigen Formen anzunehmen. Die GTECHs sind davon nicht betroffen. Interessanterweise scheinen sich die Pärchen aufrichtig zu lieben, die Männer beschützen die Frauen sogar. Schwierig zu sagen, ob dieses Verhalten durch das Symbol ausgelöst wird. Da die Paare Sex hatten, fühlten sie sich offenbar ohnehin zueinander hingezogen. Ob das Symbol aufgrund einer tieferen emotionalen Bindung entstanden ist oder umgekehrt? Ich kann das noch nicht sagen. Dass wir weitere Vorfälle vermeiden wollen, bis Genaueres bekannt ist, muss ich wohl nicht erwähnen. Die Jungs waren alles andere als begeistert, als ich den Truppen Kondome in rauen Mengen ausgehändigt habe. Da sie durch die GTECH-Injektion unfruchtbar wurden, war es ein kleiner, aber schwacher Trost, auf Verhütung verzichten zu können.«

»Du kannst aber nicht davon ausgehen, dass sie die Gummis auch benutzen«, wandte Cassandra ein. »Was ist mit dem Risiko für die Allgemeinbevölkerung? Was ist, wenn das Symbol Gefahren birgt, die wir nicht einmal erahnen?«

»Zweihundert GTECH-Soldaten und wer weiß wie viele Sexualpartner, und es sind lediglich drei Frauen betroffen. Trotz wiederholter Tests sind wir im Laufe der Laborstudien auf nichts gestoßen. Es gibt nichts Umweltbedingtes oder irgendwelche Reize, die das Symbol wiederentstehen lassen. Und wir haben etliche Kombinationsmöglichkeiten durchgespielt. Die Wahrscheinlichkeit, dass sich das Symbol durch ungeschützten Sex unter der Bevölkerung ausbreitet, geht gegen null. Sogar unter null, wenn wenigstens ein Teil der Männer die Kondome benutzt.« Sie warf einen Blick auf die Uhr. »Das wöchentliche Meeting der Abteilungsleiter beginnt in einer Stunde. Es ist jedes Mal … interessant. Was hältst du davon, wenn wir uns einen Kaffee besorgen und ich dich kurz einweise, bevor wir uns auf den Weg machen. Hol deine Akten, ich kann alle offenen Fragen beantworten.« Als Kelly den Kaffee erwähnte, musste Cassandra wieder an Michael denken. *Ich werde wieder fragen.* Verwirrt schob sie den Gedanken weg und räusperte sich – sie war es nicht gewohnt, von etwas anderem als ihrer Arbeit abgelenkt zu sein. »Okay.« Cassandra erhob sich vom Laborstuhl und schnappte sich auf dem Weg zur Tür die Akten.

»Weißt du«, sagte Kelly, während ihre Stimme wieder diesen verschmitzten Ton annahm. »Ich hab ja schon oft erlebt, wie Michael von den Frauen angeschmachtet wurde, aber so einen Blick wie heute am Fahrstuhl hab ich noch *nie* an ihm gesehen.«

Diese unerwartete Feststellung erwischte Cassandra auf dem falschen Fuß, und sie sah Kelly von der Seite an. »Welchen Blick?«, fragte sie schnaubend. »Der Mann war so gefühlvoll wie Stahl.«

»Oh, er hatte definitiv diesen Blick«, erwiderte sie. »Was ist es für ein Gefühl, vom ›Mysteriösen‹ begehrt zu werden?«

»Der Mysteriöse?«, fragte Cassandra, die den Kopf schüttelte, als sie den merkwürdigen Namen hörte.

»So nennt ihn jeder hier. Du weißt schon, weil er so geheimnisvoll und bedrohlich ist.« Sie lachte. »Die haben doch alle nur Angst, dass er sie abmurksen könnte, wenn sie ihn bloß schief ansehen.«

Cassandra riss den Mund auf. »Abmurksen?«

Kelly kicherte. »Ich mache doch nur Spaß, jedenfalls fast. Die Geschichten um Michael grenzen an Legenden, auch wenn die Hälfte wahrscheinlich erfunden ist. Eben dieses Tödlich-im-Kampf-tödlich-im-Bett-Soldatengeschwätz. Er ist angeblich anders als die anderen GTECHs.« Bevor Cassandra nachfragen konnte, wackelte Kelly mit einer Augenbraue und fügte hinzu: »Er hat wirklich dieses Groß-mysteriös-und-sexy-Ding am Laufen, stimmt's?«

Cassandra schüttelte den Kopf. »O nein. Ich weiß, was du vorhast. Ich werde jetzt bestimmt nicht behaupten, dass er sexy ist. Ich bin zum Arbeiten hergekommen und nicht, um Soldaten anzuhimmeln.« Im Stillen war sich Cassandra jedoch nicht sicher, ob »sexy« Michaels Ausstrahlung auch nur annähernd gerecht wurde.

»Du musst auch nichts sagen«, erwiderte Kelly. »Mir ist am Fahrstuhl auch *dein* Blick aufgefallen.« Sie grinste. »Vergiss nur den Pariser nicht.«

Cassandras Wangen liefen rot an. Sie brauchte kein Kondom! Oder einen Soldaten, der sie zur Weißglut trieb. Vor allem keinen Mann, der an jedem Finger eine Frau hatte, die ihren Platz ausfüllen konnte. Auf keinen Fall. Sie würde *nicht* mit Michael schlafen.

Am späten Abend saß Cassandra am schlichten Stahltisch ihres noch immer kargen Büros – ihr zweites Zuhause abseits ihres weniger komfortablen Heims – und versuchte vergeblich, sich auf die GTECH-Akte zu konzentrieren. Der Drang, einen Blick in Michaels Akte werfen zu wollen, machte sie fast wahnsinnig. Schließlich kapitulierte sie, verzog das Gesicht und gab seinen Namen in den Computer ein. Er war vierunddreißig, fünf Jahre älter als sie. Andererseits wusste niemand, wie sich das GTECH-Serum auf seinen Alterungsprozess auswirken würde. Sie könnte eine tatterige Lady werden, während er nicht um einen Tag alterte. Da ihr der Gedanke nicht besonders behagte, las sie weiter. Er stammte aus Kalifornien und … heiliger Strohsack! Seiner Familie gehörte Taylor Industries, eine der größten Waffenproduktionsstätten der Welt.

Sie lehnte sich im Stuhl zurück. Dass er hier war, konnte kein Zufall sein. Natürlich wusste ihr Vater über Michaels Familie Bescheid. Sie würde ihren Hintern darauf verwetten, dass Michael rekrutiert worden war, weil sich ihr Vater in Zukunft einen Nutzen davon versprach, falls das nicht schon der Fall war. Cassandra richtete sich auf und tippte noch etwas ein. Natürlich war Michael der einzige Soldat, der von seiner Spezialeinheit abgezogen und nach Groom Lake beordert worden war. Ihr Vater ging vollkommen strategisch vor. Er hatte etwas von Michael gewollt, das nichts mit seiner Gewandtheit auf dem Schlachtfeld zu tun hatte. Vielmehr hatte er es auf die Verbindung zu Taylor Industries abgesehen.

»Was führst du im Schilde, Vater?«, flüsterte sie. »Und warum weiß ich, dass es nichts Gutes ist?« Stirnrunzelnd starrte sie auf den Bildschirm. Und was veranlasste jemanden wie Michael, der stinkreich sein musste, sich der Army anzuschließen? Die Antwort lautete üblicherweise: Probleme innerhalb der Familie. So etwas hatte sie schon oft erlebt. Cassandra studierte den Text auf dem Bildschirm und wühlte sich durch Details wie den Tod von Michaels Vater, der bei einem kleineren Flugzeugabsturz in Saudi-Arabien ums Leben gekommen war, als Michael einundzwanzig war. Sie überprüfte die Daten. Als es geschah, hatte Michael seit einem Jahr bei der Spezialeinheit gedient. Er war auf einem Einsatz gewesen und hatte erst nach der Beerdigung vom Tod seines Vaters erfahren. Seine Mutter leitete nun Taylor Industries. Nach dem Tod seines Vaters verließ Michael nicht die Army, was bedeutete, dass er sich entweder vom Familienunternehmen distanzierte oder seine Mutter ihn nicht involvieren wollte.

»Wie geht's meiner Lieblingstochter?«

Als sie die Stimme ihres Vaters hörte, der lächelnd in der Tür stand, sprang Cassandra auf. Mit seiner hochdekorierten Uniform und dem ordentlich geschnittenen grauen Haar wirkte er makellos wie immer.

»Ich bin deine einzige Tochter«, gab sie zu bedenken, während sie sich wünschte, dass er dieses Lächeln auch dem Mitarbeiterstab von Groom Lake schenken würde, der ihn mehr fürchtete als nötig. »Und der Witz ist älter als du, Vater.« Sie hatte keinen Schimmer, wieso sie sich wie ein Kind fühlte, das mit der Hand in der Keksdose erwischt worden war.

»Die alten sind immer noch die besten«, erwiderte er. »Vergiss das nicht.« In Topform und jünger wirkend als fünfundfünfzig, verlieh er dieser Feststellung Wahrheit.

»Bestimmt nicht«, sagte sie. »Dafür erwähnst du es zu oft.«

Er musterte sie kritisch. »Warum arbeitest du noch?«

»Ich bin ein Workaholic wie mein Vater«, entgegnete sie.

»Wenn deine Mutter noch am Leben wäre«, sagte er, »würde sie uns beide mit den Köpfen nach unten aufhängen.«

Seit dem Unfall ihrer Mutter waren zwei Jahre vergangen, dennoch schnürte sich Cassandra immer noch die Brust zusammen, wenn man sie daran erinnerte. »Als mein psychologischer Mentor hätten sie die unvollständigen Analysen der GTECHs genauso verrückt gemacht wie mich.«

»Dem kann ich nicht widersprechen«, sagte er. »Aber bevor du dich in irgendetwas stürzt und versuchst ein Jahr Arbeit aufzuholen, die du für unser Versäumnis hältst, möchte ich, dass du dich auf eine spezielle Liste mit zehn Soldaten konzentrierst, die von besonderem Interesse für mich sind.«

»Was ist so interessant an ihnen?«

Er schloss die Tür. »Bei allen wurde ein Gen entdeckt, das wir X2 nennen. Es wurde auch bei unseren Versuchstieren nachgewiesen, die zu Aggressionen neigen. Wir müssen nun sicherstellen, dass es sich nicht unter den GTECH-Bewohnern ausbreitet. Sämtliche Grundanalysen und alle zusätzlichen Tests, die du für erforderlich hältst, müssen noch einmal durchgeführt werden, bevor wir mit der Auswertung fortfahren können.« Er fixierte sie mit einem silbrigen Blick. »Das Gen scheint sowohl bei den Tieren als auch den Soldaten in den ersten zwölf bis fünfzehn Monaten nach der Injektion aufzutreten.«

Cassandra knirschte mit den Zähnen. Die Tatsache, dass sowohl er als auch die Regierung alles, was mit der Versuchsreihe und den Impfungen zusammenhing, den Soldaten verschwiegen hatten, war absolut widerwärtig. Vor Antritt des Jobs hatte sie ihre Einwände gegen die Methode zur Schaffung der GTECHs vorgebracht. Man hatte beteuert, dass die GTECHs durch Zufall entstanden seien, als man die Männer lediglich vor einer biologischen Bedrohung hatte abschirmen wollen – mit »man« war das Militär gemeint, allerdings machte sie ihren Vater dafür verantwortlich. Angesichts der Tatsache, dass ihr Vater sein Land um jeden Preis verteidigen wollte, ging er – auch wenn es in guter Absicht geschah – für ihre Begriffe oftmals zu weit. Und sie war nicht ganz sicher, ob sie ihm glauben konnte. Wenn sie erst mal das Vertrauen der Soldaten gewonnen hatte, was sie in jedem Fall vorhatte, würden sie vermutlich die gleichen Bedenken äußern. Tatsächlich hatte sie die Stelle nicht angenommen, weil ihr Vater sie gedrängt hatte, sondern weil sie der Schaffung der GTECHs skeptisch gegenüberstand und man den Soldaten so gut wie keinen seelischen Beistand gewährte. Ihr Vater hatte sie aufgrund ihrer Fachkenntnisse und aus Loyalität zur Familie engagiert, die ihre Mutter oft unter Beweis gestellt hatte. Doch wie ihre Mutter, die wiederholt an der Seite ihres Vaters gearbeitet hatte, wollte Cassandra den Soldaten helfen, die er heranzog. Entgegen aller Überzeugungen machte sie dennoch genau das, was sowohl ihre Mutter als auch die meisten anderen in Gegenwart ihres Vaters taten: Sie hielt den Mund.

»Treffen wir uns morgen auf ein Vater-Tochter-Frühstück.« Es war mehr ein Befehl als ein Vorschlag. Verhaltensweisen, die jenseits der Befehlserteilung lagen, waren nicht gerade seine Stärke, selbst wenn es sich nur um etwas Zeit zwischen Vater und Tochter handelte.

Da Cassandra ihn nicht anders kannte und wusste, dass es seine Art war, Liebe zu zeigen, lächelte sie. Sie hielt die Methoden ihres Vaters zwar nicht immer für angebracht, liebte ihn aber innig. »Das wäre schön.«

»Ich hole dich um sieben ab«, sagte er und nickte ihr noch mal zu, bevor er das Zimmer verließ und sie mit einer unterschwelligen Angst zurückließ, die sie für die nächste Stunde nicht mehr loswurde.

Als sie das Gebäude schließlich erschöpft und hungrig verließ, begrüßte ihr Auto Cassandra mit einem völlig platten Reifen. »Na toll«, murmelte sie, während sie die Akten auf den Rücksitz packte und ihre langen Haare aus dem festen Nackenknoten befreite. Sie sah sich um und hielt Ausschau nach dem Allzweckmittel einer Militärbasis – einem Soldaten oder zwei oder drei, den man mühelos zum Anpacken überreden konnte.

Plötzlich hob sich ihr Haar im Nacken, während eine sanfte Brise an Stärke gewann und einen herben, maskulinen, intensiver werdenden Geruch mit sich führte. Eine Sekunde später baute sich Michael vor ihr auf – genauso groß, robust und sexy wie am Morgen.

»Sie sollten sich Alarmglocken umhängen«, sagte sie mit an die Brust gedrückten Fäusten, um ihr hämmerndes Herz zu beruhigen.

»Kann schon sein«, erwiderte er. In seinen durchdringenden blauen Augen flackerte eine unergründliche Regung, ehe er einen Blick auf den Reifen warf. »Sieht aus, als bräuchten Sie Hilfe.«

Es war etwas Überwältigendes – vielleicht sogar Dekadentes – an diesem Mann, das sie keinen zusammenhängenden Satz mehr zustande bringen ließ. »Ich … ja, bitte.« Cassandra strich sich eine blonde Strähne aus den Augen, sah zum Fahrstuhl und dann zu ihm. »Haben Sie heute früh den Lift für mich aufgehalten?«

Er ging in die Hocke, um den Reifen zu inspizieren. »Jepp«, erwiderte er, während er einen belustigten Blick über seine eindrucksvolle Schulter warf, um die sich ein enges schwarzes T-Shirt spannte. »Aber offenbar imponieren Ihnen fremde Männer und Aufzüge kein bisschen.«

Cassandra spürte, wie ihr die Röte in die Wangen stieg. »Mein Handy hatte geklingelt«, behauptete sie. Sein Blick ließ vermuten, dass er ihr kein Wort glaubte, also fügte sie hinzu: »Okay, na schön. Ich gestehe. Ich war ein wenig eingeschüchtert. Sie sind ohne spürbaren Wind aufgetaucht. Ich wusste nicht, dass das möglich ist.«

Er erhob sich und ignorierte ihre Bemerkung geflissentlich. »In dem Reifen steckt eine Schraube von der Größe eines Raketenwerfers. Der muss gewechselt werden.«

So einfach ließ Cassandra ihn nicht davonkommen. »Kann jeder ohne spürbaren Wind gehen?«

»Ich kann es«, sagte er mit halb zusammengekniffenen Augen und angespanntem Kiefer. »Für andere kann ich nicht sprechen.«

Kellys Worte gingen Cassandra durch den Kopf. *Die Geschichten um Michael grenzen an Legenden.* »Sie sind der Einzige, der es kann, nicht wahr? Deshalb redet man über Sie. Weil Sie anders sind – und das jagt den anderen Angst ein.«

Er näherte sich ihr, kam so dicht heran, dass sie die Wärme

seines Körpers spüren konnte und das Kinn heben musste, um ihm in die Augen sehen zu können. Sie flackerten, und ihre Farbe wechselte zu einem harten Schwarz. »Haben *Sie* Angst vor mir, Cassandra?«

Allerdings. Er wirkte furchteinflößend, aber nicht aus den Gründen, die er vermutete. Dieser Mann ergriff Besitz von ihr und forderte eine weibliche Reaktion, die sie ihm nicht geben wollte. Tatsächlich war es so, dass seine Augen – einerlei, ob schwarz oder blau – auf eine tiefgreifende Weise ihre Seele ansprachen, was ihr mehr verriet, als er vermutlich ahnte. Während er den GTECH raushängen ließ, begriff sie instinktiv, dass sie den Mann dahinter erkennen sollte. »Ich schlage Ihnen etwas vor, Michael Taylor«, sagte sie. »Ich habe dann Angst vor Ihnen, wenn Sie mir Grund dazu geben. Damit Sie's gleich wissen: Eine düstere Ausstrahlung und mir gegenüber die Augenfarbe zu wechseln, reicht nicht.«

Überraschung huschte über seine ansehnlichen Züge, und einen Moment lang glaubte sie fast, er würde lächeln. Aus unerfindlichen Gründen wollte sie ihn lächeln sehen, und während sie darauf wartete, klammerte sie sich an diesen Strohhalm, bis der Moment vorüber war. Dann sagte er: »Ich lade Sie zum Essen ein. Währenddessen arbeite ich an meiner furchteinflößenden Ausstrahlung – versprochen. Ich setze sogar noch einen drauf und wechsle Ihren Reifen, wenn wir zurückkommen.«

Die Einladung ließ ihre Alarmglocken schrillen. Er hatte etliche Verehrerinnen, und sie verabredete sich nicht mit Soldaten. Ihr Vater würde es nicht billigen. Trotzdem freute sie sich auf die Herausforderung, sein unerreichbares Lächeln hervorzulocken. Scherzhaft erwiderte sie: »Bereit zur Kampfansage, wenn Sie es sind.«

Die schwarzen Augen wechselten wieder zu blauem Feuer, das heiß genug brannte, um ihre Knie in Pudding zu verwandeln.

»Tja, wir werden sehen.« Er fischte seine Schlüssel aus der schwarzen Tarnhose. »Mein Wagen steht dort drüben.«

»Was denn?«, zog sie ihn auf. »Wir müssen fahren? Wir beamen uns nicht mit dem Wind zum Restaurant? Superman hat Lois aber überall hingeflogen.«

»Ich bin einem kleinen Comic-Abenteuer zwar nicht abgeneigt«, versicherte er, »aber weder bin ich Superman, noch sind Sie Lois, glauben Sie mir. Es sei denn, Sie sind scharf auf ein Nahtod-Erlebnis. Es ist riskant für Menschen. Manchmal sogar tödlich.«

»Oh«, machte sie überrascht, als sie auf eine Reihe von Autos zugingen. »Es gibt also Einschränkungen. Ich dachte, man könnte kurz vorbeischauen, jemanden retten und fertig.«

»Zumindest ist es eine gute Ausrede, um Carrie behalten zu können«, sagte er, als er neben einem klassischen schwarzen Mustang stehen blieb.

»Ihr Auto heißt Carrie?«, fragte sie, aufs Neue überrascht von diesem Mann. Er war wesentlich menschlicher, als es ihm die Menschen zugestanden.

»Sie ist der Freund, der mich nie im Stich gelassen hat«, erwiderte er, als er die Beifahrertür öffnete und sie heranwinkte.

»Aber auch eine teuflische, durchgedrehte Figur aus einem Stephen-King-Roman«, wandte sie ein. »Ich weiß ja nicht, ob ich auf so einen Freund Wert legen würde.«

»Sie werden anders darüber denken, wenn Sie mit ihr gefahren sind«, beteuerte er.

Sich seines brennenden Blicks nur allzu bewusst, schlüpfte Cassandra ins Auto und sank in das weiche Leder. *Der Freund, der mich nie im Stich gelassen hat.* Michael war in der Vergangenheit nicht nur enttäuscht worden, man hatte ihm auch wehgetan. Und dieser alte Schmerz trug einen Teil dazu bei, wer er war und was ihn ausmachte. Vielleicht machte er ihn sogar so tödlich, wie jeder dachte. Vielleicht *sollte* sie Angst vor ihm haben. Warum öffnete sie also nicht die Tür und stieg aus?

Andererseits – wem konnte ein kleines Abendessen schon schaden?

2

Michael betrat den Fischmarkt von Kuwait City abseits des Arabian Gulf Boulevard in Zivil – lässige Jeans, schwarzes T-Shirt, Sonnenbrille. Vor zwei Wochen erst hatte er Cassandra kennengelernt, und nun befand er sich bei einem Einsatz – allerdings mit derart mieser Laune, dass es seinen Feinden nichts Gutes verhieß. Nach vier zwanglosen Verabredungen, die irgendwie nicht im Bett geendet hatten, obwohl er einmal kurz davor gewesen war, Cassandra die Kleider vom Leib zu reißen und seinem Willen freien Lauf zu lassen, hatte Michael von weiteren Treffen Abstand genommen. Auch wenn es nicht das war, was er wirklich wollte. In seinem ganzen Leben hatte er noch nichts so sehr begehrt wie diese Frau. Sie war ebenso lebenslustig und klug wie einst seine Mutter, bevor sein Vater sie auch der allerletzten Emotionen beraubt hatte. Seine Mutter pflegte zu sagen, Michael sei das absolute Ebenbild seines Vaters – ein Mann, der wesentlich mehr vom Tod verstand als vom Leben.

Der faulige Geruch von totem Fisch stieg Michael in die Nase und wurde von der Hitze noch verschlimmert, die von dem Leinentuch zurückstrahlte, das man über die Auslagen gespannt hatte. Der Gestank erinnerte Michael daran, dass er sich heute noch mit dem Tod befassen musste. Er verabscheute die Ausdünstungen von totem Fisch mindestens so sehr wie die von Blut, doch laut seiner Quellen kam Raj Mustafad jeden Freitag zum Fischkauf her, also musste Michael den Gestank noch eine Weile aushalten. Raj war ihr Bindeglied zu einer iranischen Terroristengruppe, die wild entschlossen und auf dem besten

Wege war, Israel durch einen Angriff mit biologischen Waffen zu vernichten.

Michael erkannte Raj in der Sekunde, als er den Markt betrat, da er sich sein Gesicht anhand von Fotos eingeprägt hatte. Drei Tische mit stinkendem Fisch trennten die Männer, die Michael rasch umging, indem er im Wind verschwand und neben Raj wieder auftauchte, wobei er sich nicht im Mindesten um Zeugen scherte. Nicht in Kuwait City, wo die Menschen schon eine öffentliche Steinigung befürchteten, nur weil sie ihren Namen laut ausgesprochen hatten.

Er packte Raj an seinem langen Gewand und schleuderte ihn auf einen Tisch. Die schleimigen Fischkörper wurden unter ihm platt gedrückt und landeten klatschend auf der Erde.

Michael drückte ihm eine Waffe an den Schädel und fragte auf Arabisch: »Wo sind die Behälter?«

Hinter ihm erklangen Schreie, während sich der Fischmarkt leerte. Es wurde lautstark nach den in der Nähe befindlichen Streitkräften gerufen. Der Wind regte sich, und Michael musste sich nicht umsehen, um zu wissen, dass die eineiigen Zwillinge Caleb und Adam Rain hinter ihm standen, um ihm Rückendeckung zu geben. Caleb genoss sein uneingeschränktes Vertrauen, Adam hingegen nicht. Adam war eine tickende Zeitbombe und auf dem besten Weg, einen Gottkomplex zu entwickeln; Michael müsste ihn eventuell eines Tages töten, um Caleb zu ersparen, selbst Hand anlegen zu müssen. Er hatte den Verdacht, dass Powell ihn deshalb bei den Brüdern bleiben ließ. Weil er wusste, dass Michael, trotz seines Respekts vor Caleb, Adam, ohne zu zögern, aus dem Weg räumen würde. Vorläufig bildeten die Brüder jedoch einen undurchdringlichen Panzer, und Michael hatte einen Job zu erledigen.

Raj flehte immer noch, ihn laufen zu lassen, als Michael den Hahn spannte. »Ich habe keine Zeit für dein widersprüchliches

Geplapper.« Da verlässliche Agenten des israelischen Geheimdienstes versichert hatten, dass der Angriff in den nächsten vierundzwanzig Stunden stattfinden sollte, standen Millionen Menschenleben auf dem Spiel. Um an Details zu kommen, hatten sie ihnen anderthalb Wochen an den Fersen geklebt, die nur zu einer Person führten: Raj. Er war alles, was sie hatten.

Doch Raj wies immer noch alles von sich. Michael verlagerte die Pistole und drückte sie an sein Ohr. »Ich fange hier an und arbeite mich weiter vor.« Michael gab einen Warnschuss ab und ließ die Patrone absichtlich Rajs Ohr streifen. Er schrie auf.

Hinter ihm wurde geschossen. Caleb rief: »Beeil dich, Michael.«

Michael schob die Waffe in den Schritt des Mannes. »Letzte Chance.«

Bevor Michael ihn mit Blei vollpumpen konnte, spuckte Raj alles aus. Michael ließ ihn los und rief in dem Wissen, dass Caleb und Adam folgen würden, kurz bevor er im Wind verschwand: »Raus hier.« Dass Raj singen würde, bereitete ihm kein Kopfzerbrechen – man würde ihn ohnehin als Verräter hinrichten.

Kurz vor Sonnenaufgang trat Michael in schwarzer Tarnkleidung aus dem Wind. Er platzierte sich hinter einen der vier Terroristen, der das unbeleuchtete Fischerboot mit Waffen belud, brach ihm lautlos das Genick. Nur wenige Meter entfernt beseitigten Caleb und Adam, das hellbraune Haar unter dunklen Kappen verborgen, zwei weitere Rebellen. Wenn Raj nicht gelogen hatte, würde in genau drei Minuten auf dem finsteren, unbefestigten, zum Dock führenden Weg ein Jeep auftauchen – beladen mit dem biologischen Kampfstoff, der sie hergeführt hatte.

Michael suchte den Platz nach dem vierten, bislang fehlenden Mann ab und entdeckte ihn am Boot, als er gerade zum Sprung ansetzte. Michael dachte sich einfach zu ihm, und der Wind trug ihn hin. Binnen zehn Sekunden hatte er ihm das Genick gebrochen. Schnell hob er den toten Rebellen auf und legte ihn unter Deck, wo Caleb und Adam bereits die anderen Leichen verstaut hatten.

Durch die fernen Wälder hallte das gespenstische Geräusch von heulenden Wölfen. Die drei GTECHs standen nebeneinander, die Blicke auf die Wälder gerichtet. Adam sagte kaum hörbar: »Zwei Heckenschützen. Zehn weitere Rebellen achthundert Meter den Hügel runter. Aus dem gleichen Grund hier wie wir. Sie haben es auf die Ladung abgesehen, die zum Boot unterwegs ist.«

Michael musterte Adam mit zusammengekniffenen Augen. »Woher zum Teufel weißt du das?«

»Die Wölfe«, erwiderte Adam, ohne den Blick zu erwidern. Er konzentrierte sich auf die dunkle Linie der Bäume, die sich in weniger als einem Kilometer Entfernung befand. »Sie haben angefangen, mit mir zu reden.«

Was zum Henker? »Und antwortest du?«, fragte Michael.

»Ich arbeite daran«, erwiderte Adam. »Ich kümmere mich um die Heckenschützen.« Der Wind hob kurz an, ehe er verschwand.

Michael warf Caleb einen Blick zu. »Hast du das gewusst?«

»Es hat letzte Woche bei dem Einsatz in Asien angefangen, den wir ohne dich durchgeführt haben«, sagte er. »Die verdammten Wölfe sind uns überallhin gefolgt.«

Unten am Weg flackerten Scheinwerfer. Michael und Caleb zogen sich in die Schatten zurück. Michael positionierte sich hinter der Hütte, spähte hervor und behielt das herannahende Ziel im Auge. Caleb kauerte geduckt in einer dunklen Ecke des Boots. Das Motorengeräusch schwoll an, als der LKW vor der Anlegestelle hielt. Türen wurden zugeschlagen, Männerstimmen grollten durch die Luft.

Als der letzte der fünf Männer an Bord gegangen war und dabei den Laster und die biologischen Waffen unbeaufsichtigt ließ, sprach Adam in sein Headset. »Los.« Er sagte nicht »Sauber«, was bedeutete, dass er noch beschäftigt war, aber dennoch für ihre Deckung sorgte.

Michael gab Caleb ein Zeichen, der daraufhin im Wind verschwand, auf den biologischen Kampfstoff zuhielt und es Michael überließ, die fünf Männer zu beseitigen. Da er sich lautlos im Wind bewegte, war er gefährlicher als jeder andere GTECH und beseitigte die Männer systematisch. Wie ein Geist tauchte er hinter ihnen auf, brach ihnen das Genick und verschwand. In weniger als einer Minute stand er mithilfe des Winds hinter dem Truck bei Caleb.

Michael entdeckte ihn auf der hinteren Ladekante des Fahrzeugs, als er gerade die Plane anhob. Zugleich zielte ein etwa vierzehnjähriger Junge mit einem Maschinengewehr auf seinen Rücken. Michael zog die Halbautomatik aus der Seite und legte den Finger an den Abzug.

Die Zeit schien stillzustehen, und während dieser drei Sekunden machte sich der schwarze Ort davon, den er auf dem Schlachtfeld sein Zuhause nannte. Es machte ihn verrückt, Kindersoldaten töten zu müssen – immer schon. Es war nicht unwahrscheinlich, dass der Junge nur kämpfte und den Terroristen diente, weil seine Mutter – und Geschwister, sofern er welche hatte – bedroht worden waren. Der Grat zwischen Mörder und Opfer, Mann und Junge war schmal und wurde leider allzu oft beschritten, dennoch hatte sich Michael nie daran gewöhnen können. Wenn er es zuließ, könnte der Junge heute zum Mörder und Mann werden, was jedoch Calebs Tod bedeuten würde. Selbst als GTECH hätte Caleb kaum Chancen, einen Angriff zu überleben, bei dem ihm die Ladung eines Maschinengewehrs in den Hinterkopf gepumpt wurde.

Michael feuerte und verpasste dem Jungen eine Kugel in jeden Arm. Der fiel schreiend zu Boden. Als Caleb mit grimmiger

Miene vom Laster sprang, war ihm anzusehen, dass er ebenso erschüttert war wie Michael. »Michael«, sagte er, »du hattest keine Wahl.«

Die Luft kräuselte sich, Adam erschien neben dem Jungen und gab ihm den Rest. Michael wurde innerlich kalt, er und Caleb wechselten einen unbehaglichen Blick.

Aus dem nahen Wald gellte ein Schrei herüber und brachte Adam zum Lachen. »Die Wölfe hatten Hunger.« Seine Augen zuckten zu dem Jungen herüber. »Menschliches Stück Scheiße.« Er versetzte dem blutenden, schlaffen Körper einen Tritt, worauf Michael zusammenzuckte. »Die sind alle scheiße, schwach in jeder Hinsicht.«

Er holte zu einem weiteren Tritt aus, doch Caleb packte ihn und kam Michael eine Sekunde zuvor. »Es reicht!«, sagte Caleb und funkelte seinen Bruder an. »Er ist doch nur ein Junge. Ein Kind und Opfer, Adam. Wahrscheinlich hat er nur versucht, seine Familie zu retten.«

Adam packte Caleb an der Tarnjacke. »Ach, komm schon, Bruder«, stieß er hervor. »Menschen sind nichts weiter als Tiere. Sie bringen sich gegenseitig um. Wir halten sie davon ab. Aber wozu? Sie fangen ja doch wieder von vorne an. Vielleicht sollen sie ja abkratzen, damit wir gedeihen können?« Er ließ Caleb los und beäugte beide Männer. »Wir entwickeln uns weiter, während sie mit jedem Tag zu Neandertalern degenerieren.«

»Verdammt, Adam«, sagte Caleb und kratzte sich die Bartstoppeln. »Hör auf, solchen Mist zu quatschen. Manchmal weiß ich nicht mehr, wer du bist. Lass uns einfach nur unseren Job erledigen.« Er riss die Ladeklappe des Trucks auf und zog die Holzkiste vor. »Du wirst es schon noch einsehen, Bruder«, sagte Adam und taxierte Michael. »Wenn du erst mal weniger menschlich bist, wie ich. Und Michael.«

Dieser Vergleich zerfetzte das, was von Michaels Eingeweiden übrig war *Wie ich und Michael.* Er sah zwischen den Brüdern hin und her, die sich so ähnlich und doch so verschieden waren. Caleb, von dem Michael wusste, dass er sein Leben opfern würde, um einen Unschuldigen zu retten, und ebenso gut das Leben des Jungen über sein eigenes gestellt haben könnte. Und Adam, der das Kind getreten hatte, als es bereits am Boden lag.

Caleb hob den Deckel an und enthüllte drei kleine, luftdichte, jedoch tödliche Behälter, die über das Potenzial verfügten, Hunderttausende zu töten. Adam langte in die Kiste und zerrte grob ein Behältnis heraus. »Es muss enden, damit es einen Neuanfang geben kann.«

In seinen Augen funkelte etwas Böses, das erkennen ließ, dass er die Öffnung des Behälters in Betracht zog. Michael machte sich bereit einzugreifen, als Caleb das Handgelenk seines Bruders packte. »Es reicht. Leg ihn zurück, Adam.«

Adam lachte. »Vielleicht reiße ich mir eins dieser Schätzchen unter den Nagel.« Die Wölfe heulten in der Ferne, als ob sie den Witz verstanden hätten. Caleb bedachte Adam mit einem weiteren zornigen Blick, worauf dieser den Behälter zurücklegte. »Ich übernehme die ehrenvolle Aufgabe, sie Powell zu überbringen.« Er schnappte sich die Kiste mit den Behältern und verschwand im Wind.

Caleb fluchte und taxierte Michael. »Ich kümmere mich um Adam. Und Powell.« Er verschwand.

Michael verspürte nicht den Wunsch, ihm nachzugehen. Er hoffte bloß, dass Caleb wirklich so gut vorbereitet war, wie er behauptete, wenn sich Michael Adam eines Tages vorknöpfen musste. Und dieser Tag würde eher früher als später kommen. Das GTECH-Serum hatte etwas mit ihm angerichtet, ihn in ein Monster verwandelt. Caleb war ein guter Mann, einer, der die Regeln befolgte. Er brauchte jemanden wie Michael, einen, der Regeln brach.

Er betrachtete die Blutlache zu seinen Füßen, das Blut des Jungen. Der Anblick war ihm nur allzu vertraut. Er redete sich ein, dass es unvermeidlich gewesen war, all die Leben auszulöschen, die er genommen hatte. Er war nicht wie sein Vater, der Waffen ins Ausland verschachert hatte, ohne einen Gedanken daran zu verschwenden, wer dadurch sein Leben verlor. Oder wie seine Mutter, die dessen Taten mit finanzieller Sicherheit und Fürsorge rechtfertigte. Die ihn hasste, weil er es gewagt hatte, ihre perfekte kleine Welt ins Wanken zu bringen. Er war auch nicht wie Adam, der nur zum Vergnügen tötete. Michael hatte es sich zur Aufgabe gemacht, Leben zu retten, was mitunter bedeutete, Leben nehmen zu müssen. Das GTECH-Serum hatte keinen Einfluss auf seine Entscheidungen oder auf Calebs. Caleb und Michael waren nicht mit X2 infiziert – Adam hingegen schon.

Es hatte nichts zu bedeuten, dass Michael und Adam spezielle Gaben entwickelt hatten: sein eigenes Vermögen, sich mit dem Wind in Verbindung zu setzen, und Adams, mit Wölfen zu kommunizieren. Michael ballte die Fäuste an den Seiten. Er war nicht wie Adam, verdammt. *Du bist aber auch nicht wie Caleb*, schien der Wind zu flüstern.

In diesem Moment verschwand Michael im Wind, ohne sich bewusst dafür entschieden zu haben. Der Wind schien sich immer öfter mit ihm zu verständigen, fast mit ihm zu reden. Er wusste sogar, wohin Michael gehen wollte. Michael war sich im Klaren darüber, dass er der Illusion, immer noch ein Mensch zu sein, entfliehen musste. Bisweilen fragte er sich sogar, ob er überhaupt je ein Mensch gewesen war.

Anderthalb Stunden später lehnte Michael an der hinteren Wand von Las Vegas' Coyote-Ugly-Version, die bekannt war für laute Musik und sexy Frauen in knappen Hotpants und

Cowboystiefeln, von denen einige auf dem Bartresen entlang der Tischreihen tanzten.

Er hatte keinen Schimmer, warum er immer noch hier war und so tat, als würde er die Tänzerinnen beobachten, statt wie sonst nach einem Einsatz eine Frau aufzureißen – oder zwei oder drei. Oder warum er sich ständig ein Wiedersehen mit Cassandra ausreden musste, da er doch genau wusste, dass ein Treffen keine gute Idee war. »Was kann ich für dich tun, Michael?« Die Einladung in Becky Lees süßem Südstaatenakzent war unüberhörbar, während sich die Rothaarige in den Zwanzigern von der Seite an ihn heranmachte und dabei die drallen Brüste und den geschmeidigen Körper an ihn drückte. Sie wusste genauso gut wie er, aus welchem Grund er hier war. Als sexuell aufgeschlossene Frau, die willens war, so ziemlich alles auszuprobieren, sich aber auf keine Verpflichtungen einlassen wollte, war Becky Lee das perfekte Lustobjekt für Michael. Nach einem Einsatz hatte er schon oft ihre Nähe gesucht.

Während Michael sie musterte und die Augen über ihr kurviges, weit ausgeschnittenes Dekolleté wandern ließ, wartete er auf den Rausch des schieren Urverlangens, das ihn nach weiblichem Trost suchen ließ und die Frauen offenbar anlockte. Seit er GTECH geworden war, wurde dieser Rausch mit jeder Heimkehr schlimmer.

Doch er empfand nichts. Absolut gar nichts. Allein der Gedanke daran ließ Michael mit den Zähnen knirschen. Was war bloß mit ihm los, verdammt?

Als er den Kopf in den Nacken legte und sein Bier hinunterspülte, wünschte er sich, dass sein GTECH-Stoffwechsel den Alkohol nicht schon beim Schlucken praktisch abbauen würde. Ein Saufgelage ohne die dazugehörige Benommenheit war witzlos und erinnerte ihn zudem nur an das, was er verdrängen wollte: kein Mensch zu sein. Allerdings half Sex beim Verdrängen – er gab ihm das Gefühl, am Leben zu sein, wirkte befreiend. Frust bahnte sich einen Weg durch seine Eingeweide, worauf Michael Becky packte und mit sich zog. Er würde schon dafür sorgen, abgelenkt zu werden.

Kurz darauf bugsierte Michael eine lachende Becky durch den verlassenen Korridor zu den Toiletten hinunter und zur Hintertür hinaus. Kaum dass sie draußen waren, packte er ihren üppigen Körper und wob die Hand in ihr Haar, um sie zu küssen, doch er konnte nicht.

Atemlos flüsterte Becky: »Ich sterbe gleich, Michael. Küss mich. Ich brauche dich und deinen Kuss.« Doch sie brauchte ihn nicht, nicht wirklich. Sie *begehrte* ihn und war scharf auf den Kick, mit jemandem zu schlafen, der ebenso nach einem Ausweg lechzte wie sie. Eine Zeit lang war es perfekt für Michael gewesen, und damals war sie zu einer Gleichgesinnten geworden. Eine Frau in den Armen zu halten und ihr Vergnügen zu bereiten, hatte ihm immer das Gefühl gegeben, kein Monster zu sein. Doch heute Nacht war es anders. Oder besser gesagt – sie war nicht die richtige Frau. Sie unterschied sich nicht von den anderen in der Bar.

Michael ließ Becky los und drängte sie wieder in die Kneipe. »Du brauchst einen Drink.«

Ein paar Minuten später trat Michael allein aus der Hintertür. Sein Verlangen war mittlerweile fast ein Urbedürfnis, dem er nicht widerstehen und das er nicht länger unterdrücken konnte. Michael entschwand im Wind und kam auf Cassandras Terrasse wieder zum Vorschein.

Es war kurz vor Mitternacht, als Cassandra mit einem Stapel Forschungsberichten auf dem Schoß den überquellenden Stuhl ihres Schlafzimmers belegte. Eine seltene kühle Brise, die Fetzen eines flüchtigen Auguststurms mit sich führte, bewegte die Gardinen vor den geöffneten Glasschiebetüren. Da sie die Vierzehnstundentage allmählich auslaugten, hatte sie mit dem Vorsatz, früher ins Bett zu gehen, bereits ihr Nachthemd angezogen. Die X2-Forschung zerrte ebenfalls an ihren Kräften. Von fünfzehn Soldaten waren weitere fünf betroffen. Ein Drittel der Männer zeigte ein für sie ungewöhnlich aggressives Verhalten, weswegen ihr Vater verlangte, sie in Nadelkissen zu verwandeln. Da die GTECHs eine erstaunliche Waffe für die Regierung darstellten, hatte Washington seinen Impfplan angeboten. Ihr Vater würde diese Hilfe garantiert nicht aufs Spiel setzen, um Rücksicht auf die Leiden der Männer zu nehmen. Dass die GTECHs noch zurechnungsfähig waren, grenzte an ein Wunder. Dennoch rechnete Cassandra ihrem Vater hoch an, dass er Soldaten ausgesucht hatte, die über Durchhaltevermögen verfügten und sich gut entwickelten.

Als die Vorhänge kaum merklich flatterten, sah Cassandra zur Tür. Sofort musste sie an Michael denken und fragte sich, wann oder ob er wieder mit ihr ausgehen würde. Bisher hatte er jedes Mal die Flucht ergriffen, wenn sie sich nähergekommen waren. Da es heftig zwischen ihnen knisterte – und nach all den Geschichten von seinen Eroberungen –, konnte sie sich darauf keinen Reim machen. Wenn sie auf ihren Vater zu sprechen kamen, spürte sie eine gewisse Missbilligung, daher fragte sie sich, ob es daran lag. Zwar wollte sie sich nicht in die Schar der von ihm eroberten Frauen einreihen, aber vielleicht könnte sie ja *ihn* erobern.

Diese aberwitzige Vorstellung brachte sie zum Lachen, und sie gluckste noch mehr, als sie an ihre zweite Verabredung denken musste. Sie waren zu einem Minigolfplatz gefahren, und im Laufe des Spiels hatte sie es fertiggebracht, den Ball ausgerechnet in einem BMW zu versenken. Der Besitzer hatte glücklicherweise kein Theater gemacht, doch Cassandra hatte sich in Grund und

Boden geschämt. Erst als Michael »Der Mysteriöse« gelächelt und ihr einen Kuss auf die Nase gedrückt hatte, hatte sie den Vorfall vergessen können. Sie entsann sich, beim Blick in seine kristallblauen, belustigten Augen eine Verbindung zwischen ihnen gespürt zu haben. In jenem Moment hatte sie eine Veränderung an ihm wahrgenommen, jenseits des Lächelns, das sie ihm endlich hatte entlocken können. Er hatte seinen Schutzschild fallen lassen.

Der Vorhang hob sich in einer kräftigen Bö, und Cassandra hätte schwören können, dass sie ihren Namen rief. Sie schüttelte den Kopf. Diese Schwärmerei für Michael war ja nicht auszuhalten.

In ihrem hauchdünnen, gerade bis zu den Knien reichenden Nachthemd erhob sie sich und verstaute die Akte auf dem Tisch neben dem Stuhl. Eigentlich hatte sie nur die Tür schließen und zu Bett gehen wollen, doch ihre Neugier siegte. Als sie die Gardine zurückzog, erkannte sie im trüben Licht der Terrassenlaterne in der Nähe der Tür eine Gestalt.

Überzeugt, sich Michael nur einzubilden, blinzelte Cassandra, doch er war es tatsächlich und strahlte dieselbe todbringende Männlichkeit aus wie eh und je. Mit dem Haar, das sein starkes Gesicht und die breiten Schultern umrahmte, wirkte er wie ein Krieger aus der Antike. Der Gedanke schickte ihren Magen auf eine Achterbahnfahrt. O Gott. Er war ein Krieger – beziehungsweise ein Soldat, der gerade von einem Einsatz kam. Sie wusste, was diese mitternächtlichen Besuche bedeuteten und welche schlechten Nachrichten damit einhergingen.

Ohne einen Gedanken an ihr durchsichtiges Nachthemd zu verschwenden, stieß sie die Fliegentür auf und ging barfuß auf ihn zu. Sie konnte an nichts anderes denken, als dass die Welt um sie herum zerbrach. »Sag es mir. Sag es gleich. Es ist mein Vater, nicht wahr?«

»Nein«, erwiderte er hastig. »Alles ist in Ordnung. Ihm geht's gut.« Er rieb sich den Kiefer. »*Allen* geht es gut.«

»Bist du sicher?«, fragte sie, während sie in seinem Gesicht nach Bestätigung suchte. »Sag mir bitte, dass du sicher bist.«

Er nickte nachdrücklich. »Ja«, sagte er. »Ich bin sicher.«

»Oh, Gott sei Dank«, sagte Cassandra und stieß erleichtert den Atem aus, während sie noch immer die Hand an die Brust presste, in die ihr Herz fast ein Loch gehämmert hätte. Trotz seiner Makel war ihr Vater alles, was sie hatte, und sie liebte ihn.

»Ich wollte dich nicht erschrecken«, sagte er und trat einen Schritt zurück. »Es war ein Fehler, herzukommen.«

»Warte!«, rief sie, trat näher an ihn heran und packte seinen Arm. »Bitte geh nicht. Du bist doch nicht ohne Grund gekommen, und ich weiß noch nicht mal, warum.« Doch an seiner Miene konnte sie erkennen, dass er sich schon wieder vor ihr verschlossen hatte. »Rede mit mir, Michael. Was ist passiert? War es der Einsatz?«

Er zögerte und sagte leise: »Es ist immer irgendein Einsatz.«

Irgendetwas stimmte nicht. Er war aufgewühlt und hatte bei ihr Trost gesucht. Bei dem Gedanken wurde ihr warm ums Herz. Michael, der jeden mied, war zu ihr gekommen. Sie ließ die Finger seinen Arm entlang bis hinunter zur Hand gleiten. »Kannst du darüber reden?«

»Würde ich, wenn ich dürfte«, sagte er. »Aber das ist nichts, was du hören willst.«

»Ich kann einiges vertragen«, beteuerte sie.

Er zog sie in seine Arme, vergrub das Gesicht in ihrem Haar und hüllte sie mit seiner Wärme ein. »Ich weiß«, sagte er leise. »Du bist zu gut für die Hölle meines Lebens. Deshalb fühle ich mich auch wie ein verdammter Egoist – weil ich dich brauche.«

Er versuchte sie wegzuschieben, als wollte er aufbrechen.

Von seinem Geständnis und seiner Verletzlichkeit getroffen, klammerte sich Cassandra an ihn. »Ohne mich gehst du nirgendwohin. Ich lasse mich nicht von dir wegschicken. Ich brauche dich auch.«

Ein Feuer loderte in seinen Augen, und aus seiner Kehle drang ein tiefes, gutturales Stöhnen. Als er die Hände seltsam vertraut auf ihren Hintern legte, konnte sie sich kaum entsinnen, hochgehoben worden zu sein. Nur sein wilder leidenschaftlicher Kuss und das Verlangen, sich um ihn zu schlingen und ihm ganz nah zu sein, existierten noch. Sie konnte sich auch nicht daran erinnern, das Haus betreten zu haben – was ihrer zurückhaltenden Art völlig widersprach. Selbst wenn er sie auf der Veranda genommen hätte, hätte sie ihn nur angefleht, es noch mal zu tun. Sie wollte und brauchte ihn.

Irgendwie schafften sie es zum Bett. Als er sich immer noch bekleidet auf die Seite drehte und die flache Hand auf ihren Bauch legte, brannte sein prüfender Blick heiß auf ihr. Aus ihrer lasziven Hingabe wurde Scheu.

Als sich Cassandra aufzusetzen versuchte, drückte er sie zurück auf die Matratze. »Was machst du da?«, fragte sie. Plötzlich fühlte sie sich entblößt und furchtbar verletzlich. Warum ließ er sich nicht gehen, so wie sie?

»Ich bewundere dich«, sagte er und strich zärtlich über ihren Nippel, worauf sie kaum ein Stöhnen unterdrücken konnte. Sie wollte sich nicht gehen lassen, solange er nicht dasselbe tat.

Er legte sich auf sie, als könne er spüren, dass sie fliehen wollte, hielt sie unter seinem massiven Körper gefangen und spreizte ihre Beine mit den Knien. Sein langes schwarzes Haar fiel ihm über die Schultern und brachte den Krieger zum Vorschein – einen wilden, verruchten Krieger. *Ihren* Krieger. Was für ein verrückter Gedanke – ebenso wild und lasterhaft wie dieser Mann. Heute Nacht gehörte er ihr, und nur sie beide existierten.

Sie nahm die Begierde in seinen Augen wahr und schmeckte sie auf seinen Lippen, als er sie küsste.

»Entspann dich und lass dir zeigen, wie schön du bist.« Er küsste ihren Hals, ihr Ohr. »So wunderschön.« Und er zeigte es ihr – langsam, verführerisch, vollendet. Sie gab sich der Lust hin, vergaß die Zeit, konnte nicht mehr zusammenhängend denken, als Michael ihre Brüste küsste, die Nippel, die pochende Körpermitte. Seinen Berührungen und Blicken haftete etwas Magisches an, worauf sie die letzten Hemmungen über Bord warf und sich ihm vollkommen hingab. Es war eine Aufforderung, sich fallen zu lassen und ihn zu erkunden.

Als er die Zunge über ihre Brustwarze gleiten ließ, bäumte sie sich auf und stöhnte leise. Er hob den Kopf und sah sie mit kristallblauen Augen an, in denen flüssige Lava loderte.

»Es gefällt mir, wenn du für mich stöhnst.«

Sie berührte sein Gesicht, sehnte sich danach, den Mann hinter dem Krieger zu erkennen. »Deine Augen«, sagte sie. »Zeig mir ihre wahre Farbe.« Er spannte sich an. »Dein wahres Ich. Diesen Mann möchte ich. Diesen Mann *brauche* ich.«

Völlig regungslos und kaum atmend starrte er sie an, dann lag sein Mund heiß und fordernd auf ihrem, zog sie in ein fiebriges Glühen hinein. Als seine Kleidung verschwand, lagen ihre Hände überall auf seinem Körper. Ihr Bedürfnis, Haut an Haut zu spüren, war noch nie so groß gewesen.

Die Zeit ging in Stöhnen über, in ihre Sehnsucht, ihn in sich zu spüren. Als er sich von ihr löste und sich ans Fußende des Bettes stellte, schrie sie auf. Er war die nackte Perfektion, jeder Zentimeter so verlockend, wie sie es sich ausgemalt hatte. Erfüllt von dem Wunsch, ihn wieder zu berühren, zu spüren und zu betrachten, rutschte sie instinktiv zur Bettkante. Als er sich auf den Stuhl setzte, griff er nach ihr und zog sie auf sich. »Ich muss in dir sein, Cassandra«, sagte er und schlang ihre Beine um sich.

»Ja«, erwiderte sie atemlos. Als sie an seiner langen, harten Erektion hinabglitt, stützte er sie, bis er tief und vollkommen in ihr versunken war.

Er wühlte die Hand in ihr langes blondes Haar, zog ihren Mund sanft zu sich. »Kannst du fühlen, wie sehr ich dich brauche?« Als er die Hüfte bewegte, dehnte sich sein Schwanz in ihr aus, streichelte sie in einer langen, neckenden Liebkosung.

»Ja«, keuchte sie, als er es wieder tat.

Seine Augenfarbe wechselte von Blau zu Schwarz. »Hast du jetzt Angst, Cassandra?«

Sie wollte sich nicht in einen Soldaten verlieben, wollte sich nicht sorgen müssen oder verletzt werden, doch ihr Herz verriet ihr, dass es zu spät war. Sie verliebte sich nicht. Es war längst geschehen. »Ja«, flüsterte sie, als sie sich zurückneigte und ihm die Gefühle hinter den Worten zeigte. »Du jagst mir eine Heidenangst ein, Michael Taylor.«

»Das beruht auf Gegenseitigkeit, Süße«, sagte er, ehe er ihren Mund mit einem innigen, unersättlichen Kuss verschloss, der in wilder Leidenschaft mündete. Mit jedem Stoß und jeder Liebkosung seiner Zunge ließ er sie seine Verwundbarkeit und den Schmerz spüren. Es machte ihr keine Angst, dass er sie brauchte. Sondern wie sehr sie *ihn* brauchte …

Michael war nicht gut für Cassandra. Darüber war er sich im Klaren, und er war sich ziemlich sicher, dass sie sich in dieser Hinsicht ebenfalls nichts vormachte. Als er mit ihr zusammen gewesen war, hatte er einen merkwürdigen Frieden empfunden, durch den er sich fast – nur *fast* – menschlich fühlte … was er kaum für möglich gehalten hätte.

Eigentlich hatte sich Michael aus dem Staub machen wollen, bevor sie aufwachte, hatte die letzte Nacht zu einem Fehler erklären wollen, der nicht wieder vorkommen durfte. Nachdem er sich angezogen hatte, hatte er jedoch auf dem Stuhl Platz genommen, auf dem sie sich geliebt hatten, und als ihr Wecker losging, saß er immer noch dort. Als er sie mit zerzausten Haaren und vom Küssen geschwollenen Lippen sah, war er froh, geblieben zu sein. Es versprach, ein guter Morgen zu werden, und so trottete er ihr in die Küche nach, wo sie bereits Kaffee kochte.

»Hoffentlich magst du deinen Kaffee so stark, dass der Löffel darin stehen bleibt«, sagte sie.

»Je stärker der Treibstoff«, erwiderte er, mit einem Ellbogen am gegenüberliegenden Schrank abgestützt, »desto besser.«

Sie lächelte zustimmend, drehte sich zum Schrank um und stellte sich auf die Zehenspitzen, um Tassen herauszuholen. Michael hätte ihr ja geholfen, wenn er nicht damit beschäftigt gewesen wäre, ihren herzförmigen, seidigen Hintern zu bewundern und sich auszureden, sie auf den Tresen zu heben und auf der Stelle zu nehmen.

Mit den Tassen in den Händen wandte sie sich ihm zu. »Ihr GTECHs kommt vielleicht mit wenig Schlaf aus, aber ich …« Sie röchelte, dann gaben ihre Knie nach, und die Becher flogen durch die Luft.

Michael bekam sie an der Taille zu fassen, als sie zusammensackte. »Mein Nacken«, flüsterte sie unter größter Anstrengung. »Er tut … weh.« Die Verzweiflung stand ihr ins Gesicht geschrieben, während sie die Fäuste an seiner Brust ballte.

Er hob sie hoch, trug sie zur Couch, legte sie nieder und wiegte ihren zitternden Körper in den Armen. »Ganz ruhig, Süße«, sagte er beschwichtigend, während er ihr Haar streichelte. Er musste ihren Nacken nicht sehen, um zu wissen, was los war, und sie vermutlich ebenfalls nicht. Er hätte die Finger von ihr lassen sollen – trotzdem hatte er sich auf gefährliches Terrain begeben, und nun war sie gezeichnet.

Nach einer Ewigkeit verließ sie seinen Schoß und sank auf die Polster. »Mir geht's besser. Ich glaube, es geht gleich wieder.« Ein paar Sekunden starrten sie einander nervös an, dann bestätigte sie seine Vermutung. »Du solltest dir meinen Nacken ansehen.«

Er nickte. Sie drehte sich langsam um, hob das Haar an und entblößte ihren Hals. Michael erblickte das Symbol auf ihrer Haut, und reine, weißglühende Habgier stieg in ihm empor. Er schlang ihr die Arme um die Taille, zog sie an sich und presste die Lippen auf den doppelten Kreis. Er wollte nur noch mit ihr schlafen, sie noch einmal als die Seine zeichnen.

»Michael«, raunte sie. Sie schmiegte sich an ihn, und er spürte, dass ihre Leidenschaft kurz davor stand, aufs Neue zu entbrennen. »Ist es …?«

»Ja«, bestätigte er und drehte sie in seinen Armen herum, legte ihre Stirnen aneinander. Schwer atmend rangen beide um Selbstbeherrschung. Er streichelte ihren Nacken.

Sie nahm seine Hand und schmiegte sie an ihr Gesicht, als könnte sie es nicht ertragen, dass der Kontakt abbrach. »Ich muss Kelly anrufen.«

»Nein«, sagte er und fixierte sie mit Augen, in denen ein wildes Feuer loderte. »Niemand darf es wissen. Ich lasse nicht zu, dass man dich in eine Laborratte verwandelt. Nicht meinetwegen.«

»Ich vertraue Kelly«, wandte sie ein. »Sie wird es niemandem verraten.«

»Bis sie irgendetwas beunruhigt und meint, es deinem Vater sagen zu müssen«, erwiderte er. Er ließ sie los und versuchte, sich zu zügeln. Wo gerade noch Habgier und Leidenschaft dominiert hatten, trat nun ein Beschützerinstinkt zutage.

Als er aufstand, fuhr er sich über den Kopf und kehrte ihr den Rücken zu. Wie konnte er ihr nur begreiflich machen, wie wichtig es war, ihre Verbindung geheim zu halten? Er tat das Einzige, was ihm einfiel, und offenbarte etwas, das nicht einmal Caleb wusste, obwohl er ihm sein Leben anvertrauen würde. »An dem Tag, als wir uns zum ersten Mal sahen, hattest du recht.« Er sah sie immer noch nicht an, weil er die Angst in ihren Augen nicht erkennen wollte. »Ich *bin* anders als die anderen GTECHs.«

»Der Wind«, sagte sie leise. »Dich verbindet etwas Spezielles mit ihm.«

Er versuchte nicht länger, seine Gefühle zu verbergen, und drehte sich um. Da sie die langen Haare hinter die Ohren gesteckt hatte, gab sie die Unsicherheit in ihren Augen preis und wirkte ganz klein. Er durfte nicht vergessen, dass sie in seinen Armen zwar wie eine zarte kleine Blume wirkte und auch so roch, aber dennoch zäh war. Andererseits konnte sie sich ihrem Vater gegenüber nicht behaupten, und wie er mittlerweile herausgefunden hatte, war das häufiger der Fall. Dennoch konnte sie die Wahrheit ebenso verkraften wie alles andere. »Ja. Es gibt eine spezielle Verbindung und wer weiß was noch, von dem ich keine Ahnung habe. Ich lasse nicht zu, dass du meinetwegen unter einem Mikroskop landest. Du hast Zugang zu sämtlichen Tests, die man bisher an den gezeichneten Frauen vorgenommen hat. Daraus wirst du alles Nötige erfahren.« Er ging zu ihr, stützte sich auf ein Knie und hielt ihre Hände fest. »Du darfst es weder Kelly noch sonst jemandem sagen. Es war egoistisch, herzukommen, und das werde ich mir nie verzeihen. Ich verspreche dir, alles in meiner Macht Stehende zu tun, um dich vor den Folgen zu bewahren. Koste es, was es wolle. Es muss unser Geheimnis bleiben.«

Sie zögerte kurz, dann nickte sie, wirkte aber bedrückt und verwirrt. »Ja. In Ordnung. Es ist unser Geheimnis.«

Erleichtert nahm er sie in die Arme. Doch da weder Waffen noch GTECH-Fähigkeiten oder Medikamente rückgängig machen konnten, was er getan hatte, war es nur ein schwacher Trost.

Er hatte Cassandras Leben für immer verändert.

3

Cassandra war am Grill auf der hinteren Veranda beschäftigt, während Michael die Küche nach irgendeinem unentbehrlichen Männerutensil durchstöberte. Es war ein ungewöhnlich warmer Tag für November. Sechs Monate waren vergangen, seit Cassandra das Symbol trug, und sie fühlte sich genau wie vorher. Ihre Beziehung zu Michael hatte sich jedoch verändert, das Band zwischen ihnen war stärker geworden. Die Leidenschaft und vor allem das Verlangen waren von solcher Intensität, dass sie Michaels Geschmack schon auf den Lippen spürte, wenn sie nur an ihn dachte. Sobald er sich in ihrer Nähe befand, empfand sie ein Kribbeln im Nacken. Dieses Phänomen teilten alle gezeichneten Paare miteinander, daher bezeichnete das wissenschaftliche Team diese Paare als »Lebensband«, um eine von der Natur gewollte Bindung definieren zu können. Da die Verbindungen einige Monate, bevor sie ihren Job angetreten hatte, erforscht und klassifiziert worden waren, wusste sie darüber hinaus wenig. Paradoxerweise ließ Michaels starkes Bedürfnis, ihre Bindung geheim halten zu wollen, wenig Raum, sie vor dem Monster, für das er sich selbst hielt, zu beschützen.

»Rutsch mal rüber«, befahl Michael von hinten. Seine Haare wehten in einer leichten Brise, als er mit einer Grillgabel von der Größe des Staates Texas an den Rost trat.

»Heiliges Kanonenrohr«, lachte Cassandra. »Dieses Monstrum gehört aufs Schlachtfeld, nicht an den Grill.« Sie hatte es kaum ausgesprochen, da klatschten ihr ein paar kalte Regentropfen ins Gesicht. Sie beäugte die heranziehende dunkle Wolkenfront, die sich anschickte, jeden Moment über ihrem kleinen Freiluftabenteuer aufzureißen. Mit einem hoffnungsvollen Blick auf Michael sagte sie: »Du hast das Wetter nicht zufällig genauso gut im Griff wie den Wind und hast es mir nur nicht verraten?«

»Nee. Aber meine Steaks sind spitzenmäßig«, sagte er und gab ihr einen Klaps auf ihren in Jeansshorts steckenden Hintern. »Schaff sie lieber vor dem Wolkenbruch auf den Herd, sonst kommst du heute nicht mehr in den Genuss meines Talents.«

Der Gedanke an eine gute Mahlzeit ließ ihren Magen knurren, worauf sie sich schnell in Bewegung setzte und sich den Wein und die beiden langstieligen Kristallgläser vom Metalltisch schnappte. Es waren Geschenke von Michael, die sie umso reizender und schöner fand, weil er sie ihr machte, nachdem er gehört hatte, dass sie gern neue Weine probierte. Wie sich herausstellte, teilte sie diese Vorliebe mit seiner Mutter – das war eines der wenigen Geheimnisse, die sie ihm hatte entlocken können. Allerdings hatte sie sich geschworen, eines Tages alle verdeckten Puzzleteile umzudrehen, die Michael ausmachten.

Er bugsierte die Steaks in einer mit Folie abgedeckten Schüssel zur Tür, überlegte kurz und schnappte sich die monströse Gabel vom Grill. »Ohne meinen Prügel gehe ich nirgendwohin«, scherzte er, ehe er im Haus verschwand.

Von seinem Lächeln erwärmt, sah Cassandra ihm nach. Es war ein Zeichen dafür, dass die Mauern, die er um sich errichtet hatte, stückchenweise bröckelten – was ihre Gewissensbisse, ihm etwas zu verschweigen, noch vertiefte. Als die Spannungen zwischen den X2-positiven und -negativen Soldaten vor einigen Monaten zugenommen hatten, hatte ihr Vater sämtliche Testergebnisse verschlossen, sodass kein Soldat wusste, wen es betraf. Sie hatte jedoch erfahren, dass Michael zu den Infizierten gehörte, und ihr war klar, wie er damit umgehen würde, wenn es ihm je zu Ohren kommen sollte.

Kurz nachdem sich der Stützpunkt für den Abend geleert hatte, streifte Powell durch das Tierlabor und inspizierte die Käfige. Sie waren von toten, X2-infizierten Tieren übersät, die einander attackiert hatten. Unfassbar, dass es ausgerechnet jetzt passieren musste, nachdem er endlich erreicht hatte, um was er sich schon vor den ersten Injektionen bemüht hatte – eine Einladung vom Außenminister ins Weiße Haus. Sowohl der Präsident als auch die Stabschefs zeigten sich zufrieden mit dem Programm und hatten hohe Erwartungen an das Projekt und Powell. Allerdings wollte man sich vollkommen dagegen absichern, dass die Sache nach hinten losging, und das war seine Chance zu beweisen, dass er einer der großen Führer dieses Landes war. Doch ausgerechnet jetzt musste dieses X2-Gen-Problem auftauchen.

»Dieses Verhalten«, sagte Dr. Chin hinter ihm, »war nicht nur breit gefächert, sondern kam aus heiterem Himmel. Das spricht für die These, dass ein Auslöser existiert. Es gibt keinen Indikator, worum es sich handeln könnte.«

Powell betrachtete noch kurz einen der Käfige, dann wandte er sich Dr. Chin zu, Leiter der wissenschaftlichen und medizinischen Abteilung von Projekt Zodius. Dr. Chin hatte seinen Ehrgeiz und seine Loyalität auf erstaunliche Weise unter Beweis gestellt, wenn man bedachte, dass er von der US-Regierung engagiert worden war. »Wer weiß noch davon?«

»Nur ich und meine Assistentin Ava Lane. Alle anderen hatten schon Feierabend gemacht.«

Powell beäugte die kurvige Rothaarige auf der anderen Seite der Glasscheibe, die gerade einen Objektträger unter dem Mikroskop studierte. Er hatte nicht nur wegen ihrer sexy Erscheinung ein Auge auf sie geworfen. Ava war der Blutaustausch zwischen einer gezeichneten Frau und ihrem Partner gelungen. Die Frau war daraufhin zum GTECH konvertiert, ohne dass man auf das rare Serum zugreifen musste.

Powell sah Chin von der Seite an. »Und Dr. Peterson?«, fragte er, wohl wissend, dass seine Tochter und Kelly Peterson öfter die Mittagspause miteinander verbrachten.

»Ist gegangen, bevor die Tiere außer Kontrolle gerieten. Ich dachte, Sie würden es vor allen anderen wissen wollen.«

»So soll es auch bleiben«, bestätigte Powell. »Außer mir braucht es niemand zu wissen.« Vor allem seine Tochter nicht. Cassandra hatte ihre Arbeit seinen Erwartungen entsprechend durchgeführt und detailliert vom Geisteszustand der Soldaten berichtet. Sie hatte die Männer als leicht aggressiv innerhalb normaler Grenzen beschrieben, aber dennoch gewarnt, dass sich dieser Zustand ändern könnte. Auch wenn das Weiße Haus darüber erfreut gewesen war, bereitete es ihm angesichts der heutigen Ereignisse Probleme. Sie würde nicht verstehen, weshalb ihre Tests nicht ausreichten. Er zeigte auf die Käfige. »Sorgen Sie dafür, dass es so bleibt. Gibt es noch mehr Hiobsbotschaften, die Sie unbedingt loswerden wollen, Chin?«

»Die gezeichnete Frau wird nicht nur ein GTECH, sie infiziert sich außerdem mit X2, wenn ihr Lebensband es hat. Laborstudien aus der Anfangsphase bestätigen die These, dass die Paare zur Fortpflanzung fähig sind, wenn der Blutaustausch abgeschlossen ist. Selbst wenn die Männer vorher steril waren.«

»Großartig«, sagte er mit vor Sarkasmus triefender Stimme. »Dann können wir ja X2-Monster züchten. Das Weiße Haus wird entzückt sein.« Er ging zu den Käfigen und rieb sich das Gesicht. Er stand mit dem Rücken zur Wand. Die X2-Infizierten stellten eine enorme schlummernde Bedrohung dar, die man unmöglich ignorieren konnte. Es gab nur eine Möglichkeit, um einen länger dauernden Arrest der Betroffenen zu verhindern: Red Dart. Das war ein außerirdischer Kristall, der einen Laserstrahl ausstieß und dem Blutkreislauf des Zielobjekts einen chemischen Stoff zuführte. Dieser Stoff erlaubte es ihm, es zu orten und durch Folter zu kontrollieren. Man hatte ihn vor etwa fünfzig Jahren von einem außerirdischen Schiffswrack geborgen, aber nie erfolgreich anwenden können. Als er die Alarmsignale erkannt hatte – dass menschliche Gesetze nicht ausreichten, um mit entmenschten Soldaten fertigzuwerden –, hatte er die Forschungsarbeit heimlich an sich genommen.

Er drehte sich um und sah Chin an. »Wir werden Red Dart aktivieren. Gleich. Heute noch. Es interessiert mich nicht, wie gefährlich oder potenziell tödlich er ist. Es ist mir egal. Sehen Sie zu, dass er funktioniert.«

»Die Wissenschaft funktioniert nicht auf Befehl, General«, erwiderte Chin. »Und man kann sie auch nicht durch Druck vorantreiben. Ich habe Ihnen schon zigmal erklärt, dass Red Dart für Menschen und nicht für GTECHs entwickelt wurde. Selbst wenn man ihn auf Menschen ansetzt, tötet er eher den Wirt, als dass er ihn foltert. Die GTECHs sind eine andere Sache. Dass sie draufgehen könnten, bereitet mir kein Kopfzerbrechen – dafür heilen sie zu schnell. Die Applikation macht mir Sorgen. Ihr Immunsystem demoliert die Peilung, bevor sie überhaupt in den Blutkreislauf gelangt; was unumgänglich ist, um den Kristall in Betrieb nehmen zu können. Solange ich nicht weiß, wie ich ihr Immunsystem überlisten kann, ist der Kristall nutzlos. Es muss Red Dart als Teil seines normalen Betriebssystems erkennen.«

Powell fluchte leise und stieß eine Abfolge bekannter Obszönitäten aus – und auch einige unbekannte. Äußerlich wirkte er jedoch ruhig und gefasst. »Wann ist er einsatzbereit, wenn ich die Fördermittel verdoppele?«

»In einem Jahr«, erwiderte Chin rasch. »Eventuell länger. Nicht schnell genug, wenn man in Betracht zieht, dass wir nicht wissen, wodurch die Gewalt unter den Tieren ausgelöst wurde. Die X2-infizierten Soldaten könnten jederzeit genauso ausrasten.«

Chins Worte wühlten sich durch Powells Eingeweide. Jede verdammte Sache, die er sich erarbeitet hatte, könnte deswegen den Bach runtergehen. »Sind Sie sicher, dass es mit dem X2 zusammenhängt?«, fragte er.

»Ich bin der festen Überzeugung, dass alle GTECHs eine unbekannte Variable darstellen und somit explosiv sind«, erwiderte Chin. »Aus diesem Grund bin ich bereit, an Red Dart zu arbeiten. Aber vor allem«, er gestikulierte zu den Käfigen, »steht diese Bedrohung in direktem Zusammenhang mit dem X2-Gen.«

Die Isolation der X2-Männer, die eine Gruppe von nahezu unbezwingbaren Soldaten darstellte, würde eine strategische Planung, beträchtliche Arbeitskraft und eine überzeugende Geschichte für den Außenminister erfordern. Sein Verstand raste einen gewundenen, verdrehten Pfad entlang. Glücklicherweise hatte man die Soldaten nicht vom X2-Gen in Kenntnis gesetzt, sodass sie unmöglich eine Verbindung herstellen konnten. Er würde behaupten, dass man sie weiteren außerirdischen Verbesserungen unterziehen und ihnen ein neues Serum verabreichen wollte, um ihnen zu noch mehr Größe und Stärke zu verhelfen. Sie würden freiwillig kommen, und dann würde man sie in eine Sicherheitszelle locken, da man die medizinischen Angestellten vor potenziellen Begleiterscheinungen schützen wollte. Der Außenminister würde sich sicher über den neuen Entwicklungsstand der Zodius freuen. Und er könnte sich damit Zeit verschaffen.

Ein Lächeln umspielte seine Lippen. Schließlich befand er sich nicht grundlos auf dem Weg zum Weißen Haus. Keine Herausforderung konnte groß genug sein.

Adam Rain lauerte im Schatten des Parkplatzes, abseits der zu den unterirdischen Anlagen von Groom Lake führenden Abschussrampe, als sich der Fahrstuhl öffnete und Ava hinaustrat. Während sie auf ihn zukam, bewunderte er den sinnlichen Hüftschwung und ihre Beine. Sie war die Frau, die insgeheim sein Zeichen trug. Wenn die Zeit gekommen war, würde sie seinem Kind das Leben schenken, das der zukünftige Führer einer neuen Supermacht werden würde: der Zodius-Nation. Es wäre ein Volk frei von Schwächen und primitiven menschlichen Leiden. Adams Volk. Und dieser Tag war zum Greifen nah.

Ava kam näher, und Adam zog sie entschlossen in seine Arme. Er drückte ihren weichen sexy Körper an sich und küsste sie, stillte den unbändigen inneren Hunger, ehe er von ihr abließ. »Was gibt es so Wichtiges, dass du nicht warten konntest? Oder willst du mich nur unbedingt wieder in dir haben, meine kleine Ava?«

Mit vor Aufregung geweiteten Augen presste sie die Hände an seine Brust. »Es ist Powell.« Sie keuchte an seinem Mund vorbei. »Er hat Angst vor den X2-Infizierten. Er will sie hinter Gitter bringen.«

Zorn fuhr reißend durch ihn. »Wann?«

»Morgen«, erwiderte sie mit ebenso zornerfüllten Augen.

Adam fluchte. Die unterirdische Anlage, die er mithilfe privater Investoren und der Zusicherung, sie zu GTECHs zu machen, gegründet hatte, war weder fertiggestellt, noch besaßen sie das Serum, um es in großen Mengen produzieren zu können.

Vielleicht hatte es aber auch eine gute Seite. Sein Bruder hatte an der Güte der Menschen festgehalten, und dieselben Menschen wollten nun die GTECHs hinter Schloss und Riegel bringen und den Schlüssel wegwerfen. Vielleicht hatte man sogar vor, sie auszurotten. Das würde er zumindest seinen Anhängern weismachen, ob es nun stimmte oder nicht. Selbst Caleb würde erkennen müssen, dass die Menschen alles verdarben, was sie berührten. Entweder wir oder sie – und der Stärkere, nämlich die GTECHs, würde die Oberhand gewinnen.

»Ich habe viele Mitstreiter in Groom Lake«, sagte er. Diese setzen sich nicht nur aus GTECHs zusammen. Die menschlichen Soldaten, die in ihrer natürlichen, verwundbaren Gestalt in den Kampf geschickt wurden, waren verärgert, weil man sich weigerte, sie zu GTECHs zu transformieren. »Ich werde problemlos die Kontrolle bekommen können.«

»Die Army wird Verstärkung schicken«, warnte sie.

»Die Army wird sich hüten, uns anzugreifen. Dann müssten sie die Katze aus dem Sack lassen und der Bevölkerung gestehen, dass sie von einer außerirdischen Übernahme bedroht ist«, sagte er. »Ihre Bemühungen, uns aufzuhalten, werden jämmerlich sein, und wir werden uns durchsetzen.«

»Adam …«

Er schlang die Hände um ihren Hals und zog sie an sich. »Hab keine Angst, meine Schöne. Bald wirst du die Königin eines neuen Volkes sein, das wächst und gedeiht. Niemand wird uns aufhalten.«

»Niemand wird uns aufhalten«, flüsterte sie.

Nachdem sie das Barbecue verschlungen hatten, wurde das Vorhaben, einen Film zu sehen, von ihrer Leidenschaft durchkreuzt. Stunden voller Leidenschaft, erfüllt von ekstatischer Hingabe. Cassandra lag an Michaels Brust geschmiegt auf einer Decke auf dem Wohnzimmerboden. Sie war nur halb gesättigt, und der Regen hatte längst aufgehört. Eine wunderbare innere Wärme erfüllte sie, und ihr wurde bewusst, dass der Zeitpunkt gekommen war, um von ihrer Mutter zu erzählen. Sie konnte sich nicht erklären, warum sie das Gefühl hatte, es tun zu müssen.

Bevor es dazu kommen konnte, drehte er sie auf den Rücken. Als Michaels langes schwarzes Haar ihre Wangen kitzelte, blickte er sie gefühlvoll und zugleich durchdringend mit seinen schwarzen Augen an. »Cassandra«, sagte er leise. »Weißt du, wie sehr ich …« Eine Bö wehte zum Fenster herein, drang durch die Vorhänge und spritzte Regentropfen auf die Fliesen in der Küche.

Michael wurde stocksteif. Was er gerade hatte sagen wollen, blieb unvollendet. Eine weitere Bö drang gewaltsam durchs Fenster, unnatürlich wie eine Forderung. Cassandra begriff, dass diese Bö von »jemandem« erzeugt worden war und nicht von »etwas«, das Mutter Natur schickte.

Michaels Reaktion sprach Bände. »Rühr dich nicht vom Fleck«, befahl er, ohne eine Antwort abzuwarten. So sprach der Soldat, den sie als einen Teil von ihm kennengelernt hatte, und der war nicht scharf auf irgendwelchen Besuch. Innerhalb weniger Sekunden hatte er sich angezogen, ging zur Tür hinaus und schloss sie hinter sich.

Hastig schlüpfte Cassandra in ein Tanktop und Shorts und vergaß vor lauter Eile ihre Schuhe. Eine unerklärliche Angst wand sich durch ihre Eingeweide, während sie durch die Vorhänge spähte. Tief in ihrem Inneren vernahm sie etwas Lebendiges, Pulsierendes. Draußen standen Adam und Michael und starrten einander an, während der Wind pfeifend um sie blies. In den letzten Monaten hatte sie herausgefunden, dass sich der Wind in Michaels Gegenwart weder rührte noch pfiff – es sei denn, er gestattete es ihm. Kein anderer verfügte über eine solche Macht. Bisher war sie davon ausgegangen, dass die anderen GTECHs davon wussten, allerdings war sie sich dessen nicht ganz sicher. Entweder hielt Michael es geheim, oder es nervte ihn, sich mit der Kontrolle des Winds abmühen zu müssen. Oder beides.

Adam machte Michael nervös. Sie hatte es ihm angemerkt, wenn Adams Name nur erwähnt wurde. Caleb war eine andere Geschichte. Michaels Bewunderung für ihn war offensichtlich.

Michael wusste, dass Adam X2-positiv war und Caleb nicht. Wenn Michael erfuhr, dass er ebenfalls X2 hatte, würde er denken, dass er wie Adam sei, und das konnte sie nicht zulassen. Sie befürchtete, das hart erarbeitete Vertrauen aufs Spiel zu setzen, denn ihr war klar geworden, dass sie Michael liebte. Zu sehr, um mit ansehen zu können, wie er sich selbst grundlos verurteilte. Der Wind drehte und drückte gegen das Fenster. Da erschien Caleb, und Cassandra verspürte Erleichterung, die aber nur von kurzer Dauer war. Auch ohne das Gespräch hören zu können, erkannte sie an den Gesten und Mienen, dass Adam und Caleb eine hitzige Diskussion führten, während Michael aufmerksam zuhörte. Als die Brüder gegangen waren, kehrte Michael mit grimmiger Miene zurück. Er wirkte wesentlich aufgewühlter als der abziehende Sturm. Als sie begriff, dass etwas ganz und gar nicht stimmte, drehte sich ihr der Magen um.

Mit zitternder Hand öffnete sie die Tür. »Was ist los?« Sie ging ein Stück in die Küche, um ihn eintreten zu lassen. Nicht nur körperlich distanziert, rührte er sich nicht von der Veranda. »Michael?«

Er packte sie, zog sie in seine Arme und vergrub die Hände in ihrem Haar. »Ganz egal, was mit mir geschieht«, sagte er, »sag niemandem, dass du mein Zeichen trägst.«

»Was?«, keuchte sie. »Warum? Was ist denn los?«

»Du musst es mir versprechen, Cassandra. Unter allen Umständen. Was auch passiert, du sagst nichts.«

»Ich … okay. Ja. Wir haben uns doch schon darauf geeinigt, dass ich …« Er küsste sie, erstickte ihre Einwände mit einem innigen, leidenschaftlichen Kuss, der deutlich machte, dass er sie liebte, und dennoch damit endete, dass er im Wind verschwand.

Ihre Augen brannten, etwas Nasses klebte an ihren Wangen. Wo auch immer Michael hingegangen war – er glaubte nicht, dass er wiederkommen würde.

4

Als Cassandra am Montagmorgen fieberhaft nach ihren Schlüsseln suchte, blieb sie wie angewurzelt in der schmalen Diele stehen. Sie trug bereits ihre Uniform und hatte die Handtasche über die Schulter geworfen, als sie Michaels Geruch wahrnahm.

In den schattigen Nischen ihres Verstands nahm eine Erinnerung Gestalt an. Das Gefühl, mit kribbelndem Nacken aufzuwachen – was seit kurzem der Fall war, wenn er sich in der Nähe befand. War er etwa hier gewesen, während sie geschlafen hatte?

Sie schüttelte den Kopf. Nein, das war doch verrückt. Seit Samstagabend hatte sie ihn weder gehört noch gesehen. Mit einem Blick zur Wanduhr schüttelte sie den Gedanken ab; sie würde noch zu spät kommen. Am Vormittag sollten zehn Labortechniker eintreffen, um eine Testreihe anzustoßen, bei der die Hirnwellen der Soldaten gemessen werden sollten, und es musste noch einiges vorbereitet werden.

Nach einer weiteren zehnminütigen Suchaktion gab sie entnervt auf und rief Kelly an, um sich von ihr abholen zu lassen.

»Du hast deine Schlüssel verlegt?«, spottete Kelly. »Das sieht meiner Cassandra aber gar nicht ähnlich.«

Fünf Minuten später fuhr Kelly in ihrem blauen Camry vor und stieß die Beifahrertür auf.

»Da ist irgendwas im Busch«, sagte Cassandra, als sie im Auto saß und die Ereignisse des Wochenendes Revue passieren ließ.

»Dass Adam damit zu tun hat, reicht schon, um mich nervös zu machen«, sagte Kelly und warf ihr einen besorgten Blick zu.

»Auch wenn in deinen Profilen steht, dass er aggressiv innerhalb normaler Grenzen ist. Wenn du ihm in die Augen siehst, schaut das Böse zurück. Wetten, dass deine Hirnwellentests eine größere Offenbarung werden als die Entdeckung des X2-Gens?«

Cassandras Handy klingelte. Sie fischte es aus der Handtasche und wünschte sich im Stillen, dass sich Michael meldete. Stattdessen war es nur einer ihrer Mitarbeiter. Als das kurze Gespräch beendet war, legte sie besorgter auf als je zuvor.

»Okay, Kelly. Jetzt weiß ich definitiv, dass etwas nicht stimmt. Mein Mitarbeiterstab hat ein Memo erhalten, dass alle Soldaten, die für den Hirnwellentest vorgesehen waren, auf unbestimmte Zeit neu zugewiesen wurden.«

»Neu zugewiesen?«, schauderte Kelly, während sie auf den Hauptparkplatz flitzte. »Was soll das heißen? Auf eine andere Basis? Die GTECHs?«

»Ich habe keine Ahnung«, erwiderte Cassandra. Sie zeigte über den Parkplatz auf ihren Vater, der dort mit einem ranghohen Offizier ins Gespräch vertieft war. »Ich werde es aber auf jeden Fall herausfinden.« Der Wagen war kaum zum Stehen gekommen, da stieg Cassandra auch schon mit umgehängter Tasche aus. »Wir sehen uns im Labor.« Sie schlug die Tür zu und rauschte mit klappernden schwarzen Stöckelschuhen über den Asphalt davon.

»Vater!«, rief sie, um sicherzugehen, dass er sie auch zur Kenntnis nahm und sich nicht heimlich verdrückte.

Er warf einen flüchtigen Blick über die Schulter, winkte ihr kurz zu und setzte seine Unterhaltung fort. Kurz bevor Cassandra die Männer erreichte, salutierte der Offizier und stapfte über den Parkplatz davon.

»Ich muss zu einem Meeting«, sagte ihr Vater. »Was immer du hast, es wird warten müssen.« Er setzte sich in Bewegung und ließ sie links liegen.

Um mit ihm Schritt halten zu können, ging sie doppelt so schnell und erhob die Stimme. »Ich habe gerade erfahren, dass einige GTECHs aus meiner Studie neu zugewiesen wurden. Warum hat man mich nicht davon unterrichtet?«

»Du wirst zur gleichen Zeit instruiert wie alle anderen«, sagte er und legte noch einen Zahn zu.

Sie packte seinen Arm. »Fertige mich nicht ab, als wäre ich einer deiner Soldaten.« Offenbar hatte er vergessen, dass sie genauso starrköpfig wie ihre Mutter sein konnte, wenn sie Antworten verlangte. »Du hast mich für diesen Job engagiert. Um ihn ordentlich erledigen zu können, muss ich wissen, was hier vorgeht. Ich kann kündigen. Die Männer nicht.«

»Du strapazierst meine Nerven, Cassandra. Auch wenn du meine Tochter bist, bist du trotzdem eine Angestellte des Stützpunkts. Von daher wirst du dann in Kenntnis gesetzt, wenn ich es für richtig halte.«

»Ohne anständige Kommunikation kann ich nicht arbeiten. Ich hatte für heute Vormittag kostspielige spezielle Tests angeordnet, die gerade den Bach runtergehen.«

»Die Pflicht geht vor«, erwiderte er knapp. »Ich habe das Kommando über eine sekundäre Basis übernommen, die eine sofortige Hochsicherheitsstufe erfordert. In deinem Postfach findest du eine Liste mit den Soldaten, die nicht an der Studie teilnehmen.«

»Wie viele Soldaten?«, forderte sie.

»Fünfzig.«

Das war ein Viertel der GTECHs. »Was ist mit unserer Forschungsarbeit? Wir wissen zu wenig über die GTECHs, um sie wie jeden anderen Soldaten zum Dienst schicken zu können.«

»Dr. Chin ist heute früh mit den Truppen abgereist«, sagte er. »Er leitet das wissenschaftliche Monitoring und die Forschung des GTECH-Programms. Dr. Peterson nimmt währenddessen seinen Platz ein.«

Nichts davon kam ihr richtig vor. »Du hast Michael abkommandiert, nicht wahr?«

»Er erfüllt gewisse Voraussetzungen für diese Aufgabe, ja.«

Michael hatte seine Versetzung mit keinem Wort erwähnt. Er hätte sich doch verabschiedet. »Welche Voraussetzungen?«

»Er ist ein kaltherziger Killer«, erwiderte ihr Vater. »Er führt Befehle aus, ohne mit der Wimper zu zucken. Egal, wie blutig sie auch sein mögen.«

Sowohl Ton als auch Inhalt dieser Aussage ließen sie zusammenzucken. Er wusste, dass sie mit Michael zusammen war, und hatte seiner Missbilligung darüber Ausdruck verliehen – doch das ging zu weit. »Wenn du mir etwas zu sagen hast, Vater, dann sag es direkt. Aber halt Michael da raus. Und verurteile ihn nicht für das, was du ihm diktierst.«

»Ich kann mich nicht entsinnen, ihn verurteilt zu haben«, entgegnete er trocken. »Ich habe lediglich deine Frage beantwortet. Du wolltest wissen, welche Voraussetzungen Michael für die Versetzung mitbringt, worauf ich sagte, dass er ein kaltherziger Killer ist.«

Diesmal war die Portion Sarkasmus noch größer ausgefallen. Cassandras Gedanken schweiften zurück zur letzten Nacht. Zu Michaels Worten. *Ganz egal, was mit mir geschieht, sag niemandem, dass du mein Zeichen trägst*. Da der Besuch von Caleb und Adam der Auslöser für seine Warnung gewesen war, begann sie allmählich, die Puzzleteile zusammenzufügen. »Werden Caleb und Adam ebenfalls abkommandiert?«

»Adam ja«, bestätigte er. »Caleb nicht.«

Ein scheußliches Gefühl breitete sich von ihrer Brust bis in den Magen aus. Adam, der Mann, den Kelly gerade »böse« genannt hatte, war mit Michael gegangen. Caleb nicht. Im Grunde unterstellte ihr Vater Michael, Spaß am Töten zu haben. »Was hast du getan, Vater?«

Ihre Frage wurde vom schwülen Nevada-Wind verschluckt – er wehte unnatürlich und kraftvoll –, dann nahm Adam Rain vor ihren Augen Gestalt an und schleuderte einen schlaffen Körper auf die Motorhaube des Jeeps.

»Der wollte mich einkerkern«, verkündete Adam, als er ihren Vater mit schwarzen Augen anfunkelte, die von einem wohlgeformten Antlitz umrahmt waren. Verächtlich verzog er die vollen Lippen. »So was macht mich stinksauer.«

Entsetzt starrte Cassandra auf den toten Mann, aus dessen Mund Blut sickerte. Wieder hob sich der Wind, verhedderte das lose Haar um Cassandras Ausschnitt und wirbelte ihr Schmutz und Steine aus der nahen Wüste um die Füße. Erleichtert bemerkte sie, dass ihr Nacken kribbelnd Michaels Ankunft prophezeite. Er konnte Adam in Schach halten, wenn ihr Vater es nicht vermochte.

Michael erschien neben Adam, während vier weitere GTECHs eine V-Formation hinter ihnen bildeten –, als stünden sie hinter ihren Führern und als würde Michael zu Adam gehören.

Cassandra ignorierte das alarmierende Gefühl, das an ihrer Wirbelsäule hinablief. Michael und Adam waren ein Team, sie bestritten Einsätze miteinander. Die beiden zusammen zu sehen, war nicht ungewöhnlich, und dennoch war da diese Warnung, die mit jeder Sekunde dringlicher wurde. Michael würdigte sie keines Blickes. Warum sah er sie nicht an?

»Michael?«, fragte sie und versuchte, Blickkontakt herzustellen, um sich zu vergewissern, dass alles in Ordnung war.

»Geh rein, Cassandra«, befahl ihr Vater.

»Ja«, stimmte Adam zu. »Geh lieber rein. Es sei denn, du legst Wert darauf, dabei zuzusehen, wie dein Vater verblutet.«

Cassandras Augen schnellten zu Michael, während sie auf ihn zuging. Als würde er antworten, hob der Wind an und drängte sie mehrere Schritte zurück. Sie geriet ins Stolpern, fand irgendwie ihr Gleichgewicht wieder und wurde noch einmal zurückgedrängt.

Als sie sah, dass ihr Vater auf direkten Konfrontationskurs mit Adam ging, schnürte sich ihr die Brust zusammen. Hilfesuchend sah sie sich um, doch der Parkplatz hatte sich in eine Geisterstadt verwandelt. Hier stimmte gar nichts. Es roch buchstäblich nach einer Katastrophe.

Sie nahm ihren ganzen Willen zusammen, drehte sich um und rannte zum Fahrstuhl, wobei sie sich einredete, dass Michael ihren Vater beschützen und Adam in den Griff kriegen würde. Sie musste die anderen auf dem Stützpunkt alarmieren und Verstärkung rufen. Sie hämmerte auf den Fahrstuhlknopf, außerstande, einen Blick zurückzuwerfen und der Möglichkeit ins Auge zu blicken, dass ihr Vater tot am Boden liegen könnte.

»Michael wird ihn retten«, murmelte sie. Dieses Mantra half ihr, eiligst den Aufzug zu betreten.

Als die Kabine auf das Kellergeschoss traf, schoss sie aus dem Lift. »Hilfe! Ich brauche Hilfe!« Wo normalerweise reger Betrieb herrschte, war gähnende Leere, und das rote Notruftelefon war von der Wand gerissen worden.

»Kelly«, flüsterte sie und rannte mit bis zum Hals hämmerndem Herzen los. *Bitte lass Kelly unversehrt sein.*

Cassandra platzte durch die Türen des Labors und blieb wie angewurzelt stehen. Vor ihr stand Ava Lane, die sie nur im Vorübergehen kennengelernt hatte, und selbst da hatte sie sie mit einem mulmigen Gefühl gegrüßt. Sie hielt die Arme vor dem üppigen Busen verschränkt, und etwas Böses funkelte aus ihren blassgrünen Augen und jagte Cassandra einen Schauer über den Rücken.

»In Eile?«, fragte sie.

»Bin spät dran«, erwiderte Cassandra betont lässig, während sie an Ava vorbeirauschte, um Caleb anzurufen. Michael vertraute Caleb.

»Eine Zeit lang dachte ich, Sie seien Michaels zugedachtes Lebensband«, sagte Ava. »Allerdings würde niemand, der in einer Verbindung lebt, ein so gravierendes Geheimnis vor seinem Partner verheimlichen wie Sie. Ich würde Adam nie etwas verschweigen.«

Diese bissige Unterstellung, gepaart mit der offensichtlichen Bekanntgabe, Adams Lebensband zu sein, ließen Cassandra abrupt stehen bleiben. Sie und Ava standen sich nun fast Auge in Auge gegenüber, nur wenige Schritte voneinander entfernt. »Wovon reden Sie?«

»Michael weiß, dass er X2-positiv ist«, sagte sie. »Außerdem weiß er, dass Sie es wussten und ihm nichts gesagt haben. Ist Ihnen klar, dass Ihr Vater ihn deswegen inhaftieren wollte?«

»Nein«, erwiderte sie mit trockener Kehle. »Nein. So etwas war nicht vorgesehen. Mein Vater …«

»Wir sollten ihm danken«, verkündete Ava. »Seinetwegen konnten wir endlich zur Tat schreiten. Wenn die Basis erst einmal unserem Kommando untersteht, fangen wir an, eine neue Welt zu schaffen, die frei sein wird von schwachen, nutzlosen Menschen wie Ihnen. Das ist das Wesen der Revolution: die Aussicht auf ein besseres Zodius-Geschlecht.«

Cassandra presste sich die Hand an die Schläfe und zwang sich, Ruhe zu bewahren. Erneut dachte sie an Michaels Worte. *Ganz egal, was mit mir geschieht, sag niemandem, dass du mein Zeichen trägst*. Er hatte sie gewarnt – vor dem hier, vor Adam und Ava.

Avas Handy summte. Sie warf einen Blick auf das Display. »Verdammt«, fluchte sie. »Adam braucht mich. Dabei hatte ich gehofft, zur Spezialbehandlung bleiben zu können, die sich Michael eigens für Sie überlegt hat.« Sie lachte. »Ich wette, dass Sie Ihre Neugier kaum im Zaum halten können. Lassen Sie sich überraschen.« Sie wackelte mit den Fingern und stolzierte zur Tür.

Als Ava außer Sicht war, stürzte Cassandra in ihr Büro, um

Hilfe zu rufen. Das Telefon und der Computer waren aus der Wand gerissen geworden. Sie raste zum Schreibtisch und riss die oberste Schublade auf, um die Glock zu holen, mit der sie im Alter von zwölf Jahren umzugehen gelernt hatte, stand jedoch erneut mit leeren Händen da. Man hatte die Schublade aufgebrochen und die Waffe entfernt.

Bezwungen ließ sie sich gegen den Tisch sinken. »Denk nach, Cassandra. Denk nach. Was jetzt?«

Das Symbol begann zu kribbeln. »Michael!«, brüllte sie. Er hatte sie ganz sicher nicht verraten. Garantiert war er hier, um sie zu retten.

Als sie jedoch durch die Tür ins Labor blickte, wurden ihre Hoffnung und ihre Welt auf einen Streich zunichtegemacht. Es war tatsächlich Michael, allerdings befand er sich in Begleitung. Er hielt ihren Vater in Schach, indem er ihm ein Messer an die Kehle drückte. Blut tropfte aus einer Wunde, was ihn zweifellos daran gehindert hatte, Alarm zu schlagen.

»Michael«, flüsterte sie, während Tränen in ihren Augen brannten. »Bitte, tu es nicht.«

Er zog eine Waffe und nahm sie ins Visier. Plötzlich stand die Zeit still. Sie starrte ihren Arm an, aus dem ein Betäubungspfeil ragte. Dann wurde alles schwarz.

Cassandra erwachte schlagartig. Taumelnd kämpfte sie sich durch die Schwärze des Tiefschlafs und setzte sich jäh auf. Sie registrierte, dass sie in einem Bett lag, das an den Seiten mit Stahlschienen gesichert war. Ein Infusionsschlauch führte in ihren Arm. Die Fenster zu ihrer Rechten waren von grünen Vorhängen verhüllt. Sie befand sich in einem Krankenhaus.

»Ganz ruhig, Süße«, sagte Kelly sanft, als sie aus dem benachbarten Ruheraum hereineilte. »Es musste ja so kommen, dass du aufwachst, während ich da drin bin.«

Kelly. Kelly war da.

Cassandra versuchte die verworrenen Erinnerungen zu ordnen, die sich durch die leeren Stellen ihres Verstands wanden. Michaels Verrat. Das Messer. »Mein Vater!«, rief sie eindringlich. Ein Adrenalinschub brachte den EKG-Monitor mit einer Reihe von hektischen Signaltönen in Wallung. »Ist mein Vater …«

»Wohlauf und unverletzt«, sagte Kelly und nahm auf der Bettkante Platz. Ihre Augen waren gerötet, sie steckte in lässigen Jeans und einem zerknautschten T-Shirt, was ungewöhnlich für sie war. »Er musste nach Washington fliegen. Dort darf er nun den Kopf hinhalten, weil Adam Groom Lake an sich gerissen hat.« Sie wirkte distanziert. »Ich schwöre dir, dieser Tag war ein Albtraum, den ich so schnell nicht vergessen werde.«

»Dieser Tag?«, stieß Cassandra hervor und packte die Stahlschienen des Betts. »Wie lange war ich weg? Was ist mit mir passiert?«

Eine Krankenschwester eilte ins Zimmer. »Sie sind aufgewacht!«

»Bitte«, sagte Cassandra und hob eine Hand. »Mir geht's gut. Ich brauche nur eine Minute.«

»Miss …«

»Ich brauche eine Minute«, verlangte Cassandra energisch.

Kelly griff sich an die Brust und ließ ihr Rangabzeichen aufblitzen. »Sie ist in guten Händen. Geben Sie uns die Minute.« Die Schwester verließ den Raum mit einem zögerlichen Nicken.

Als sie fort war, wiederholte Cassandra: »Wie lange war ich weg?«

»Drei Tage«, erwiderte Kelly. »Du hast dir den Kopf gestoßen, als Michael dich, äh, ruhiggestellt hat.« Sie stand auf, goss Wasser in ein Glas und reichte es Cassandra. Sie winkte ab, Kelly blieb jedoch standhaft. »Trink das.«

Als Cassandra trank, linderte die kühle Flüssigkeit den Schmerz in ihrer Kehle, doch nicht den in ihrem Herzen. Michael hatte sie betäubt. Daran konnte sie sich nur allzu gut erinnern. Noch immer konnte sie seine schwarzen Augen in dem Moment sehen, als er abdrückte – kalt und berechnend. Schaudernd gab sie Kelly das Glas zurück. Dann sank sie wieder aufs Bett und verschränkte die Arme über dem Krankenhausnachthemd.

Mit nicht mehr ganz so rauer Stimme fragte sie: »Wie sind wir dort rausgekommen?«

»Mit Calebs Hilfe«, erwiderte Kelly. »Gott sei Dank gibt es ihn. Ich will gar nicht wissen, wie es sein muss, dem eigenen Bruder die Stirn zu bieten. Offensichtlich hatte Adam von langer Hand einen Aufstand geplant und Caleb war damit beschäftigt, ihn abzuwenden. Als dein Vater die X2-infizierten Männer urplötzlich inhaftieren wollte, hat er Adam in Zugzwang gebracht.«

»Michael ...« Ein Kloß formte sich in ihrem Hals, und sie wusste nicht mehr, was sie hatte sagen wollen.

Kelly drückte ihren Arm. »Er lebt, falls du das wissen willst. Bei Adam, Cassandra. Mindestens fünfundsiebzig GTECHs und nahezu die komplette Belegschaft der medizinischen Abteilung und der Streitkräfte von Groom Lake sind ihm gefolgt.«

Avas Prophezeiung fiel ihr wieder ein. »Haben sie das Serum bekommen?«

Kelly nickte, rollte den Arztstuhl ans Bett und setzte sich. »Genügend, um zwei- bis dreihundert GTECHs schaffen zu können. Das ist zwar eine ganze Menge, wird aber nicht ausreichen, um die Weltherrschaft zu erlangen, die Adam laut Caleb anstrebt.«

Weltherrschaft. Das durfte nicht geschehen. »Hat er die Möglichkeit, das Serum zu reproduzieren?«

»Er denkt ganz sicher, dass er es kann«, sagte sie. »Allerdings ist das nicht der Fall, und wir können es ebenso wenig. Die Originalprobe wurde vernichtet, und die außerirdische DNS, mit der wir uns befassen, ähnelt nicht mal annähernd der menschlichen. Sie schützt sich selbst vor der Reproduktion. Es ist fast, als ob sie sich gegen Unvollkommenheit wehren würde. Wenn das vorhandene Serum aufgebraucht ist, muss er sich etwas anderes überlegen, um die GTECH-Bevölkerung zu vergrößern.«

Kelly verzog das Gesicht. »Es ist leicht dahingesagt, aber man könnte die Todesstrafe in Betracht ziehen. Dreihundert Männer kann man wohl kaum eine neue Rasse nennen.«

»Woher willst du wissen, dass ihm nicht auch Menschen folgen, Kelly? Die GTECHs könnten wie Könige werden, sodass die Menschen hoffen, zu GTECHs gemacht zu werden.«

»Zodius«, sagte sie. »So bezeichnet die Army nun offiziell die GTECHs, die Adams Kommando unterstehen. So unterscheiden sie sie von Calebs Männern. Calebs Soldaten werden Renegades genannt, weil sie sich Adam widersetzen, jedoch nichts mit der Verschleierungstaktik der Regierung zu tun haben.«

»Mein Vater hat jegliche Hoffnung zunichtegemacht, dass Caleb uns je wieder vertraut«, sagte Cassandra, noch immer erschüttert von seinen Taten.

»Trotzdem«, erwiderte Kelly, »hat Caleb es auf Adam abgesehen, Cassandra. Er wird ihn stoppen, bevor er zu einer noch größeren Bedrohung wird.«

»Die Angelegenheit kann doch sicher durch einen verdeckten Anschlag beendet werden?«

Kelly seufzte und nahm die Fernbedienung vom Nachttisch. »Es gab eine Zeit, da konnte ich gut mit Kranken umgehen. Heute scheint mir das Trösten nicht besonders zu liegen.« Sie schaltete auf die Nachrichten, wo ein Casino und ein Wolkenkratzer in Manhattan eingeblendet wurden, die in Flammen standen. »So hat Adam Caleb zum Rückzug bewogen. Jeden Angriff auf Area 51 will er mit einem doppelten Vergeltungsschlag erwidern.«

»Du hast recht«, sagte Cassandra. »Du hast heute wirklich kein Händchen fürs Trösten. Wenn es noch mehr geben sollte, spuck es einfach aus, damit wir es hinter uns haben.«

»Es wird eine Untersuchung wegen deines Vaters stattfinden. Er muss sich möglicherweise vor dem Kriegsgericht verantworten. Und vor deiner Tür sind Wachen postiert, falls Adam versuchen sollte, dich zu entführen.«

Mit anderen Worten: Michael könnte versuchen, sie zu entführen, nur dass Kelly das nicht aussprechen wollte.

»Das heißt jedoch nicht, dass man davon ausgeht. Caleb sagt, dass Ava beabsichtigt, den Fertilitätstest, den sie in Area 51 bearbeitet hat, neu aufzuziehen, indem sie nach verbundenen Paaren Ausschau hält. Im Zuge dessen wollte sie dich, mich und jede andere Frau benutzen, die sie in die Finger bekommen hätte.« Sie schüttelte sich. »Diese Frau wollte uns ihrer gesamten männlichen Bevölkerung vorsetzen. Unterm Strich bist du hier sicher. Du warst eine bequeme Lösung für sie, was nun nicht mehr der Fall ist. Bis sich die Wogen geglättet haben, wollen wir Vorsicht walten lassen. Falls sie dich holen wollen, um es deinem Vater heimzuzahlen.«

Cassandras Brust schnürte sich zusammen. Obwohl Michael ihre Verbindung hatte geheim halten wollen, hatte er dennoch versucht, sie zu entführen. Das konnte nur eins bedeuten: Er musste es Adam gesagt haben. Wenn man sie gekidnappt hätte, hätte er sie zur Fortpflanzung und dem Aufbau von Adams neuem Zodius-Geschlecht benutzt. Demnach musste er es auf sie abgesehen haben. Eigentlich sollte sie ihre Verbindung offenbaren und Sicherheitsvorkehrungen treffen. Auch wenn sie es ins Auge fasste, brachte sie es nicht über sich. Cassandra war noch nicht bereit, die Hoffnung aufzugeben, dass alles anders war, als es den Anschein hatte. *Egal, was mit mir geschieht*, hatte Michael gesagt. Nein. Sie wollte weder mit Michael noch ihr Versprechen brechen. Die Übernahme von Area 51 mochte Kellys persönlicher Albtraum gewesen sein, doch Cassandra hatte das entsetzliche Gefühl, dass es nur der Beginn ihres eigenen war.

Zwei Wochen nach der erfolgreichen Übernahme von Area 51 saß Adam in einer verborgenen Lagerhalle an einem Konferenztisch mit Ava zu seiner Rechten und Michael, nun sein Stellvertreter, auf der linken Seite. Ebenfalls anwesend waren die zwölf einflussreichsten Unternehmen des Landes – Männer, die Banken, technische und pharmazeutische Firmen und sogar die Regierung vertraten.

»Wie Sie bereits aus früheren Gesprächen wissen«, verkündete Adam, »sind wir heute hier, weil die Regierung unser Volk enttäuscht hat und weil Sie Teil einer besseren Nation sein möchten. Sie streben ein Land frei von Verderbtheit und menschlichen Krankheiten an.« Er tippte auf den Tisch. »Sie möchten eine Zodius-Nation. Jeder von Ihnen hat die perfekte Welt zum Greifen nah. Ich weiß, dass Sie es schmecken können. Alles, was Sie tun müssen, um garantiert zu den ersten einhundert Konvertierungen zum Zodius zu gehören, ist, sich ganz unserem Erfolg zu verschreiben.«

Sofort erklangen Zusicherungen – großzügige, an Bettelei grenzende Spenden wurden versprochen. Adam lehnte sich von Genugtuung erfüllt im Stuhl zurück. Er weidete sich daran, dass diese Menschen – die unter ihresgleichen höchste Macht und Ansehen genossen – um seine Anerkennung buhlten. Lasset den Bieterkrieg beginnen.

Zweiter Teil

Alle Kriege sind Bürgerkriege,
denn alle Menschen sind Brüder.
François Fénelon

5

Zwei Jahre waren seit dem unglückseligen Tag vergangen, an dem Adam Rain die Gewalt über Area 51 übernommen hatte. Cassandra zog sich den Wollmantel fester um den Hals, während ihre Absätze über den rot gepflasterten Weg klapperten, der vom deutschen Militärkrankenhaus wegführte. Seit fast zwei Jahren arbeitete sie nun hier. Ihre Kollegen waren schon vor Stunden gegangen, um Silvesterpartys zu besuchen, auf die sie keine Lust hatte. Sie wollte sich lieber ihre geliehene *G. I.-Joe*-DVD und Mikrowellenpopcorn zu Gemüte führen und es sich vor dem Fernseher bequem machen. Sie hatte kein Problem damit, allein zu sein. Tatsächlich war es ihr sogar lieber, denn in der Einsamkeit fand sie Frieden. Sie war einfach noch nicht bereit, sich auf irgendwelche Beziehungen einzulassen – weder mit Männern noch mit Frauen. Zumindest nicht mehr, seit ihre Menschenkenntnis sie im Stich gelassen hatte und sie trotz ihrer psychologischen Qualifikation nicht imstande gewesen war, die ihr am nächsten Stehenden einzuschätzen – Michael und ihren Vater.

Immer noch gingen ihr Michaels Abschiedsworte durch den Kopf, und sie versuchte zu verstehen, weshalb er das Symbol unbedingt hatte geheim halten wollen, obwohl er nichts zu ihrem Schutz beigetragen und sich sogar Adams Zodius-Bewegung angeschlossen hatte. Sie schüttelte sich und murrte verdrossen vor sich hin. Wieder einmal zermarterte sie sich das Hirn mit unbeantworteten Fragen und versuchte, einen Verräter zum Helden zu erklären.

Nach dem Aufstand der Zodius hatte sie einige Monate auf einem Air-Force-Stützpunkt in Texas verbracht, doch selbst das war nicht weit genug von Groom Lake entfernt gewesen. Auch wenn sie sich nie für einen Feigling gehalten hatte, war sie womöglich doch einer, denn sie wollte einfach nur allem entkommen. Fort. Vergessen. Sie hatte sich nicht einmal erkundigt, was aus Adam geworden war. Von einer großen Zodius-Übernahme war ihr nichts zu Ohren gekommen, und Adam schien ihr auch nicht nachzustellen. Das genügte fürs Erste.

Eine Schneeflocke schwebte vor ihr herab, eine zweite streifte ihre Nase. Sie liebte den Schnee – und ihre Arbeit, bei der sie eher eine beratende Funktion einnahm und weniger forschte, auch wenn sie keinen Schimmer hatte, wie sie es geschafft hatte, sich diesem Aufgabenbereich zu entziehen. Ihr Leben gefiel ihr. Sie mochte das Essen, vor allem deutsche Nudeln – in Spätzle hätte sie baden können. Außerdem mochte sie ... Der Gedanke verlief im Nichts, als der Wind zunahm und sie einen Schritt zurückdrängte. Der Schnee fiel dichter und vermischte sich mit Graupel, der auf den Asphalt prasselte. Sie warf einen verstohlenen Blick auf den nahezu verlassenen Parkplatz, der in einigen Metern Entfernung lag. Kein Ärger in Sicht. Kein GTECH – weder Renegade noch Zodius. Kein Adam. Kein ... Michael. Würde sie jemals aufhören, im Wind nach ihm zu suchen? Und die Hoffnung aufgeben, dass er käme und ihr alles erklären würde?

Cassandra beschleunigte und betätigte den Entriegelungsknopf am Schlüssel des silbernen Audi, der ihren Käfer ersetzt hatte – ein kleiner Luxus, den sie sich ausnahmsweise geleistet hatte und der zudem noch redlich verdient war. Als sie einsteigen wollte, rollte ein schwarzer Sedan mit getönten Scheiben heran. Das hintere Fenster wurde geöffnet. »Wie geht's meiner Lieblingstochter?«

Für eine Sekunde setzte ihr Herzschlag aus. Sie war nicht sicher, ob sie vom Anblick ihres Vaters geschockt sein sollte. Sie hatte ihn seit dem Umzug nicht mehr gesehen, und er trug keine Uniform, sondern einen schwarzen Designeranzug. »Vater?«, fragte sie skeptisch. »Was machst du denn hier?« Eine weitere kräftige Bö kam auf, Schnee und Eis klatschten ihr die Haare an Kopf und Gesicht, und ihr fiel ein, wie dämlich es gewesen war, den Hut im Auto zu lassen.

»Steig ein, mein Schatz«, sagte er. »Du wirst sonst nass.« Die Tür schwang auf.

Ihr Herz begann, einen ungleichmäßigen Rhythmus anzuschlagen, während sie zur Salzsäule erstarrt die Tür ansah. Tränen prickelten ihr in den Augen, und sie war dankbar für den Schnee. Sie hatte nicht mehr geweint, seit sie sich in der ersten Nacht im Krankenhaus Michaels Verrat vor Augen geführt hatte. Und dann natürlich noch die Taten ihres Vaters, als sie in Groom Lake und auch später flüchtige Blicke auf einen Mann erhascht hatte, der sich verzweifelt bemühte, die eigene Haut zu retten – koste es, was es wolle. Doch sie war darüber hinweggekommen. Zumindest hatte sie das gedacht. Dennoch bahnten sich gerade neue Empfindungen einen Weg in ihre Brust, die sich anfühlten wie ein schwerer, erdrückender Stahlblock.

Sie atmete langsam und beherrscht ein, während sie sich zwang, auf der doppelten Rückbank ihrem Vater gegenüber Platz zu nehmen. Er streckte den Arm aus und zog die Tür zu, dann lehnte er sich zurück und wischte sich Schnee von der Jacke.

»Was ist los, Vater?« Noch als sie sprach, ergriff ein kaltes Déjà-vu Besitz von ihr – damals in Groom Lake hatte sie die gleiche Frage gestellt.

Er zog eine Augenbraue hoch. »Kein *Wie geht's dir?* Oder *Frohes neues Jahr?* Keine Umarmung für deinen alten Dad?«

»Mir wäre es lieber, wenn wir den geheuchelten Eitel-Sonnenschein-Teil überspringen könnten«, erwiderte sie. »Wir wissen beide, dass du nicht nach Deutschland gekommen bist, um mir Neujahrsgrüße zu überbringen.«

Er hielt ihr eine Akte unter die Nase. Sie ignorierte das Schriftstück.

»Nimm sie, Cassandra«, sagte er.

Sie presste den Mund zu einem schmalen Strich zusammen. »Was immer du nun im Schilde führst, Vater, ich will nichts damit zu tun haben.«

»Adams Zodius-Armee hat unsere Marinestützpunkte attackiert«, sagte er. »Sie haben sich eine Basis in New Mexico und eine in Texas unter den Nagel gerissen. Männer sterben. Gute Männer. Du kannst helfen, weitere Angriffe zu verhindern. Nimm die Akte, Cassandra.«

Sie wollte nichts davon hören. Da es nun aber so war, konnte sie nicht die Unwissende spielen. Als sie die Akte nahm, fiel ihr Blick auf ein Etikett mit der Aufschrift »Red Dart« und darunter »PMI-Forschung«. Sie sah ihn an. »Was ist Red Dart, und wer sind diese PMI?«

»PMI ist mein privates Unternehmen, und Red Dart ist ein Peilsender, der entwickelt wurde, um die Zodius im Falle eines Angriffs zu erschießen wie wilde Tiere. Er gelangt in den Blutkreislauf und bleibt dauerhaft dort. Dadurch werden wir alarmiert, wenn sie sich im Anmarsch befinden. Dieses Programm ermöglicht es, Leben zu retten und den Feind zu ergreifen.«

»Ich verstehe immer noch nicht, was das mit mir zu tun hat.«

»Ich muss Montag zu einem Meeting nach Washington und habe Caleb gebeten, als Führer der GTECH Renegades teilzunehmen. Ich möchte, dass du ebenfalls kommst.«

Sie gab ihm die Akte zurück. »Auf keinen Fall.«

Er beugte sich vor und nahm ihre Hand. »Meine Tochter, Licht meines Lebens«, sagte er mit bewegter Stimme. »Ich habe

Fehler begangen. Ich habe dir wehgetan. Das ist mir bewusst. Aber ich schwöre, dass das alles nur geschehen ist, um das Land, das ich liebe, und die Tochter, die ich anbete, zu beschützen. Ich wusste, was Michael war – ich wusste, dass er dich benutzt.«

Hass schwang in seiner Stimme mit, den ihm Cassandra nicht einmal verübeln konnte. Schließlich hatte Michael versucht, ihn zu töten. Andererseits kannte sie ihren Vater – schlimmer traf ihn die Blamage, dass Michael ihn wie einen Idioten hatte wirken lassen.

Michael – der Mann, der ihr fast das Herz aus dem Leib gerissen hatte. Ein stechender Schmerz durchzuckte Cassandra, und sie kniff die Augen zusammen. Jeder neue Tag, der ohne ihn verging, erinnerte sie daran, dass er ein Zodius war, ganz gleich, wie sehr sie sich dagegen sträubte.

»Ich muss die Tragödie aus der Welt schaffen, zu der sich Projekt Zodius entwickelt hat«, fuhr ihr Vater fort, während er ihre Hand drückte und sie nötigte, ihn anzublicken.

Cassandra öffnete die Augen, sah das verzweifelte Flehen in den Augen ihres Vaters – was so gar nicht zu ihm passte – und spürte, wie sich ihr Innenleben aufdröselte und sie wieder in seine Welt gezogen wurde.

»Adams Zodius-Nation ist nichts Geringeres als eine Sekte«, sagte er. »Einige GTECH-Soldaten, die den Zodius folgen, können gerettet werden. Wenn jemand dazu in der Lage ist, sobald wir sie gefangen haben, dann du.« Er drückte wieder ihre Hand. »Komm an meine Seite, Tochter. Zeig der Welt, dass du an mich glaubst, und ich werde weder dich noch sie enttäuschen.«

»Seit sechs Monaten, seit Powell wieder im Dienst ist, höre ich dieses Gefasel, dass er die GTECHs mit Red Dart kontrollieren kann. Ich habe mir mit einiger Aufregung die Daten angesehen, die Lucian von seinem Informanten aus dem Weißen

Haus erhalten hat. Wie auch immer, ich habe rein gar nichts, womit ich das Red-Dart-Programm erstellen kann. Garantiert nichts, was auch nur im Entferntesten darauf hindeutet, dass es bei GTECHs funktioniert. Tatsächlich ist sogar das Gegenteil der Fall. Die Untersuchung hat ergeben, dass das Immunsystem der GTECHs Red Dart sogar außer Kraft setzt.«

Was Dr. Edward Reed, ein gebrechlicher Wissenschaftler in den Fünfzigern, schilderte, missfiel Adam. Tatsächlich stieß es ihm dermaßen sauer auf, dass er unentschlossen war, ob er über den Tisch greifen und Reed den dürren kleinen Hals umdrehen, oder herumwirbeln und Lucian Brody schnappen und ihm die Eier zum Hals herausreißen sollte. Brody war der Zodius-Soldat, der den Kontakt zum Weißen Haus hergestellt hatte. Adam riss Reeds Laptop vom Tisch und schleuderte ihn gegen die doppelte bruchsichere Scheibe. Der Computer fiel polternd zu Boden, Plastiksplitter prallten von den Fliesen ab.

Stille erfüllte das Zimmer, während die beiden anderen Männer, einer GTECH und einer Mensch, einander anstarrten. Adam wartete nur darauf, dass einer von beiden etwas Falsches sagte – dann wüsste er zumindest, wem er heute den Hals umdrehen würde. Denn einer würde dran glauben müssen.

»Powell wurde wegen Red Dart wiedereingestellt, und – wenn ich das hinzufügen darf – sogar befördert«, wandte Lucian abwehrend ein, während er Reed vor Wut schäumend anfunkelte. »Es wurden sogar ein Sicherheitsberater für den Außenminister und Fördermittel für eine neue Air-Force-Basis in Nevada herbeigeschafft, zweimal so groß wie Groom Lakes Area 51. Er nennt sie Dreamland. Die Regierung hat Angst vor den GTECHs, vor uns allen. Sie heucheln den Renegades nur Loyalität vor, damit diese sie vor uns beschützen. Powell hat den Inspekteuren versprochen, dass seine Firma PMI Red Dart in wenigen Wochen für die GTECHs vorbereitet hat. Während wir reden, sind

Truppen zu Powells neuer Dreamland-Basis unterwegs, um sich dort auf einen Großangriff auf Zodius- und Renegades-Stützpunkte vorzubereiten. Ich arbeite daran, weitere Details zu den Angriffsplänen zu bekommen.«

Mit vor Angst bebender Unterlippe schob sich Reed die dunkle Brille die Nase hoch und richtete sich auf. »Auch wenn das ziemlich beängstigend klingt, enthalten Lucians Daten nichts, was solche Behauptungen stützen würde. Diese Akte enthält lediglich einen detaillierten Dokumentationsfluss von fehlgeschlagenen Versuchen, Red Dart gegen Feinde der US-Regierung einzusetzen. Man hat es zwar geschafft, die außerirdische chemische Komponente an das menschliche Blut zu binden, wodurch Schallwellen wahrgenommen werden. Als man jedoch das Schallwellengerät zur Folter aktivierte, starben die Menschen. Qualvoll. Wir haben hier vielmehr einen Todesschalter als einen Foltermechanismus. Red Dart wurde menschenunwürdig angewendet und ad acta gelegt. Man hat die Akte vor fünfzig Jahren eingefroren.«

Adam fuhr jäh herum, stützte sich auf Reeds Schreibtisch und hielt ihm das Gesicht direkt vor die Nase. »Was ist denn falsch an ein wenig Unmenschlichkeit?«, fragte er. »Ich. Liebe. Das. Verdammt. Ich habe die Absicht, ihn sowohl auf Menschen als auch GTECHs loszulassen. Kapieren Sie das?« Reed nickte, wurde aschfahl, und Adam fuhr fort: »Machen Sie Red Dart funktionstüchtig für die Menschen, solange wir auf die GTECH-Formel warten. Und zwar zackig.« Ein bisschen Folter, ein paar prominente Leichen, und er würde das Weiße Haus in der Hand haben – zum Teufel, jede existierende Regierung würde ihm gehören. Sobald er die GTECHs vollkommen in der Hand hatte, würde ihn nichts mehr aufhalten können.

»Red Dart wird mithilfe eines Laserstrahls dem Blutkreislauf zugeführt«, sagte Reed mit zitternder Stimme. »Dieser Laserstrahl wiederum wird von einem Kristall erzeugt. Ich brauche diesen Kristall, denn ohne ihn wird es kein Red Dart geben.«

Adam stieß sich vom Tisch ab, geneigt, den Arzt diesmal aus dem Fenster zu schleudern. Dieser Kerl hatte schon bei der Reproduktion des GTECH-Serums versagt. Die außerirdische DNS schützte sich selbst vor einer Replikation, und die Originalprobe stand nicht zur Verfügung. Während Adams Wissenschaftler versuchten, das Problem zu umgehen, war er gezwungen, seine Anhängerschaft mit niederen Wesen zu erweitern: Menschen. Doch er bewältigte diese Hürde genauso wie alle großen Führer: mit Kreativität. Wenn er die Menschen nicht transformieren konnte, würde er sie eben wie Haustiere halten.

»Ich bin immer noch der Meinung, dass wir uns Cassandra Powell schnappen und den Kristall als Lösegeld fordern sollten.« Von der Tür drang eine Frauenstimme herein.

Adam streifte Lucian mit einem verächtlichen Blick und entdeckte Ava in der Türöffnung. Ihr langes rotes Haar wallte über den Laborkittel, und einer der vielen Wölfe, die Adam befehligte, saß ihr zu Füßen. Besitzergreifend blickte Adam auf die beginnende Wölbung um Avas Mitte, wo sie den Erben des Königreichs austrug, das er zu gründen gedachte. In naher Zukunft wäre Ava in der Lage, kompatible Verbindungen zu schaffen, die fähig wären, GTECH-Nachwuchs zu zeugen.

»Powell wird sich auf keinen Handel einlassen«, erwiderte er. »Nicht mal seiner Tochter zuliebe. Kein General, der auch nur einen Pfifferling wert ist, würde das tun.«

Sie blickte nachdenklich, als sie weiter in den Raum hineintrat. »Schick Michael zu ihr. Er soll sie erst verführen und sich dann den Kristall schnappen«, sagte sie. »Er hat sie doch schon mal gehabt. Ich bin ziemlich sicher, dass er sie wieder für sich gewinnen kann.«

»Er hat versucht, ihren Vater aufzuschlitzen«, wandte Adam ein.

»Hat er aber nicht«, entgegnete sie. »Michael wird behaupten, dass er es nie vorhatte. Dass er sie immer geliebt und beschützt hat. Dass er nicht mehr ohne sie leben kann. Er soll ihr vorgaukeln, dass er die Menschheit von uns erlösen will und sie ihm behilflich sein kann, indem sie zur Suche und Vernichtung des Kristalls beiträgt. Wenn wir ihn erst haben, finden wir sicher heraus, wie er an den GTECHs anzuwenden ist. Obwohl ich finde, dass es durchaus genügt, Red Dart auf die Menschen zu übertragen. Beispielsweise könnten wir den Präsidenten damit unter Druck setzen. Dann hätten wir seinen Notschalter in der Gewalt, und Caleb wird nicht mal im Traum daran denken, etwas anderes als deine Befehle zu befolgen.«

Ein seliges Lächeln stahl sich langsam auf Adams Lippen. »Es gefällt mir, wie du denkst, Lebensband.«

Ruhe erfüllte ihn, und seine Seele fand den Frieden, den nur sie ihm geben konnte. Und daraus entstand eine Gewissheit. Michael würde Red Dart auftreiben. Michael hatte ihn noch nie enttäuscht.

Auf einer noblen Party in Washington D.C. geschah es: Cassandra wünschte sich in die gemütlichen, abgeschiedenen vier Wände ihrer Wohnung in Las Vegas, die sie vor sechs Monaten gemietet hatte, als sie aus Deutschland zurückgekehrt war. Zwei Jahre hatte sie sich nach diesem Moment gesehnt und ihn dennoch gefürchtet. Unterbewusst war ihr klar gewesen, dass dieser Zeitpunkt kommen würde.

Es begann mit einer sanften Brise, die die Musik und das Gelächter anzuheben und um sie zusammenzuziehen schien. Sie rief ihr zu, forderte ihre Aufmerksamkeit. Augenblicklich brandeten Erinnerungen über sie hinweg. Seine feurige Berührung, der Geschmack seiner Küsse, die Wärme seines Körpers, wenn er sich an sie drängte.

Langsam ließ sie den Blick über das Buffet mit köstlichem Fingerfood hinwegschweifen, streifte die Uniformen und eleganten Kleider, bis sie bei den durchscheinenden Gardinen verweilte, die die doppelte Terrassentür umspielten. Ein vertrautes Kribbeln berührte das Symbol in ihrem Nacken. Mit zitternder Hand stellte sie das Champagnerglas auf dem Tisch ab und beobachtete, wie der Kellner die Türen schloss.

Michael. Mein Gott, Michael war hier. Sie nahm seine Gegenwart ebenso mühelos wahr wie ihre Atemzüge. Sie hatte gehofft, dass das Symbol infolge des zeitlichen und räumlichen Abstands verschwinden würde, doch weder das Zeichen noch die Verbindung waren vergangen.

Mit einem tiefen Atemzug, der ihr rasendes Herz nicht im Mindesten beruhigte, erhob sich Cassandra von ihrem Stuhl. Das bodenlange weiße Chiffonkleid schmiegte sich an ihren Körper, während sie sich einen Weg durch die Menge bahnte, vorbei an den aufwändigen Blumenarrangements und einer Tanzfläche, die mit vollendeten Gesellschaftstänzern angefüllt war.

Auch wenn sie den Anlass zu dieser Feier längst vergessen hatte, musste sie innehalten, um der Tochter des mexikanischen Würdenträgers die Hand zu schütteln, zu dessen Ehren die Party stattfand. Cassandras Vater, nun als Sicherheitsberater für das Weiße Haus tätig, legte Wert auf die Pflege dieser Beziehung, da Mexiko nur einen Steinwurf von den Aktivitäten der Zodius entfernt lag. Er hatte sich auf ein Bündnis mit Calebs Renegades eingelassen – wenn auch ein unbequemes – und stand kurz davor, eine innovative Technologie zu enthüllen, die ihre Chancen erhöhen würde, Adams Zodius-Soldaten zu schlagen. Er hatte Positives erreicht, und sie bereute es nicht, wieder in die Vereinigten Staaten gekommen zu sein.

Cassandra konnte sich schließlich von der Menge loseisen und blieb an der doppelten Glastür stehen, wo sie die Hand auf ihren flatternden Magen legte. Sie war nervös, nicht ängstlich. Als hinter Cassandra das überspannte Gelächter weiter anschwoll, ging ihr die Ironie dieser prachtvollen Party an die Nieren, denn während hier gefeiert wurde, war ein lautloser Krieg gegen die Menschheit im Gange. Und Michael war ein Teil dieses Kriegs, rief sie sich ins Gedächtnis.

Zornig riss Cassandra die Tür auf und betrat die Terrasse, wo sie von der gespenstischen Ruhe der lauen Nacht erstickt wurde. Ihre Nervenenden prickelten, sträubten sich, schrien vor Erkenntnis, kurz bevor der Wind sanft anhob und ihr Strähnen des langen blonden Haars, das sie glatt und schulterlang trug, um das Gesicht wehten.

Ein musikalischer Ton flirrte durch die Luft, lenkte ihre Aufmerksamkeit auf ein Windspiel, das am Rand des Fußwegs pendelte. Michael wollte, dass sie diesen Weg nahm. Zu Cassandras großem Missfallen erwärmte Michaels Art, durch den Wind mit ihr zu kommunizieren, ihre Glieder. Sie wollte ihn noch immer. Dieses unbändige Verlangen jagte ihr eine Heidenangst ein, die sie eigentlich überwunden zu haben glaubte. Tatsächlich war sie regelrecht entsetzt. Doch da sie nun das Haus verlassen hatte, würde er sicherlich nicht gehen, bevor sie bei ihm gewesen war.

Bebend atmete Cassandra noch einmal tief durch und setzte sich in Bewegung. Sie folgte dem von Laternen erhellten, gewundenen Pfad, der an einem spärlich beleuchteten Pavillon endete. Als sie den Pavillon betrat, schlüpfte er aus dem Schatten. Seine Gegenwart war übermächtig und männlich, dehnte sich aus und verzehrte sie, nahm ihr regelrecht den Atem. Er war machtvoller, als sie es in Erinnerung hatte. Sein Duft – männlich, moschusartig, einzigartig Michael – erfüllte ihre Nase und wogte bis zu ihren Nervenenden.

Sein langes schwarzes Haar fiel ihm auf die breiten Schultern und umrahmte den eckigen Kiefer, den sie so oft berührt und geküsst hatte. Als er über ihr emporragte, hatte sie das Bild eines geschmeidigen, muskulösen Panthers vor Augen, hungrig und bereit zur Jagd. Die Jagd auf sie. Gott möge ihr beistehen, denn als sie in die intelligenten, unnatürlich schwarzen Augen blickte, die scheinbar direkt in ihre Seele durchdrangen, *wollte* ein unkontrollierbarer Teil von ihr, dass er Jagd auf sie machte.

»Du bist schöner als je zuvor, Cassandra.«

Samtweich glitt seine Stimme an ihren Nervenenden entlang und leckte feurig an den Gliedmaßen. Sie sträubte sich gegen die plötzliche Schwere in ihrer Brust, und dass sich ihre Nippel nach ihm sehnten – das Symbol musste diese schamlose Reaktion ausgelöst haben. Dieser Mann hatte versucht, ihren Vater zu töten. Zudem war er im Begriff, die Menschheit auszulöschen. Er war der Feind, und sie war nur hergekommen, um Antworten zu finden und um Möglichkeiten auszuloten, wie man die Zodius schlagen konnte.

Sie streckte den Rücken durch. »Was machst du hier, Michael?«

»Du schwebst in Gefahr«, sagte er leise.

»Wenn mich irgendetwas bedrohen sollte, dann wohl du«, spie sie durch zusammengebissene Zähne aus.

»Und trotzdem bist du hier«, stellte er mit provozierender Miene fest.

»Um alle anderen im Haus vor dir abzuschirmen«, entgegnete sie hastig.

Ungläubig zog er eine Augenbraue hoch. »Also siehst du der Gefahr tapfer ins Auge.« Ein Winkel seines viel zu einladenden Mundes zuckte. »Vielleicht ist dir auch nur eingefallen, dass ich die Art von ›Gefahr‹ bin, auf die du stehst.«

Diese vertraute, sinnliche Stichelei aus vergangenen Tagen führte ihr ungebeten ein Bild von Michael vor Augen: Er war an sie gepresst, und seine Hand strich an ihrem Kleid hinauf. Cassandra kniff die Augen zusammen und fluchte lautlos. Als sie sie wieder öffnete, bedachte sie ihn mit einem vorwurfsvollen Blick. Wie mächtig war Michael inzwischen geworden? Konnte er solche Gedanken suggerieren?

Er lachte und warf die Hände in die Luft. »Schau mich nicht so an, Cassandra. Was auch immer sich dein unanständiges, reizendes Köpfchen ausgemalt hat, es ist auf deinem eigenen Mist gewachsen. Und erzähl mir nicht, dass es etwas Anständiges war. Wir wissen beide, dass du eine lebhafte Fantasie hast.« Er ließ die Hände sinken, während sich seine sinnlichen Lippen kaum merklich an den Seiten hoben. »Eine Million Dollar für deine Gedanken.«

»Oh, na schön, es war nicht jugendfrei«, gab sie klein bei. »Meiner Fantasie sind tatsächlich die Pferde durchgegangen. Schließlich hatte ich zwei Jahre Zeit, mir interessante Dinge zu überlegen, wie man einen so mächtigen GTECH wie dich um die Ecke bringen könnte.«

»Ich habe zwei Jahre davon geträumt, dich wieder in den Armen zu halten.« Er atmete ein. »Du willst mich immer noch. Ich kann deine Erregung riechen.«

»Das ist doch Irrsinn«, erwiderte sie. »Ich hätte nicht kommen sollen.« Sie drehte sich um und setzte sich in Bewegung, bereute es jedoch auf der Stelle. Zum Teufel mit ihm! Sie würde nicht den Rückzug antreten. Viel zu lange hatte sie auf diesen Moment warten müssen.

Cassandra wirbelte herum und schnappte nach Luft, als er ihr direkt gegenüberstand. Um Halt zu finden, musste sie sich fast an seiner Brust abstützen. Er war ihr so nah, dass ihr Körper nach ihm verlangte, und sie hätte sich nur vorbeugen müssen, um ihn berühren zu können. Sie hasste sich selbst, weil sie sich danach sehnte.

»Woher nimmst du das Recht, so mit mir zu reden?«, verlangte sie, frustriert über ihre bebende Stimme. »Du hast dich Adam und seiner Zodius-Bewegung angeschlossen. Du wolltest meinen Vater umbringen.« Ihre Worte trafen einen wunden Punkt, und sie ballte die Hände zu Fäusten.

»Wenn ich den Tod deines Vaters gewollt hätte, dann wäre er tot.«

In seinem Ton schwang tödliche Überzeugung mit. Cassandra musste schwer schlucken, als sie das Bild von Michael und ihrem Vater vor sich sah. »Ich war dabei. Ich habe das Messer gesehen, mit dem du ihn bedroht hast. Ich habe das Blut gesehen.« Der Gedanke jagte ihr einen Schauer über den Rücken und ließ sie einen Schritt zurücktreten, was sich so nah am Rand der Treppe als Fehler erwies. Sie stolperte, verlor das Gleichgewicht und schlug fast einen Salto. Wie ein Schutzengel packte Michael sie und gab ihr Halt. Ihre Schenkel berührten sich, ihre Hüften pressten sich aneinander. Die Welt verschwamm. Dieser Mann und alles, was er ihr bedeutete, traten wieder in den Mittelpunkt. In jenen kurzen Sekunden genoss sie das Gefühl, ihm wieder nah zu sein, während sie gleichzeitig lautlos um den Verlust weinte.

»Lass mich los«, flüsterte sie.

Trotzig verengte er die Augen.

»Lass mich los, Michael!«

Stattdessen küsste er sie, wob eine Hand in ihr Haar und zog sie mit der anderen an sich. Besitzergreifend drängte er die Zunge zwischen ihre Lippen und forderte eine Erwiderung. Cassandra versuchte ihm zu trotzen, stemmte die Hände gegen ihn und wollte ihn wegstoßen. Stattdessen loderte eine sengende Hitze in ihr auf. Sein zügelloser Geschmack durchfuhr sie wie eine heiße, sinnliche Bö und verzehrte sie. O Gott – es ließ ihren Widerstand dahinschmelzen.

Als sie dachte, verloren zu sein und sich nicht länger im Zaum halten zu können, ließ er sie los und trat zur Seite. Gewährte ihr den Freiraum, den sie wollte und zugleich verabscheute. Sie machte sich auf den körperlichen Schmerz und seinen glühenden Blick gefasst.

»Das hat nichts zu sagen. Das Symbol ist dafür verantwortlich.«

»Du hast mich schon so geküsst, bevor du das Symbol getragen hast«, entgegnete er. »Das wissen wir beide.« Dann wurde seine Stimme sanfter, ebenso wie seine Augen. »Ich habe dich nicht verraten, Cassandra. Als klar wurde, dass die Renegades keine Chance gegen Adam haben, brauchten wir jemanden, der seine Organisation infiltriert. Da ich X2-positiv bin, ist Adam davon ausgegangen, dass ich einen Grund hätte, ihm zu folgen.«

Sie war kaum in der Lage, zu atmen oder zu denken. »Warum hast du mir nichts gesagt?« Ein verzweifelter Teil von ihr wollte ihm glauben. Gleichzeitig warnte ein anderer Teil sie, nicht naiv zu sein und ihren Schutzschild nicht fallen zu lassen. »Was willst du von mir, Michael?«

»Ich will dich, Cassandra. Darauf gebe ich dir mein Ehrenwort.« Er klang entschlossen und machtvoll. Besitzergreifend. »Wenn Adam gewusst hätte, dass du mein Zeichen trägst, dann hätte er Jagd auf dich gemacht und dich nach Zodius City gebracht. Ich hätte nie zugelassen, dass du Zodius City nahe kommst. Du durftest die Wahrheit nicht erfahren, Cassandra. Es war zu riskant.«

Das Herz donnerte in ihrer Brust. »Warum sagst du es mir dann jetzt?«

»Wegen Projekt Red Dart«, erwiderte er und klang, als wollte er ihr Wissen auf die Probe stellen.

Als er das streng geheime Programm erwähnte, schnürte sich Cassandras Brust zusammen. O Gott, er versuchte sie zu benutzen. Das alles war nur ein abgekartetes Spiel. »Red Dart?«, fragte sie wie ahnungslos.

»Adam weiß davon, Cassandra.«

Das war unmöglich. Es gab nur eine Handvoll Menschen, die über Red Dart Bescheid wussten, und da man befürchtete, dass es zu Adam durchsickern könnte, hatte man Stillschweigen darüber bewahrt. »Ich habe keine Ahnung, was du meinst.«

Er verschränkte die Arme vor der Brust. »Red Dart ist ein Laserstrahl, der von einem Kristall erzeugt wird. Er dringt in den Blutkreislauf des Zielobjekts ein und deponiert dort einen chemischen Stoff. Dadurch kann das Zielobjekt geortet werden«, er hielt inne, »und auch gefoltert. Was mitunter sogar zum Tod führt.«

Ihre Kinnlade klappte herunter, sie keuchte beinahe und versuchte, es zu unterdrücken. Er irrte sich. Allerdings konnte sie das nicht aussprechen, denn damit würde sie ihr Wissen über den Kristall preisgeben.

»Das mit der Folter ist dir neu, oder?«, fragte er, bevor er leise hinzufügte: »Ich wusste, dass du so etwas nie unterstützen würdest.«

Es war ihm ernst. Er dachte wirklich, dass Red Dart ein Folterinstrument sei. »Natürlich nicht«, stimmte sie zu. »Du hast ja keine Ahnung, was du da redest.« Das konnte nicht sein. *O Gott. Bitte lass Red Dart kein Folterinstrument sein.* Die Vorstellung, einem GTECH jeden Befehl erteilen zu können – egal, wie unmoralisch oder falsch – oder ihn zu foltern, war etwas, an das sie gar nicht denken wollte. *Bitte lass Vater wirklich alles in Ordnung bringen, wie er es versprochen hat.*

»Hast du gewusst, dass er dem Außenminister zugesichert hat, dass alle GTECHs, sowohl Renegades als auch Zodius, innerhalb von sechzig Tagen komplett seinem Kommando unterstehen?«

»Oh, nein«, erwiderte sie kopfschüttelnd. »Er würde sich nie gegen die Renegades stellen. Verdammt, Michael, es gibt keine Folter mit Red Dart. Wir wenden bei unseren Feinden noch nicht mal Waterboarding an. Also gibt es ganz bestimmt auch keinen Foltermechanismus, der weiß Gott was mit den Leuten anrichtet.«

»Nichtsdestotrotz hat dein Vater genau das im Sinn. Wie in Groom Lake verfolgt er persönliche Interessen und bringt damit unschuldige Leben in Gefahr. Es gab zwei Männer im Militärtribunal, die deinen Vater lebenslänglich hinter Gitter bringen wollten. Sie starben beide an einem Hirnaneurysma. Das war kein Zufall.«

»Was hat das mit all dem zu tun?«

»Es gibt eine Substanz namens ›Stardust‹, die in Groom Lake entwickelt wurde. Sie löst Hirnaneurysmen aus«, erklärte er. »Das ist ein außerirdischer Stoff, den man in Bluttests nicht nachweisen kann. Ich weiß davon, weil Adam eine Lieferung konfisziert hat, als er damals die Operation deines Vaters zerschlug.«

Sie krallte sich am Geländer fest. »Mir ist durchaus bewusst, was mein Vater früher getan hat.« Schließlich war er hier, um einst begangene Fehler wiedergutzumachen. Und Michael hatte sich zwei Jahre nicht blicken lassen. Er war bei Adam gewesen. »Er setzt alles daran, um eine Zodius-Übernahme abzuwenden. Um Adam das Handwerk legen zu können, braucht er die Renegades, und das weiß er.«

»Und warum hat er Caleb nicht von Red Dart in Kenntnis gesetzt?«, fragte Michael trocken.

»Weil er der Geheimhaltungsstufe unterliegt.«

»Richtig. Geheim. Tja, ich verrate dir noch was *Geheimes*. Sowohl Adam als auch dein Vater haben vor, sämtliche GTECHs mithilfe von Red Dart zu kontrollieren. Wenn es so weit ist, will Adam sogar noch einen Schritt weitergehen. Er beabsichtigt, den

Kristall an Menschen einzusetzen. Er will ihn in jeder Regierung und jedem finanziellen Machtzentrum der Welt einführen. Ich brauche deine Hilfe, Cassandra. Wir müssen den Kristall zerstören, sonst wird er hemmungslos missbraucht – von Adam und deinem Vater. Er kann die Welt vernichten.«

Selbst wenn sie ihre Hilfe anbot, wäre es sinnlos, da sie keine Ahnung hatte, wo sich Red Dart befand. Und dann gab es da noch ein Problem. Ein kleines Detail, das dummerweise nicht vorhanden war: Vertrauen. »Woher weißt du das alles?«

»Genau wie dein Vater«, sagte er, »haben wir Freunde im Weißen Haus.«

Er hatte auf alles eine schnelle Antwort. »Du hast gesagt, dass meine Verbindung zu dir riskant für mich ist«, sagte sie. »Wäre es nicht klüger gewesen, wenn Caleb an deiner Stelle gekommen wäre?«

»Dieses Risiko, Cassandra«, sagte er, »bin *ich*. Adam hat mich geschickt. Ich soll dich mit meinen Verführungskünsten zur Mitarbeit überreden. Wenn er nicht davon überzeugt ist, dass ich erfolgreich war, wird er einen anderen schicken. Und der wird andere Saiten aufziehen.«

Cassandra schnappte im gleichen Moment nach Luft, in dem die Stimme ihres Vaters ertönte. »Cassandra!«

Michael packte sie, zog sie fest an sich und fixierte ihre Hüften mit seinem kräftigen Arm. »Auf dem Schreibtisch deines Hotelzimmers wirst du heute Nacht ein Päckchen finden«, sagte er. »Es enthält ein Handy, mit dem du Caleb erreichen kannst, ohne geortet zu werden. Er wird dir bestätigen, dass ich die Wahrheit sage.«

»Cassandra!«

Während sich die Stimme ihres Vaters näherte, schlug ihr Herz doppelt so schnell. »Wenn mein Vater dich findet, hetzt er die Wachen auf dich.«

»Wir wissen beide, dass sie chancenlos sind.« Er betrachtete ihren Mund und hob den Blick schließlich wieder. Lüsterner Hunger lag in der Luft, als läge ihm mehr an einem Kuss als an dem Wunsch, sich in Sicherheit zu bringen.

»Du kannst dich gern mit den Wachen anlegen, ich bin nicht scharf darauf.« Sie boxte ihm gegen den Arm. »Geh jetzt, Michael.«

Ein Anflug von Zufriedenheit flackerte in seinen dunklen Augen auf, als hätte sie gesagt, dass er ihr wichtig sei. Er strich ihr beiläufig durchs Haar, seine Lippen waren nur wenige Zentimeter von ihren entfernt. Sein warmer und verlockender Atem, der Sünde und Erfüllung verhieß. Verdammt, sie war nicht sicher, ob sie ihm je entkommen konnte.

»Zieh ja nicht los und versuch, die Welt ohne mich zu retten«, warnte er. »Vertrau niemandem, Cassandra. Vor allem nicht denen, die deinem Vater am nächsten stehen.«

»Ich habe gelernt, nicht zu vertrauen«, erwiderte sie schneidend, wobei sie sich entblößt und verwundbar fühlte. »Dank dir.«

Seine Augen verfinsterten sich. Als sich der Wind regte, änderte sich seine Stimmung. »Mir ist klar, was du von mir denkst«, sagte er und ließ sie jäh los. »Ich komme bald wieder.« Der Wind schwoll in einer kraftvollen Woge an, als wollte er ihren Vater mit seiner Gegenwart verspotten. Im nächsten Moment war Michael verschwunden.

Das Fehlen seiner Berührung und das Versprechen, dass er wiederkommen würde, trieben wie ein durchdringender Schmerz durch ihren Körper. Ganz gleich, wie sehr sie es zurückgewiesen hatte, hatte sie sich dennoch nach einem Wiedersehen gesehnt – und nach einem triftigen Grund, der sein Verschwinden erklärte. Trotzdem war sie keine Idiotin. Auch wenn sie sich wie magnetisch zueinander hingezogen fühlten, war er ausschließlich wegen Red Dart aufgetaucht und nicht etwa ihretwegen.

»Cassandra!«

Sie riss sich zusammen – oder versuchte es zumindest. Ihr war zumute, als würde die Welt in Scherben liegen, aber sie brachte dennoch eine gelassene Miene zustande. Als sie sich umdrehte, stand ihr Vater bereits am Pavillon.

»Du solltest nicht allein hier draußen sein«, tadelte er, als er Cassandra mit vor Sorge zerfurchtem Gesicht anblickte. Wenn es nach ihm ginge, würde sie rund um die Uhr von einem Leibwächter behütet werden. Er war der festen Überzeugung, dass Michael eines Tages Kontakt zu ihr suchen und sie für seine Zwecke einsetzen würde. Was heute Abend geschehen war.

»Mir war nach frischer Luft, Vater.« Innerlich bebend, schaffte sie es dennoch, lässig zu klingen.

»Es ist windig. Du solltest nicht im Wind stehen.«

»Vater, es ist doch schon den ganzen Abend windig«, versicherte sie, während sie die Stufen hinabging und sich bei ihm einhakte.

Er ließ den Blick über den Pavillon und die nähere Umgebung schweifen, während der Wind allmählich abflaute. »Bist du sicher?«

»Ziemlich«, sagte sie und wechselte geschickt das Thema. »Jedenfalls finde ich den frischen Wind wesentlich angenehmer als den muffigen Zigarrenqualm, der mich in erster Linie rausgetrieben hat.«

Er entspannte sich allmählich und lächelte. »General Roberts?«

»Die üblichen Verdächtigen, stimmt's?« Sie lächelte ihn breit an, während Michaels Worte ihren Verstand zum Rasen brachten. Sie drückte den Arm ihres Vaters fester. Was ihn betraf, wollte sie auf keinen Fall, dass Michael recht behielt – dass Michael log, wollte sie allerdings ebenso wenig. Selbst wenn Caleb Michaels Aussage bestätigen sollte, hieß das noch lange nicht, dass sie mit

Red Dart ins Schwarze trafen. Es bedeutete lediglich, dass sie das Gegenteil beweisen musste.

»Der Kuchen wird gleich angeschnitten«, sagte ihr Vater und riss sie jäh aus ihren Gedanken. »Ich weiß doch, wie sehr du Süßes liebst.«

Sie lächelte, brachte irgendwie eine belanglose Unterhaltung zustande, während sie den Pfad entlangschlenderten, und setzte ein fröhliches Gesicht auf. Doch tief in ihrem Innersten wusste Cassandra, dass ein Sturm aufzog. Und dieser Sturm hatte einen Namen: Michael.

6

Michael hatte Cassandras Geschmack noch auf den Lippen, als er den Fahrstuhl betrat, der in die unterirdische Welt der ehemaligen Area 51 führte. In Zodius City umbenannt, stellte sie die erste Stadt von Adams geplanter »Zodius-Nation« dar. Michael zitterte innerlich, aber das durfte man ihm nicht anmerken. Er durfte keine Schwäche zeigen, sonst könnte er sein und unter Umständen auch Cassandras Leben aufs Spiel setzen.

Um als der Stellvertreter der bösartigsten Bestie der Welt glaubhaft aufzutreten, hatte er eine Maske aufgesetzt. Die Methoden, mit denen er den Zodius-Soldaten Gehorsam beibrachte, wenn sie es wagten, Adam zu verärgern, hatten ihm den Namen »Der Peiniger« eingebracht. Mit aller Kraft versuchte er an jenen schwarzen Ort seiner Seele zu gelangen, an dem er nichts mehr empfand, doch der war nirgends zu finden.

Es gab nur Cassandra und ihren bittersüßen Geschmack, der noch an seinen Lippen haftete. Selbst wenn sie ihn wieder begehren sollte, war es dennoch fraglich, ob sie ihm je wieder vertrauen würde. Womöglich war es besser so, denn es hatte sich nichts geändert. Dieser Ort und das, was Michael verkörperte, waren der eindeutige Beweis, dass er der falsche Mann für Cassandra war. Zur Hölle, seine schwarze Seele ließ ihn oft zweifeln, ob er überhaupt ein Mann war.

Der Aufzug kam rumpelnd zum Stehen, und die Türen öffneten sich zu Adams Privatkorridor, der einen Teil des unendlichen Ausbaus der unterirdischen Anlage einnahm. Zwei silberne Türen, die denen des Lifts ähnelten, erwarteten ihn.

Auf beiden Seiten standen Wachen in Tarnanzügen mit geschulterten Gewehren. Keiner der Soldaten wagte es, Michael in die Augen zu blicken. In Zodius herrschte ein Klassensystem, an dessen Spitze Adam stand, während die mit Füßen getretene Menschheit am Boden kroch.

Die Wache zu seiner Rechten griff zum Wandtelefon und erstattete Adam Meldung. Noch bevor der Mann aufgelegt hatte, öffneten sich die Schiebetüren. Michael betrat einen hotelähnlichen Flur, über dessen gesamte Länge sich auf beiden Seiten Türen erstreckten. Er näherte sich dem Eingang am äußersten Ende: Adams Apartment, das vom Luxus der Upper East Side von Manhattan nur so troff. Ava erwartete ihn an den Türrahmen geschmiegt. Mit einem über den Kopf gestreckten Arm neigte sie kokett die Hüfte. Sie trug lediglich Unterwäsche, und der durchsichtige BH betonte den vollen Busen und verbarg kaum die Brustwarzen, der Slip unterstrich ihren runden Bauch. Ihr langes rotes Haar umhüllte die Schultern.

»Michael«, flötete sie. Auch wenn sie nur Augen für Adam hatte, lächelte sie ihn mit rot geschminkten Lippen verführerisch an. Genau wie ihr Lebensband war Ava durch und durch böse. Mit dem größten Vergnügen lockte sie die Männer in ihr Netz und sah zu, wie Adam die Opfer fing. Ein falscher Blick auf Ava genügte, um sich Zutritt zum »Kolosseum« zu verschaffen – und zwar auf römische Art. Dort verfolgte dann die ganze Stadt, wie Adams Wölfe zu Dutzenden über den Missetäter herfielen, der keines der geschätzten Tiere zur Strecke bringen konnte – zumindest nicht, ohne einen Vergeltungsschlag von Adam zu riskieren. Auch wenn die Wunden des Soldaten heilten, geschah dies nur unter Schmach und höllischen Schmerzen.

Ava war ein Miststück. »Wo ist Adam?«, fragte er knapp.

»Unter der Dusche«, erwiderte sie, während sie die Tür stückchenweise öffnete. »Ich leiste dir Gesellschaft, bis er fertig ist.«

»Ich warte im Flur«, entgegnete er, ohne sie aus den Augen zu lassen.

Sie schürzte die roten Lippen. »Wo liegt das Problem, Michael?«, stichelte sie. »Befürchtest du, mich *richtig* ansehen zu müssen, wenn du reinkommst? Oder findest du mich einfach nur unansehnlich, weil ich mit Adams Kind schwanger bin?«

Verfluchtes Miststück. Er warf ihr einen kalten Blick zu. »Ich will nur mit Adam reden.«

Die Tür ging ganz auf, und Adam trat ein. Er trug einen marineblauen seidenen Bademantel und hatte noch feuchtes Haar. Als er hinter Ava stand, klatschte er ihr auf den Hintern. »Hör auf, dich über den Mann lustig zu machen. Dir sollte mittlerweile klar sein, dass mir Michael nicht in den Rücken fallen wird.«

Das Zittern, das Michael verspürt hatte, als er aus dem Fahrstuhl gekommen war, verschwand kurz und wurde von einem inneren Lächeln ersetzt. Ava war Adams Schwäche. Sie machte ihn töricht und blind.

Adam riss sie an sich, bot ihr die Lippen dar und schlang eine Hand um ihren Kopf. »Nicht mal deinetwegen.« Er küsste sie ungestüm, bevor er sie losließ. »Zieh dir was an.« Er wandte sich an Michael. »Komm rein.«

Michael schlenderte in die Wohnung, die mit schwarzem Leder und teuren gestohlenen Kunstgegenständen ausgestattet war. Wenn Adam etwas haben wollte, riss er es an sich. Wenn Ava etwas haben wollte, riss Adam auch das an sich. Wenn die Banktresore nicht felsenfest verschlossen gewesen wären, hätte er sie längst leer geräumt.

Adam nahm auf der Couch Platz und bedeutete Michael, sich zu ihm zu gesellen, ehe er zwei Kristallgläser mit Brandy füllte. Kaum zu glauben, dass Adam vor zwei Jahren noch eingefleischter Bud-Trinker gewesen war. Michael verabscheute Brandy, was Adam durchaus bewusst war. Trotzdem offerierte er ihm bei jedem Besuch ein Glas, und wie immer rührte Michael das Dreckszeug nicht an. Vermutlich wollte Adam ihn irgendwie auf die Probe stellen, auch wenn Michael keinen Schimmer hatte, was er damit bezweckte.

Wie gewöhnlich ließ Adam ihn nicht aus den Augen und animierte ihn zum Trinken. »Du bist der einzige Zodius, der den Mumm hat, eins meiner Angebote auszuschlagen.« Es schien ihn dennoch zufriedenzustellen, als würde Michael dadurch zu einem würdigen »Zweiten«. Jeder andere müsste für eine derartige Zurückweisung eine Tracht Prügel einstecken.

Adam setzte sein Glas ab und breitete die Arme über die Rückenlehne. »Erzähl mir von Cassandra. Ich dachte immer, du würdest dir mit ihr eine Art Predigertochterfantasie erfüllen. Abgesehen davon, dass sie die Tochter des Generals ist.« Sein Mund zuckte. »Hast du ihr gebrochenes Herz geküsst und wieder gekittet?«

Michael hegte tatsächlich eine Fantasie – ein Hirngespinst, das er mindestens einmal täglich durchspielte. Allerdings kam nicht Cassandra darin vor, sondern Adam, dem er die Kehle aufschlitzte, um das ganze Elend zu beenden. Nur dass damit nichts beendet wäre. Adam hatte sich zu seiner Absicherung eine ausgeklügelte Strategie zurechtgelegt, die er sowohl der Regierung als auch den Renegades verdeutlicht hatte. Zum Zeitpunkt seines Todes würde man die aus Port Said konfiszierten biologischen Kampfstoffe loslassen und gleichzeitig eine Reihe anderer Katastrophen im Land verbreiten.

Er und Caleb machten sich deswegen Vorwürfe. Bisher hatte Michael lediglich in Erfahrung bringen können, wo die Waffen abgefeuert werden sollten, jedoch nicht, von wem. Wenn er es wüsste, würde er sofort kurzen Prozess mit Adam und seinem Terror machen.

Michael verdrängte die Bilder und konzentrierte sich wieder

auf das Gespräch. Es ging ihm gewaltig gegen den Strich, sich mit Adam über Cassandra unterhalten zu müssen. »Sie wird mit uns an einem Strang ziehen«, sagte er. »Was den Kristall betrifft, hat man sie allerdings im Unklaren gelassen. Ich werde ihr helfen, sich bei ihrem Vater einzuschmeicheln. Sie wird Red Dart auftreiben.«

»Mach schnell«, sagte Adam. »Hilf ihr schnell.«

Ava stolzierte im pinkfarbenen seidenen Morgenrock herein und drapierte sich um Adams Schultern. »Hast du von meinen Fruchtbarkeitstests berichtet?« Ohne eine Antwort abzuwarten, plapperte sie mit vor Aufregung quiekender Stimme weiter. »Ich konnte eine Rezeptur mit meinen Schwangerschaftshormonen anreichern, die ich sechs Frauen injiziert habe. Die Fruchtbarkeitsrate ist auf der Stelle in die Höhe geschossen. Als Nächstes paare ich sie mit den Soldaten, um zu testen, ob durch die Hormone ein kompatibles Lebensband entsteht.« Ava lockte die Frauen nach Zodius City, indem sie ihnen verschwenderische Geschenke und luxuriöse Wohnquartiere versprach. Sie hatte sie als die zukünftigen Mütter der Zodius-Kinder auserkoren. Die Wohneinheiten der Frauen, »Silber-, Gold- und Grauzone-Quartiere« genannt, waren mittlerweile von fast hundert Bewohnerinnen bevölkert. Siebzig Prozent der Frauen waren durch den Glamour und Avas einzigartige Gabe, nahezu jeden weiblichen Verstand durch Gehirnwäsche umzuformen, geblendet worden. Nur ein kleiner Prozentsatz zeigte sich unbeeinträchtigt von ihrem neu erworbenen Talent. Obwohl sich die Frauen ständig wechselnden Sexualpartnern hingeben mussten, würden die Geblendeten auch dann nicht gehen, wenn sie die Möglichkeit hätten.

»Was Ava verschwiegen hat«, sagte Adam, »ist, dass zwei von den sechs Frauen bei der Prozedur draufgegangen sind. Und das Letzte, was ich brauchen kann, ist ein Haufen hysterischer Weiber, die ausflippen, weil Frauen verschwinden. Ich will allen auf einmal diese Hormone verpassen, die Verluste abhaken und die Sache erledigen. Es gibt keinen Grund zu warten.«

Michael erstarrte innerlich zum Eisblock. Er hatte genug – hier und jetzt war für ihn Schluss. Noch in dieser Nacht würde er mit möglichst vielen Frauen türmen, solange sie noch mit dem Leben davonkamen. Da sie durch den sexuellen Kontakt mit den GTECHs eine psychische Energie ausstrahlten, die von GTECHs mit speziellen Begabungen über der Erdoberfläche lokalisiert werden konnten, würde es nicht einfach werden.

Ava kuschelte sich an Adam. »Wir brauchen mehr Frauen, Michael. Du musst eine Jägerstaffel aussenden.«

Adam lächelte. »Wenn du dich nicht um Cassandras Bedürfnisse kümmern müsstest«, sagte er, »würde ich die Wölfe Jagd auf potenzielle Kandidatinnen machen lassen. Das wäre ein netter Zeitvertreib. Ich würde zu gern ihre Gesichter sehen, wenn die Wölfe über sie herfallen. Und dann erscheinen wir als ihre Retter.« Er lachte. »Unbezahlbar. Sie werden freiwillig kommen. Wir sind ihre Helden.«

Als sich Michael eine Stunde später aus Adams Gesellschaft befreit hatte, erschien er auf einer verlassenen, unbefestigten Straße im Sunrise Canyon, achtzig Meilen nördlich von Zodius City. Nur wenige Meilen von den unterirdischen Hauptquartieren der Renegades entfernt lag ihre Version von Zodius City: Sunrise City.

Bei einer Bergflanke wartete ein schwarzer Jeep. Da es lediglich die Wüste und die Dunkelheit zu seinem Schutz gab, kletterte er schleunigst auf den Beifahrersitz. Caleb saß am Steuer. Auf dem Rücksitz befand sich einer von Calebs engsten Vertrauten, Sterling Jeter, dem das lange blonde Haar offen über die Schultern fiel. Es war genauso wild wie sein Leben.

»Der Mysteriöse ist eingetroffen«, witzelte Sterling und gab Michael einen Klaps auf die Schulter. »Was geht ab, Mikey?«

Sterling konnte in jeder Lebenslage miese Witze reißen. Michael ignorierte seine Scherze, weil Sterlings lästiges Bedürfnis, den Scherzkeks zu geben, nichts an der Tatsache änderte, dass er nicht nur ein treuer Freund und Vertrauter von Caleb war, sondern auch ein verdammt guter Soldat. Dennoch würde Michael Sterling am liebsten den Arsch versohlen. Und zwar häufig.

»Was hier abgeht, sind meine Nerven«, erwiderte Michael trocken und konzentrierte sich wieder auf Caleb. »Wenn wir die Frauen retten, wird er nur noch mehr entführen.«

»Vielleicht«, sagte Caleb und warf ihm einen Blick von der Seite zu. »Es wird jedoch einige Zeit in Anspruch nehmen, bis er wieder so viele zusammen hat. Diese Zeit können wir nutzen, um ihn komplett lahmzulegen. Das ist Zeit, die die Frauen in Zodius nicht haben.«

»Wenn wir das durchziehen«, sagte Michael, »bin ich dort raus. Es gibt nur drei Menschen, die den Deaktivierungscode für das nach oben führende Sicherheitssystem besitzen. Ich, Ava und Adam. Dann weiß er, dass ich es getan habe.«

»Bring mich in den Hauptrechner«, sagte Sterling und beugte sich nach vorn. »Ich kann dafür sorgen, dass es aussieht, als hätte jemand ihre Codes geknackt.«

»Das kriegst nicht mal du hin«, erwiderte Michael. »Um in diesen Raum zu kommen, muss man durch einen Ganzkörperscan, und ich habe keine Autorisierung. Adam vertraut niemand hundertprozentig. Unterm Strich heißt das, dass ich entweder in Zodius bleibe und die meisten Frauen sterben, oder wir retten sie, und ich bin damit raus.«

Caleb packte das Lenkrad so fest, dass die Fingerknöchel weiß hervortraten. Offensichtlich rang er um die Entscheidung. Nach einer Weile sah er Michael mit schief gelegtem Kopf an. »Wir haben uns zwei Jahre bemüht, den- oder diejenigen zu finden, die zum Zeitpunkt von Adams Tod unser Land angreifen wollen. Denkst du, dass du jetzt oder in absehbarer Zukunft an diese Informationen herankommen wirst?«

»Nein«, erwiderte Michael. Er hatte alles gegeben und sämtliche Möglichkeiten ausgeschöpft.

»Du bist sicher, dass sich die chemischen Waffen nicht vor Ort befinden?«

»Absolut«, versicherte Michael.

»Und du kannst nicht herausbekommen, wo sie zu finden sind?«

Caleb hatte diese Fragen schon x-mal gestellt, und Michael wusste, wo sie hinführten. »Keine Chance.«

Caleb starrte sekundenlang angespannt zur Windschutzscheibe hinaus. »Wir können diese Frauen nicht sterben lassen. Nein. Wir holen sie da raus. Anschließend holen wir Red Dart und drehen Adam ein für alle Mal den Hahn ab.« Er senkte die Stimme. »Du bist schon zu lange dort, Michael. Man kann nur so lange mit dem Teufel spielen, bis man seine Seele verliert.«

Genau – seine Seele. Michael hätte beinah gelacht. Er konnte nicht mal sagen, *ob* er eine Seele zu verlieren hatte. Caleb hingegen schon, und das würde Michael nicht zulassen. »Dann um zwölfhundert«, sagte er. »Zur Wachablösung.«

Sterling rieb sich die Hände. »Endlich zeigen wir den Zodius, wo der Hammer hängt.« Er war schon ganz aufgeregt. »Ich lebe für diesen Scheiß.« Das war sein voller Ernst. Er lebte, um jederzeit draufzugehen. Michael konnte es hinter seinen Witzen erkennen. In Sterlings Augen glänzte etwas Wildes, und wenn sie Zodius City angriffen, könnte er durchaus die Gelegenheit zum Sterben bekommen.

Caleb startete den Jeep und taxierte Michael. »Sieht aus, als würdest du diesmal nach Sunrise City kommen und bleiben«, sagte er. »Wo du hingehörst.«

Die Bemerkung traf Michael wie ein perfekt platzierter Schuss mitten in die Eingeweide, garniert mit einer gehörigen Prise Sarkasmus. Nicht weil er nicht nach Sunrise City gehen wollte, sondern weil das der Tag war, von dem er immer gewusst hatte, dass er kommen würde; der Tag, an dem er zu Adams schlimmsten Feind werden würde. Und Cassandra stand mitten im Kreuzfeuer. Sie bildete das Hauptziel für Adams Vergeltungsschlag, und es gab nichts, was er dagegen tun konnte. Zumindest nicht, solange sie die beste Möglichkeit darstellte, um an Red Dart zu gelangen, denn durch diese Technologie würde die Welt einem Irren ausgeliefert. Seine Welt würde ihre mit Blut besudeln. Er knirschte mit den Zähnen. Irgendwie schien dieses Blutvergießen seinen Ursprung stets bei ihrem Vater zu haben. Er hätte ihn damals ausschalten können. Cassandra hatte recht – er hatte danach verlangt.

Sirenen schrillten aus der Gegensprechanlage und plärrten durch Adams Schlafzimmer. »O mein Gott«, keuchte Ava und legte eine schützende Hand auf ihren Bauch. »Werden wir angegriffen? Unser Baby. Adam, unser Baby.«

Das Telefon am Bett klingelte, und Adam nahm ab. Nachdem er kurz zugehört hatte, schleuderte er es fluchend durchs Zimmer. »Die Renegades schaffen unsere Frauen fort«, sagte er. Beide Beine steckten bereits in einem Tarnanzug, den er für solche Fälle griffbereit am Bett aufbewahrte.

Ava kniete im Bett. »Was? Nein! Das macht unsere Testreihe zunichte. Du musst sie aufhalten, sie dürfen die Frauen nicht mitnehmen! Wie konnten sie sich überhaupt dort einschleichen? Wie?«

»Michael«, sagte Adam energisch. »Michael hat mich verraten.«

Sie schnappte nach Luft. »Nein!« Dann warf sie die Decken

zur Seite. »Ich komme mit. Ich habe Einfluss auf die Frauen. Ich werde …«

»Du wirst dieses Zimmer nicht verlassen.«

»Aber Adam …« Sie zitterte.

»Ava«, sagte er streng, während er sich anzog. »Reiß dich zusammen.«

Das Wandtelefon klingelte. Adam riss den Hörer von der Gabel und lauschte kurz, dann steigerte sich sein Zorn zu weißglühender Wut, um in Raserei überzugehen. Er hämmerte den Hörer mit kurzen, harten Hieben gegen die Wand. Er packte nicht ein, sondern zwei MP5-Maschinengewehre und marschierte zur Tür. Er würde Michael wie ein Sieb durchlöchern und fast verbluten lassen. Und wenn der Mistkerl wieder gesund war, würde er von vorn beginnen.

Als Adam das Gebäude verließ, hörte er die Helikopter der Renegades; sie befanden sich an den östlichen, westlichen und südlichen Seiten des Komplexes. Er verschwand im Wind und hielt auf Westen zu. Als ein Geschwader seiner Soldaten einen Hubschrauber mit einem Raketenwerfer unter Beschuss nehmen wollte, tauchte er wieder auf. Eine Wahrnehmung fuhr reißend durch Adam, die er nur bei zwei Menschen empfand: seinem Lebensband und seinem Zwillingsbruder.

»Nein!«, brüllte er, doch es war zu spät. Die Männer eröffneten das Feuer, und die Zeit stand still. Träume von einer grandiosen Welt – in der er gemeinsam mit seinem Bruder ein neues Reich regierte – drohten im schattigen Sumpf von Calebs sicherem Tod zu versinken.

Knisternde Energie wusch über Adam hinweg, die dem Gefühl von Calebs Gegenwart ähnelte. Michael stand in der Tür des Helikopters, während sich der Wind um ihn herum verlagerte und Gestalt anzunehmen schien. So etwas hatte er noch nie erlebt, kein anderer GTECH konnte solche Dinge.

Michael sandte urplötzlich eine mächtige Windmauer aus und drängte die Rakete zurück zu den Zodius. Kurz vor der Explosion machte sich Adam mit dem Wind davon. War sie doch eine der wenigen Waffen, die einen GTECH garantiert zur Strecke bringen konnte. Als er nach wenigen Sekunden zurückkehrte, war die Erde mit verwundeten oder toten Soldaten übersät. Der Helikopter drehte ab. Einige Überlebende kämpften um Halt und murmelten von Michaels Verrat und seinem Vermögen, den Wind zu beherrschen. Niemand, nicht einmal Adam, hatte davon gewusst.

Dieser verfluchte Dreckskerl hatte ihm eine solche Macht verheimlicht. Er konnte über den Wind gebieten und ihn wie eine Waffe einsetzen. Michael hatte ihn nicht nur verraten, sondern öffentlich zum Gespött gemacht. Adam grinste hämisch. Der weißglühende Zorn in ihm wollte den ganzen Mist so lange in die Luft jagen, bis die Regierung Red Dart herausrückte.

Während Adam auf und ab ging, beruhigte er sich allmählich und brachte Ordnung in seine Gedanken. Wenn Michael auf Seiten der Renegades stand, wusste Caleb von Red Dart und dass die Regierung ihn auf alle GTECHs loslassen wollte. Caleb konnte eins und eins zusammenzählen und somit erkennen, dass der Kristall in Regierungshänden auch seinen Tod bedeutete. Es war das reinste Wettrennen: Wer kam zuerst an Red Dart – er oder Caleb.

Adam löste das Handy vom Gürtel, betätigte die Walkie-Talkie-Funktion und bestellte zwei seiner Offiziere zu Sofortmaßnahmen. Innerhalb weniger Sekunden standen zwei Männer vor ihm stramm. Adam hielt inne, verschränkte die Hände hinter dem Rücken und wandte sich ihnen zu. »Wenn mir zu Ohren kommen sollte, dass einer von euch mit Michael zusammenarbeitet«, sagte er, »entferne ich ihm lebenswichtige Organe. Mit euren beschissenen Augen fange ich an. Verstanden?«

»Ja, Sir!«, bellten sie im Chor.

Er warf Tad einen Blick zu, der die Einsatzleitung bei der Beschaffung der Frauen hatte. »Wie viele haben wir verloren?«

»Die Hälfte«, erwiderte er.

Adam knirschte mit den Zähnen. »Ersetzt sie. Ein bisschen plötzlich.«

»Commander, Sir«, meldete sich Tad. »Ich ersuche respektvoll um die zusätzliche Aufgabe, Michael eliminieren zu dürfen. Um meine Treue zu beweisen, und weil es ein Genuss wäre, sein Blut fließen zu sehen.«

»Ein toter Michael spürt keinen Schmerz«, entgegnete Lucian, Adams dritter Stellvertreter. »Ich kann dir Red Dart beschaffen, um Michael damit zu quälen. Du wirst ihn im Griff haben. Er wird dir zu Füßen liegen. Du kannst ihn wie einen Hund bellen lassen, und jeder in Zodius City wird es sehen können.«

Adam wandte sich mit neu erwachtem Interesse an Lucian. In Michaels Schatten hatte der Soldat stets blass, oftmals sogar schwach gewirkt. Er betrachtete den brutalen Schlitz von Lucians Mund, lebhafte schwarze Augen schmückten das ansehnliche Gesicht, das so anders war als die hündische Härte von Tads Zügen. Unattraktive Menschen hatten in seiner elitären Oberschicht nichts verloren. Aus diesem Grund waren alle Frauen, die man für die Studien heranzog, wunderschön. Die Hässlichen würden dienen, nicht führen. Tad war der geborene Diener. Lucian würde sich als Führer erweisen.

Was Michael betraf, wusste Adam nun von seiner tödlichen Fähigkeit, und dass er machtvoll genug war, um mit dem Wind sogar Raketen umlenken zu können. Michael stellte ein zu hohes Risiko dar, um ihn am Leben lassen zu können, es sei denn, Adam konnte ihn mithilfe von Red Dart in den Griff bekommen. »Bist du so überzeugt von dem Mann, den du in Powells Operation sitzen hast?«, fragte er Lucian.

»Er steht Powell näher als seine eigene Tochter. Die er übrigens auf Abstand hält«, erwiderte er. »Er kann Michaels Loyalität mühelos in einem fragwürdigen Licht erscheinen lassen.«

Wärme breitete sich in Adam aus, während er eine wesentlich bessere Möglichkeit in Betracht zog. »Wenn Cassandra Powell ums Leben käme, wäre ihr Vater so vom Schmerz zerfressen, dass er unachtsam würde, was deinem Verbindungsmann erlaubt, sich Red Dart zu schnappen.« Er schlug einen schärferen Ton an. »Sieh zu, dass es wie ein Unfall aussieht. Ich will nicht, dass man ihn mit Red Dart in Verbindung bringen kann. Aber ich will ihren Tod.« Seine Lippen verzogen sich. »Ein Autounfall – wie bei ihrer Mutter. Mein Geschenk an Powell: seine tote Tochter. Das hat er davon, dass er mir in die Quere gekommen ist. Tötet sie. Treibt diesen verdammten Kristall auf und irgendwas, damit ich die GTECHs damit bearbeiten kann. Ich will beides, auf der Stelle.« Adam verschwand im Wind.

7

Vierundzwanzig Stunden nachdem Michael wieder in Cassandras Leben geplatzt war und es auf den Kopf gestellt hatte, saß sie in der Bar ihres Hotels in Washington und fügte der Tagesordnung noch einige Punkte hinzu, bevor sie am nächsten Morgen nach Nevada aufbrechen sollte. Sie und Lieutenant Colonel Brock West – seit ihrer Rückkehr aus Deutschland der engste Vertraute ihres Vaters – würden hoffentlich am Abend das erste von zwei geplanten Presseinterviews unter Dach und Fach bringen.

Die Presse konnte es kaum erwarten, Details über die neue Rolle ihres Vaters als Sondersicherheitsberater und die Anlage zu erfahren, die er achtzig Meilen nördlich von Groom Lake errichtet hatte. Obwohl sie sich alle Mühe gab, sich zu konzentrieren, schweifte Cassandra in Gedanken immer wieder zu Michael und seinem Kuss zurück. Dieser Kuss. Und der Umschlag, in dem sich ein Handy befand, das man für sie hinterlegt hatte. Bisher hatte sie weder einen Anruf noch Anweisungen erhalten, um den versprochenen Kontakt herstellen zu können. Eigentlich sollte sie es postwendend in den Müll werfen. Ihm weder vertrauen noch mit ihm sprechen, sondern ihn direkt ihrem Vater übergeben

Doch was er über Red Dart gesagt hatte, brannte ihr wie Säure im Magen und rief mehr als nur das Verlangen nach Michael wach. Er hatte sie verunsichert, und sie musste erkennen, dass sie ihrem Vater ebenso wenig vertraute. Um ehrlich zu sein, hatten Michaels Kuss und seine starken Arme sie im Sturm erobert, und ihr war klar geworden, warum sie sich nicht mit anderen Männern getroffen hatte: weil keiner Michael das Wasser reichen konnte. Und entgegen jeglicher Vernunft hatte sie die ganze Zeit gehofft, dass es eine Erklärung für seine Handlungen gab, die ihn von aller Schuld freisprechen würde. Dennoch führte die Tatsache, dass er zwei Jahre bei Adam verbracht hatte, zu dem Schluss, dass sie gerade ihm nicht vertrauen sollte, da er ihr nur etwas vormachte, um Red Dart zu bekommen. Dieser Gedanke war so irritierend, dass sie ihn beiseiteschob und sich wieder auf die Frage der schwarzhaarigen Reporterin von der *Sun Times*, Layla Cantu, konzentrierte.

»Warum lässt die Army den neuen Dreamland-Stützpunkt in weniger als achtzig Meilen Entfernung von Groom Lake errichten, wenn man doch diese Basis nutzen könnte?«, fragte sie gerade. »Ich frage mich, wie viel Platz all die streng geheimen Forschungen in Groom Lake wirklich in Anspruch nehmen?«

Das führte in eine Richtung, die Cassandra gar nicht gefiel. Wieder völlig auf das Gespräch konzentriert, öffnete Cassandra gerade den Mund, um zu antworten, als Brock ihr zuvorkam. »Es heißt nicht ohne Grund *streng geheim*, Miss Cantu«, erwiderte er mit derselben rotzigen Arroganz, die er auch ihr gegenüber an den Tag legte, obwohl er ganz versessen darauf war, ihrem Vater zu gefallen. Er konnte einfach nicht anders.

Cassandra zuckte zusammen. Ihr war nur allzu bewusst, dass man andere nicht wegen ihrer Neugier zurechtweisen konnte, ohne neuerliche Neugier zu wecken. Sie spähte zu Layla und verdrehte unauffällig die Augen. Nur ein kleiner Wink, um die Journalistin wissen zu lassen, dass Brock West – der in Flirtlaune gelegentlich auf »Brock« bestand – eine Nervensäge war. Dennoch war das Augenrollen gespielt, zumindest teilweise. Sie konnte es nicht ausstehen, wie Brock ihrem Vater hinterherhechelte und sich in der einen Minute herablassend gab, um in der nächsten mit ihr zu flirten.

»Groom Lake ist tatsachlich eine streng geheime Forschungsstation«, verkündete Cassandra. »Geheim, weil wir nicht wollen, dass der Feind technologisch gesehen die Oberhand gewinnt, falls wir, was Gott verhüten möge, je wieder Krieg führen sollten. Ein- und ausgehende Volontäre würden ein zu hohes Sicherheitsrisiko darstellen. Dreamland wird die erstaunlichste Ausbildungsstätte, die es je gegeben hat. Ein Ort, an den sämtliche Streitkräfte und sogar zivile Exekutivorgane ihre besten Männer entsenden, um sie noch besser zu machen.«

Das entsprach der Wahrheit. Was sie Layla allerdings verschwieg, war, dass sie ausgebildet würden, um Adam zu bekämpfen. Sobald sich die Zodius außerhalb der schützenden Mauern von Zodius City befanden, würde man sie mit Red Dart unter Beschuss nehmen, verhaften und nach Dreamland überführen. Sie wusste nicht, wie man das bewerkstelligen wollte, hatte aber vor, es in Erfahrung zu bringen. Tatsächlich hatte ihr Vater ein großes Geheimnis um die Fortschritte mit Red Dart gemacht, angeblich, um sie keiner Gefahr auszusetzen. Sie hasste es, dass Michael Zweifel aufgeworfen hatte, ob er sie wirklich deswegen im Dunkeln ließ.

Layla tippte mit einem Stift auf ihren Notizblock, während ihre Augen ungläubig zwischen Cassandra und West hin und her huschten. »Vermutlich möchten Sie auch nicht zu den Gerüchten Stellung nehmen, dass eine militante Gruppe, die nicht der Regierung untersteht, Groom Lake übernommen haben soll?«

Cassandras Kinnlade klappte fast herunter, während West sein unnachgiebiges, versteinertes Soldatengehabe beibehielt, das von seinem Bürstenhaarschnitt und reichlich Haltung unterstrichen wurde. Cassandra brachte ein halbwegs echtes Lachen zustande. »Als Nächstes wollen Sie mir weismachen, dass sich die militante Gruppe aus großen grünen Aliens zusammensetzt.«

Layla lachte nicht. »Ist das so?«

West hingegen stieß ein abfälliges Lachen aus. »Das soll wohl ein Witz sein.«

Layla erblasste sichtlich. »Ja«, erwiderte sie. »Selbstverständlich.« Sie klappte ihren Block zu. »Vielen Dank für Ihre Zeit.«

Cassandra und Layla verabschiedeten sich noch höflich voneinander, West machte sich gar nicht erst die Mühe. »Ich habe keinen Schimmer, wie Ihr Vater darauf kommt, ich sei der Richtige für eine Pressekonferenz. Ich kann diese UFO-Jäger nicht ausstehen.«

»Mein Vater wollte Sie, weil Sie für die Ausbildung der Soldaten zuständig sind«, erinnerte sie ihn. »Außerdem musste er einen Tag früher nach Nevada abreisen. Beunruhigen Sie ihre Fragen Groom Lake betreffend denn gar nicht?«

Er schnaubte. »Nicht im Geringsten. Sie wollte uns doch bloß provozieren. Wenn sie etwas Konkretes vorzuweisen hätte, dann hätte sie weitergebohrt.«

Vielleicht. Hoffentlich. Sie ging nicht näher darauf ein, sondern konzentrierte sich lieber darauf, ihm Einzelheiten über Red Dart zu entlocken, den man der Geheimhaltung wegen »RD« nannte. »Im Laufe der nächsten Woche trifft die erste Dreamland-Truppe ein. Beim Lesen der Ausbildungsprotokolle ist mir aufgefallen, das RD nicht erwähnt wird. Den Soldaten werden jedoch dieselben Schnellfeuertechniken und schweren Geschütze nahegebracht, die bereits vorhanden sind, um die Zodius zu attackieren. Ich dachte, Dreamland und RD seien vorgesehen, um die Zodius zu inhaftieren und zu läutern.«

»Die bisher verwendeten Tranquilizer haben nur wenige Sekunden gewirkt. Deshalb ist es unerlässlich, unsere Männer so zu schulen, dass sie auf keinen Fall den Kürzeren ziehen«, sagte er. »Vertrauen Sie mir. Wir haben einen Plan.«

Dummerweise vertraute sie ihm nicht. »Ich weiß, dass wir im Vorteil sein müssen.« Sie sprach noch etwas leiser. »Falls sie unsere Sicherheitstore mit dem Wind umgehen, wie soll RD da helfen?«

»Wenn sich die chemische Komponente von RD in ihrem Blut befindet, werden die Waffen und Sensoren innerhalb der Tore ausgelöst, sobald sie sich nähern«, erwiderte er. »Auch im Wind.«

Es klang waghalsig, wie ein unvermeidlicher Unfall. »Also funktioniert es nur, wenn sie mit RD markiert wurden?«, fragte sie.

»Korrekt«, erwiderte er. »Da RD ein schmerzloser Laserstrahl ist, kann man ihn im Falle einer Konfrontation mühelos einsetzen. Er durchdringt ihren Panzer. Alle werden in Nullkommanichts markiert und gefangen sein.«

»Wann genau soll RD offiziell eingeführt werden?«

»Bald«, erwiderte er.

»Rechtzeitig zur Ausbildung?«

»Bald«, wiederholte er. »Sie wissen doch, dass Ihr Vater Sie nicht in diese Sache involvieren möchte. Ich kann nichts dazu sagen.«

Aber klar doch. Dass er ihr gerade bereitwillig Auskunft erteilt hatte, war natürlich nicht ohne Hintergedanken geschehen. »Warum tun Sie's dann?«

Er kam näher heran. »Er behütet Sie zu sehr, Cassandra. Er unterschätzt Sie.« Er redete leise und verführerisch. Seine Augen glänzten gierig. Er war scharf auf sie – das hatte er bei mehr als einer Gelegenheit deutlich gemacht. »Wie wär's, wenn wir für heute Feierabend machen? Wir gehen was essen und unterhalten uns. Überlegen uns etwas, das Ihren Vater überzeugt, einen Gang runterzuschalten.«

Während sie innerlich zurückzuckte, konnte sie sich gerade noch eine bissige Antwort verkneifen. Er hatte doch gar nicht die Absicht, ihr zu helfen. Sein einziges Ziel war, sie ins Bett zu kriegen und sich weiter bei ihrem Vater einzuschleimen. Wäre sie gehässig gewesen, hätte sie ihren Vater davon in Kenntnis gesetzt. Doch sie beschloss, ruhig zu bleiben.

Er strich über ihre Hand. »Vielleicht ändert er ja seine Meinung, wenn ich verspreche, auf Sie aufzupassen.«

Eine Wahrnehmung brandete über Cassandra hinweg, wärmte ihre Haut und ließ ihre Sinne mit einer mörderischen Warnung prickeln. Michael. Michael war da. Sie konnte sich keinen Reim darauf machen, woher sie wusste, dass er aufgebracht, besitzergreifend und bereit war, Brock in Stücke zu reißen. Angst ergriff Besitz von Cassandra, nicht um sich selbst, sondern um Brock. Sie befreite ihre Hand in dem Moment, als die vollbusige Kellnerin herantrabte, um Kaffee nachzufüllen. Cassandra hieß das Getränk vage willkommen, während sie versuchte, ihren rasenden Puls zu beruhigen und ihre Gefühle in den Griff zu bekommen. Einerseits versuchte sie über den Teil Herr zu werden, der Michaels einnehmende Art genoss, während sie andererseits vor Wut schäumte, weil er es wagte, eine Rolle zu beanspruchen, die er vor zwei Jahren abgelegt hatte.

Der Lieutenant Colonel plauderte mit der Kellnerin, die dreist einen Flirt vom Zaun brach. Cassandra nutzte die Gelegenheit, um zu verschwinden. »Ich gehe mich mal eben frisch machen, bevor die zweite Pressewelle anrollt.«

Sie ging, ohne eine Antwort abzuwarten. Wer weiß, was Michael tun würde, wenn sie sich nicht blicken ließ. Die Regierung mochte das Band zwischen verbundenen Partnern nicht vollkommen nachvollziehen können, sie hingegen schon. Ihr war durchaus bewusst, wie einnehmend und verzehrend eine solche Bindung sein konnte.

Schnellen Schrittes und mit rasendem Herzen steuerte Cassandra die Bar an, um sich nach dem Weg zur Toilette zu erkundigen. In dem Wissen, dass Michael ihr folgen und sie finden würde, hielt sie auf die Lobby zu. Sie betrat einen zur Damentoilette führenden Gang. Mit an die Brust gedrückter Faust zögerte sie kurz und atmete tief durch, um sich zu beruhigen, was jedoch rein gar nichts brachte. Sie öffnete die Tür. Michael war bereits dort und raubte ihr den Atem, um den sie gerade so mühevoll gerungen hatte.

Die Tür fiel hinter ihr ins Schloss. Plötzlich wurde ihr Rücken an die harte Wand gepresst, während sein massiver Körper ihren bedeckte. Eine raue Hand rieb an ihrem Schenkel hinauf und hob ihr Bein auf Hüfthöhe. Grundgütiger, sein Schwanz klemmte zwischen ihren Beinen. Eine Hitze stieg in ihr empor, wie sie sie seit zwei Jahren nicht verspürt hatte, und alles verzehrendes Verlangen drohte sie zu verschlingen.

»Wenn er dich betatscht, bringe ich ihn um.«

Es bringt mich um, wenn du mich loslässt. »Du hast nicht darüber zu entscheiden, wer mich berühren darf, Michael«, zischte sie. Er rief eine Lust in ihr wach, die regelrecht furchteinflößend wirkte.

Als er auf sie herabsah, fiel ihm das lange dunkle Haar unbändig in sein bedrohlich schönes Gesicht, aus dem rohe Leidenschaft sprach. »Du bist mein Lebensband.«

Seine Habgier jagte ihr einen Schauer über den Rücken und erregte sie, obwohl sie fuchsteufelswild sein sollte. Verdammt, sie hasste es, dass er sie noch immer in der Gewalt hatte und sie dahinschmelzen lassen konnte, trotz der Zeit, die inzwischen vergangen war. »Nenn mich nicht so«, erwiderte sie trotzig, während sie sich seinen Verrat ins Gedächtnis rief und sich einredete, dass hier die Natur ihr Spiel trieb, nicht Michael. Sie war über ihn hinweg. Außerdem würde sie nicht noch mal in diese Falle tappen und sich wehtun lassen. »Führ dich nicht auf, als würde dir das Symbol irgendwelche Besitzansprüche verleihen. Du hast nämlich keine. Nicht mehr.«

»Und ob ich die habe«, sagte er mit vor Zorn lodernden Augen. »Und das wissen wir beide.« Mit einer Hand riss er ihren Blazer auf, silberne Knöpfe flogen durch die Luft und landeten klappernd am Boden. Als er die Hand unter die Jacke schob, brannte sich seine Berührung auf ihrer Taille ein. Er neigte den Kopf und schmiegte seine Wange an ihre. Von seiner Brust ging eine Wärme aus, die wie eine wohlig-sinnliche Welle über sie hinwegwusch.

Als sie seine Arme umfasste, spannten sich die Muskeln unter ihrer Berührung an. »Michael«, flüsterte sie, wie eine verzweifelte Bitte, aufzuhören und doch weiterzumachen. »Du kannst nicht so mir nichts, dir nichts auftauchen und …«

Seine Lippen streiften ihr Ohr. »Du weist mich mit Worten zurück, doch dein Körper spricht eine andere Sprache.« Siegesgewiss tastete er sich an den Seiten hinauf, bis er ihre Brust streichelte und den Nippel neckte, bis er steif wurde. Sie sollte ihn auffordern, sie gehen zu lassen, doch aus Angst, stattdessen nach mehr zu flehen, sagte sie nichts.

»Ich weiß noch, wie sensibel deine Nippel sind«, raunte er. Eine seidige schwarze Haarsträhne streifte ihre Wange. Das sinnliche Gefühl jagte ihr einen Schauer über den Rücken, während er sie weiter in seinen Bann zog. »Ich weiß noch, wie wild es dich macht, wenn ich daran lecke und sauge.« Sie fühlte seinen warmen Atem an ihrem Mund und spürte, wie er sie mit dem Versprechen auf einen Kuss neckte. »Ich kann mich an alles erinnern.«

»Ich will das nicht«, flüsterte sie.

»Lügnerin«, schnurrte er. Er knabberte an ihrer Unterlippe und verweigerte ihr, wonach sie lechzte. Sie stürzte kopfüber in dieses Verlangen und ließ hilflos geschehen, dass seine Hand am Schenkel hinaufwanderte und ihren Hintern fest umschloss.

Cassandra keuchte, als er das dünne Bändchen ihres G-Strings beiseiteschob, unbarmherzig ihre Begierde erforschte und das empfindliche Fleisch darunter liebkoste. »Du bist schon feucht.« Seine Finger glitten in sie hinein, beförderten kleine Wonneblitze durch ihren Körper, sodass sich ihr Becken ihm von selbst entgegenwölbte. »Ich kann dich hier und jetzt kommen lassen.«

Ja. Tu es, bitte. Sie packte seine Schultern, wollte ihn wegstoßen – und konnte es nicht. Im Grunde sollte sie ihn hassen – was sie auch tat –, und dennoch begehrte sie ihn. »Wir werden noch erwischt«, wandte sie schwach ein.

»Ist mir egal.« Stahl ummantelte seine Worte; Magie veredelte seine Finger. Kampfunfähig lehnte sie den Kopf gegen die Tür und ließ sich von der Lust übermannen. Gestattete seinen geschickten Fingern, sie genüsslich zu erkunden. Ließ sich auf hemmungslosen Wellen davontragen, vergaß die Angst, ertappt zu werden.

»So ist's recht, meine Süße«, murmelte Michael und küsste einen Pfad vom Kiefer bis zum Hals. Er streichelte sie und drang mit den Fingern in sie ein. Sie brannte vor Gier. Während sie immer feuchter wurde, stellten sich ihre Nippel auf, und sie kam so schnell, dass es fast schon peinlich war. Doch es war unmöglich, den Orgasmus hinauszuzögern. Nicht bei Michael – bei ihm gab es kein Halten.

Cassandra krallte sich an seinen Schultern fest und vergrub das Gesicht an seinem Hals. Kurz bevor sie vor Erlösung bebte, zuckten ihre Muskeln um seine Finger. Genussvolle Wogen brandeten über sie hinweg, entstanden aus Jahren, während derer sie sich verzehrt, fantasiert und gesehnt hatte.

Als sie sich schließlich beruhigte, stieg ihr die Hitze vom Körper in die Wangen. Sie wollte ihn nicht ansehen müssen, war vollkommen sprachlos. Michael ließ ihr Bein los, hielt sie jedoch noch fest an sich gedrückt. Zärtlich streichelte er ihr Haar und führte ihr vor Augen, dass zwei Persönlichkeiten in ihm schlummerten: der Liebhaber und der Krieger.

Sie wies sämtliche Erinnerungen und Gefühle von sich. Als sie langsam den Kopf hob und das Kinn reckte, um ihn ansehen zu können, schlug sie trotzig um sich. »Das ändert nichts. Es beweist gar nichts.«

Schmerz flackerte in seinen Augen auf, bevor ein hochmütiger, harter Ausdruck über sein Gesicht huschte. Dann stemmte er die Hände links und rechts von ihr an die Wand. »Ich warne dich, Cassandra«, sagte er leise und bedrohlich. »Unser Wiedersehen hat eine Gier entfacht, wie ich sie nicht kannte. Wenn du deine Sehnsucht abstreitest, beweise ich dir sofort das Gegenteil. Und wenn du heute noch hier rauskommen willst, solltest du aufhören, die Wahrheit zu leugnen.«

Herrgott, wieso sehnten sich ihre Nippel beim Klang seiner Worte schon wieder nach ihm? Sie versuchte, ihre Atmung zu besänftigen, den Herzschlag zu verlangsamen. Sie wusste nicht, was sie darauf sagen sollte, und glücklicherweise blieb ihr eine Antwort erspart. Er ging direkt zum Geschäft über, als ob zwischen ihnen so etwas überhaupt möglich wäre.

»Und jetzt zu Red Dart und wie du uns dabei helfen kannst.« Er kramte einen USB-Stick aus seiner Hosentasche und hielt ihn ihr vor die Nase. »Nimm den zweiten Sicherheitscheck am Flughafen. Jemand wird dort eure Laptops vertauschen. Geh zur Toilette und verbinde den Stick mit Brocks Computer. Die Übertragung des gesamten Datenmaterials wird zwölf Minuten in Anspruch nehmen. Entferne den Stick, ich werde ihn später holen. Da dein Büro kameraüberwacht ist, muss es am Flughafen erledigt werden.«

Sie riss den Blick vom USB-Stick los und sah ihn an. »Warum sollte ich das tun?«

»Weil du nicht willst, dass unschuldige Menschen sterben. Und weil du wissen willst, wer lügt – ich oder dein Vater«, erwiderte er bitter. Es war die kalte, harte Wahrheit. »Sonst hättest du deinem Vater längst erzählt, dass ich bei dir gewesen bin. Wir wissen beide, dass du ihm nichts gesagt hast.«

Sie wollte den Stick nicht haben. »Das Handy habe ich erhalten, den versprochenen Anruf allerdings nicht. Ich lasse mich weder benutzen noch manipulieren, Michael.«

»Caleb hat wahrscheinlich den ganzen Tag versucht, dich zu erreichen«, entgegnete er. Dann riss er sein Handy vom Gürtel, wählte eine Nummer und streckte es ihr hin. »Gestern Nacht mussten Dinge erledigt werden, die nicht aufgeschoben werden konnten. Sonst hätte er sich gemeldet«, sagte er.

Sie schluckte schwer und nahm das Telefon. »Hallo?«

»Cassandra. Ich bin's, Caleb«, drang eine vertraute Stimme an ihr Ohr. »Michael gehört zu uns. Schon immer. Wenn du reden möchtest, melde ich mich heute Abend.«

Als sie Michaels Blick begegnete, überkam sie eine Mischung aus Erleichterung und Schmerz. »Ja«, flüsterte sie, beendete das Gespräch und gab Michael das Handy.

Als er es nahm, schnappte er sich gleichzeitig ihre Hand. »Cassandra …« Als habe er vergessen, was er sagen wollte, verstummte er und ließ ihre Hand frei. Er betrachtete sie noch immer mit diesen schwarzen Augen, die sich irgendwie immer noch verdunkelten, während er schweigend und reglos über ihr emporragte. Die Masse aus dichtem schwarzem Haar fiel ihm über die breiten Schultern und verstärkte das Ursprüngliche, das seiner Erscheinung anhaftete.

Sie war ratlos, wusste nicht, ob es noch etwas zu sagen gab oder was er von ihr erwartete. Dieser Mann, dieser GTECH-Soldat, war ihr von der Natur gegebenes Lebensband, ganz gleich, wie sehr sie diese Tatsache angesichts der erlittenen Schmerzen von sich weisen wollte. Sie sehnte sich im gleichen Maße nach ihm, wie sie dem Schmerz entfliehen wollte, den die Sehnsucht hervorrief. So vieles war geschehen. Vielleicht zu viel.

»Ich kopiere die Festplatte«, sagte sie schließlich. »Aber bevor ich den Stick übergebe, will ich selbst einen Blick auf die Daten werfen.« Bevor sie sich nicht mit eigenen Augen davon überzeugt hatte, was Red Dart war und wer welche Ziele verfolgte, würde sie den Kristall nicht zerstören. »Caleb mag dir vertrauen, aber für meinen Geschmack hast du zu wenig Abstand zu Adam.«

Jemand rüttelte an der Tür. Michael machte einen langen Schritt, legte die flache Hand auf das Holz und drückte dagegen. Er war ihr wieder nah, strahlte seine Wärme auf sie ab, nagelte sie mit einem strengen Blick fest. »Für Erklärungen ist keine Zeit. Was Adam angeht, wird die Lage immer brenzliger.«

»Verschaff uns Zeit«, drängte sie. »Was soll das heißen?«

»Hallo!« Eine Frauenstimme drang von der anderen Seite durch die Tür.

»Das heißt, dass ich nicht mehr undercover bei den Zodius lebe«, erwiderte er. »Und wenn es eine andere Möglichkeit gäbe, als dich in die Sache hineinzuziehen, würde ich dich raushalten. Wir müssen Red Dart finden und vernichten, bevor es zu spät ist.«

Ihr blieb die Luft im Halse stecken. Das bedeutete … *O Gott.* »Du hast gesagt, dass Adam …«

»Er wird dir nicht zu nahe kommen.« Er schloss ihre Hand um den Stick. »Ich bringe ihn oder jeden anderen um, der es wagen sollte. Ich werde dich im Auge behalten, Cassandra. Dich *beschützen*. Solltest du mich anderweitig brauchen, melde dich von dem Handy, das wir dir gegeben haben. Meine Kurzwahl ist darin gespeichert.« Er strich mit einem Finger über ihre Wange, jagte ihr einen Schauer über den Rücken und sagte: »West soll die Finger von dir lassen. Sonst werde ich stinksauer. Und *das* kann ich wirklich gut.«

Er ließ die Tür los. Als sie sich zögernd öffnete, musste sie unter ihm durchkrabbeln. Eine Sekunde später war Michael verschwunden. Eine kleine alte Frau erschien an seiner Stelle und schnaufte verächtlich, als sie Cassandras derangierte Erscheinung erblickte. Dann stapfte sie zu den Kabinen.

Cassandra glättete mit einer Hand ihren ausgestellten schwarzen Rock und war dankbar, dass der Stoff einigermaßen knitterfrei war. Sie würde ganz sicher nicht über den Boden kriechen, um die Knöpfe einzusammeln. Sie zog die Jacke aus und ging zum Spiegel hinüber.

Ein prüfender Blick bestätigte ihr total chaotisches Äußeres. Das Haar war völlig zerzaust, der Lippenstift über Kiefer und Kinn verschmiert. Sie sah aus … Cassandra runzelte die Stirn, ihr Herz begann zu rasen, dann weiteten und veränderten sich ihre Augen, wechselten die Farbe zweimal von Grün zu Schwarz. Cassandra schnappte nach Luft, versuchte die Panik niederzukämpfen, die in ihr emporstieg. Als würde eine nähere Betrachtung irgendetwas ändern, stützte sie sich am Waschbecken ab und starrte in den Spiegel. Dasselbe Bild. Die Augen waren eindeutig schwarz – so intensiv, dass es, im Kontrast zur blassen Haut und dem blonden, im Nacken gebundenen Haar, ihr Gesicht förmlich verschluckte.

Sie presste die Hand vor die Stirn. Das durfte nicht wahr sein. Nach Adams Übernahme von Groom Lake hatte sie Avas Lebensbandforschung gesehen und wusste, dass ein Blutaustausch stattfinden musste, um zum GTECH zu konvertieren und gänzlich mit Michael verbunden zu werden. Die Vorstellung, dass sich der Bindungsprozess weiterentwickelt haben könnte, ließ ihren Verstand rasen. Michael könnte davon wissen und ihre Verbindung benutzen, um Red Dart und ihren Vater an sich zu reißen.

Mit zitternden Knien klammerte sie sich am Waschbecken fest. »Was hast du mit mir angestellt, Michael?«, flüsterte sie.

8

Nur wenige Minuten, nachdem er Cassandra in der Toilette zurückgelassen hatte, erschien Michael auf dem Dach des Hotels und begann, auf und ab zu gehen. Er war äußerst dankbar für Calebs Verspätung. Völlig aufgewühlt schwelgte er in dem Gefühl, Cassandra gehalten zu haben, während er sich zugleich tadelte, weil er sich nach ihr sehnte – seinem Lebensband, seiner Frau. Er fuhr sich übers Gesicht, spannte vor Nervosität jeden Muskel an. Er sagte sich, dass er noch immer fähig war, den schmalen Grat zwischen Richtig und Falsch zu beschreiten, um den Renegades gerecht zu werden, trotz allem, was er mit Adam erlebt hatte. Als er jedoch mit ansehen musste, wie Brock West Cassandra betatscht, und die Geilheit wahrgenommen hatte, die dieser Bastard ausstrahlte, hätte Michael ihm am liebsten den Hals umgedreht. Wenn Cassandra nicht gekommen wäre, hätte er sonst etwas mit ihm angerichtet.

Als sich Caleb materialisierte, drehte der Wind kaum merklich. Er witterte Michaels Nervosität auf der Stelle. »Du hast Cassandra gesehen, richtig?«

Michael zwang sich innezuhalten und stemmte eine Hand in die Hüfte. »Sie wird die Festplatte kopieren.«

Caleb verengte die Augen. »Weiß sie, dass du nicht mehr undercover in Zodius lebst?«

»Sie weiß es«, erwiderte Michael. »Ich habe außerdem geschworen, sie im Auge zu behalten. Allerdings habe ich nicht erwähnt, wie wahrscheinlich es ist, dass sie meinen Schutz benötigt. Es reicht schon, dass sie sich wegen Brock den Kopf zerbrechen muss. Sie ist keine Idiotin. Ihr ist klar, dass Adam sie ins Visier genommen hat. Und dass er einen anderen auf Red Dart ansetzen wird, weil ich nicht zur Verfügung stehe. Schätzungsweise hat sie jetzt genug zu verdauen.«

»Es tut mir leid, Michael«, sagte Caleb düster. »Ich weiß, dass du sie aus der Sache raushalten willst. Wenn es eine andere Möglichkeit gäbe …«

»Dir kann man nichts vorwerfen, Caleb«, fiel er ihm ins Wort. »Sondern ihrem Vater. Er ist dafür verantwortlich, dass Adam wieder hinter Cassandra her ist. Warum zum Teufel hat er sie aus Deutschland geholt? Ich hätte dem Drecksack die Lichter ausblasen sollen, als ich Gelegenheit dazu hatte.«

Michael begann wieder, auf und ab zu gehen, während er den Zwischenfall in Groom Lake Revue passieren ließ. Lieber hätte er Powell umgebracht, als eine Show für Adam abzuziehen. Schon damals hatte er gewusst, dass Powell nichts als Ärger bedeutete. Doch dieser Ausdruck in Cassandras Augen … er hatte ihn innerlich zerrissen. Sich zwei Jahre von ihr fernhalten zu müssen, war die reinste Hölle gewesen. Er hatte beobachtet, wie Adams Seele mit jedem Tag schwärzer wurde und er Ava mit sich riss. Er war an diesen Ort getrieben worden – so viel wusste er. Solange er ihre Blutbindung nicht vollzog, sagte er sich, würde er sie wenigstens nicht mit sich ziehen. Er hätte Powell kaltmachen sollen. Dann wäre die Welt ein bisschen besser, und Cassandras Hass hätte sie beide davon abgehalten, schwach zu werden.

Caleb ließ sich auf einer Betonmauer nieder, die um eine Klimaanlage gezogen war, und blickte nachdenklich zum Himmel. Er schien zu wissen – wie so oft in den letzten Jahren –, was in Michael vorging. »Wenn du dich von einem Mann wie Powell in ein Monster verwandeln lässt, wird die Sache auch nicht aus der Welt geschafft.«

Michael blieb abrupt stehen. »Wie viele Menschen sollten wir auf seinen Befehl hin eliminieren?«

»Wir haben unsere Pflicht erfüllt«, erwiderte Caleb. »Um unser Land zu verteidigen.«

»Wenn ich daran denke, was wir mittlerweile von Powells persönlichen Zielen wissen«, sagte Michael, »stelle ich alle seine Befehle infrage.«

»Trotzdem«, erwiderte Caleb. »es wäre ein Fehler gewesen, ihn auszuschalten.«

»Hätte ich doch nur«, murmelte er mürrisch, wandte sich von Caleb ab und dem Horizont zu, »dann wäre Red Dart jetzt kein Thema.«

Caleb stand auf und gesellte sich zu ihm. Ein paar Minuten standen sie nur da und starrten in die Dunkelheit. »Ich hätte Adam schon zigmal umlegen können«, sagte er.

Michael warf ihm einen Blick von der Seite zu. »Er ist dein Bruder«, sagte er. »Ich übernehme das für dich.«

»Vorher wollen wir aber noch rauskriegen, wie wir ihn daran hindern können, die Welt aus dem Grab in die Luft zu jagen, oder?« Er gab Michael einen Klaps auf den Rücken. Caleb war der einzige Mann, der sich so etwas erlauben durfte. »Wenn Cassandra aus der Gefahrenzone ist, sollten wir ein längst überfälliges Bier trinken und uns was Hübsches für seinen Abgang überlegen.«

Ein Bier mit Caleb. Ein Kuss von Cassandra. Ihre Sicherheit. Wenn alles nur so einfach wäre. Doch alles war kompliziert, und Michael war sich darüber völlig im Klaren.

Nachdem Michael sie mit pechschwarzen Augen zurückgelassen hatte, war Cassandra sicher, die Pressekonferenz zu verpassen. Ihre schwarzen Augen würden Brock todsicher verraten, dass sie zum GTECH konvertiert war.

Sie machte einen kurzen Abstecher auf ihr Zimmer, wo sie feststellte, dass sie allmählich wieder grün wurden. Ihr blieb ein Rätsel, was das zu bedeuten hatte, und es blieb auch keine Zeit, darüber nachzudenken. Sie schlüpfte in eine andere Jacke, zwang sich, ruhig zu bleiben, und schaffte es doch noch zum Interview.

Zwei Stunden später verabschiedeten Cassandra und Brock die letzten Reporter in der Bar. Auch wenn ihre Augen möglicherweise nur vorübergehend schwarz gewesen sein mochten, schlugen ihre Hormone immer noch Purzelbäume wegen Michael. Zwischen ihren Schenkeln pochte ein dumpfer Schmerz, der mit einer quälenden Erkenntnis einherging, sodass sie die Beine zusammenkneifen musste.

Körperlich hatte sie schon immer stark auf Michael reagiert, doch noch nie so. Es war, als ob ihr Körper auf eigene Faust versuchen würde, den Bindungsprozess zu vollziehen, was wirklich beängstigend war.

Man wusste noch so wenig vom Lebensband. Bisher existierten nur wenige Verbindungen, die alle bei den Zodius lebten und somit unerreichbar waren. Alles, was sie wusste, war, dass sie umso empfänglicher für die Bindung wurde, je mehr Michaels Macht zunahm.

»Sie haben die Pressefritzen ja toll im Griff«, lobte Brock und las eine SMS auf seinem Handy. Als er sich wieder auf sie konzentrierte, wirkte er leicht irritiert. »Hören Sie, eigentlich wollte ich Sie zum Essen einladen, aber mir sind unerwartete Geschäfte dazwischengekommen. Können wir es auf morgen Abend verschieben?«

Sie atmete erleichtert auf. Auch wenn Michael nicht an der nächsten Ecke auf ihn lauerte, hatte sie kein Interesse an der unverhohlenen Anmache dieses Mannes. *Als ob ein anderer Michael das Wasser reichen könnte*, dachte sie trocken. »Ich bin ohnehin müde«, sagte sie, während sie ihre Tasche einräumte.

»Treffen wir uns morgen früh um zehn in der Lobby, bevor wir zum Flughafen fahren?«

Er erwiderte nichts, sondern nagelte sie mit einem lüsternen, einladenden Blick fest. Es fühlte sich an, als wäre sie durchsichtig, und als wüsste er, dass sie feucht und willig war. »Was ist denn nun mit meiner Einladung?«

Cassandra hätte ihn am liebsten über den Haufen geballert, besann sich jedoch eines Besseren. Michael hatte recht – sie wollte wissen, wer log. Da sie sich noch Brocks Laptop unter den Nagel reißen musste, schien es unklug, ihn gegen sich aufzubringen.

Also rang sie sich ein Lächeln ab. »Was halten Sie davon, wenn wir das spontan entscheiden? Wir haben noch eine lange Reise vor uns.«

»Und müssen irgendwann essen. Was wir ebenso gut zusammen tun können.« Sein Handy vibrierte wieder, und er seufzte. »Ich muss los. Wir sehen uns morgen.«

Sie sah ihm nach. *Von wem die SMS wohl war?*, überlegte sie.

Cassandra schnappte sich ihre Sachen und machte sich auf den Weg zum Zimmer. Sie dachte immer noch an Michaels Berührung und konnte sie sogar noch körperlich wahrnehmen. Zweifellos war er meilenweit entfernt, doch ein Anruf von dem Handy, das er zurückgelassen hatte, würde genügen, um ihn binnen Sekunden vor ihr stehen zu lassen. Ein Teil von ihr wollte es vom Balkon schleudern, weil sie befürchtete, ihn tatsächlich anzurufen. Sie würde ihn bloß anbrüllen und eine Erklärung verlangen, weshalb er sich jahrelang nicht hatte blicken lassen. Am Ende würde sie ihn vielleicht auch noch anflehen, in ihr Bett zu kommen, um den Schmerz und die Einsamkeit verschwinden zu lassen. »Fahr zur Hölle«, flüsterte sie, als sie ihr dunkles Zimmer betrat und sich an die harte, hölzerne Tür lehnte. »Ich will mich nicht schon wieder so fühlen müssen.«

Eine Stimme drang vom Korridor herein – Brock. Sie wusste, dass ihre Zimmer auf der gleichen Etage lagen, jedoch nicht, dass sie so dicht beieinander waren. »Sie ist in ihrem Zimmer«, sagte er. »Wo ich ebenfalls sein wollte, bis Sie mir einen Strich durch die Rechnung gemacht haben.« Er hörte kurz zu. »Ich habe doch gesagt, dass ich ihn kriege, und dabei bleibt es auch. Sie ist Teil meines Plans, dem Sie gerade in die Quere kommen.« Einige Sekunden lang war nichts zu hören. »Gut. Ich komme.« Er stieß einen leisen Fluch aus, öffnete die Tür des Nebenzimmers und schlug sie zu.

In dem Gespräch war es um sie gegangen! Gott möge ihrem Vater beistehen, wenn er am anderen Ende der Leitung gewesen war. Und was kriegen? Etwa Red Dart? Oh, nein. Vielleicht hatte Brock doch nicht mit ihrem Vater gesprochen. Vielleicht war es … Adam. Oder Michael? Nein, das war doch verrückt. Es sei denn, Michael war ein preisverdächtiger Schauspieler.

Cassandra biss sich auf die Unterlippe. Nach allem, was vorgefallen war – konnte sie wirklich davon ausgehen, dass er nicht mit Brock telefoniert hatte?

Sie knipste das Licht an, lehnte Aktentasche und Handtasche gegen die Wand. Nach kurzer Überlegung schleuderte sie ihre Schuhe davon und zog gleichzeitig den Reißverschluss ihres Rocks auf. Sie machte sich nicht die Mühe, Bluse und Jacke auszuziehen, sondern griff hastig nach einer Jeans und zog sie über die Hüften. Derbe Stiefel bildeten den Abschluss.

Wo immer Brock auch hingehen mochte, sie würde ihn nicht aus den Augen lassen. Sie musste sich Klarheit darüber verschaffen, was vor sich ging und wer im Hintergrund die Fäden zog. Und wem sie wirklich vertrauen konnte, falls es da überhaupt jemanden geben sollte. Ein mulmiges Gefühl beschlich sie, und sie hielt inne. Was, wenn sie heute nicht mit Caleb, sondern mit Adam telefoniert hatte? Hatten Zwillinge denn nicht ähnliche

Stimmen? Sie sog scharf die Luft ein und zwang sich, sich wieder in Bewegung zu setzen. Nun hatte sie erst recht einen Grund, sich an Brocks Fersen zu heften, der jeden Moment aus seinem Zimmer kommen würde.

In Groom Lake hatten zu viele ihr Leben verloren, die man vielleicht hätte retten können, wenn sie ihren Vater früher durchschaut hätte. Abzuwarten und sich abermals von seinen Motiven in die Irre führen zu lassen, kam nicht infrage. Michael zu vertrauen, ebenfalls nicht – am Ende gehörte er doch noch zu den Zodius. Michael hatte noch in einem anderen Punkt recht behalten. Sie wollte nicht nur herausfinden, wer log, sondern konnte außerdem nicht untätig zusehen, wie Unschuldige zu Schaden kamen, wenn sie es verhindern konnte.

Was im Augenblick bedeutete, niemandem zu vertrauen.

Cassandra fischte gerade den Mietwagenschlüssel aus der Handtasche, als sich Brocks Tür öffnete und wieder schloss. Sie wartete, bis sie seine Schritte nicht mehr hören konnte, dann flitzte sie durch den Korridor zum Treppenhaus. Als sie die fünfzehn Treppen zum Parkhaus hinunterraste, hoffte sie, dass Brocks Fahrstuhl einige Stopps einlegen musste und ihr so etwas Zeit verschaffte.

Schließlich erreichte Cassandra keuchend das Souterrain und blieb stehen, um Atem zu schöpfen und sich umzusehen. Sie zog die Tür auf und sah gerade noch Brock in seinen Mietwagen steigen, der nur zwei Autos von ihrem entfernt parkte. Gewandt schlüpfte sie durch die Tür und zog sie lautlos zu. Sie wartete hinter einem Ford-Pick-up, bis Brock losfuhr. Als er abgebogen war, sprintete sie zu ihrem Auto und wünschte sich eine Fernbedienung zum Entriegeln statt des dämlichen, für Mietwagen üblichen Schlüssels, den man ihr gegeben hatte. Geschüttelt vom Adrenalinspiegel fummelte sie das verfluchte Ding ins Schloss und fingerte noch etwas an der Zündung herum, bis der Motor schnurrte. Dann setzte sich der Wagen endlich in Bewegung, und sie sah gerade noch, in welcher Richtung Brock die Straße befuhr.

Sie folgte ihm unauffällig. Nach einer Fahrt von wenigen Minuten bog er in eine Straße ein und hielt hinter einer aus drei weißen Gebäuden bestehenden Häusergruppe. Sie befanden sich in der Nähe des National Mall District, das hell erleuchtete Lincoln Memorial war nur einen kurzen Fußmarsch entfernt. Es war kurz vor elf Uhr abends, bis auf vereinzelte Fußgänger waren die Straßen verlassen.

»Verdammt«, murmelte Cassandra. Es war auffälliger, ihm durch diese Gasse nachzufahren, als hupend und winkend durch die Gegend zu kutschieren. Sie wählte eine schmale Seitenstraße beim benachbarten Park und schaltete die Scheinwerfer aus. Es behagte ihr gar nicht, die Geborgenheit des Wagens verlassen zu müssen. Instinktiv griff sie in ihre Handtasche nach der Waffe und verzog das Gesicht, als sie sie nicht vorfand. Da sie in einem Militärhaushalt aufgewachsen war, hatte sie etwa zur gleichen Zeit schießen gelernt, als sie mit dem Laufen anfing. Nach 9/11 mit einem Revolver den Sicherheitscheck eines Flughafens zu passieren und ihn in die Hauptstadt zu bringen, entsprach allerdings nicht gerade den Vorschriften – Regierungsangestellte hin oder her.

Nach kurzer Überlegung schnappte sich Cassandra das Handy, das sie von Michael hatte. Bei dem Gedanken, seine Nummer zu wählen, schnürte sich ihr die Brust zusammen. *Erst wenn die Hölle einfriert*, schwor sie sich. Dennoch war ihr bewusst, dass sie es nicht grundlos im letzten Moment eingepackt hatte – ihre Sicherheit war immer noch wichtiger als ihr Stolz. Sollte bei ihrem wenig durchdachten Plan etwas missglücken, würde Michael sie sicherlich retten. Denn es gab nur einen Menschen, dem Michael gestattete, ihr wehzutun: sich selbst. *Genau wie mein Vater*, dachte sie grimmig. Cassandra stellte das Handy auf Vibrationsalarm und steckte es in die Hosentasche. Ihre Handtasche ließ sie im unverschlossenen Auto zurück als Sicherheitsvorkehrung, falls sie sich schnell aus dem Staub machen musste.

Sie besah sich die Bäume am Straßenrand und die Statuen im Park, um mögliche Fluchtwege und Verstecke abzuwägen – auch das hatte sie ihrem Vater zu verdanken –, während sie rasch die zweispurige Straße überquerte. Sie nahm die Abkürzung zwischen den ersten beiden Häusern und schlich geduckt an der Wand entlang, bis sie den von Büschen gesäumten Grünstreifen an der Straße erreichte. Aus der Gasse, wo Brock sein Auto abgestellt hatte, drangen gedämpfte Männerstimmen. Cassandra ging in die Hocke und kroch durch das Gras hinter die Büsche. »Ich werde langsam, aber sicher sauer, Brock.« Die leise, tiefe Stimme war ihr vertraut, auch wenn sie sie nicht richtig zuordnen konnte. So vertraut, dass es ihr eiskalt den Rücken hinunterlief, weil der Mann einer der GTECHs aus Groom Lake war. »Adam will den Kristall und die Protokolle, damit er die GTECHs damit behandeln kann. *Warum* ist das so *verdammt* schwer zu beschaffen?«

»Ich weiß selbst, was Adam will. Ich arbeite ja schon daran«, keifte Brock zurück, der von dem Zodius eindeutig nicht eingeschüchtert war. »Powell händigt die Daten nicht jedem aus. Er behauptet vehement, er befände sich noch in der Testphase und sei nicht zur Herausgabe bereit. Und nach den Vorkommnissen in Groom Lake wird er es auch erst dann tun, wenn er sich vollkommen sicher ist.«

»Ich habe allmählich das Gefühl, dass wir an der Nase herumgeführt werden«, entgegnete der Zodius-Soldat. »Kriegen Sie die Sache in den Griff, und zwar gleich.«

»Erzählen Sie mir nicht, was ich zu tun habe, Lucian«, spie Brock zurück. »Wenn wir es überstürzen und deswegen Scheiße bauen, vermasseln wir nur alles. Wenn Powell erst aus dem Weg geräumt ist, werde ich der Ansprechpartner sein. Dann werde ich die Zodius-Operation der Regierung beaufsichtigen, oder besser gesagt – *wir*. Das heißt allerdings, dass Sie Geduld haben müssen. Und das war noch nie Ihre Stärke, Lucian.«

Lucian! Aber natürlich. Jetzt erinnerte sie sich wieder an die Stimme. Er war einer von Adams treuesten Zodius. Um sich zu vergewissern, schob sie etwas Laub beiseite und ließ so ein kleines Sichtfenster entstehen. Groß, muskulös, kurzer blonder Militärhaarschnitt. Sie erkannte Lucian.

Er ging ein paar Schritte auf Brock zu und ließ die beiden Zodius, die ihn flankierten, zurück. Brock stand mit vor der Brust verschränkten Armen und gespreizten Beinen abwartend da. Lucian senkte die Stimme, sodass nur Brock ihn hören konnte. Cassandra konnte nicht richtig verstehen, was er sagte, tippte aber auf: »Wenn Sie mich enttäuschen, bringt Adam uns beide um.«

Als Brock antwortete, war sie überzeugt, dass er genau das gesagt hatte. »Ich werde Sie nicht enttäuschen. Als ob das jemals geschehen wäre«, erwiderte er ebenso leise. »Powell hat Red Dart an Menschen demonstriert. Seine Firma, PMI, führt in seiner privaten Anlage Tests an GTECHs durch.«

»Also vertraut er Ihnen nicht«, unterstellte ihm Lucian. »Sonst würden Sie zum Stab von PMI gehören.«

»Ich bin kurz davor dazuzugehören«, beharrte Brock. »Wenn ich an seine Tochter rankäme, würde …«

»Michael ist zu den Renegades übergelaufen«, verkündete Lucian. »Und wie wir alle wissen, waren die beiden mal ein Pärchen. Wir wissen, dass sie Kontakt miteinander hatten. Cassandra Powell muss eliminiert werden.«

Cassandra konnte kaum ein Keuchen zurückhalten. Eliminiert. Adam wollte sie aus dem Weg räumen.

»Sind Sie denn von allen guten Geistern verlassen?«, fragte Brock. »Abgesehen von ihm selbst ist sie das Einzige, um das sich Powell schert. Wenn sie stirbt, dreht er durch. Dann ist er alarmiert, und ich komme nie an Red Dart, bevor es zu spät ist.«

»Nicht, wenn es wie ein Unfall aussieht«, sagte Lucian. »Solange er trauert, wird er abgelenkt sein. Nutzen Sie die Gelegenheit, um den Kristall zu besorgen.«

»Ich will mit Adam reden«, verlangte Brock.

Lucian und die beiden anderen Zodius-Soldaten brachen in Gelächter aus. »Adam redet nicht mit Menschen«, erwiderte Lucian belustigt.

»Ich wäre kein Mensch mehr, wenn Sie mir das verdammte Serum verabreichen würden.«

»Sie müssen es sich verdienen«, sagte Lucian. »Beschaffen Sie Red Dart.«

»Powell will, dass ich seine Tochter bezirze«, sagte er. »Er würde mich gern als Schwiegersohn sehen. Als seine rechte Hand. Das ist etwas Größeres als Red Dart. Wir werden über jeden Schritt der Regierung Bescheid wissen.«

»Was die treiben, kann uns egal sein«, erwiderte Lucian. »Wir werden die Menschen mit Red Dart in der Hand haben. Wir müssen uns nur die Renegades vom Hals schaffen.« Lucians Gelächter stob leise und düster durch die Luft. »Außerdem haben Sie's in den letzten sechs Monaten nicht geschafft, der Schlampe die Hosen auszuziehen. Ich würde nicht auf Sie wetten. Wir wissen längst, dass sie unter Michaels Einfluss steht. Sie ist lästig. Sie sind derjenige, der das Serum will. Wenn Sie einer von uns werden wollen, *müssen* Sie sie beseitigen.«

Cassandra hatte genug gehört. Sie konnte kaum noch atmen. Wenn man sie hier erwischte, wäre das ihr Todesurteil. Ein Zweig knackte. Sie erstarrte, als sich die Männer in ihre Richtung drehten. Ihre Gedanken rasten. Noch hatte man sie nicht entdeckt. Sie wägte ab, ob sie zurückschleichen oder einen Hechtsprung in sichere Gefilde wagen sollte, und pfiff auf den Lärm – der Drang zu rennen siegte. Sie stürmte los, preschte mit Vollgas um die Ecke des Gebäudes auf den offeneren Platz zu.

Als sie die Ecke umrundete, kam ihr ein Motorrad entgegen und blendete sie mit grellen Scheinwerfern. Eine Sekunde später baumelten ihre Beine in der Luft. Während ihre Füße bedenklich über der Fahrbahn pendelten, durchströmte sie ein Gefühl von Wärme und Sicherheit. *Michael.* Auf einmal waren alle Fragen und Anschuldigungen unwichtig. Er war hier, nur das zählte. Und es gab eine Chance, diese Nacht lebend zu überstehen.

9

Die beiden Soldaten, die Lucian begleitet hatten, verschwanden im Wind und ließen Brock mit nur einem Zodius im Nacken zurück. Lucians Augen blitzten zornig auf, ehe er Brock gegen seinen Mietwagen rammte. Als er rücklings auf das Blech prallte, wurde ihm brutal die Luft aus der Lunge gepresst. Brock zuckte vor Schmerz zusammen und schwor sich, Lucian kaltzumachen, sobald er ein GTECH war. Stück für Stück würde er ihn auseinandernehmen und jede Minute dieses Blutbads genießen. Denn er *würde* GTECH werden. Er hatte seine Karten zu gut ausgespielt. Einer von beiden würde ihm schon das Serum verabreichen – entweder Adam oder Powell.

»Sie dämliches Arschloch!«, donnerte Lucian. »Sie wurden verfolgt!« Er funkelte ihn voller Argwohn an. »Oder haben Sie Powell etwa von unserem Treffen erzählt? Ich schwöre, Brock, wenn ich rauskriege, dass Sie ein doppeltes Spiel treiben, reiße ich Ihnen jede Gliedmaße einzeln aus.«

»Wenn hier jemand verfolgt wurde«, knurrte Brock heftig genug, um die Anschuldigung abzuwehren, »dann Sie. Ich wäre gar nicht hier, wenn Sie mich verdammt noch mal in Ruhe gelassen hätten. Sie haben seit gestern Abend die Green Hornets. Die Dinger sind Gold wert. Sie sind das Einzige, womit Sie den Körperpanzer der Renegades durchschlagen und die Kerle zu Fall bringen können, bis Red Dart bereit ist. Das sollte wohl genügen, um meine Loyalität zu beweisen.«

»Die ist vielleicht bewiesen, wenn ich die Geschosse getestet und für wirkungsvoll befunden habe«, sagte er.

»Verdammt, Lucian«, erwiderte er zähneknirschend. »Die Projektile dürfen nur in Kombination mit Red Dart verwendet werden. Sie müssen die Renegades erst verwunden und mit Red Dart markieren, um sie fassen zu können. Lassen Sie die Finger von den verfluchten Patronen, solange wir den Kristall nicht haben. Abgesehen von Powell bin ich der Einzige, der sie Ihnen gegeben haben könnte. Dann weiß er, dass ich ihm in den Rücken gefallen bin.«

»Vielleicht will ich ja genau das erreichen«, knurrte Lucian.

Das erbärmliche Stück Scheiße wollte Brock aus dem Konzept bringen, doch das würde ihm nicht gelingen. »Lassen Sie mich meinen Job machen, Lucian. Und dazu gehört, dass ich Cassandra Powell ficke und sie nicht um die Ecke bringe.«

Lucian knurrte. »Der Einzige, der hier gefickt wird, sind Sie, wenn Sie Powell unsere Pläne preisgegeben haben sollten. Adam will Powell nicht nur Red Dart entreißen, sondern damit die Kontrolle über die Renegades erlangen. So wird er seinen Bruder in die Knie zwingen und sich seine Mitarbeit sichern. Wenn Sie das vermasseln, dreht er durch. Ich schlage vor, dass Sie den roten Kristall heranschaffen und irgendetwas, um die GTECHs damit zu bearbeiten. Damit können Sie Ihre Loyalität unter Beweis stellen. Und blasen Sie Cassandra Powell die Lichter aus, bevor ich Ihnen Ihr schwaches, kleines menschliches Genick breche.« Der Wind erhob sich pfeifend, kurz bevor Lucian verschwand.

Brock ballte die Fäuste, boxte in die Luft und hievte sich unter Schmerzen von der Motorhaube. Verflixt und zugenäht, das musste aufhören, und zwar sofort. Er hatte zu viel auf sich nehmen müssen, um dem Loch von Sozialwohnung in Chicago zu entkommen, wo ihn sein Vater täglich um den Verstand geprügelt hatte, um nun als Prügelknabe für Lucian oder sonst jemanden herzuhalten.

Es war so weit – die Zukunft hieß GTECH. Und er wollte diese Zukunft sein. Er würde sich weder von Powell noch Adam zum Narren halten lassen, um das zu erreichen. Powell hatte Brock Brief und Siegel gegeben, dass er eine neue Generation von GTECHs anführen würde. Stärkere, schnellere Soldaten, die über das Potenzial verfügten, bereits existierende GTECHs zu bezwingen und zu beherrschen. Wenn er erst einmal alle GTECHs unter Kontrolle hatte, würde er sich schon mit Red Dart zurechtfinden. Am wichtigsten war jedoch, an die Spitze der Nahrungskette zu gelangen.

Während er auf sein Auto zuging, nahm er das Handy vom Gürtel, um Powell anzurufen. Wenn ihn die neuesten Informationen nicht bewegen konnten, die Sache voranzutreiben und Brock das neue, verbesserte GTECH-Serum, an dem PMI arbeitete, zu verabreichen, würde nichts das können. Allerdings hätte Brock dann zumindest Gewissheit darüber, dass Powell seine Treue nicht verdiente, auch wenn er keinen gesteigerten Wert darauf legte, Adams Gefolgschaft anzugehören. Nichtsdestotrotz wäre das immer noch besser, als menschlich zu bleiben. Sich mit Adam zu verbünden, bedeutete, Powells kleines Mädchen dem Untergang zu weihen. Worüber er natürlich Stillschweigen bewahren würde – wenn es sein musste, würde er Cassandra selbst um die Ecke bringen.

Brock betätigte die Kurzwahltaste.

Da Powell früh zu Bett gegangen war, wurde er vom Klingeln des Handys aus dem Tiefschlaf gerissen. Unwirsch nahm er es vom Nachttisch und spähte gereizt auf die Nummer, bevor er den Anruf entgegennahm. »Ich hoffe, es ist wichtig, West.«

»Michael hat die Zodius verlassen«, verkündete Brock. »Er gehört jetzt zu den Renegades.«

Hellwach setzte sich Powell auf. Michael. Der beschissene

Fluch seines Lebens. Als ob es nicht schon schlimm genug wäre, dass jemand aus dem Weißen Haus Red Dart zu den Zodius hatte durchsickern lassen. Nun wussten die Renegades garantiert ebenfalls davon. Wenn Michael in die Sache verwickelt war, schwebte Cassandra in Gefahr. Niemand sollte vom Kristall erfahren, bis er alles über die Bühne gebracht hatte und wieder das Ruder in der Hand hielt.

»Was ist vorgefallen, West?«, forderte er ungeduldig.

»Lucian hat mich zu einem Treffen beordert. Adam will die Renegades mithilfe von Red Dart zu einem Bündnis zwingen. Er ist außerdem der Ansicht, dass Michael mithilfe Ihrer Tochter den Kristall vernichten will, bevor er sich durchsetzen kann.«

»Das ist doch Irrsinn«, plärrte Powell ins Telefon. »Meine Tochter hat mit Michael nichts zu tun. Verdammt und zugenäht, West! Der Mann hat versucht, mich heimtückisch zu ermorden. Allein die Tatsache, dass Caleb Michael vertraut – einem X2-Infizierten, der zwei Jahre in Zodius gelebt hat –, ist der Beweis, dass ich recht habe. Wir müssen alle GTECHs kontrollieren. Wir können keinem einzigen vertrauen.«

»Sie haben recht, Sir«, sagte West. »Injizieren Sie mir das Serum, General. Ich bin bereit zu kämpfen. Ich bringe die GTECHs wieder unter Ihr Kommando.«

Powell konnte ihn förmlich nach dem Serum geifern hören. Nur wenige wussten, dass es sich in seinem Besitz befand. Die Regierung wollte nichts davon wissen, da man befürchtete, noch mehr Adams damit hervorzubringen. Wenn sie sehen könnten, wie Red Dart arbeitete, würde ihnen die Angst vergehen. Andererseits hatten die meisten Menschen vor irgendetwas Angst – allerdings war er nicht wie die meisten. Was ihn betraf, konnten sie ihre Furcht gar nicht früh genug überwinden, damit er noch mehr Soldaten schaffen konnte, um sein Land ordentlich verteidigen zu können.

»Das ist mit Risiken verbunden, Lieutenant Colonel West.« Wie beispielsweise dem Tod.

»Soldaten müssen Risiken auf sich nehmen, Sir.«

Das genügte Powell. Wenn er Risiken wollte, konnte er welche haben. »Bringen Sie meine Tochter gesund nach Hause, anschließend reden wir.«

Powell marschierte zur Eckbar seines Schlafzimmers, goss sich ein Glas Bourbon ein und schlürfte die bernsteinfarbene Flüssigkeit. »Setzen Sie ein Observationsteam auf meine Tochter an«, sagte er. »Sorgen Sie dafür, dass sie die richtige Ausrüstung haben, um einen GTECH zur Strecke zu bringen. Michael Taylor muss bei Sichtkontakt eliminiert werden.« Powell würde nicht zulassen, dass sich Michael über seine Tochter wieder an ihn heranschlich. Dieser Kerl hatte ihn zum Gespött gemacht und sich anschließend auch noch damit gebrüstet. Er legte auf und wählte sogleich eine andere Nummer.

»Hallo«, erklang die rauchige weibliche Stimme, die stets ein Feuer in seinen Lenden entfachte. Jocelyn. Eine der kompetentesten Waffenexpertinnen der Welt und außerdem die Frau, die sowohl die Green Hornets als auch Red Dart ermöglicht hatte.

Er hatte eine Schwäche für sie entwickelt, die mit jedem Kontakt schlimmer wurde und zudem alles verkomplizierte. Er hatte sie aufgrund ihrer Ressourcen hinzugezogen, und weil sie seinen Feinden erhebliche Schäden zufügen konnte. Hauptsächlich einem gemeinsamen Feind: Michael. Jocelyn verband eine meuchlerische Vergangenheit mit Michael. Auch sie wollte mit ihm abrechnen.

Ihrer beider Motivation, Michael einen Denkzettel zu verpassen, hatte eine ausgesprochen erotische Facette angenommen. Bisher hatte noch keiner einen Annäherungsversuch unternommen, das könnte sich jedoch bald ändern. Sie war genau die Richtige für ihn – zornig und verbittert, aber dennoch weiblich.

Es bestand kein Grund, sie von Michaels Wechsel zu den Renegades in Kenntnis zu setzen. Wozu sollte er sie auch in dem falschen Glauben wiegen, dass er rehabilitiert sei? Schließlich war sie eine Frau und daher generell schwach und nicht bereit, sich auf gewisse Risiken einzulassen. Im Gegensatz zu Chin, den einen oder sogar mehrere Todesfälle nicht abschreckten, solange sie dem übergeordneten Wohl dienten.

Aus diesem Grund hatte er sie auch nicht in Chins Arbeit eingebunden. »Es ist so weit. Red Dart kann an einem GTECH erprobt werden.«

Ein entzückter Aufschrei schrillte durch die Leitung. Diese Arbeit war ihr ganzer Stolz. Obwohl er ihr unaufhörlich in den Ohren lag, weigerte sie sich, den Kristall herauszugeben, bevor sie ihn eigenhändig getestet hatte. Aber wenigstens hatte sie ihm Demonstrationen zugesichert.

»Fantastisch«, jubelte sie. »Ich kann gar nicht glauben, dass es endlich so weit ist. Chin meinte, es würde noch Wochen dauern, bis die Soldaten bereit sind. Wann?«

»Morgen Abend«, erwiderte er. »Allerdings darf niemand wissen, wo sich unser Labor befindet. Sie müssen das Versuchsobjekt betäuben, bevor Sie es zur Anlage bringen.«

»Selbstverständlich«, schnurrte sie leise. »Wenn es sein muss. Die Sache ist zu wichtig, um sie durch unnötige Risiken aufs Spiel zu setzen.«

Unnötige Risiken. Aber sicher. Die nötigen konnte sie so oder so nicht nachvollziehen. Also konzentrierte er sich auf das, was sie beide verstanden. »Und Sie sind sicher, dass er funktioniert? Konnten Sie die Mixtur des Tranquilizers so zusammensetzen, dass das Immunsystem außer Gefecht gesetzt wird?«

»Ohne das perfekte Versuchsobjekt kann man es nicht mit hundertprozentiger Sicherheit sagen«, erwiderte sie. »Ich bin jedoch ziemlich sicher.«

Er presste die Lippen zu einem schmalen Strich zusammen. »Das ist nicht das, was ich hören wollte.«

Sie lachte leise und schmeichelnd. »Sie sind sehr anspruchsvoll«, tadelte sie. »Es wird funktionieren, General.«

Mit einem Lächeln auf den Lippen atmete er erleichtert auf. »Wir werden die Welt retten, Jocelyn. Das wissen Sie doch, nicht wahr?«

»O ja«, erwiderte sie. »Ich weiß. Ich kann es kaum erwarten, diesen Anlass zu feiern.« Etwas Verführerisches schwang in ihrem Ton mit, sodass ihm heiß wurde. Sie erregte ihn fast so sehr wie die Vorstellung, bald der mächtigste amtierende General zu sein. Niemand würde es jemals wieder wagen, Amerika anzugreifen. Die GTECHs waren so etwas wie die ultimative Atombombe, die nur darauf wartete, hochzugehen. Mit dem Unterschied, dass er den Auslöser in der Hand hielt. Es war absolut fantastisch.

Das Motorrad fuhr schlitternd um eine Ecke und kam hinter einer Baumgruppe zum Stehen. Um Zeit zu gewinnen, stellte Michael den Motor ab und setzte Cassandra auf dem Asphalt ab. Er wagte es nicht, sie den ganzen Weg zu ihrem Wagen zu bringen, aus Angst, dass die Zodius-Soldaten sie entdeckten, bevor er sie ablenken konnte. Vor einem Angriff schätzten die Zodius zuerst ab, ob ihre Beute Mensch oder GTECH war, was ihm ein Zeitfenster von maximal drei Minuten verschaffte.

Er klappte das Visier hoch und knurrte: »Verdammt, ich hab dir doch gesagt, du sollst vorsichtig sein. Das ist das genaue Gegenteil.«

»Du hast außerdem gesagt, dass ich niemandem vertrauen soll, und daran halte ich mich«, entgegnete sie. »Ich vertraue nicht mal dir.«

Zorn wallte in ihm auf. »Falls es dir entgangen sein sollte, mein Schatz: Ich bin der Kerl, der deinen süßen kleinen Arsch rettet.«

»Wahrscheinlich, weil du noch irgendwas von mir brauchst«, gab sie scharfzüngig zurück.

Er griff zähneknirschend nach der Wesson, die um sein Bein geschnallt war, und gab sie ihr. Die Waffe war vermutlich relativ nutzlos, doch allein die Tatsache, dass sie eine hatte, gab ihm ein besseres Gefühl.

»Zwischen die Augen oder gar nicht. Seit dein Vater sie aus Gott weiß welchen Gründen mit Tranquilizern vollgepumpt hat, tragen sie Körperpanzer.«

»Er wollte verhindern, dass sie sich gegenseitig abschlachten«, gab sie zurück und verbarg die Waffe in der Hand. »Er will sie weder töten noch foltern.«

Aber sicher. Michael kaufte ihr das ebenso wenig ab, wie er glaubte, dass Cassandra ihm je wieder vertrauen würde. Doch nun war keine Zeit für Haarspaltereien.

Er beobachtete, wie sie die Pistole kurz inspizierte, und tröstete sich mit dem Gedanken, dass sie souverän damit umging. Was unabdingbar war, falls ihr ein Zodius in die Quere kommen sollte.

»Geh ins Hotel und schließ die Tür ab. Mach erst wieder auf, wenn ich da bin«, befahl er. Die Kraft des Winds rieselte an seinem Rückgrat hinab, was erfahrungsgemäß ein Warnzeichen war. Die Zodius waren im Anmarsch. »Geh jetzt!«, zischte er leise.

Wie ein folgsamer kleiner Soldat stürmte Cassandra los, noch etwas, das sie ihrem Vater verdankte. Wenigstens in dieser Hinsicht hatte er ihr einen guten Dienst erwiesen.

Michael schloss das Visier und kauerte sich hinter das Gebüsch. Er wartete, bis der Wind intensiver an seiner Wirbelsäule entlanghauchte und ihm sagte, wann es Zeit war zu handeln. Der Wind war seine Waffe und gehörte ebenso zu ihm wie das

Blut, das durch seine Adern floss. Er war ein lebendes Wesen für ihn, das unter seinem Kommando in der Lage war, jederzeit zu kommunizieren. Solange Michael es nicht zuließ, ging in seiner Nähe niemand mit dem Wind. Nicht einmal Adam und Caleb.

Allerdings konnte er von dieser Fähigkeit gerade unmöglich Gebrauch machen. Er musste die Zodius von seiner Menschlichkeit überzeugen, wobei der Helm ihm eine gewisse Anonymität verschaffte. Jeder könnte Brock beschattet haben. Powell besaß sicherlich eine Art Misstrauensbilanz, die dafür sprach. Eine menschliche Maskerade bedeutete außerdem, dass sie ihn eher töten würden, als zuzulassen, dass er ausplauderte, was er vorhin mit angehört hatte. Und das war jedes einzelne Wort gewesen, einschließlich des Teils über Cassandra.

Michael ließ den Motor aufheulen und setzte die Maschine ruckartig in Bewegung. Er beabsichtigte, sich den Zodius-Soldaten in den Weg zu stellen, um Cassandra unbemerkt davonkommen und die Männer glauben zu lassen, er habe als Einziger im Gebüsch gelauscht. Zwei Zodius stellten sich ihm direkt in den Weg, er kürzte von rechts ab und hielt auf das Gras zu. Sie rannten ihm hinterher, er hoffte jedoch, dass sie nicht auf offener Straße windwalken konnten, ohne ihre Entdeckung zu riskieren.

Er prallte mit einem dumpfen Aufschlag gegen die Bordsteinkante, worauf zuerst das Vorderrad abhob und dann die ganze Maschine. Seine Wirbelsäule kribbelte augenblicklich; die Soldaten waren leichtsinniger, als er angenommen hatte. Scheiße! Sie gingen mit dem Wind, und obwohl er sie aufhalten könnte, wagte er es nicht, da er sonst seine Deckung preisgeben musste.

Michael grätschte die Beine und ließ das Motorrad los. Während es vorwärtsschnellte, duckte er sich und rollte sich am Boden ab. Er schlug mit dem Rücken auf einem Felsgebilde auf und prellte sich dabei Rippen und Muskeln. Doch für Schmerzen war keine Zeit. Im Abrollen hatte er zwei Gewehre gezogen – eines war mit Patronen bestückt, das andere mit Betäubungspfeilen.

Die Soldaten griffen ihn aus höchstens einem halben Meter Entfernung an. Er verpasste jedem einen Pfeil in die Stirn, doch zuvor gelang es einem Soldaten, selbst einen lautlosen Schuss abzugeben. Schmerz explodierte in Michaels Brustkorb, als das feindliche Geschoss durchschlug, was sein undurchdringlicher Körperpanzer hätte sein sollen.

Die Soldaten stolperten und schlugen der Länge nach hin, ihm blieb höchstens eine Minute, bis ihr GTECH-Metabolismus sie wieder auf die Beine brachte. Michael ignorierte seine Verletzung, knirschte vor Schmerz mit den Zähnen und sprang auf; er war fuchsteufelswild und bereit, kurzen Prozess zu machen. Schweiß rann ihm über die Augenbrauen und breitete sich unter dem Helm aus, sein T-Shirt war bereits von Blut verklebt. Er suchte rasch die Gegend ab und nahm gleichzeitig eine Person ins Visier. Er bemerkte keine offensichtlichen Zeugen, und selbst wenn, wäre es ihm gleichgültig gewesen. Sollte sich doch Lucian mit den Zeugen und Leichen herumschlagen.

Völlig skrupellos verpasste er jedem eine Kugel direkt zwischen die Augen. Er erkannte keinen von beiden, was jedoch nicht überraschend war. Da Adams Wissenschaftler beteuert hatten, das Serum mithilfe von Adams Blut reproduzieren zu können, und er danach gierte, seine Bevölkerung zu vergrößern, hatte er die aus Powells Vorrat konfiszierten Injektionen wie Süßigkeiten verteilt. Zumindest so lange, bis er herausfand, dass sie sich geirrt hatten und es doch nicht möglich war, das Serum zu reproduzieren.

»Ihr hättet mir nicht ans Bein pissen sollen«, murmelte er den toten Soldaten reuelos zu. Er war Soldat und ausgebildeter Mörder und hatte sein ganzes Erwachsenenleben nichts anderes getan. Wozu sich andere nicht überwinden wollten oder konnten, erledigte er, weil es eben jemand tun musste. Er hatte keine Ahnung, wie er etwas anderes sein könnte – nicht einmal Cassandra zuliebe.

Michael ließ die Betäubungspfeile absichtlich zurück. Da die Army solche Pfeile benutzte, um Zodius-Soldaten auszubremsen und einen tödlichen Treffer landen zu können, hatte er sie gewählt, und um sich möglichst lange von Adams Radar fernzuhalten, bis er Cassandra und den Red-Dart-Kristall in Sicherheit wusste. Michael rief den Wind und entschwand in ihm wie Nebel im Regen. Er würde bald schlafen müssen, um seiner Wunde die Heilung zu ermöglichen und keinen Zusammenbruch zu riskieren. Er musste Cassandra aufsuchen, bevor er zu viel Blut verlor, um sie im Auge behalten zu können.

»Scheißkerl!«, fluchte Lucian, während er über den Leichen seiner Männer emporragte. Als er die für die Army typischen Betäubungspfeile sah, die neben den Einschusslöchern aus der Stirn ragten, verzog er das Gesicht. Powells Heer. Also wusste Powell nun, dass Brock mit den Zodius kooperierte, und Lucians Verbindung zu Red Dart gehörte der Vergangenheit an. Er ballte die Fäuste und boxte blindwütig in die Luft.

Nicht weit entfernt ertönten Einsatzhörner. Scheiße, Scheiße, Scheiße! Das Letzte, was er jetzt brauchen konnte, waren noch mehr Menschen.

Er schnappte sich sein Handy und orderte ein Säuberungsteam, das die Zodius für alle Fälle bereithielten. Als ihm nur wenige Meter von den Leichen entfernt Blutflecken ins Auge fielen, legte er stirnrunzelnd auf. Er ging darauf zu, kniete nieder und betastete das Blut. Er gehörte der seltenen Gruppe der »Tracker« an, denen die Gabe eigen war, metaphysische Energien lesen zu können, die bestimmte Lebewesen absonderten.

»Michael«, flüsterte er. Nicht Powells Mann war hier gewesen, sondern Michael.

Der Wind drehte, und Lucian erhob sich. Tad materialisierte sich neben einer der Leichen, bückte sich und zog den Pfeil aus der Stirn des Soldaten. »Von Menschen zur Strecke gebracht«, sagte er schnaubend. »Und du denkst, dass du das Zeug hast, Michael zu ersetzen? Du glaubst doch nicht im Ernst, dass die Menschen je in der Lage sein werden, Michael zu bezwingen.«

»Fick dich, Tad«, erwiderte Lucian.

Das Säuberungsteam wurde neben den Leichen sichtbar. Lucian gab ihnen ein Zeichen, loszulegen. Sie packten die Männer und verschwanden.

»Nein«, sagte Tad. »Fick dich selbst, Lucian.« Er gab ein höhnisches Knurren von sich. »Du endest als Wolfsfutter, wenn Adam hiervon erfährt.«

»Und du bist nichts weiter als Abschaum. Du glaubst doch nicht wirklich, dass Adam deinesgleichen in seinem königlichen Kreis duldet? Mein Vater war Senator, mein Großvater ein Fünfsternegeneral. Mir ist es zu verdanken, dass wir von der Existenz von Red Dart wissen. Was hast du schon vorzuweisen, außer der Jagd auf schwache Weiber?« Er bedachte ihn mit einem hämischen Grinsen und musterte das stämmige Stück Scheiße von Kopf bis Fuß. »Du bist bloß eins von Adams Haustieren. Ein Hund, der Tricks vorführen darf.«

Der Wind drehte unvermittelt, boshaft, heiß und wild. Zornig kündigte er die Ankunft Adams an. Tads Miene wechselte von reiner Wut zu schadenfrohem Hochmut. »Wir werden ja gleich sehen, wer hier der ›Hund‹ ist.«

Adam erschien, in schwarzes Leder gekleidet, zwei Wölfe saßen ihm zu Füßen. Es ging Lucian gehörig gegen den Strich, dass die kleinen Bastarde beim Windwalking nicht draufgingen. Zumindest dann nicht, wenn Adam sie transportierte.

»Wieso wird mein vergnüglicher Abend gestört?«, knurrte er. Das Vergnügen bestand aus einer Gruppe Menschen, die in den Ring und den Wölfen zum Fraß vorgeworfen wurde. Der Überlebende erhielt eine Dosis des begehrten Serums. Was bisher niemand geschafft hatte.

Tad hielt Adam einen Betäubungspfeil unter die Nase. »Lucian ist losgezogen, und zwei unserer Männer wurden von Powell und seinem Heer niedergestreckt.«

Adam zog eine Augenbraue hoch und sprach mit leiser, angespannter Stimme. Ein wunder Punkt war getroffen worden. »Hast du mich etwa enttäuscht, Lucian?«

Die Wölfe wandten sich Lucian zu und knurrten, als könnten sie den Zorn ihres Herren wahrnehmen. Der Verlust von GTECHs machte Adam fuchsteufelswild. Lucian kochte vor Zorn. Diesen Biestern wäre es nicht mal im Traum eingefallen, Michael anzuknurren. Die Viecher kotzten Lucian an. Eines schönen Tages würde ihnen das Knurren noch vergehen. Dann würden sie ihn ebenso respektieren wie Michael. Lucian streckte seinen blutbefleckten Finger in die Luft.

»Tads begrenzte Tracker-Fähigkeiten waren enttäuschend«, erwiderte er, während er Tad einen kurzen, herablassenden Blick zuwarf. »Michael hat Brock West nachspioniert und zweifellos versucht, etwas über Red Dart in Erfahrung zu bringen.«

»Mit anderen Worten«, bemerkte Tad, »weiß Michael jetzt, dass dein Kontaktmann Brock West ein Verräter ist.«

»Was soll das heißen?«, forderte Lucian. »West vor Powell zu entlarven, bedeutet nichts anderes, als das Wissen der Renegades über Red Dart preiszugeben. Sie wollen genauso wenig wie wir, dass Powell Red Dart an irgendeinem unerreichbaren Ort versteckt. Alles läuft nach Plan, Adam. West ist Red Dart zum Greifen nah, und Michael ist verwundet. Er wird schlafen müssen, um heilen zu können. Bis er in der Lage ist, Cassandra

Powell zu erreichen, wird sie tot sein.« Lucian würde ganz sicher nicht warten, bis Brock die Sache in die Hand nahm. Nicht nachdem es heute Nacht so knapp gewesen war. Er würde es selbst erledigen.

In nicht allzu großer Entfernung kamen Polizeiwagen mit quietschenden Reifen zum Stehen. Adam konzentrierte sich immer noch auf Lucian. »Beweise mir, dass sie bis zum Einbruch der Dämmerung tot ist, oder trage die Konsequenzen.« Er bedachte Tad mit einem grimmigen Blick. »Störungen sind mir zuwider. Ich schlage vor, dass du einen Ersatz für mein entgangenes Vergnügen findest, bevor du in die Stadt zurückkommst.« Adam entschwand im Wind, kein Blatt bewegte sich.

Lucian und Tad blitzten einander an, und etwas Gewaltsames wogte zwischen ihnen, ehe beide im Wind verschwanden. Bevor das hier vorüber war, musste einer von beiden sterben, jedoch nicht vor Cassandra Powell.

10

Wenn Michael nicht aufgetaucht wäre, würde Cassandra nicht mehr leben. Und sie wollte nichts anderes als überleben, als sie ihren Mietwagen auf dem Parkplatz abstellte, von dem sie losgefahren war. Ganz bestimmt würde jeden Moment ein Windwalker aufkreuzen. Als sie die Tür aufriss und zur Treppe hastete, raste das Adrenalin mit Vollgas durch ihren Körper. Sie bemerkte, dass Brocks Auto noch nicht wieder da war, und hoffte inständig, dass sie es vor ihm zum Hotel geschafft hatte. Erst in ihrem Zimmer konnte sie sicher sein, dass sie noch einmal davongekommen war.

Mit zum Zerreißen gespannten Nerven nahm Cassandra die Treppe zur Lobby, um Brock möglichst nicht über den Weg zu laufen. Dieser Mann wollte sie ermorden, und sie war nicht gerade scharf darauf, ihm in einem verlassenen Treppenhaus zu begegnen. Rasch schlüpfte sie durch die Tür, durchquerte die spärlich besuchte Lobby und steuerte den Fahrstuhl an, dessen Türen sich glücklicherweise auf Anhieb öffneten.

Als sie die Kabine betrat, legte sie sich eine Geschichte zurecht, die ihre Abwesenheit erklären würde, falls sie doch auf ihn stoßen sollte. Allerdings fiel ihr das Denken schwer, da die Nerven mit ihr durchgingen und ihr den Verstand vernebelten. Nicht nur Lucians Befehl, sie zu töten, verängstigte sie, sondern auch die Sorge um Michael. Er steckte in Schwierigkeiten. Sie spürte es mit jeder Faser ihres Körpers und roch es förmlich mit jedem schweren Atemzug. Was hirnrissig war. Sie war der Mensch, der von Zodius-GTECHs gejagt wurde. Sie hatte mit eigenen Augen gesehen, wie sich Michaels Fähigkeiten entfaltet hatten und welch gewaltige Macht er verkörperte. Allerdings zerstreute das ihre Bedenken nicht.

Der Fahrstuhl erreichte klingelnd ihr Stockwerk, worauf sie in den Korridor stürmte, der Gott sei Dank verlassen war. Sobald sie an ihre Zimmertür gelangte, nahm sie Michaels Gegenwart wahr, jedoch nicht mit demselben vibrierenden Rauschen wie sonst. Er war verletzt – die Erkenntnis traf sie mit einer Klarheit, die sie nicht infrage stellte.

Von Angst erfüllt zog sie die Schlüsselkarte durchs Schloss. Als sie gerade hineingehen wollte, öffnete sich die Tür des Nebenzimmers, und Brock kam heraus.

»Ich hab mich schon gefragt, wo Sie stecken«, sagte er und ging auf sie zu. »Ich habe mir Sorgen um Sie gemacht. Ich klopfe schon seit einer Ewigkeit an Ihre Tür.«

Eine Ewigkeit, *von wegen*. Dass er es vor ihr zum Hotel geschafft hatte, kam einem Wunder gleich, und wie er das bewerkstelligt hatte, war ihr ein Rätsel. »Ich dachte schon, mein Vater wäre der Einzige mit einem Beschützersyndrom«, erwiderte sie sarkastisch. »Ich war auf der Suche nach einer Drogerie, die rund um die Uhr geöffnet hat. Leider ohne Erfolg. Wie es aussieht, darf ich morgen am Flughafen ein Vermögen für eine Zahnbürste hinblättern.« Ihre lahme Ausrede machte alles nur noch schlimmer – schließlich hätte sie den Zimmerservice rufen können. Doch nun war es raus, und sie musste das Beste daraus machen. Er kam näher, viel zu nah. Sie wandte sich ihm nicht zu, wollte ihn nicht einmal ansehen müssen. Dennoch stieg ihr sein Eau de Cologne in die Nase, wovon ihr speiübel wurde – das war noch nie passiert. Wenn sie es nicht verhindern konnte, würde dieser Kerl sie umbringen. Sie konnte nichts anderes tun, als sich von ihm abzuwenden. Trotzdem verlor sie nicht die Nerven.

»Ziemlich spät, um noch allein rauszugehen«, bemerkte er trocken, während ihm der Argwohn in die Augen geschrieben stand.

»Ich bin 'ne Militärmieze«, erwiderte sie. Es sollte witzig sein, doch selbst in den eigenen Ohren klang ihre Stimme steif. »Wir setzen Leib und Leben für 'ne Zahnbürste aufs Spiel.«

Nicht allzu überzeugt musterte er sie einen Augenblick. Ein lüsterner Schleier legte sich über seine Augen, für den sie ihm am liebsten einen Tritt in die Weichteile verpasst hätte, besonders nach allem, was sie gehört hatte. Wollte er sie flachlegen, bevor er sie um die Ecke brachte?

»Da wir beide wach sind«, sagte er und lehnte sich an den Türpfosten, »könnten wir uns doch einen kleinen Absacker genehmigen.«

Sie packte die Klinke etwas fester, bereit, die Tür aufzureißen und nach vorn zu preschen. Seine Haltung zwang sie jedoch, sich ihm zuzuwenden. Sie rang sich ein Lächeln ab. »Ich bin müde, und wir müssen morgen früh raus«, sagte sie. »Wir hatten uns doch schon auf morgen Abend geeinigt, sofern wir dann noch fit sind. Belassen wir es dabei.«

Von zähem Schweigen begleitet musterte er sie mit zusammengekniffenen Augen und sagte schließlich: »Also, punkt zehnhundert in der Lobby?«

»Ja«, erwiderte sie und verzog missmutig das Gesicht. Zehn Uhr klang grausam. Sie winkte ihm zu. »Nacht.« Ohne eine Antwort abzuwarten, trat sie ins Zimmer und schloss die Tür mit Nachdruck. Dann legte sie den Sicherheitsriegel vor

»Ich werde diesen Hurensohn mit Vergnügen umlegen.«

Cassandras Herzschlag setzte kurz aus, als sie herumwirbelte und Michael an das Kopfende des Bettes gelehnt vorfand. Das dunkle Haar hatte sich aus dem Zopf im Nacken gelöst und hing ihm lose ins Gesicht. Er hatte die langen muskulösen Beine auf dem Bett ausgestreckt und presste sich ein blutrotes Handtuch gegen die Seite.

Ein stechender Schmerz fuhr ihr in die Brust. »O Gott.« Er blutete so stark, dass das Handtuch bereits durchnässt war. Sie stürzte zu ihm hin und kauerte sich ans Bett. »Warum hast du keinen Körperpanzer getragen?«, fragte sie. Sie entfernte das blutige Handtuch und versuchte, sich die Wunde näher zu besehen, doch er blutete zu stark, als dass sie erkennen konnte, wie schlimm es war, also drückte sie es fester darauf. »Du hältst dich vielleicht für unbezwingbar, aber das bist du nicht. Auch wenn deine Wunden schnell heilen, kannst du verbluten wie jeder andere.«

Er zog das T-Shirt über die Brust hoch und enthüllte den dünnen, wie eine zweite Haut sitzenden Anzug. »Ich weiß nicht, womit die geschossen haben. Aber es war auf keinen Fall Standardmunition.«

Beim Anblick des Anzugs weiteten sich ihre Augen. Adams wissenschaftliches Team hatte diese hochmoderne Technologie konstruiert, der herkömmliche Projektile nichts anhaben konnten. Ihr Vater würde sich alle zehn Finger danach lecken.

Als sie die Hände auf die Bauchwunde presste, liefen Erinnerungen an viele gemeinsame, innige Momente vor ihrem geistigen Auge ab. »Wie ist das möglich?«, fragte sie. »Soviel ich weiß, kann kein Geschoss den Panzer durchschlagen. Eine Granate oder ein Raketenwerfer oder etwas noch Stärkeres, aber keine Patrone.«

»Offensichtlich haben die Zodius eine neue Waffe«, sagte er. »Sobald du die Kugel rausgeschnitten hast, bringe ich sie ins Labor der Renegades.«

Ihr Herz geriet ins Stolpern. »Sie ist noch da drin? Bist du sicher?«

Sein hübsches Gesicht verzerrte sich vor Schmerz. »Glaub

mir«, sagte er, »sie steckt da drin. Und je schneller du sie rausholst, desto eher kann ich den Boden mit Brocks Absacker-Arsch aufwischen.«

»Das hast du gehört?«, fragte sie erschrocken. Kein normaler Mensch wäre in der Lage gewesen, das Gespräch vom Bett aus durch die Tür zu hören. So etwas hatte er vor zwei Jahren noch nicht gekonnt.

»Ich habe jedes Wort verstanden«, sagte er und packte ihren Arm mit der freien Hand. Ehe sie sich versah, lag sie an seinen großen, drahtigen Körper gepresst. »Auch dass sie dich umbringen wollen.«

Als sich ihre Blicke begegneten, vergaß sie einen Moment lang alles, nur nicht, wie wichtig ihr dieser Mann einmal gewesen war. Wie zuverlässig und richtig ihr seine Nähe vorgekommen war. Sie sehnte sich so sehr nach seiner Geborgenheit.

»Lass mich los, du tust dir weh«, protestierte sie zu spät und viel zu schwach, während ihre Hand auf seiner massiven Brust ruhte. Adam hatte befohlen, sie zu ermorden, sie schlotterte vor Angst, und Michaels Lippen waren so nah.

»Du hättest da draußen sterben können«, erwiderte er und unterdrückte ein Knurren.

»Bin ich aber nicht«, flüsterte sie. »Ich musste ihm nachgehen. Ich musste wissen, wem ich vertrauen kann.«

»Weil du mir nicht vertraust«, entgegnete er und schnitt ihr das Wort ab – beiden war bewusst, dass er ins Schwarze getroffen hatte. »Ich habe in Area 51 so gehandelt, um Unbeteiligte in Sicherheit zu bringen. Auch dich.«

»Es geht nicht nur um diesen einen Tag«, stellte sie fest, »sondern um zwei Jahre, Michael. Zwei Jahre Funkstille. Du hättest mit mir reden können.« Sie stemmte sich von seiner Brust ab, versuchte sich aus seinem Griff zu befreien, doch er ließ nicht locker. »Lass mich los, du verblutest noch.« Sekunden verstrichen, in denen seine Augen loderten und sein Kiefer unnachgiebig war. Und ihr tat das Herz weh. Verzweifelt raunte sie: »Bitte. Lass mich los, Michael.«

Als er sie freigab, krabbelte sie von ihm herunter zur Bettkante, wobei sie sich wie Wild im Scheinwerferlicht fühlte, das gerade einem Frontalaufprall entkommen war. Ein Blick in seine Augen genügte, um sie schwach werden zu lassen – denn dann spürte sie die Verbindung zwischen ihnen und hatte das Gefühl, ihn schon immer zu kennen. Und dennoch, was wusste sie wirklich von Michael?

Sie griff zum Telefon, um bei der Rezeption anzurufen. Ohne sich umzudrehen, sagte sie: »Ich bestelle ein paar Sachen.«

Gerade hatte er noch Cassandra in den Armen gehalten, und nun lag Michael auf dem Bett und lauschte, wie sie mit der Rezeption sprach. Er nahm das Beben ihrer Stimme und die Gefühle wahr, die er hervorgerufen hatte. Obwohl er sie beschützen wollte, konnte er offenbar nichts anderes, als sie zu verletzen.

Er blinzelte die vor seinen Augen entstehenden Punkte weg. Verdammt, er durfte nicht das Bewusstsein verlieren. Nicht solange die Kugel noch in seinem Körper steckte.

Unter Aufbietung seiner ganzen Willenskraft schaffte es Michael, sich zu bewegen, die Waffen von den verschiedenen Stellen seines Körpers zu lösen und auf den Nachttisch zu legen. Er zog das Allzweckmesser aus einem der Riemen am Oberschenkel und legte es auf die Bettkante. Das wäre wohl am besten geeignet, um das Projektil zu entfernen. Mit Mühe hievte er sich unter Schmerzen in eine aufrechte Position und entledigte sich seines Shirts. Er musste irgendwie raus aus dem nutzlosen Körperpanzer.

Cassandra legte auf, drehte sich um und schnappte nach Luft. »Bist du übergeschnappt? Du verlierst doch literweise Blut. Hör auf herumzurutschen.« Sie kauerte sich an seine Seite und legte ihm die Hand auf die Brust.

Ihre Blicke begegneten sich und prallten aufeinander wie ein Zug auf einen Rammbock. Die Erinnerungen. Das Verlangen. Als sie schluckte, beobachtete er, wie sich ihr zarter Adamsapfel bewegte. Weder der Schmerz noch das Blutvergießen konnten ihn davon abhalten, darüber zu sinnieren, ihren Hals mit Küssen zu bedecken oder sie zu küssen.

»Leg dich hin, Michael«, befahl sie mit sich überschlagender Stimme, die nicht zu ihrem festen Blick passte.

»Ich muss das Shirt ausziehen«, sagte er mit nur unwesentlich festerer Stimme. Er war mächtig – ein gefürchteter Mann –, und dennoch fürchtete er am meisten, dass diese Frau ihn für unwürdig halten könnte. Bei Gott, diesen Tag wollte er nicht erleben müssen. Er würde ihn nicht erleben. Verdammt. Schließlich hatte er sie verlassen, um genau das zu vermeiden.

»Lass mich das machen«, sagte sie leise und mit flehendem Unterton. »Vergiss jetzt alles, was zwischen uns gewesen ist, und lass mich das machen, Michael. Bitte.«

Wie oft hatte er sich gewünscht, seinen Namen wieder aus ihrem Mund zu hören, und gedacht, dass es nie mehr geschehen würde? Er sehnte sich danach, sie auf sich zu ziehen – auch wenn es falsch war und er es dann kaum noch schaffte, wieder fortzugehen. Er wollte sie nicht erneut verletzen, aber so würde es kommen, wenn er nicht vorsichtig war und nicht dafür sorgte, dass sie zornig und auf Distanz blieb.

Trotzdem wallte Gier in ihm auf. Er musste sie noch einmal lieben, und das *würde* er auch – schon sehr bald. Auch wenn es egoistisch war, kümmerte es ihn gerade nicht. Er musste es noch einmal tun, um ein ganzes Leben ohne sie überstehen zu können.

»Press das Handtuch auf die Wunde«, sagte er. Seine Stimme war so straff wie jeder Muskel seines Körpers. »Wenn ich aus dem T-Shirt raus bin, ziehst du den Reißverschluss des Panzers auf. Wenn ich das Ding anbehalte, kriegst du die Kugel nie raus.«

Sie nickte und übte hastig Druck auf die Wunde aus. Michael zerrte sich das Shirt über den Kopf und ließ es nahe der Wunde von der Schulter baumeln. Cassandra half ihm, es Stück für Stück am Arm hinunterzuziehen, und warf es zu Boden. Er langte nach unten und löste sie mit dem Handtuch ab.

Beim Anblick des Bluts zuckte Cassandra zusammen. »Die Blutung ist zu stark. Wir müssen uns beeilen. Halt durch.«

Als sie den Arm ausstreckte, berührten sich ihre Hände. Eine Mischung aus Schmerz und Erregung schoss durch ihn hindurch, als sie leise sagte: »Ich komme nicht an den Reißverschluss ran.« Das war die einzige Warnung, bevor sie sich rittlings auf seinen Schoß setzte und sich an seinen Schultern abstützte.

Noch einmal begegneten sich ihre Blicke, in denen vergangene und gegenwärtige Gefühle lagen, eindringlich und voll unausgesprochener Worte. »Und ich dachte, du wärst böse auf mich«, sagte er leise.

Sie wandte den Blick ab. Er konnte jedoch noch den traurigen Ausdruck erkennen, der über ihr hübsches Gesicht huschte. »Über dieses Stadium bin ich längst hinaus«, raunte sie.

»Im Pavillon hast du ziemlich wütend gewirkt«, erwiderte er.

Sie sah ihn an und senkte dann die Augen. »Vielleicht bin ich immer noch ein bisschen wütend.« Sie konzentrierte sich auf die Reißverschlüsse an seinen Schultern und die unversehrte linke Seite. Der Panzer fiel locker herab, war nur noch an der verwundeten Seite geschlossen, auf die er mit schwindenden Kräften das Handtuch drückte. Ihm wurde schwindlig vom Blutverlust.

Cassandra erhob sich von seinen Beinen, nahm Panzer und Handtuch mit, warf beides beiseite und bedeckte die Wunde mit einem frischen Handtuch, auf das sie beide Hände presste.

»Wo zur Hölle bleibt der Zimmerservice mit den verfluchten Sachen?«, murmelte sie.

Seine Lider wurden schwer. »Wir können nicht länger warten«, sagte er. »Die Kugel muss jetzt raus.«

»Wir haben keine Schmerzmittel«, wandte sie ein. »Nichts, um die Wunde zu nähen. Keine Verbände. Die Sachen sind noch nicht da. Ich will nicht, dass der Page mittendrin reinplatzt.«

Es klopfte an der Tür, worauf sie einen erleichterten Seufzer ausstieß. Er zwang sich, nach einer Waffe zu greifen. Cassandra starrte die Pistole an, sagte jedoch nichts, rutschte vom Bett und eilte zur Tür.

»Sekunde bitte«, rief sie. Dann hielt sie lange genug inne, um ihre schmutzige Jacke von sich zu schleudern und sich die Hände abzuwischen, ehe sie ein sauberes T-Shirt überzog. Sie schnappte sich die Handtasche mit dem Bargeld und öffnete leise die Tür. Er hörte, wie der Page fragte, ob es ihr gut gehe, und sie von einem Sturz murmelte und sich eine Fahrt zur Notaufnahme aus dem Ärmel schüttelte, um eine Erklärung für die Verbände zu haben. Kurz darauf zog der Page von dannen, und sie rollte ein Wägelchen herein. Michael legte die Waffe nieder, die plötzlich schwerer wog als sonst.

Cassandra kroch an seine Seite und gab ihm eine Flasche Wodka. »Nicht gerade das beste Schmerzmittel, vor allem nicht bei deinem Stoffwechsel, aber besser als nichts. Trink ihn, solange ich heißes Wasser hole. Ich weiß, dass Alkohol bei dir nicht wirkt, aber, na ja, vielleicht geht es, wenn du schnell und viel trinkst. Einen Versuch ist es wert.«

Als sie davonhuschte, spülte er den Wodka hinunter, auch wenn er ihn verabscheute. Er fluchte. Die klare Flüssigkeit rann brennend seine Kehle hinab, wobei ihm nicht entging, dass die ahnungslose Cassandra ironischerweise ausgerechnet Wodka gewählt hatte. Es war, als würde ihn sein Vater aus dem Grab heraus auslachen und Michael daran erinnern, dass seines Vaters Blut in seinen Adern floss, egal, was er tat oder wohin er ging.

Cassandra kam zurück und stellte das Wasser zu den anderen Sachen auf den Nachttisch, die sie schon bereitgelegt hatte. Sie atmete tief durch.

Er bemerkte ihre Bedenken. »Je eher wir das erledigen«, sagte er, »desto schneller heilt es.«

»Ich weiß«, erwiderte sie ernst. »Ich weiß.«

Er nahm noch einen langen Zug aus der Flasche, schraubte sie zu und gab sie ihr. Seine Wunde musste nicht mit dem Alkohol sterilisiert werden, da er sich keine Infektionen zuziehen konnte. »Hab ich dir schon erzählt, wie sehr mein Vater Wodka-Martini geliebt hat?«

Ein entsetzter Ausdruck huschte über ihr Gesicht. »Du hast nie von deinem Vater gesprochen.«

Oder von der Mutter, die seinen Mut gehasst hatte. Sie hatte zwar nicht direkt gesagt, dass sie ihn hasste, jedoch ließ sie weder etwas von sich hören, noch zeigte sie Interesse an ihm und seinem Leben. Was für ihn nach Hass klang.

Michael streckte Cassandra das Messer entgegen. Als sie danach griff, ließ er nicht los. Ein Teil von ihm wollte den Versuch einer Erklärung wagen, doch es würde nichts daran ändern, wer oder was er war. Er ließ locker und drehte sich auf die Seite, wobei er es irgendwie schaffte, das Handtuch an seinem Platz zu halten. »Ich hab dir von meinem Vater erzählt«, sagte er. »Ich erinnere mich genau, gesagt zu haben, dass er ein Mistkerl war.«

Sie presste die Hand auf das Handtuch. »Ich hab's. Ja, jetzt da du es erwähnst, erinnere ich mich ziemlich deutlich an die Mistkerl-Beschreibung.« Sie konzentrierte sich wieder auf die eigentliche Sache. »Okay. Packen wir's an. Ich versuche als Erstes die Kugel zu finden.« Sie hob das Handtuch an und wischte unaufhörlich Blut weg, um einen Blick auf das Geschoss erhaschen zu können. Zitternd stieß sie die Luft aus. »Ich muss die Haut zurückziehen.«

»Tu, was du tun musst.« Sie schritt zur Tat, und er zuckte und grunzte, als die Patrone an seinen Rippen entlangschabte.

»Tut mir leid«, raunte sie. »Sie sitzt tief, Michael. Ich komme so nicht an sie ran. Ich muss schneiden.« Mit verzweifelter Miene presste sie das Handtuch auf die Wunde und beugte sich über ihn. »Ruf Hilfe. Wir brauchen einen Arzt. Du brauchst unbedingt was gegen die Schmerzen. Ich bestehe darauf.«

Mit letzter Kraft streckte Michael die Hand nach oben aus, ließ die Finger durch ihr Haar gleiten und zog sie an sich. »Hör zu«, sagte er, während er ihr tief in die Augen blickte. »Du *musst* es machen. Es gibt sonst niemanden.«

»Ein Arzt ...«

»Die Renegades haben nur menschliche Ärzte. Damit will ich sagen, dass sie nicht mit dem Wind kommen können und ich nicht warten kann, bis sie im Flugzeug sitzen. Du musst es tun.«

Sie holte Luft und schüttelte mit bebender Unterlippe den Kopf. »Ich hasse das so sehr.«

Damit sind wir schon zwei, dachte er, als er sie losließ und sich wieder hinlegte. Seine Lider flatterten, während ihm die Augen schwer wurden und sich das Zimmer plötzlich zu drehen begann. Er hatte schon zu viel Blut verloren. Wie hatte er überhaupt so lange durchhalten können? Er schluckte und versuchte die aufkeimende Übelkeit niederzukämpfen.

»Bereit?«, fragte sie.

Mit knirschenden Zähnen zwang Michael seinen Magen, sich zu beruhigen. »Ja.«

Sie gab ihm keine Zeit, es sich anders zu überlegen. Stahl durchtrennte sein Fleisch, gefolgt vom umgehenden sauren Brennen aus Schmerz. Er versteifte sich. Schweiß brach ihm auf dem Rücken aus, auf dem Gesicht, am ganzen Körper. Ihm wurde vage bewusst, dass Cassandra weinte und dennoch weitermachte, immer noch tat, was getan werden musste. Dann stieß sie auf die Kugel. Obwohl er sich bemühte, stillzuhalten, zuckte sein Körper. Er konnte kaum einen Schrei zurückhalten, als der Schmerz seine Nervenenden spaltete.

»Es tut mir leid«, flüsterte Cassandra, kurz bevor die Klinge noch einmal in sein Fleisch schnitt und ihre Finger in ihm wühlten. Vor seinen Augen tanzten winzige Lichtimpulse, in seinem Kopf, seinen Extremitäten, bevor sich die Dunkelheit bleiern über ihn senkte. Er geriet in Panik – was er normalerweise nie tat. In Gedanken kratzte er sich durch die Dunkelheit. Wer würde Cassandra beschützen, wenn er jetzt ins Gras biss? Doch es war zu spät – alles wurde schwarz.

Einige Stunden nach Michaels Operation hockte Cassandra auf der Bettkante und kühlte seine Stirn mit einem feuchten Lappen, bangte um ihn, wusste nicht, was sie tun sollte. Sie hatte den Heilungsprozess der GTECHs schon oft beobachtet, der von prickelnder Haut bei kleinen Schnitten bis zu heftigen Muskelkrämpfen bei größeren Verletzungen reichte. Aber noch nie hatte sie solche Qualen erlebt, wie Michael sie durchlitt. Er hatte hohes Fieber, seine Muskeln zuckten und krampften. Sie konnte sie unter der Haut pulsieren sehen.

Von Sorge übermannt, legte sie den Kopf auf seine Brust. Wie viele Schmerzen dieser Art konnte sein Herz bewältigen? Was, wenn die Patrone vergiftet gewesen war?

Sie musste Hilfe rufen, und die einzige Person, die sie informieren konnte, war Caleb. *Das Handy,* dachte sie. Michael musste eines bei sich haben. Vielleicht hatte er Calebs Nummer gespeichert. Sie durchsuchte seine Hose und fand tatsächlich ein superschlankes Telefon in der vorderen Tasche.

»Ja«, flüsterte sie, kramte das Handy heraus und ging rasch die gespeicherten Nummern durch. Ihr Herzschlag setzte aus, als sie auf Adams stieß. Sein Name verursachte einen Krampf in ihrem Magen, und sie konnte nicht anders, als die Anrufliste zu durchstöbern. Diesmal drehte sich ihr der Magen um. Er hatte sich vor kurzem bei Adam gemeldet. Als sie Datum und Zeit überprüfte, überschlugen sich ihre Gedanken. *O mein Gott.* Er hatte an jenem Abend mit Adam gesprochen, als er sie in Washington in der Toilette aufgesucht hatte. Da hatte er behauptet, die Zodius bereits verlassen zu haben. Mit wem hatte sie denn nun telefoniert? Caleb oder Adam?

Michael setzte sich unvermittelt auf. Überzeugt, dass er gleich das Handy packen würde, schnappte Cassandra überrascht nach Luft. Stattdessen stand er auf und stolperte vornübergebeugt ins Badezimmer – ihm war übel. Sie rannte ihm nach.

Er kauerte vor der Toilettenschüssel und übergab sich. Cassandra suchte am Türknauf Halt, zwang sich, nicht zu ihm zu gehen, auch wenn ihre Instinkte danach verlangten.

Das Telefon immer noch in der Hand, überlegte sie, ob sie Caleb anrufen sollte. Hilfe rufen oder warten, bis es ausgestanden war? Michael würgte ohne Unterlass, ihm war so übel – zu übel. Ihr Verstand raste, während die Angst sie entzweiriss. Sie hatte gehört, wie Lucian eindeutig klargestellt hatte, dass Michael nicht mehr zu den Zodius gehörte. Doch was, wenn das Ganze ein abgekartetes Spiel war? Was, wenn er sich nicht von ihnen abgewendet hatte? Das sollte sie mehr als alles andere dazu bewegen, sich bei Caleb zu melden, doch Gott steh ihr bei, so war es nicht. Was würde Caleb mit Michael machen, wenn er doch ein Zodius war? Und noch wichtiger: Warum kümmerte es sie überhaupt?

11

Michael setzte sich keuchend auf, sah sich im Zimmer um und registrierte, dass er auf dem Boden des Badezimmers hockte. *Allmächtiger!* Und Cassandra war bei ihm. Während er sich zu orientieren versuchte, atmete er tief durch.

»Ganz ruhig«, raunte sie. Als sie über seine Brust strich, nahm er die leichten, mit der Heilung einhergehenden Krämpfe wahr.

Ihr Duft – weich, weiblich, unverkennbar Cassandra – stieg ihm in die Nase und beförderte ihn wieder ins Hier und Jetzt. Erinnerungsfetzen stürmten auf ihn ein. Der Angriff, das Geschoss. Stundenlang hatte er sich über die verfluchte Kloschüssel gekrümmt, während Cassandra ihn beruhigt hatte. »Wie lange war ich weg?«

»Etwa sechs Stunden«, erwiderte sie.

»Mist«, murmelte er. Er musste sich bei Caleb melden. Er griff in seine Tasche und stellte fest, dass sie leer war.

Als er sich aufrappeln wollte, packte Cassandra seinen Arm. »Dir ging es so schlecht, wie ich es noch bei keinem GTECH erlebt habe, Michael.«

»Mir geht's gut«, sagte er und berührte ihre Wange. Verflixt. »Die heilende Krankheit ist bei vielen GTECHs schlimmer geworden. Wenn sie vorbei ist, hat man's aber endgültig überstanden.« Er stand auf, bewegte die Arme und tastete über die geheilte Stelle. »Ich bin schon fast gesund. Ich bin nur geschwächt und hungrig.« Er streckte Cassandra die Hand hin und half ihr auf.

»Wovon wird die Reaktion ausgelöst?«, fragte sie. Sie wirkte müde. Sie hatte nicht geschlafen, auf der blassen Haut unter den Augen prangten dunkle Ringe. »Es war schlimm, Michael. Ich hatte Angst, dass dein Herz die Schmerzen nicht bewältigen kann.«

»Die Ärzte wissen es nicht, arbeiten aber daran. Bisher haben sie einen extremen Vitamin-C-Mangel entdeckt, der während des Heilungsprozesses besonders ausgeprägt ist.« Er klopfte seine Taschen ab. »Hast du mein Handy gesehen?«

Sie starrte ihn etwas zu lange an, bevor sie erwiderte: »Nachttisch.«

Mit einem Stirnrunzeln registrierte Michael, dass etwas nicht stimmte, schüttelte das Gefühl ab und kehrte ihr den Rücken zu. Das Gespräch mit Caleb war wichtiger. Er stapfte ins Schlafzimmer und verzog beim Anblick des auf dem gesamten Bett verteilten Bluts das Gesicht. Damit würde er sich noch befassen müssen, bevor sie auscheckte.

Er schnappte sich das Telefon und warf einen Blick auf die Uhr. Erst sechs Uhr früh. Als er gerade die Taste betätigen wollte, auf der Calebs Nummer gespeichert war, fragte Cassandra hinter ihm: »Welchen Bruder rufst du an?«

Michael erstarrte und drehte sich um. Beim Anblick ihres bleichen Gesichts verengte er die Augen. Sie wirkte auf unerklärliche Weise zerbrechlich, was ihn sofort mit Sorge erfüllte, weil es ihr so gar nicht ähnlichsah. »Was soll das heißen, Cassandra?«

»Ich wollte Hilfe rufen und habe sowohl Calebs als auch Adams Nummer im Speicher gefunden. Ich wusste nicht, wer dir hilft und wer dir an den Kragen will.«

Er schnappte nach Luft. Zorn wallte in ihm auf, als ihm dämmerte, worauf sie anspielte. »Vielleicht hättest du mir eigenhändig den Hals umdrehen sollen, als du die Gelegenheit dazu hattest.«

»Vielleicht«, spie sie ihm entgegen. »Du hast Adam an jenem Abend angerufen, als wir uns getroffen haben. Dem Abend, als wir … du weißt schon – in der Toilette. Und dennoch hast du behauptet, die Zodius verlassen zu haben. Mit wem habe ich also telefoniert? Adam oder Caleb?«

Es gab nichts, was er Cassandra sagen konnte, also wählte er Calebs Nummer und kehrte ihr den Rücken zu.

Als Caleb abnahm, legte er direkt los. »Es gibt Probleme.« Er schilderte seine Bedenken hinsichtlich der neuen Waffentechnologie und berichtete von der Verbindung zwischen Brock und Lucian. Schließlich verlangte er: »Hol Sterling. Jemand muss Cassandra davon überzeugen, dass ich ein Renegade bin. Es muss jemand sein, dessen Stimme und Aussehen nicht deinem Bruder ähneln ...« Er zögerte. »Und er soll ihr das Datum der letzten Nacht nennen, die ich in Zodius verbracht habe.«

Er drehte sich um, Cassandra stand immer noch in der Tür des Badezimmers. Als er ihr unter einem spannungsgeladenen Knistern das Telefon hinstreckte, begegneten sich ihre Blicke. »Um eines gleich klarzustellen, das ist der Abend, bevor wir uns in der Toilette des Hotels getroffen haben. Du hättest genauer hinsehen sollen. Wahrscheinlich warst du zu erpicht darauf, mich zu verurteilen. Rede selbst mit Sterling.« Cassandra kannte Sterling noch aus Area 51 und hatte gehört, dass er sich den Renegades angeschlossen hatte. »Frag, was du fragen musst. Hol dir den Seelenfrieden, den ich dir nicht geben kann.«

Ihre hübschen Gesichtszüge waren von Kummer entstellt. »Ich weiß nicht, was du von mir willst, Michael.« Ihr Ton klang durch die Nervosität schärfer. »Wie kannst du erwarten, dass ich nicht an dir zweifle?«

»Ich würde dich für eine Idiotin halten, wenn es nicht so wäre. Vertrau dich Caleb an, nicht mir.«

Das war es also: Er wollte ihr Misstrauen und ihren Hass auf sich ziehen. Er suchte einen Weg, sich davonschleichen zu können, ohne ihr wehtun zu müssen. Er würde sie nach Sunrise City bringen und sich anschließend aus dem Staub machen.

Sobald er sie in Sicherheit wusste, würde er mit Vollgas das Weite suchen und aus der Ferne für Caleb arbeiten.

Sie atmete tief durch, ging auf ihn zu und nahm das Handy. »Hallo«, sagte sie. Sie sprach leise und schien sich unwohl zu fühlen. Dann beendete sie das Gespräch und gab ihm das Telefon zurück.

Michael ließ sich von Caleb kurz bestätigen, dass es ihm gut ging, und legte auf. Er zog es vor, später mit Cassandra darüber zu diskutieren, ob oder was zwischen ihnen war – oder gar nicht erst damit anzufangen –, klappte das Handy zu und wechselte das Thema.

»Wo ist die Patrone?«

Sie schüttelte den Kopf. »Das sieht dir ähnlich. Du hast bloß diese Kugel im Kopf. Wir reden nicht über das, was …«

»Du brauchtest eine Bestätigung von Sterling«, erwiderte er kalt, »weil du mir nicht vertraust. Es ist auch besser, mir *nicht* zu vertrauen. Und damit basta.«

Sie starrte ihn mit offenem Mund an. »Das war's?« Sie holte tief Luft. »Ach so. Ich verstehe. Wir führen also eine rein geschäftliche Beziehung. Rede mit Caleb. Treibe Red Dart auf. Halt das Persönliche aus der Sache raus. Es sei denn, es kann mich zur Mitarbeit bewegen. Alles nur, um deinen Auftrag zu erfüllen. Richtig? Ein bisschen Küssen und Fummeln. Oh, klar. Warum nicht gleich ein kleiner *Fick*, wenn du schon dabei bist? Damit ich auch ganz sicher nach deiner Pfeife tanze. Was du dir übrigens sparen kannst. Ich will Adam nicht nur aufhalten, sondern dir beweisen, dass du völlig auf dem Holzweg bist. Adam hat diese Foltergeschichte doch nur erfunden, damit die Regierung mit den Renegades bricht. Aber bitte, wie du willst, dann lassen wir das Persönliche eben! Mach Schluss … mit uns. Zieh einen Schlussstrich unter unsere Vergangenheit. Begrab alles außer dem Geschäftlichen.«

Als sie ihm langsam den Rücken zuwandte, wusste er, dass es besser war, sie in zu Ruhe zu lassen. Doch er konnte nicht. »Cassandra. Warte doch.« Sie hielt inne, weigerte sich jedoch, ihn anzusehen. Keiner sagte etwas, die Luft wurde immer dicker, bis er das Schweigen schließlich brach und leise sagte: »Du bist mein Lebensband, ich würde für dich sterben.«

Sie machte eine halbe Umdrehung, in den Tiefen ihrer grünen Augen glitzerte Zorn. »Du hast zwei Jahre kein Lebenszeichen von dir gegeben«, sagte sie. »Also spar dir das Gequatsche von diesem Lebensbandmist, denn es bedeutet offensichtlich gar nichts. Du bist Soldat, Michael. Du würdest für deine Aufgabe sterben, und momentan bin ich ein Teil davon. Auch wenn ich keine Ahnung habe, worum es genau geht. Du warst mit mir in Groom Lake, und anschließend hast du dich dünnegemacht. Erst warst du Zodius, jetzt bist du Renegade. Ich weiß nicht, wer du bist. Vielleicht weißt du es ja selbst nicht.« Sie ließ ihn nicht zu Wort kommen. »Deine verfluchte Kugel liegt in dem Glas beim Bett. Sie ist grün und gezackt. So etwas habe ich noch nie gesehen. Ich gehe duschen. Ich darf meinen Flug nicht verpassen.« Sie trabte ins Bad und knallte die Tür hinter sich zu.

Vermutlich war nun nicht gerade der günstigste Zeitpunkt, um ihr mitzuteilen, dass sie den Flug nicht nehmen würde, dachte Michael, als die Tür krachend ins Schloss fiel. Es war auch nicht der richtige Moment, um ihr zu schildern, dass ihn nicht quälte *wer*, sondern *was* er war. Kein normaler Mensch war in der Lage, mit dem Wind zu kommunizieren oder die namenlose, heranwachsende Macht wahrzunehmen, die unter Umständen mit dem Wind zusammenhing. Zudem war kein anderer Renegade auch nur annähernd so entartet, um die Brutalität ertragen zu können, die das Leben bei den Zodius nach sich zog.

Bis auf Weiteres hatte er jedoch nicht vor, darüber zu reden, falls er es überhaupt je tun würde. Sie hatte weder geschlafen noch gegessen und dank seiner Rückkehr einiges in Kauf nehmen müssen. Ganz zu schweigen von der Tatsache, dass Adam ihren Tod befohlen hatte. Er würde sie auf jeden Fall nach Sunrise City ins Hauptquartier der Renegades bringen, damit sie dort untertauchen konnte. Dann hatte sie einen weiteren Grund, um ihn zu hassen. Was einerseits hart war, andererseits aber eine gute Seite hatte. Er wollte ihren Hass auf sich ziehen, denn der hielt ihn wenigstens davon ab, die Beherrschung zu verlieren, sie aufs Bett zu werfen und zu vögeln, als gäbe es kein Morgen. Und anschließend auch noch so dumm zu sein, ihr seine Liebe zu gestehen.

Apropos Bett. Er nahm den Telefonhörer ab und wählte die Nummer der Rezeption. Sein T-Shirt hing in Fetzen, die Hose war voller Blut – er brauchte unbedingt neue Kleidung, um keine unerwünschte Aufmerksamkeit auf sich zu ziehen. Wie erwartet verhalf ihm das Versprechen auf ein großzügiges Trinkgeld zu neuer Garderobe. Er bestellte auch noch Orangensaft und legte auf. Oberste Priorität war es nun, seinem Stoffwechsel Nährstoffe zuzuführen, damit er vollständig heilen konnte. Und er musste sich das Blut vom Hals schaffen, was blöderweise die Matratze mit einschließen könnte. Das würde sich auf eine stattliche Summe Bargeld belaufen, was ihm allerdings ziemlich egal war. Das Geld stammte aus dem Erbe seines Vaters, er hatte das meiste wohltätigen Zwecken zukommen lassen, und mit dem Rest finanzierte er nun die Renegades. Deren eigene Ressourcen reichten nicht aus, und von den Finanzspritzen der Regierung wollte man sich nicht abhängig machen. Nicht solange sich die Zodius mit irgendwelchen Privatgeldern finanzierten, die sie sich mittels Machtversprechen oder Drohungen beschafften.

Er fischte die grüne, gezackte Kugel aus dem Glas. Als er die gummiartige Beschaffenheit fühlte, wurde ihm eiskalt. »Hallo

Mutter«, murmelte er bitter. Die Technologie war ihm nur allzu vertraut. Nach dem Tod seines Vaters hatte Michael ein Aktienpaket der Firma geerbt, was ihm noch immer sauer aufstieß. Als er herausgefunden hatte, dass sein Vater Waffen an Terroristen verschacherte und seine Mutter ihn auch noch in Schutz nahm, hatte er den Kontakt zu beiden abgebrochen. Seine Mutter hatte beteuert, sein Vater sei ahnungslos gewesen, und dann hatte sie Michael der Lüge bezichtigt. Bis zu seinem Tod war sein Vater nicht von der Meinung abgerückt, dass Michael zurückkäme, weil der Apfel nun mal nicht weit vom Stamm fiele. Wenn die Army erst einen Mann aus ihm gemacht habe, würde Michael schon zum richtigen Leben zurückfinden.

Michael wies es nicht mal von sich, seinem Vater zu ähneln – er spürte und akzeptierte es sogar. Im Prinzip war ihm klar, dass er seine Gefühle verdrängte und manchmal auf eine Weise handelte, wie es andere nicht vermochten. Diesen Teil seiner Persönlichkeit erstickte er so gut wie möglich, gab ihm keine Möglichkeit zu wachsen oder sich zu festigen.

Michael hatte die Aktien so schnell wie möglich abgestoßen, jedoch nicht, ohne vorher ausgiebige Nachforschungen anzustellen, welche Operationen und Kontakte damit verbunden waren. Er hatte sich Einblick in die öffentlichen Daten der Green Hornets verschafft, die preisgaben, dass während der Testphase schon Munition produziert worden war, man das Projekt jedoch offenbar vorübergehend eingestellt hatte. Natürlich. Die Green Hornets stammten von Taylor. Das konnte nur bedeuten, dass seine Mutter Adam belieferte, und wenn sie es seinem Vater gleichtat, bediente sie auch die Army. Schließlich war es das Vermächtnis der Taylors, Blut im Namen des Geldes zu vergießen.

Unter der heißen Dusche presste Cassandra die Hände vors Gesicht und kämpfte die aufsteigenden Tränen nieder. Sie war verwirrter als je zuvor. Das Wiedersehen mit Michael zerriss sie innerlich. Sie war sich ziemlich sicher, dass sie ihn liebte und schon immer geliebt hatte. Vermutlich war sie deshalb so durcheinander.

Sie musste an sein Versprechen denken – *Ich würde für dich sterben* – und stieß ein bitteres Lachen aus. Ganz bestimmt. Als würde dieser Mann den Tod nicht jeden Tag aufs Neue einladen. Sie stellte lediglich eine Verpflichtung für ihn dar, und bei Michael drehte sich alles nur um Verpflichtungen. Soldaten waren wie Schmerzen. Ihre Mutter hatte sie gewarnt und recht behalten.

»Zum Teufel mit dir«, flüsterte sie, als ihre Gedanken zu dem Tag am Fahrstuhl zurückschweiften und daran, wie umwerfend sexy er gewesen war. *Ich hätte davonlaufen sollen.* Innerlich bebend legte sie wieder das Gesicht in die Hände. Hier ging es nicht um sie und Michael, sondern darum, die Welt vor Adam in Sicherheit zu bringen. Wie hatte sie sich überhaupt davonschleichen und so tun können, als existierte so etwas Großes nicht?

Nun blieb ihr nichts anderes übrig, als zu hoffen und zu beten, dass die Vorwürfe gegen ihren Vater haltlos waren. Er war alles, was sie hatte. Er war der Held eines kleinen Mädchens gewesen, den sie nach dem Albtraum in Area 51 verloren geglaubt hatte. Sie fand, dass er eine Chance verdient habe, Vergangenes wiedergutzumachen, und dabei wollte sie ihm helfen. Ihr war bewusst, dass es keine andere Möglichkeit gab, als die Zodius hinter Gitter zu bringen. Sie waren Terroristen, die ein Verbrechen an der Menschheit begingen. Dennoch lehnte sie es ab, sie zu foltern. Es wäre einfach unmenschlich.

Auf ihre eigene Weise waren alle GTECHs – Zodius und Renegades – Opfer der Experimente der Regierung, noch dazu unfreiwillig. Man hatte behauptet, ihnen Impfungen zu injizieren. Sie hatten es nicht verdient, gefoltert zu werden, und sie würde Sorge dafür tragen, dass sich ihr Vater nicht daran beteiligte. Trotzdem musste sie sich eingestehen, dass sie Zeuge geworden war, als sich ein machthungriger Mann nach Kräften bemüht hatte, die eigene Haut zu retten und seine Stellung wiederzugewinnen.

Während Cassandra das Wasser abdrehte, fasste sie einen Entschluss. Sie würde den Flug nehmen und die Festplatte kopieren. Wenn Brocks Computer alle Daten enthielt, die Red Dart betrafen, würde sie beweisen können, dass kein Foltermechanismus existierte. Es war kinderleicht: Sie musste nur kurz die Festplatte auf einen USB-Stick ziehen. Anschließend würden sich die Renegades und die Regierung wieder gemeinsam auf Adams Niederlage konzentrieren.

Cassandra trocknete sich gerade ab, als ihr der Schreck in die Glieder fuhr. Sie kniff die Augen zusammen. Ihre Kleider lagen ja noch im anderen Zimmer – *bei Michael*. Na großartig. Sie konnte entweder in die blutigen Sachen schlüpfen – nicht gerade verlockend – oder in ein Handtuch gewickelt durch das Zimmer zu ihrem Koffer stolzieren. Erinnerungsfetzen von ihr selbst und Michael schossen ihr durch den Kopf, Bilder davon, wie sie sich aneinandergepresst wild liebten. Lieber nicht. Das Handtuch war keine gute Idee. Dann schon lieber der Bademantel. Sie würde Michael bitten, ihn aus ihrem Koffer zu holen.

Cassandra rubbelte sich rasch die Haare trocken und öffnete die Tür einen Spalt. »Michael?« Keine Antwort. »Michael?« Immer noch nichts. Ein Anflug von Angst ergriff Cassandra. War er zusammengebrochen? »Michael!« Sie riss die Tür auf, hielt sich das Handtuch vor den Körper und blickte in das Zimmer, während ihr Herz einen üblen Rhythmus gegen den Brustkorb trommelte. Die Laken und Decken waren vom Bett verschwunden, die Matratze entweder gewechselt oder umgedreht worden.

Sie durchsuchte den Raum, konnte Michael jedoch nirgends

entdecken. Zwar lag er weder tot noch sterbend am Boden, was eine Erleichterung war, aber er war dennoch unauffindbar. Ihr stockte der Atem. Hatte er sich schon wieder ohne ein Wort aus dem Staub gemacht?

Plötzlich öffnete sich die Balkontür, und die dunklen geblümten Übergardinen bauschten sich im Wind, während die Vorhänge darunter wild flatterten. Michael betrat das Zimmer, und der Wind erstarb. Er wirkte wie ein Krieger – gefährlich und atavistisch. Abgesehen von den Verbänden, die sie um seinen Bauch gewickelt hatte, war er bis zur Taille nackt. Seine tief sitzende Jeans entblößte definierte Bauchmuskeln. Er war barfuß, das lange schwarze Haar fiel ihm lose auf die Schultern.

Obwohl bewiesen war, dass er nicht zu den Zodius gehörte und es keinen Grund gab, ihn zu fürchten, hatte sie dennoch Angst – solche Angst, dass sie kaum noch atmen konnte. Ihre eigenen Wünsche flößten ihr Angst ein ebenso wie das Unvermögen, diesem Mann zu widerstehen, obwohl klar war, dass er sie bei nächster Gelegenheit wieder verletzen würde. Während diese Erkenntnis auf sie einstürmte, musterte er sie unter schweren Lidern. Ihre Knie wurden weich.

Aus ihrer Mitte entsprang eine Hitze, die sich wie ein Lauffeuer im übrigen Körper ausbreitete. Ihre Brustwarzen wurden steif, ihre Schenkel schmerzten. Inmitten der sich von innen nach außen fressenden Flammen spürte sie Erleichterung darüber, dass er nicht gegangen war – ganz gleich, wie sehr sie nach dem Gegenteil verlangen sollte.

Sie hatte zwei Möglichkeiten: Entweder würde sie auf ihre Nacktheit pfeifen und schnurstracks zu ihren Klamotten marschieren – oder auf dem Absatz kehrtmachen und ins Bad stürmen. Sie durfte auf keinen Fall den Flug und somit die Chance, an Brocks Computer zu kommen, verpassen. Außerdem sah Michael sie nicht zum ersten Mal so knapp bekleidet.

»Ich hab nach dir gerufen. Du hast nicht geantwortet«, sagte sie. Flatternd suchte ihr Blick den seinen. Ihr ohnehin schwacher Mut schwand unter der emporsteigenden Hitze, ihre Stimme klang kratzig und fremd. Sie drückte sich den Frotteestoff fester an die Brust. »Ich hatte schon Angst, dass es dir wieder schlechter geht.«

Während er sie schweigend anstarrte, strahlte er etwas Animalisches aus, etwas Nervöses, Finsteres – Mächtiges. Sexy. So verflucht sexy. Während sie die sinnliche Berührung seiner dunklen Augen völlig konfus machte, sogar erregte, schluckte sie schwer. »Sag doch was, verdammt!« So viel dazu, einen kühlen Kopf bewahren und cool bleiben zu wollen.

Michael sagte kein Wort – schweigend thronte er vor ihr und hielt ihrem Blick ungerührt stand. Sexuelle Spannung knisterte zwischen ihnen und wirkte wie ein Magnet, Widerstand war zwecklos. Das beiderseitige Verlangen war schon immer intensiv gewesen; allerdings brannte das Feuer durch ihre Verbindung um weitere zehn Grad heißer und verwandelte das Verlangen in etwas Dunkleres. Als hätte es ein Eigenleben und einen eigenen Verstand.

Verzweifelt wandte sie den Blick ab und steuerte auf den Schrank zu. Ihn zu berühren wäre ein Fehler. Es würde ihr Urteilsvermögen trüben, und sie wäre nicht mehr in der Lage, den Mann hinter dem Lebensband einschätzen zu können. Nach nur wenigen Schritten stand er bei ihr und zog sie in seine Arme.

»Du hast doch nicht ernsthaft geglaubt, dass es mich kalt lässt, wenn du im Handtuch hier hereinspazierst, oder?«, knurrte er, bevor er ihre Lippen mit einem Kuss verschloss.

Als sich ihre Münder endlich berührten, gab sich Cassandra Michael und seinem heißen, hungrigen Kuss hin. Sein würziger, männlicher Duft schien wie ein Aphrodisiakum durch ihre Adern zu strömen. Ihre Hände lagen überall auf seinem Körper, seine auf ihrem. Es war wild, lustvoll, suchterzeugend. Unmöglich, es zu verstehen oder dagegen anzukämpfen. Hände wühlten durch Haare. Zähne knabberten, Lippen liebkosten.

Als das Handtuch verschwand, drückte sich ihr Busen an seine nackte Brust. Er streichelte sie, wölbte die Hand um ihren Hintern und hob sie kurzerhand hoch, während sich die andere Hand in ihr Haar wühlte. An seinen Hals geklammert, schlang sie ihm die Beine um die Taille. Sie sträubte sich nicht, sondern krallte sich sogar an ihm fest. Ihr verzweifelter Wunsch, ihn bei sich und in sich spüren zu wollen, war größer als der, vor ihm zu fliehen.

Ein winziges Stückchen Realität stahl sich in ihre Gedanken, und sie zog ihn an den Haaren von sich. »Du hast mich verlassen«, flüsterte sie heiser. »Du hast mich ohne ein Wort verlassen.«

Ihre Blicke, so zügellos und gefühlvoll wie ihre Leidenschaft, begegneten sich. »Du hast keine Ahnung, wie oft ich mich danach gesehnt habe, dich so zu spüren«, sagte er kehlig. »Wie hart ich allein beim Gedanken daran wurde.«

Die Hingabe in seinen Worten ließ sie erzittern, doch dadurch wurde weder etwas gelöst noch erklärt – was ihren Körper nicht im Geringsten interessierte. *Frag nichts, was du nicht beantwortet haben willst*. Nicht jetzt.

»Zeig es mir«, forderte sie. »Zeig es mir jetzt.«

Sie konnte einfach nicht genug von ihm bekommen. Sein Mund legte sich so hart, feurig und dominant wie er selbst auf ihren, und sie nahm ihn mit der Atemluft auf. Sein Kuss barg keine Zärtlichkeit in sich. Rohe animalische Leidenschaft brannte die Vergangenheit nieder und ließ lediglich diesen Moment zurück. Und den nächsten.

Sie fiel rücklings aufs Bett, und seine massive, männliche Gestalt beherrschte sie, während seine Lippen vom Kiefer zum Hals wanderten. Er drückte ihre Brüste zusammen, spielte mit der Zunge an den Nippeln, saugte und leckte, bis sie sich aufbäumte. Er zwirbelte die strammen Nippel zwischen den Fingern, zog und zwickte daran und bereitete ihr unendlich viel Lust. Sie keuchte, beobachtete ihn staunend. Die Hände noch immer auf ihre Brüste gelegt, hob er den Kopf und sah ihr in die Augen. Die Zeit schien stillzustehen, als unbeantwortete Fragen und unausgesprochene Worte wie ein Bann zwischen ihnen aufloderten. Michael wand sich aus ihrer Umarmung und stand auf.

Aufgewühlt stützte sich Cassandra auf die Ellbogen. Ihre Beine waren immer noch gespreizt – hier wollte sie ihn haben.

Sie beobachtete, wie er Jeans und Unterwäsche an kraftvollen Beinen und nackten Füßen hinabschob, bis er in all seiner Pracht dastand und sein Schwanz groß und bereit hervorragte. Cassandra atmete lustvoll ein und rutschte so zielsicher auf ihn zu, wie er nach ihr griff. Er stützte die Beine auf den Rand der Matratze, als sie sich in einem innigen, ungestümen Kuss vereinigten. Mit einer Hand hob er ihren Hintern an, liebkoste eine Backe und glitt an der Spalte entlang.

Cassandra schlang sich erneut um Michael, schmiegte die Arme um seinen Hals. Seine Erektion zwischen ihren Beinen, stöhnte sie in seinen Mund hinein und konnte es kaum noch erwarten, ihn in sich zu spüren. Er fasste zwischen ihre Schenkel, liebkoste mit Fingern und Schwanz das empfindliche Fleisch, ehe er seine pulsierende Erektion tief in ihr vergrub. Sekundenlang schmiegten sie sich aneinander, innig miteinander verbunden, während ihr Körper von seinem bedeckt wurde. Nie zuvor war es so gewesen, und jeder Zentimeter ihres Körpers prickelte vor Lust.

Michaels Lippen strichen gemächlich über ihre, während sein Schwanz langsam in sie hineinglitt. Er stieß hart zu, und Cassandra keuchte vor Lust, Erfüllung und Begierde in seinen Mund hinein. In einem leidenschaftlichen Rausch wogten und stießen ihre Hüften ekstatisch zu. Mit einem langen, harten Stoß sanken sie auf der Matratze nieder. Michael spreizte sie mit seinen langen, muskulösen Beinen und forderte, was sie mit Freuden tat – sich für ihn zu öffnen.

Wild und hemmungslos ritten sie einander, ließen ihre Hände forschen, liebkosen und krallen. Sie bäumte sich auf, presste ihre Hüfte an ihn, wölbte sich ihm entgegen, verlangte verzweifelt nach mehr. Verlangte nach mehr als dem Drängen seines Schwanzes, und dann begriff sie mit den entlegensten Winkeln ihres Verstands, dass dies Teil des Bindungsprozesses war. Schon einmal hatte sie so empfunden, jedoch nie auf solche Weise, nie so intensiv und alles verzehrend.

Er löste die Lippen von ihren, sein Haar fiel um ihre Schultern. Als er sie mit dunklen, hungrigen, gequälten Augen anblickte, wusste sie, dass er ebenso empfand und ihr brennendes Verlangen verstand.

Langsam drang Michael ein, sein Schwanz liebkoste sie tief und genüsslich, und sie kam ihm entgegen und neigte die Hüfte, um ihn ganz aufnehmen zu können, ihm noch näher zu sein. Es ging gar nicht nah genug. Wenn sie mehr verlangte, zog er sich zurück und neckte sie, indem er einen gemächlichen, qualvollen Pfad an ihrem sensiblen Inneren entlang nahm. Als nur die Spitze seiner mächtigen Erektion in ihr war, hielt er inne, tauchte wieder ein und wiederholte dieses Spiel so lange, bis sie erneut in wilde Ekstase gerieten.

Am Rande der Erlösung entlangreitend, schlang Cassandra die Beine um Michaels und die Arme um seinen Rücken und stöhnte, als er sie küsste. Ein inniger, quälender Kuss, der sie über die Grenzen der Glückseligkeit hinaustrug. Mit den Bewegungen seiner Zunge und Hüfte machte er ihre Beherrschung zunichte, ihre Muskeln schlossen sich zuckend um seinen Schwanz, während ihr Körper vor Lust bebte. Mit einem gutturalen Stöhnen drang Michael ganz tief ein, vergrub das Gesicht an ihrem Hals und ergoss sich pulsierend in sie.

Während sie einander festhielten, stand die Zeit still. Ihre Körper vibrierten vor Energie, bis sich die Muskeln allmählich lockerten und die Spannung sich löste.

Mit der abebbenden Leidenschaft braute sich eine andere Art Explosion zusammen, die nichts mit Leidenschaft zu tun hatte – zumindest nichts mit dieser. Vielmehr war es eine, die aus einem Dilemma entstand. Ein Dilemma, das allmählich in ihrer Brust hochbrodelte, aus dem Schmerz der Vergangenheit – dem Schmerz, der Michael hieß.

»Geh runter von mir!«, kreischte sie, urplötzlich von Platzangst befallen.

Sie hatten miteinander geschlafen. Na schön. Es war gut gewesen. Trotzdem wollte sie vermeiden, was nun folgen würde; wollte ihm nicht in die Augen blicken und sich weder der Vergangenheit noch der Zukunft stellen müssen.

»Ganz ruhig, Süße«, schnurrte er ihr ins Ohr. »Wozu die Eile?«

Er stützte sich auf die Ellbogen und zwang ihr auf, was sie hatte vermeiden wollen – den Blick in seine Augen. Diese verfluchten Augen, die ihr stets suggerierten, dass nichts außer dem Augenblick eine Rolle spielte. Ihr suggerierten, dass zwischen ihnen etwas Echtes existierte, obwohl sie es doch besser wusste.

Ihre Kehle war wie zugeschnürt, ihre Zunge belegt. »Ich darf den Flug nicht verpassen. Ich muss mich fertig machen.«

Etwas Beharrliches glitzerte in seinen Augen. »Du wirst nicht fliegen.«

Das war ja wohl die Höhe! »Und ob ich fliege«, widersprach sie. »Wir brauchen Brocks Computer.«

»Nein«, erwiderte er. »Brock hat Lucian gesagt, dass er genauso wenig weiß wie wir.«

»Das war vielleicht gelogen«, sagte sie. »Wir dürfen kein Risiko eingehen. Der Rückflug ist die Gelegenheit, um an den Computer zu kommen.«

»Der einzige Ort, an den du gehst, ist Sunrise City, wo ich dich in Sicherheit weiß.«

Sicherheit. *Er* wollte *sie* in Sicherheit bringen. Aber klar doch. Sie funkelte ihn an. »Von Sunrise City aus kann ich Red Dart unmöglich finden. Und was soll ich bitte meinem Vater erzählen?«

»Was du willst«, knurrte er. »Denk dir was aus.«

»Dann gehen uns nicht nur die Dateien, sondern auch Red Dart durch die Lappen!«

»Wir finden eine andere Möglichkeit.«

»Es gibt keine andere. Wir wissen beide, dass du sonst gar nicht erst an mich herangetreten wärst!« Frust brodelte in ihr. »Zwei Jahre lang war es dir scheißegal, wo ich war oder was ich getan habe. Woher nimmst du dir jetzt das Recht, mir irgendetwas vorzuschreiben?«

Mit verkrampftem Kiefer und funkelnden Augen starrte er wütend zurück – er wirkte, als würde er gleich in die Luft gehen und tatsächlich ausnahmsweise zurückbrüllen. Und sie forderte es heraus, weil sie wollte, dass er endlich aussprach, was ihn beschäftigte. Doch er tat es nicht. Stattdessen wälzte er sich von ihr herunter und lehnte sich ans Kopfende.

»Du wirst keinen Fuß in dieses Flugzeug setzen.«

Wieder einmal hatte er dichtgemacht. Mistkerl. Sollte er doch zur Hölle fahren. Als sie sich auf den Knien herumdrehte und ihm zuwandte, entfuhr ihr ein frustrierter Laut. Sie wusste nicht, was sie wütender machte: dass er sie wieder ausgeschlossen hatte oder dass er sich wie ein herrischer, arroganter Arsch aufführte. »Ich gehe, Michael. Und du kannst mich nicht daran hindern.«

»Pass bloß auf«, drohte er finster.

Aufgewühlt schüttelte sie den Kopf. Sie würde sich auf keinen Streit einlassen. Wenn man es überhaupt Streit nennen konnte –

er sprach ja nicht mit ihr. »Nein«, sagte sie herausfordernd. »*Du* passt auf.«

Sie krabbelte zur Bettkante und stapfte zum Schrank. In Nullkommanichts saß er aufrecht und zog sie zwischen seine Beine. Ihre Brustwarzen waren nur Zentimeter von seinem Gesicht entfernt. Seine Hände brannten sich in ihre Hüften ein. Er rieb eine Wange an ihrem Busen, berührte mit den Lippen einen Nippel.

Während sie darum kämpfte, ihren Zorn aufrechtzuhalten, lief ihr ein Schauer über den Rücken. Sie versuchte sich zu entsinnen, warum sie sich anziehen musste. Er leckte über ihren Nippel. Ihre Schenkel kribbelten, ihr Innerstes schmerzte. Das Verlangen wurde größer, und sie kämpfte dagegen an. Sie lechzte nach diesem Mann und seiner Stärke, sogar nach seiner verdammten herrischen, schweigsamen Art. Sie sollte sich dringend Hilfe suchen, denn er würde ihr wieder wehtun. Sie wusste es. Und er vermutlich ebenfalls. Obwohl ihr bewusst war, dass sie sich einen Computer schnappen, vielleicht sogar eine Welt retten musste, zog sie ernsthaft in Betracht, wieder zu ihm ins Bett zu krabbeln.

Sich an den letzten Rest ihrer Entschlossenheit klammernd, verfluchte sie ihre Schwäche und rammte Michael die Faust in die Schulter. »Verdammt, Michael. Ich schlafe nicht noch mal mit dir. So läuft das nicht. Ich lasse mich nicht manipulieren.« Als er an ihrem Nippel saugte, kitzelte das seidige dunkle Haar sinnlich über ihre Haut. Sie wollte ihn stoppen, solange sie noch konnte, und packte seinen Kopf. »Hör auf, Michael!«

Mit einem herausfordernden Blick reckte er das Kinn. »Willst du das wirklich?«

Sie starrte ihn wütend an. »Ja. Hör auf.« Zumindest war es das, was ihr durch den Kopf ging, und nur das zählte. »Sobald ich angezogen bin, mache ich mich auf den Weg.«

Er zog eine Augenbraue hoch. »Wollen wir wetten?«

12

Michaels Kampfansage war kaum ausgesprochen, da flackerten Cassandras Augen und wurden pechschwarz. Ein wilder, unkontrollierbarer Drang, sie auf der Stelle nehmen zu wollen, bemächtigte sich seiner. Die Gier, sie aufs Bett zu werfen und wieder in ihr zu versinken, war fast zu stark, um sie zu ignorieren.

Er fluchte. »Deine Augen sind gerade schwarz geworden, Cassandra.« Er musterte ihren nackten Körper.

Sie sagte etwas, das er nicht wahrnahm. Sein Kopf war erfüllt von einer intensiven, weiß glühenden Begierde, sein Schwanz pulsierte. Was immer mit ihm – mit ihnen – geschah, war ursprünglich und mächtig und hob sich vollkommen von der wissenschaftlichen Interpretation der Bindung ab, die er kannte. Es war, als würden Körper und Geist glauben, der Prozess sei abgeschlossen, wenn er sie noch einmal nahm. Sie würde niemals einen anderen begehren können. Sie würde seine Kinder zur Welt bringen. Sie würde sterben, wenn er starb.

Das rüttelte ihn wach. Mit blank liegenden Nerven schob er sie grob von sich.

Sie geriet ins Stolpern, er wollte ihr Halt geben, besann sich jedoch eines Besseren und hielt in der Bewegung inne. »Heilige Scheiße«, sagte er und fuhr sich über den Nacken. Sie war nackt und so verflucht sexy. Seine Frau. *Seine*. Mist. Das durfte nicht sein. Er war X2-positiv.

Er war … nicht das, was sie brauchte. »Ich muss die Finger von dir lassen.« Er schnappte sich seine Jeans vom Boden und schlüpfte hinein. »Zieh dir was an, solange du noch kannst.«

»Ich …«

»Zieh dich an, Cassandra«, befahl er und ballte die Fäuste. Er würde alles in seiner Macht Stehende tun, um sie zu beschützen.

Ein erschütterter Ausdruck erschien auf ihrem Gesicht, bevor sie zum Schrank stürzte und sich anzukleiden begann.

Michael bemühte sich vergeblich, sie nicht dabei zu beobachten. Seine Augen verfolgten jeden Zentimeter, als sie den rosa Seidenschlüpfer an ihren langen Beinen hinaufzog und das kleine Dreieck aus dunklem Haar damit bedeckte. Er kehrte ihr den Rücken zu, atmete tief durch und versuchte die tobende Lust in sich zu besänftigen.

»Meine Augen sind in der Hoteltoilette schwarz geworden, nachdem wir … uns getroffen haben«, erklärte sie hinter ihm. »Ein paar Minuten später waren sie dann wieder normal.«

Ehe er sich eines Besseren besinnen konnte, wandte sich Michael ihr zu. Fehler. Großer Fehler. Sie zog gerade den BH an, der farblich auf den Slip abgestimmt war und außerdem durchsichtig. Er wollte ihn ihr sofort wieder herunterreißen. Er zwang sich, Cassandra ins Gesicht zu sehen. »Und du hast nichts gesagt? Wie konntest du mir so etwas verschweigen?«

»Ich dachte erst, du wüsstest es, und dann …« Sie schlüpfte in Slacks und griff nach einer cremefarbenen Seidenbluse. »Ich hätte es dir schon noch erzählt.«

»Ach, und wann?«, forderte er. »Wenn ich gewusst hätte, dass bei uns eine Verbindung ohne Blutaustausch stattfindet, hätte ich dich nicht noch mal angerührt, Cassandra.«

Sie schnaubte und stieg in einen Schuh. »Von wegen.« Als sie die Arme vorm Körper verschränkte, sah er, dass ihre Hände zitterten. »Ganz bestimmt. Tja, dann weißt du's eben jetzt. Das hast du nun davon. Lass lieber die Finger von mir.«

Ihr eisiger Ton jagte ihm einen Schauer über den ganzen Körper. Scheiße. »Cassandra. So war das doch nicht gemeint.

Das ist nicht die Art von Bindungsprozess, die normalerweise abläuft. Wir haben keine Ahnung, was sich bei dir abspielt oder welche Risiken es bergen könnte.«

Sie machte eine wegwerfende Geste und schlüpfte in den anderen Schuh. »Mein Gott, Michael. Dafür, dass du sonst so schweigsam bist, hast du ziemlich viele Ausreden auf Lager. Meine Augen werden schon wieder normal. Keine Panik. Wir werden uns schon nicht verbinden. Glaub mir, ich bin genauso scharf darauf wie du. Warum sollte ich mich an einen Mann binden wollen, der sich jederzeit vom Acker machen könnte und jahrelang nichts von sich hören lässt? Oh, warte. Wenn wir uns verbinden, würdest du durch eine lange Trennung krank werden, stimmt's? Hab ich nicht das in Avas Unterlagen gelesen? Kein Wunder, dass du keinen Wert auf eine Verbindung legst. Dann müsstest du dich auf eine Verpflichtung einlassen und könntest dich nicht verdrücken.«

Zorn ging in heftigen, beißenden Wellen von ihr aus, und Michael konnte nichts anderes tun, als auf Distanz zu bleiben. Er wusste nicht, was er sagen sollte, denn alles schien falsch zu sein. Er wusste nur, wie sehr er diese Frau brauchte, wie sehr er sie liebte. Die Worte blieben ihm im Hals stecken, und er wagte es nicht, sie laut auszusprechen. »Ich will dich, Cassandra. Ich will dich so sehr, dass ich manchmal kaum atmen kann. Ich bin aber X2-positiv. Auch wenn ich das Gen nicht übertrage, ist das bei anderen schon geschehen. Du könntest dennoch davon betroffen sein. Ich habe gesehen, was für ein Mensch Ava ist, und ich lasse nicht zu, dass du auch so wirst.«

Sie wandte schnaubend den Blick ab und sah ihn dann doch mit angespanntem Kiefer an. »Wir wissen beide, dass Ava schon ein boshaftes Miststück war, bevor die Verbindung mit Adam abgeschlossen war. Wenn das Lebensband verwandte Seelen miteinander vereinigt, dann waren Avas und Adams schon verpestet, bevor sie sich kennenlernten. Ich will keine Ausreden mehr hören, Michael, die kann ich nicht gebrauchen. Und wenn du sonst nichts zu bieten hast, brauche ich dich ebenfalls nicht. Wenn diese Sache über die Bühne gebracht ist, trennen sich unsere Wege, und wenn du in der Zwischenzeit deine Hände bei dir behältst, kommen wir glänzend miteinander aus.«

»Verdammt, Cassandra«, knurrte er. »Du weißt nichts von mir oder meiner Familie.«

Sie wirkte verletzt. »Du hast recht. Ich weiß gar nichts, weil du mich ständig ausgrenzt, stimmt's?«

Er rieb sich das Kinn. »Ich war … ich will dich doch nur beschützen …«

»Wage es ja nicht, das Wort ›beschützen‹ in den Mund zu nehmen«, sagte sie und wedelte mit einem Finger in der Luft. »*Lass* es. Wenn du daran glauben musst, damit es dir besser geht, bitte, aber behalt es für dich.«

Michael pfiff auf den Abstand und ging auf sie zu. »Cassandra …«

Rückwärtsgehend zog sie sich von ihm zurück. »Ich sagte, lass es.«

Jemand klopfte an die Tür. »Zimmerservice.«

»Na toll«, murmelte er. »Jetzt kreuzen die auf. Eine Stunde nach meiner Bestellung.«

»Ich mache auf«, sagte sie und wandte sich der Tür zu.

Wie ein geölter Blitz war er bei ihr, drückte die Hand fest auf die Tür und hinderte sie am Öffnen. »Wenn einer von Adams Spionen deine Augen sieht, weiß er, dass du mein Lebensband bist. Er wird versuchen, durch dich an mich heranzukommen.«

Sie wurde leichenblass und wich zurück, er konnte ihre Nervosität spüren. Michael fluchte leise. Das hatte er ja äußerst sensibel rübergebracht. Schnell fertigte er den Pagen ab und rollte das Wägelchen mit der neuen Kleidung ins Zimmer. Cassandra stand mit gequälter Miene mitten im Raum. Er wollte etwas sagen, vor allem das Richtige, doch sein letzter Versuch war so glatt über die Bühne gegangen wie ein Tornado.

»Werde ich in Zukunft so leben müssen? Muss ich mich ständig vor Adam verstecken?«

Ihre Fragen drehten ihm den Magen um, denn es gab keine erfreuliche Antwort. Vor seinem geistigen Auge blitzte auf, wie sie sich am Fahrstuhl in Groom Lake zum ersten Mal begegnet waren. Ihr Lächeln. Das musikalische Gelächter, das er in Gedanken hörte, wenn der dunkle leere Ort, den er als Zuflucht nutzte, nicht ausreichte, um die Hölle aufzunehmen. Sie war glücklich gewesen, bis ihr verfluchter Vater alles ruiniert hatte. Er verzog das Gesicht. Wem machte er denn etwas vor? Bis *er* alles ruiniert hatte. Er war ebenso schuldig wie ihr Vater – ihm war schließlich klar gewesen, dass es klüger gewesen wäre, sich von ihr fernzuhalten. Ohne ihn würde sie das Symbol nicht tragen.

»In Sunrise City bist du sicher. Wir nehmen einen Charterflug und kommen unangemeldet nach Hause.« Anschließend würde er sich um eine Möglichkeit kümmern, Adam das Handwerk zu legen. Und wenn es das Letzte war, was er tat.

Sie nickte und schlang die Arme um den Körper. »Ja. Sicher. In Ordnung.«

Er konnte sie nicht in die Arme nehmen. Genau das hatte er schließlich getan und dabei zu glauben gewagt, dass sie zusammen sein könnten, und nun musste sie mit dem Symbol leben. Er musste diese Tragödie aus der Welt schaffen und nicht noch verschlimmern.

»Ich dusche und ziehe mich um«, sagte er. »Versuch doch in der Zwischenzeit, etwas zu essen.« Er zwang sich, an ihr vorbei ins Bad zu gehen, ohne sie anzufassen. Er blieb nur kurz stehen, und schon ballten sich seine Eingeweide vor Gewissensbissen zusammen. Genau aus diesem Grund wollte er sich auf keine Beziehung einlassen – sein Leben hatte die dumme Angewohnheit, das der anderen mit Blut zu besudeln. »Es tut mir leid, Cassandra. Ich wollte nicht, dass so etwas geschieht. Ich bringe es wieder in Ordnung. Irgendwie bringe ich es in Ordnung.« Dann verschwand er im Bad.

Sobald sie das Rauschen der Dusche hörte, stürmte Cassandra zur Tür und schloss im Gehen ihre Tasche. Die meisten Sachen lagen im Zimmer verstreut, doch ihr blieb keine Zeit, sich darüber Gedanken zu machen. Wenn es nicht einen merkwürdigen Eindruck auf Brock machen würde, hätte sie die Tasche glatt vergessen.

Sie schnappte sich Hand- und Laptoptasche und stand in Windeseile auf dem Korridor. Lautlos zog sie die Tür hinter sich zu und rannte fast zum Lift. Wenn sie ihr Leben nun so verbringen sollte, würde sie auf keinen Fall die Hände in den Schoß legen und auf Michael oder ihren Vater warten, bis es besser wurde. Und sie würde auch nicht mit eingeklemmtem Schwanz vor Adam davonlaufen. Sie würde ihren Teil dazu beitragen, eine Lösung zu finden. Wenn sie Brocks Dateien erst kopiert hatte, würde sie Caleb um Hilfe bitten.

Was sie und Michael betraf … darüber musste sie sich später Gedanken machen. Dass sie eine Vergangenheit aufzuarbeiten hatten, war noch milde ausgedrückt. Sie konnte nicht mal genau sagen, ob sie in der Lage war, diese Hürde zu überwinden – oder ob sie momentan überhaupt dazu bereit war. Schon vor zwei Jahren hatte er sie vor den Kopf gestoßen und heute wieder. Sie hatte keine Lust, ständig diese Schmerzen ertragen zu müssen.

Auf halbem Weg gelang es Cassandra, den Computer zu schultern und ihre Sonnenbrille aus der Tasche zu angeln. Die Türen des Lifts öffneten sich, glücklicherweise befanden sich einige Leute darin. Sie rückte die Sonnenbrille zurecht. Wenn Michael nun käme, um sie aufzuhalten, würde er auf jeden Fall eine Szene riskieren. Sie hätte sich erleichtert gefühlt, wäre ihr nicht urplötzlich schlecht geworden.

Sie eilte zur Toilette, überprüfte ihre Augen und verteilte etwas Make-up im Gesicht. Cassandra überflog die Lobby und betete im Stillen, dass Michael nicht auftauchte. Brock thronte in hellbraunen Slacks, einem Button-down-Hemd im Militärlook und hellbrauner Krawatte an der Rezeption.

Während Cassandra auf ihn zuging, zwang sie sich, die viel zu intimen Blicke eines Mannes über sich ergehen zu lassen, der ihr nach dem Leben trachtete. Sie hielt die Sonnenbrille griffbereit, um sie jederzeit aufsetzen zu können. Auch wenn ihre Augen gerade grün waren, glänzten sie, und die Pupillen waren vergrößert. Sie gingen vielleicht gerade so als normal durch.

»Guten Morgen«, grüßte Brock und stieß sich von der Rezeption ab, als sie sich näherte. »Sie sehen aus wie der Tod auf Latschen.«

Ihr klappte die Kinnlade herunter. Das war zweifellos eine Anspielung gewesen. Sie wurde sauer und konnte gerade noch verhindern, einen feindseligen Unterton in ihre Stimme zu legen. »Ich dachte, euch Soldaten würden Manieren eingetrichtert«, erwiderte sie und schob sich die Sonnenbrille auf die Nase. Mit prickelnden Nerven nahm sie plötzlich Michaels Nähe wahr. »Migräne«, jammerte sie. »Und es ist kein guter Morgen. Genau genommen hatte ich auch eine üble Nacht.« Sie zog die Nase kraus. »Ich habe meine Medikamente zu Hause vergessen, also wird die Reise kein Zuckerschlecken. Sorry, dass Sie neben mir sitzen müssen. Ich versuche aber, in die Tüte zu kotzen und nicht auf Ihren Schoß.« *Es wird auf jeden Fall seinen Schoß erwischen.*

»Dann macht es Ihnen sicher nichts aus, mir den Fensterplatz zu überlassen«, erwiderte er trocken. Herrgott, was für ein

Bastard. Ein verlogener, hochnäsiger Bastard und obendrein ein Idiot, wenn er dachte, ihren Vater verarschen zu können. Niemand machte ihrem Vater etwas vor. Manche glaubten es womöglich, letztendlich tanzten jedoch alle nach seiner Pfeife.

Brock winkte einem Pagen und drückte ihm einen Dollar in die Hand. »Wir brauchen so schnell wie möglich ein Taxi.« Er wandte sich wieder Cassandra zu und winkte sie heran. »Können wir?« Er musterte sie argwöhnisch. »Sind Sie wegen Schmerzmitteln gestern Abend noch so spät losgezogen?«, fragte Brock und setzte seinen Seesack ab. Man konnte einem Soldaten seine Ehre nehmen, aber niemals seinen Seesack. Für die Jungs vom Militär war er lebensnotwendig.

Da sie gar keine Schmerzmittel besaß, blieb sie bei ihrer Geschichte vom Vorabend. »Ich könnte schwören, dass ich Zahnbürste gesagt habe«, erwiderte sie. Sie warf ihm einen Blick von der Seite zu und schwieg, dabei überdachte sie die oft erwähnte Warnung ihres Vaters. *Deine Worte können die Waffen deines Feinds werden*. Kurz gesagt: Halt einfach die Klappe.

Das Taxi erschien gerade zur rechten Zeit und rettete Cassandra vor weiteren neugierigen Fragen. Sie schlüpfte hinein und setzte sich ganz außen an die Tür. Wenn Brock es wagen sollte, ihr zu nah zu kommen, könnte ihr Fuß eine Waffe werden.

Er hielt sich zum Glück fern und beschäftigte sich auf der kurzen Fahrt zum Flughafen hauptsächlich mit seinem Handy, wobei er ausgerechnet mit ihrem Vater telefonierte. Cassandra drehte sich der Magen um – dennoch war sie froh, dass Brock beschäftigt war und sie wenigstens kurz die Augen schließen konnte.

Während sie am Drive-in-Schalter warteten, spürte Cassandra einen Stich in der Magengrube. Sie schluckte den bitteren Geschmack hinunter. Was auch immer mit ihr los war, es hatte bestimmt nichts mit dem Schlafmangel zu tun.

Allmählich dämmerte ihr, dass zwischen ihrer Verbindung zu Michael und der Übelkeit ein Zusammenhang bestand, den sie nicht länger von der Hand weisen konnte. Zumal sich ihre Augenfarbe verändert hatte und sie darüber hinaus wusste, dass mit dem Bindungsprozess eine kurze, aber heftige körperliche Wandlung einherging, die von Übelkeit begleitet wurde. Diese war wesentlich schlimmer als der wahllose Farbwechsel der Augen und eine leichte Magenverstimmung. Und sie und Michael hatten sich noch nicht mal einem Blutaustausch unterzogen.

Doch es war nicht der richtige Zeitpunkt, um sich von ihrem Magen in die Knie zwingen zu lassen. Sie musste sich Brocks Computer holen und die Daten kopieren, bevor sie aus den Latschen kippte.

Im Flughafengebäude reihte sich Cassandra rasch in die Schlange des Sicherheitschecks ein, den Michael für den Laptoptausch vorgesehen hatte.

»Die hier ist kürzer«, verkündete Brock und zeigte auf die Wartereihe nebenan.

»Diese ist aber näher an der Toilette«, entgegnete Cassandra.

Brock verzog das Gesicht und trottete ihr nach.

Schon bald lagen ihre Schuhe in einem Plastikkorb auf dem Förderband und der Computer in einem anderen. Brock tat hinter ihr dasselbe. Mit flatternden Nerven verstaute Cassandra die Sonnenbrille in der Handtasche, während sie die Lider senkte und sich besorgt fragte, wie ihre Augen wohl gerade aussahen.

Sie passierte den Metalldetektor, ohne Alarm auszulösen, doch Brock brachte ihn lautstark zum Schrillen. Murrend wühlte er in seinen Taschen, während sie die Sonnenbrille herauskramte und wieder aufsetzte. Die Sicherheitsbedienstete warf ihr einen irritierten Blick zu.

»Migräne«, erklärte Cassandra, als der Alarm erneut losheulte.

»Handscanner!«, brüllte der Beamte am Metalldetektor.

»Ach, Scheiße!«, beschwerte sich Brock ziemlich laut. »Ich bin von der Army. Wir *verteidigen* dieses Land und jagen es nicht in die Luft.«

»Sir«, sagte der Beamte. »Ich mache die Regeln nicht. Treten Sie bitte zur Seite.« Er marschierte zu den Plastikkörben und deutete auf Brocks Computer und die Tasche. »Sind das Ihre Sachen?«

»Ja«, erwiderte Brock mürrisch. »Können wir jetzt weitermachen?«

Der Mann nahm Brocks Tasche, versperrte ihm mit einer schnellen Drehung die Sicht und schnappte sich Cassandras Laptop statt Brocks. Adrenalin schoss durch Cassandras Adern, als sie ihre Schuhe und gleich darauf Brocks Computer packte, in ihre Tasche stopfte und den Reißverschluss zuzog. Sie warf sich Hand- und Aktentasche über die Schultern, drehte sich um und sah, wie Brock, der ihr den Rücken zuwandte, die Kontrolle des Handscanners mit ausgestreckten Armen über sich ergehen ließ. Der Sicherheitsmann würde ihren Computer zweifellos in Wests Tasche packen, damit der die Verwechslung nicht bemerkte.

»Wir sehen uns am Gate, Brock«, rief sie ihm zu. »Ich gehe auf die Toilette.«

»Ja, ja«, gab er zurück, als der Scanner an seinem Knie piepste. »Das darf doch nicht wahr sein!«

»Ziehen Sie bitte das Hosenbein hoch, Sir«, sagte der Beamte.

Cassandra hatte genug gesehen. Sie folgte dem Wegweiser zur Toilette, öffnete im Gehen den Reißverschluss der Handtasche und zog den USB-Stick heraus. Zwölf Minuten. Sie brauchte zwölf Minuten.

Sie bog um die Ecke, checkte rasch die aus sechs Kabinen bestehende Reihe und entschied sich für die Behindertenkabine. Sie sperrte die Tür ab, öffnete die Computertasche und krümmte sich vor Bauchschmerzen. Entschlossen klappte sie den Wickeltisch herunter und öffnete den Laptop. Mit einem Mal wurde ihr speiübel, sie riss sich die Sonnenbrille vom Gesicht und beugte sich über die Kloschüssel. Gott sei Dank waren sowohl Klo als auch Boden sauber. Während sich ihr leerer Magen heftig verkrampfte, würgte sie trocken. Es fühlte sich an, als würde sie innerlich zerreißen, und sie krallte die Hand um den USB-Stick. Schließlich ebbte die Übelkeit ab.

Zitternd hakte Cassandra die Brille in den Ausschnitt ihrer Bluse und rollte etwas Toilettenpapier ab, um sich den Mund abzutupfen. Dabei entglitt ihr der USB-Stick. Bestürzt beobachtete Cassandra, wie er zu Boden fiel und unter der Tür durchhüpfte.

Sie atmete tief durch, riss die Tür auf und wurde von einer kleinen grauhaarigen Frau mit Namensschild und Putzlappen begrüßt – zweifelsohne die Toilettenfrau. »Ist das Ihrer, Schätzchen?«, fragte sie. Der Stick klemmte zwischen ihren Fingern, während sie über Cassandras Schulter zu dem geöffneten Computer auf dem Wickeltisch schielte.

»Ja«, erwiderte Cassandra und schnappte sich den Stick. »Danke.« Die Tür krachte ins Schloss. Ein so barsches Benehmen widerstrebte ihr zwar, doch für Höflichkeiten war jetzt keine Zeit. Sie schloss den Stick schnell am Computer an, ein Fenster poppte auf.

Ihr Flug wurde über den Lautsprecher aufgerufen. »Verdammter Mist!«, murmelte sie. Sie würde es nie rechtzeitig schaffen. Minuten vergingen wie Stunden, während sie die Arbeit des Computers verfolgte, der viel zu langsam vorankam. *Denk nach, Cassandra, denk nach.*

Sie betrachtete das Klopapier in ihrer Hand und brachte es so am Bildschirm an, dass er ein Stück offen blieb und nicht in den Stand-by-Modus gehen konnte. Dann klappte sie den Bildschirm auf das Papierknäuel und verstaute den Computer in der

Tasche. Bevor sie im Flugzeug ihren Platz einnahm, würde sie zur Toilette gehen, um Papier und Stick zu entfernen.

Cassandra setzte die Sonnenbrille auf und wünschte, es wäre noch Zeit, um kurz ihre Augen zu inspizieren. Stattdessen schnappte sie sich ihre Sachen und rannte Richtung Ausgang.

Sie umrundete gerade den Eingangsbereich der Toilette, als sie fast in Brock hineinrannte.

»Sie haben meinen Computer«, sagte er. »Ich brauche ihn.«

Ihr Herz machte einen Sprung. »Ich habe ihn nicht«, behauptete sie und ging weiter.

Brock verstellte ihr den Weg. »Haben Sie wohl. Der Sicherheitsbeamte hat gesagt, dass er die Geräte verwechselt hat.«

Sie machte eine vage Geste. »Okay, kann sein.« Sie klopfte auf die Aktentasche. »Er läuft ja nicht davon.« Dann zeigte sie zum Gate. »Unser Flug wurde aufgerufen. Außerdem geht's mir viel zu schlecht, um das jetzt auszudiskutieren. Wir können im Flieger tauschen. Dann sitze ich wenigstens und muss hoffentlich nicht mehr kotzen.«

Er biss die Zähne zusammen und warf einen argwöhnischen Blick auf die Sonnenbrille. »Seit wann muss man von Migräne brechen? Ich dachte, das wären bloß Kopfschmerzen?«

»Es *sind* Kopfschmerzen«, sagte sie durch zusammengebissene Zähne und dachte an ihre Mutter, die ein solcher Kommentar gekränkt hätte, da sie selbst unter Migräne gelitten hatte. Brock drang mit jeder Sekunde weiter ins Idiotenrevier vor. Bei dem Gedanken, dass er sie ins Bett kriegen wollte, schauderte sie. Wer weiß, wie er sich aufführen würde, weil es ihm nicht gelang. »Migräne ist der Vulkanausbruch unter den Kopfschmerzen.«

Seine bohrende Aufmerksamkeit ließ nicht nach. Er bedachte sie mit einem dermaßen durchdringenden Blick, dass sie dachte, er könne durch die Sonnenbrille hindurchsehen. »Ich muss Ihnen etwas gestehen«, sagte er schließlich. »Mein Ego war ein wenig verletzt, als sie gestern Abend meine Einladung zu einem Drink ausgeschlagen haben. Und heute Morgen hatten Sie plötzlich Kopfschmerzen. Ich war überzeugt, dass Sie nur so tun, um sich aus dem Dinner herauszureden. Ich bitte also um Entschuldigung. Männliche Egos können echte Monster sein.«

Das Ganze roch nach einer Lüge. »Niemand kann so eine Krankheit vortäuschen«, erwiderte sie. »Oder auch nur, wie ›der Tod auf Latschen‹ auszusehen.«

Er verzog das Gesicht. »Auch dafür entschuldige ich mich. Das war ebenfalls das Egomonster.« Der letzte Aufruf zum Boarding schallte aus dem Lautsprecher und rettete sie vor weiteren Diskussionen. »Wir machen uns besser auf den Weg.« Er griff nach ihrer Tasche. »Lassen Sie mich die tragen.«

»Nein, nein«, sagte sie. »Wirklich, es geht schon.«

Er ließ nicht los. »Ich bestehe darauf«, sagte er und weigerte sich, den Griff zu lockern. »Sie sind krank, Cassandra. Ich trage die Tasche. Das ist das Mindeste, was ein Gentleman tun kann.«

In dem Bewusstsein, gerade geschickt ausmanövriert worden zu sein, ließ sich Cassandra widerstrebend die Tasche aus der Hand ziehen. Wie zur Hölle sollte sie nun den Stick vom Computer trennen, ohne dass er etwas bemerkte? Sie war mehr als nur krank. Sie steckte bis zum Hals in Schwierigkeiten.

13

Mit betont ruhiger Miene folgte Cassandra Brock in die Maschine. Sie wirkte so gelassen, als stünde sie nicht kurz davor, von ihrem Möchtegernmörder erwischt zu werden. Wenn sie es nicht schaffen sollte, an ein Telefon zu gelangen und Caleb anzurufen, würde Michael sie eben retten. Ganz bestimmt. Er würde wissen, welchen Flug sie genommen hatte. Er würde mit dem Wind zum Ankunftsflughafen kommen und sie dort erwarten. Bestimmt wäre er stinksauer, doch er würde sie retten. Und wenn sie sich schon mit einem zornigen, zweihundert Pfund schweren Macho anlegte, wollte sie wenigstens etwas vorzuweisen haben. Sie würde schon an den USB-Stick rankommen. Also war Denken angesagt. Es musste einen Ausweg geben.

Als sie im Vorbeigehen von der Stewardess begrüßt wurde, nahm ein Plan Gestalt an.

»Hi«, sagte Cassandra und hielt inne, um die Frau in ein Gespräch zu verwickeln. »Ich kämpfe mit einer Migräneattacke, die mir wirklich zusetzt. Ob ich Sie wohl überreden könnte, mir vor dem Start eine Sprite zu bringen?«

Die Dame in den Zwanzigern bot rasch ihre Hilfe an. »Oh, meine Schwester leidet auch darunter, es ist die Hölle. Wir sind spät dran – Ich gebe sie Ihnen gleich, dann haben Sie noch Zeit zum Trinken.« Sie winkte Cassandra aus dem Gang, um die anderen Passagiere durchgehen zu lassen. Dann gab sie etwas Eis in ein Glas und füllte es mit Sprite. »Trinken Sie vor dem Start aus. Wie lautet Ihre Sitznummer? Ich sehe nach Ihnen, sobald wir oben sind.«

Cassandra kramte das Ticket hervor und zeigte es der Stewardess, ehe sie das Getränk nahm. »Vielen Dank«, sagte sie und hastete Brock hinterher, während sie betete, ihn einzuholen, bevor er die Aktentasche öffnete. Sie erreichte ihren Sitz, als sich Brock gerade anschnallte, ihre Computertasche lag griffbereit zu seinen Füßen.

Im Stillen betend, dass ihr Plan funktionieren möge, ließ sich Cassandra absichtlich ungeschickt nieder und verschüttete ihre Sprite über Brocks Schoß. Er fluchte und zuckte erschrocken zurück, Hose und Hemd waren von Eis und Limonade durchtränkt.

Cassandra gab sich entsetzt. »O nein! Oh, Brock, es tut mir ja so leid. Ich stehe einfach neben mir.« Sie drückte ihm das Glas in die Hand. »Packen Sie das Eis da rein.« Sie griff nach der Computertasche. »Ich habe eine paar Tücher da reingestopft, als ich auf der Toilette war. Für den Fall, dass mir schlecht wird.« Sie zog den Reißverschluss ein Stückchen auf und wühlte ein wenig herum, dann entfernte sie den USB-Stick und verbarg ihn hinter dem Tuch.

»Miss«, sagte eine Stewardess und blieb an ihrem Platz stehen. »Sie müssen die Tasche vor dem Start unter den Sitz legen. O nein. Kann ich helfen?«

Brock stopfte das Eis ins Glas und reichte es ihr. »Sie können das hier nehmen und uns Servietten bringen.«

Unbemerkt bugsierte Cassandra Tuch und Stick in ihren Schoß, indem sie alles unter der Aktentasche verbarg, dann verstaute sie den Stick in der Hosentasche. »Hier, bitte«, sagte sie, hielt ihm das Tuch unter die Nase, zog den Reißverschluss zu und schob die Tasche unter den Sitz. »Es tut mir wirklich leid.«

Er schnappte sich das Papiertuch und wischte damit über sein Hemd. »Schon gut«, sagte er, sein Ton strafte ihn jedoch Lügen. »Ich schätze, wir können die Laptops auch tauschen, wenn wir oben sind.«

»Vermutlich«, erwiderte sie leise, lehnte sich im Sitz zurück und schloss die Augen.

Mit einem blauen Auge davongekommen. Zumindest so lange, bis sie sich Brock vom Hals schaffen konnte, ohne dabei ums Leben zu kommen.

Powell stand mit Chin in einem von mehreren streng geheimen PMI-Privatlaboren. Gemeinsam überwachten sie ein Dutzend williger Soldaten, die an Klinikbetten gefesselt und noch einige Injektionen davon entfernt waren, vollständig zu GTECHs zu konvertieren. Alle erhielten das ursprüngliche GTECH-Serum – Stufe 1 – während Chin eine neuere, schneller wirkende Variante namens Stufe 2 perfektionierte. »Sind Sie sicher, dass wir Stufe 2 nicht verwenden können, um die Wandlung zu beschleunigen?«, fragte Powell.

»Stufe 2 ist noch nicht so weit, und beide Seren miteinander zu vermischen, würde ihren sicheren Tod bedeuten«, erwiderte Chin mit den Händen in den Kitteltaschen. »Man kann den Prozess nicht beschleunigen. In zwei Wochen sind sie für Red Dart bereit. Sie können es kaum erwarten, von den Fesseln befreit zu werden.«

»Wir werden sie befreien, sobald sie Red Dart unterstehen. Keine Minute früher.«

»Jocelyn sagt, dass es vierundzwanzig Stunden nach der letzten Injektion so weit sein könnte«, versicherte Chin. »Offenbar ist sie auf etwas gestoßen, das die Immunfunktion der Soldaten überrumpeln kann. Ihr Körper muss sich jedoch erst im neuen Zustand stabilisiert haben.«

Ja, seine kleine Jocelyn war ein ziemlicher Gewinn. »Es wird Zeit, dass wir uns Klarheit darüber verschaffen. Es genügt nicht, ein Dutzend Soldaten erst in zwei Wochen kampffähig zu haben. Jedenfalls nicht, solange die gesamte GTECH-Bevölkerung versucht, Red Dart außer Gefecht zu setzen. Wir haben keine Ahnung, was die alles ausbrüten, um uns zu bremsen. Verabreichen Sie den Männern das GTECH2-Serum. Ich brauche schnellstens eine Armada von GTECHs.«

Chin widersprach. »General Powell, ich muss Sie daran erinnern, dass das GTECH2-Serum eine rapide und möglicherweise tödliche Wandlung auslöst. Die Überlebenden sind nicht nur X2-positiv, sondern auch zehnmal so aggressiv. Sie reden hier von extrem gewaltbereiten Soldaten, die nichts als Stunk im Kopf haben. Ich brauche Zeit, um die Reaktion modifizieren zu können.«

»Werden die 2er-GTECHs wie versprochen stärker und schneller sein?«

Chin zögerte. »Ja.«

»Und mindestens die Hälfte wird die Prozedur überstehen?«

»General ...«

»Das werte ich als Ja«, fiel er ihm ins Wort. »Sowohl Adam als auch Caleb Rain haben es auf Red Dart abgesehen. Wollen Sie etwa zusehen, wie unser Land den GTECHs in die Hände fällt?«

»Sie wissen, dass ich das nicht will«, erwiderte Chin brüsk. »Ich brauche ein menschliches Versuchsobjekt.«

»Nehmen Sie Brock West«, sagte er, erfreut über Chins Zustimmung. »Ich habe angeordnet, dass von den neuen Rekruten ein paar Hundert ein paar Tage früher erscheinen sollen, um sich zu den anberaumten Tests zu melden. Innerhalb von achtundvierzig Stunden werden uns massenhaft Versuchsobjekte zur Verfügung stehen.«

»Ist Ihnen klar, dass West und alle anderen, die wir behandeln, kaum mehr sind als ein an der Leine geführtes Tier? Zumindest solange das Serum nicht makellos ist?«

»Die Zodius sind Tiere, Chin«, sagte er. »Ich *will* Tiere, die ihnen gewachsen sind und den Kampf für sich entscheiden können. Die leistungsfähig und meiner Truppen mächtig sind. Falls Sie es vergessen haben sollten: Red Dart ist meine Leine. Mein Kontrollsystem.«

»Also gut«, stimmte Chin zu. »Ich nehme an, dass mir Red Dart sofort zur Verfügung steht?«

Powell nickte knapp. »Jocelyn ist nebenan mit den letzten Tests beschäftigt. Wir bringen West heute Abend her, wenn er aus Washington zurückkommt.«

Diese Nation würde schon bald wissen, dass sie sich dank ihm in Sicherheit befand.

Aufgrund einer Verzögerung in Houston verließ Cassandra schließlich am frühen Nachmittag in Nevada das Flugzeug. Sie versuchte Brock ohne Umschweife loszuwerden. »Ich muss zur Toilette. Und da ich unpässlich bin, mache ich gleich Feierabend. Kein Abendessen für mich.«

»Verstanden«, erwiderte er. »Ich warte trotzdem. Sie werden Hilfe mit dem Gepäck brauchen, und wahrscheinlich ist es besser, wenn ich Sie nach Hause fahre.«

Mist. Obendrein war ihr gerade eingefallen, dass sie das Handy von Michael nicht dabeihatte und nicht wusste, wie sie sich mit Caleb in Verbindung setzen konnte, ohne dass der Anruf zurückverfolgt wurde. Sie hatte nicht mal ihr eigenes Handy dabei – es lag noch auf dem Nachttisch im Hotel. Das erklärte auch, warum sich Michael noch nicht gemeldet hatte, um ihr eine Standpauke zu halten. Sie hatte nicht das kleinste Kribbeln vernommen, das seine Anwesenheit verraten hätte. Dabei hätte sie gerade wirklich ein Kribbeln gebrauchen können.

»Ich kann fahren«, sagte sie. »Wenn Sie nur meine Taschen holen würden.« Sie steuerte auf die Rolltreppe zu.

»Ich dachte, Sie wollten zur Toilette«, sagte er argwöhnisch.

»Hab's mir anders überlegt«, behauptete sie. »Ich will nur noch nach Hause.«

Zwanzig Minuten später packte Brock ihre Tasche in den Kofferraum des neuen Käfers, der den schicken deutschen Wagen ersetzt hatte. Er grabschte seinen an der Stoßstange lehnenden Seesack und musterte Cassandra kritisch. Ihr war klar, dass er den *Tod auf Latschen* begutachtete; dieser Ausdruck ließ sie immer noch frösteln.

»Sind Sie sicher, dass Sie fahren können?«, fragte er, obwohl es ihn nicht sonderlich zu interessieren schien.

Vermutlich hatte er sich noch nichts zurechtgelegt, wie er sie aus dem Weg räumen wollte. Wenigstens ein tröstlicher Gedanke, an den sie sich klammern konnte. »Es geht schon«, sagte sie. »Wir sehen uns morgen früh.«

Er salutierte mit zwei Fingern und schlenderte davon. Stirnrunzelnd blickte Cassandra ihm nach. Irgendwie war das zu einfach gewesen. Wollte der Mann sie nicht ermorden?

Sie drehte sich zum Wagen um und stieg ein. Als sie den Schlüssel ins Zündschloss steckte, machte sich ein mulmiges Gefühl in ihrer Magengrube breit.

Während sich Brock von Cassandra entfernte, wählte er seine Mailbox an. Er hoffte auf Anweisungen von Powell, die seine erste Injektion betrafen. Als ihm sein Chevy Blazer ins Auge stach, blieb er wie angewurzelt stehen. Lucian lehnte seelenruhig am Auto, als wäre der Kontakt zu einem Mitglied der Zodius Nation etwas völlig Alltägliches. Dabei konnte Cassandra jeden Moment vorbeikommen.

Brock ging weiter. »Sind Sie noch ganz dicht? Ich kann mich nicht mit Ihnen blicken lassen.«

»Was für eine freundliche Begrüßung«, erwiderte Lucian tadelnd.

Brock entgegnete zähneknirschend: »Steigen Sie in den verdammten Truck, bevor uns noch jemand sieht.« Er öffnete die Türen per Fernbedienung und umrundete die Ladefläche. Im Gehen hob er die Plane an und warf seine Tasche darauf.

Lucian machte keine Anstalten, sich zu bewegen. »Michael war derjenige, der uns letzte Nacht gefolgt ist«, verkündete er. »Dank seiner Einmischung sind wir gezwungen, aggressive Maßnahmen zu ergreifen. Wir haben etwas in die Wege geleitet. Cassandra Powell wird innerhalb der nächsten Stunde sterben, und ich habe arrangiert, dass der Außenminister Powell während der Trauerzeit unter Druck setzt. Solange er trauert, werden Sie sich freiwillig um Red Dart und die Regierung kümmern.«

Brock dröhnte das eigene Herz in den Ohren. »Powell hat mich beauftragt, ein Auge auf seine Tochter zu haben. Wenn ihr etwas zustößt, wird es auf mich zurückfallen. Ich werde der Letzte sein, dem er die Verantwortung überträgt, während er Cassandra zu Grabe trägt.«

»Aus diesem Grund wird sie mit dem Auto verunglücken«, sagte er. »Genau wie ihre Mutter.« Er ballte eine Hand zur Faust und unterstrich seine Worte. »Das sollte Powell einen besonders harten Schlag in die Magengrube versetzen. So etwas wie einen Unfall können Sie unmöglich verhindern.«

»Sie können nicht davon ausgehen, dass ein Autounfall sie auch wirklich tötet«, wandte er ein. Irgendwie musste er ihn doch davon abbringen können.

Lucian lächelte. »Sie unterschätzen mich, Brock. Wir haben eine außerirdische Kleinigkeit in ihrem Auspuff hinterlassen, die sich ›Stardust‹ nennt. Es wird ein Hirnaneurysma auslösen, und dieses Zeug kann im Blut nicht nachgewiesen werden. Ihr Wagen wird verunglücken. Sie wird definitiv ins Gras beißen, egal wie. Ich würde sagen, Sie traben brav zur Arbeit und halten Powells Händchen, wenn er die Nachricht bekommt. Machen Sie sich bereit, das Ruder zu übernehmen.« Der Wind schwoll an, und Lucian war fort.

Brock wartete noch etwa drei Sekunden, ehe er so schnell wie möglich zu Cassandras Wagen sprintete. Wenn ihr irgendetwas zustoßen sollte, würde Powell eine Autopsie veranlassen. Es kam nicht infrage, wegen so etwas seine Injektionen aufs Spiel zu setzen – selbst eine Verschiebung würde er nicht akzeptieren. Er rannte zehn Parkreihen entlang, dann eine Ebene rauf. Als er das Fahrzeug endlich keuchend erreichte, fand er den blöden kleinen Käfer verlassen vor. Cassandra war nirgends zu sehen.

Erleichtert stieß er den Atem aus. Sie musste etwas im Gebäude vergessen haben. Er würde warten. Er durfte sie nicht verpassen.

Eine halbe Stunde später war Cassandra immer noch nicht in Sicht. Brock öffnete die Motorhaube und klemmte die Batterie ab. Sicherheitshalber schlitzte er mit seinem Taschenmesser noch zwei Reifen auf.

Er musste ihre Wohnung aufsuchen, bevor Lucian merkte, dass sie noch lebte und sich etwas anderes ausdachte.

14

Cassandras Magen wand sich in jähen, stechenden Wellen, die auf der Fahrt vom Flughafen zur Wohnung dankbarerweise abebbten. Nachdem sie das Taxi bezahlt hatte, zerrte sie ihren Koffer aus dem Auto, balancierte die Computertasche irgendwie obenauf und schlang sich die Handtasche um die Schulter. Sie war kurz davor gewesen, den Zündschlüssel umzudrehen, als ihr plötzlich einfiel, dass in Filmen die meisten Menschen von einer Autobombe ins Jenseits befördert wurden – nicht gerade verlockend.

Während sie den Trolley nervös zum Haus rollte, dämmerte ihr, dass es ebenso fatal sein könnte, auch nur einen Fuß in die Wohnung zu setzen. Denn der zweite Ort, an dem es einen erwischte, war das eigene Zuhause. Allerdings wusste sie nicht, wo sie sonst hätte hingehen könnte, damit Michael sie auch wirklich fand, und Calebs Nummer hatte sie nicht. Sich deswegen im Büro zu melden, kam nicht infrage, denn dann würde ihr Vater davon erfahren.

Mit heftig klopfendem Herzen betrat sie den gepflasterten Weg, der zu ihrer Wohnung auf der linken Seite führte. Mit einem tiefen Atemzug schloss sie die Tür auf und schaffte das Gepäck hinein. Cassandra vernahm das Kribbeln des Symbols erst in der letzten Sekunde. Plötzlich packten sie starke Arme und hievten sie hinein, während die Tür hinter ihr ins Schloss fiel.

Michael lehnte im Eingang und zog sie an sich, schmiegte die kräftigen Schenkel an ihre. Seine Hände glitten an ihrem Rücken hinauf.

»Michael«, keuchte sie. Er trug das Haar im Nacken zusammengebunden, sodass sein zorniger Gesichtsausdruck unübersehbar war.

Er legte eine Hand auf ihren Hintern. »Ich würde dich am liebsten übers Knie legen und dir deinen süßen kleinen Arsch versohlen.«

»Das traust du dich nicht!«

»O doch, und das weißt du genau«, entgegnete er. »Welchen Teil von *Adam will dich kaltmachen* hast du nicht verstanden?«

»Welchen Teil von *Adam muss daran gehindert werden, die Welt in Schutt und Asche zu legen* hast *du* nicht verstanden? Ich musste Brocks Computer holen.«

»Und hast du?«

»Ja«, erwiderte sie mit trotzig gerecktem Kinn. »Hab ich.«

Dunkle Augen schätzten sie ab. Fast schon drohend krümmte er die Hand um ihren Hintern. Verdammt, ausgerechnet jetzt törnte sie das auch noch an. »Wusstest du, Cassandra«, sagte er streng, »dass psychische Rückstände entstehen, wenn eine Frau mit einem GTECH geschlafen hat? Die können aufgespürt werden. Solange die Frau in keiner Verbindung oder nicht unter der Erdoberfläche lebt, kann sie von einem erfahrenen, ausreichend motivierten GTECH-Tracker überall aufgestöbert werden. Sogar in Deutschland.«

Eine Schockwelle walzte über sie hinweg. Also war sie nie in Sicherheit gewesen. Adams Tracker hätten sie jederzeit aufspüren können. »Du hast gewusst, dass ich in Deutschland war?«

»Ich wusste die ganze Zeit, wo du steckst. Du warst weit genug weg, um nicht auf Adams Radar aufzutauchen – aus den Augen, aus dem Sinn. Ich war außer mir, als dein Vater dich wieder in die Staaten gelockt hat und damit zurück auf Adams Radar.«

Ein Kloß formte sich in ihrem Hals. »Ich … du wusstest,

wo ich war, und hast dich kein einziges Mal blicken lassen.« In diesem Moment traf sie die schmerzliche Gewissheit, dass sie ihren Deutschlandaufenthalt lediglich als Alibi dafür benutzt hatte, dass er keinen Kontakt aufgenommen hatte. Schließlich hatte er ihren Aufenthaltsort nicht gekannt und hatte somit nicht kommen können. Und trotzdem hatte er sie letztendlich ausfindig gemacht.

Er wühlte die Hände in ihr Haar. »Ich war dort«, sagte er leise. »Ich habe mich nur nicht bemerkbar gemacht. So warst du sicherer. Ich habe mir tausendmal in den Hintern getreten, weil ich nichts gegen deine Heimkehr unternommen habe. Ich hätte dafür sorgen sollen, dass du in Deutschland bleibst. Deine Beziehung zu mir wäre zu riskant gewesen, Cassandra – nicht nur wegen Adam. Wenn ich dich nur ein einziges Mal berührt hätte, hätte ich dich nie mehr losgelassen.«

Ihr blieb die Luft weg. Jetzt gerade berührte er sie doch.

Er strich an ihrem Rücken hinauf, zog sie näher an sich. »Kannst du dir überhaupt vorstellen, welche Sorgen ich mir gemacht habe, als du in dem Flugzeug warst?«

»Nein«, sagte sie und neigte sich zurück, um seine Miene ergründen zu können. »Nein, kann ich nicht.« Doch das würde sie gern. Wie sehr sie sich danach sehnte. »Ich habe keine Ahnung, was in dir vorgeht, Michael. Weil du nie über deine Gefühle redest.«

»Na ja, aber jetzt rede ich doch«, erwiderte er heiser. »Es hat mich wahnsinnig gemacht, ich bin beinahe ausgeflippt. Es hat nicht viel gefehlt, dass ich dich aus dem Flughafengebäude gezerrt und wieder in meine Arme zurückgeholt hätte.« Sein Mund legte sich auf ihren, heiß, leidenschaftlich und feurig, als würde er verhungern. Cassandra klammerte sich an ihn und war umhüllt von seinem Duft – von Michael. Sie brauchte ihn und konnte spüren, dass es ihm ebenso ging: Er brauchte sie. So war es schon immer gewesen. Er hatte gewusst, wo sie war, und war immer in ihrer Nähe gewesen.

Aber … Sie löste sich von seinen Lippen, klammerte sich jedoch immer noch an ihn, unfähig, sich loszureißen. »Ich dachte, du wolltest die Finger von mir lassen? Ich dachte, du fürchtest eine Bindung ohne Blutaustausch?«

»Mir ist die Erkenntnis in die Quere gekommen, dass du mir von jetzt auf gleich für immer genommen werden könntest.« Seine Stimme bebte.

Nach genau diesen Worten hatte sie sich doch gesehnt. Warum nahm sie nun trotzdem eine nagende Leere in sich wahr? Alles war so verwirrend. Sie legte die flachen Hände auf seine Brust, als sich plötzlich ihr Selbsterhaltungstrieb bemerkbar machte. »Nein.« Dann sagte sie es noch mal, diesmal bestimmter. »Nein.« Sie schüttelte den Kopf. »Erst jagst du mich zum Teufel, dann holst du mich zurück. Ich kann das nicht. Ich kann nicht.«

»Cassandra«, sagte er schwer atmend. »Ich will dich. Ich will dich so sehr. Aber es gibt Dinge an mir, die du nicht einmal erahnen kannst.« Sie wollte das nicht hören, wollte ihn schon wegstoßen, als er leise hinzufügte: »Ich … *will* nicht, dass du diese Dinge erfährst.«

Eine große Zärtlichkeit übermannte Cassandra, und sie presste die Handfläche an seine Wange. Endlich hatte er seine Gefühle offen ausgesprochen, so offen wie nie zuvor. »Ich will es aber wissen. Erzähl es mir bitte. Lass es einfach raus und bring es hinter dich. Dann musst du dir nicht mehr den Kopf darüber zerbrechen.«

Er schob sie jäh von sich. »Dafür ist jetzt keine Zeit. Adams Männer werden bald vor deiner Tür stehen. Wir müssen los.«

Sie starrten einander an. Sein Gesicht war eine versteinerte, gefühllose Maske, die dennoch Schmerz und Einsamkeit ausdrückte und Cassandra unter die Haut ging. Sie fühlte, wie sie selbst zu Schmerz und Einsamkeit wurde – seinem Schmerz und seiner Einsamkeit.

Das machte sie wütend. Am liebsten hätte sie ihn angebrüllt, sich endlich nicht mehr wie ein Idiot zu benehmen. Sie wollte sich in seine Arme werfen und gleichzeitig davonlaufen. Nichts hatte sich geändert, seit sie ihn vorhin hatte wegstoßen wollen. Er war immer noch nicht bereit, sich zu öffnen, und er würde ihr wehtun.

Es war vorbei. Sie würde Schluss machen. Fast hätte sie es laut ausgesprochen – wollte es, musste es –, doch Übelkeit überkam sie, und ihre Knie gaben nach.

Sofort war Michael bei ihr und packte sie um die Taille. »Cassandra.« Er trug sie zur Kingsize-Couch und legte sie darauf, dann ließ er sich auf ein Knie nieder und taxierte sie mit bohrenden, schwarzen Augen. »Die Bindungskrankheit.«

Sie nickte, es war unmissverständlich. »Es hat mich voll erwischt. Ich bin schon den ganzen Tag krank. Geh nicht gleich in die Luft – es ist nicht so schlimm, dass es mich ans Bett fesselt. Außerdem hatten wir noch keinen Blutaustausch. Überspringen wir also den Teil, an dem du zu brüten anfängst, und sag mir lieber gleich, welches Risiko du für mich darstellst. Nach allem, was geschehen ist, kann keiner von uns ein Lebensband brauchen. Belassen wir es also dabei.«

Michaels Gesichtsausdruck veränderte sich. Er wirkte erschüttert. »Cassandra …«

Sie schüttelte den Kopf. Er zog sie an sich und legte seine Stirn an die Ihre. »Ich wollte dir nie wehtun.«

Schweren Herzens legte sie die Hand an seinen Kiefer, Tränen stiegen ihr in die Augen, die sie zurückkämpfte. »Ich weiß«, erwiderte sie. Selbst wenn sie es zuließ, würde er ihr nicht absichtlich wehtun. Aber sie würde es nicht zulassen. Und sie würde nicht davonlaufen. Weder vor Michael noch vor Adam. Viel zu lange hatte sie abgewartet, statt zu handeln. Sie hatte Michaels emotionale Distanziertheit hingenommen – doch damit war nun Schluss. Es war Zeit, aufzustehen und aktiv zu werden.

Sie richtete sich auf und zeichnete die Kontur seiner Lippen nach. Sie liebte seine Lippen. Liebte es, ihn zu küssen. Also tat sie es. Sie drückte ihm die Lippen auf den Mund, beugte sich zurück und fischte den USB-Stick aus dem BH. Als er eine Augenbraue hochzog, lächelte sie. »Ich konnte mich einfach nicht von ihm trennen. Gibst du mir die Ehre, während ich packe?«

Er nahm den Stick. »Einen Rucksack oder kleinen Seesack. Wir werden mit dem Motorrad durch den Sunrise Canyon fahren.«

Fünfzehn Minuten später erschien Cassandra in Jeans und Tennisschuhen und einem kleinen, vollgestopften Rucksack. Sie marschierte ins Wohnzimmer und entdeckte Michael auf dem Sofa vor dem geöffneten Laptop. »Was gefunden?«

»Verschlüsselt«, erwiderte er frustriert und klappte den Computer zu. »Ich habe gerade mit Sterling gesprochen. Wir treffen uns mit ihm, bevor wir die Stadt verlassen, und geben ihm den Stick. Bis wir in Sunrise City eintreffen, wird er ihn entschlüsselt haben.«

Da sie der Situation vollkommen machtlos ausgeliefert war, wurde Cassandra kurz von einer nervösen Unruhe ergriffen. Adam hatte es auf Red Dart abgesehen und die Renegades auf ihren Vater. Das würde sich jedoch ändern, wenn sie erst beweisen konnte, dass er nicht gegen die Renegades war. Der USB-Stick könnte der Ausweg aus dieser Zwickmühle sein.

Cassandra nickte. Je schneller er decodiert wurde, desto eher konnten alle an einem Strang ziehen.

Michael verließ die Wohnung, schloss die Tür hinter sich und sperrte ab. Er nahm Cassandras Hand und versprach ihr im Stillen, dass alles gut werden würde. Winzig und weich lag ihre

Hand in der seinen. Er wollte sie für immer halten können und vergaß für einen Augenblick, weshalb es unmöglich war. Draußen legte sich die drückende Hitze des frühen Abends wie ein Tuch um sie, man konnte den bevorstehenden Regen förmlich riechen. Der in der Ferne grollende Donner kündigte eine nasse Fahrt durch den Canyon an. Michael suchte im Wind nach Warnzeichen, belauschte das Flüstern, das nur er wahrnehmen konnte, und befahl ihm, Hindernisse aufzuspüren.

Er warf Cassandra einen Blick zu und zeigte mit dem Kopf auf zwei gegenüberliegende Gebäudereihen, deren Gehsteige von Parkuhren gesäumt waren. »Mein Auto steht dort drüben«, sagte er. Er führte sie zu einem Ford F-150, der auf einem eher unklug gewählten Parkplatz stand. Mit vorgetäuschter Lässigkeit suchte er die Umgebung ab und bemerkte vier verlassene Autos auf der anderen Straßenseite. Ein fünfter Wagen parkte mit einem Abstand von zwei freien Parklücken vor dem Pick-up.

Er öffnete die Beifahrertür, umfasste ihre schlanke Taille und half Cassandra, ins Führerhaus zu klettern. »Ich fasse es nicht, dass du Carrie gegen einen Pick-up eingetauscht hast.«

»Carrie wartet zu Hause auf ihre nächste Fahrt«, sagte er, als sie Platz nahm, und fügte leise hinzu: »Oder unsere.« Er dachte an die Nacht, in der sie sich in dem Wagen geliebt hatten. In Anbetracht von Michaels Körpergröße war der Sex in dem kleinen Fahrzeug das reinste Kunststück gewesen, allerdings ein äußerst angenehmes. Als Cassandras Wangen rot anliefen, erkannte er, dass sie ebenfalls daran dachte. »Sie hat dich vermisst.«

Sie öffnete den Mund, ihre Lippen waren so füllig und einladend, und nur der Wunsch, sie in sichere Gefilde bringen zu wollen, hielt ihn davon ab, sie zu küssen. »Warum ist sie dann nicht hier?«

»Wir fahren über harten Wüstenboden. Den verträgt Carrie nicht. Und in der Öffentlichkeit kann ich nicht ohne Weiteres windwalken. In Punkto Tempo und Wendigkeit ziehe ich sie aber jederzeit Frank vor, das kannst du mir glauben.« Er tätschelte das Armaturenbrett des Trucks.

Sie schnaubte zaghaft. Wie niedlich. Verdammt, er liebte alles an dieser Frau.

»Frank?«, lachte sie kopfschüttelnd. »Du und deine Spitznamen.«

Wenigstens lachte sie und war von dem abgelenkt, was vor ihr lag. »Ich hab ein Auge auf einen weißen, klassischen Mustang geworfen. Ich brauche eine zweite Carrie.«

Als er gerade die Tür zuschlagen und das eine oder andere abwägen wollte, um sie aufzuheitern, wisperte der Wind eine Warnung. Er sah rasch auf.

»Was ist? Was ist los?« Cassandra legte eine warme, eindringliche Hand auf seine Brust.

»Wir werden beobachtet.« Er beugte sich über sie, riss das Handschuhfach auf und beförderte eine 9-mm-Browning-Pistole ans Tageslicht. »Schließ ab und leg dich flach auf den Boden.«

Cassandra packte seinen Arm. »Lass uns einfach gehen«, sagte sie. »Und wegfahren. Ich will nicht, dass du schon wieder getroffen wirst.«

Ihre Sorge versetzte ihm einen Stich in die Magengrube. Niemand außer Cassandra hatte sich je um ihn gesorgt. Er packte sie und gab ihr einen kurzen, aber ungestümen Kuss. »Mir passiert schon nichts«, sagte er und schlug die Tür zu, ehe sie ihn aufhalten konnte. Dann folgte er dem Wind.

Jäh wandte er sich dem blauen Toyota 4Runner zu, der rechts auf der anderen Seite parkte. Jemand versteckte sich hinter dem Fahrzeug. Der Wind trug ihn zur Front, wo sich ein Mann in geduckter Haltung an die Stoßstange drückte.

Michael packte den Kerl am Genick und erkannte an seinen

nutzlosen Fluchtversuchen, dass er menschlich war. Trotz seiner Straßenkleidung roch er aufgrund des Bürstenhaarschnitts und der stoischen Haltung nach Militär. Falls er in Adams Auftrag hier war, um Cassandra zu beseitigen, war er ein toter Mann. Falls er für Powell herumschnüffelte, war auch das sein Todesurteil. Powell durfte unter keinen Umständen erfahren, dass Cassandra bei ihm war. Dadurch würde sie das Vertrauen ihres Vaters verlieren und niemals an Red Dart herankommen. Und die Renegades höchstwahrscheinlich ebenfalls nicht, da Powell seine Sicherheitsmaßnahmen verschärfen würde.

Bevor er den Kerl ins Jenseits beförderte, musste er jedoch herausfinden, wie es um Powells Vertrauen bestellt war.

Michael rammte den Kerl gegen die Mauer, ließ den über zweihundert Pfund schweren Mann über dem Boden baumeln. »Was zum Henker ist Ihr Problem!«, rief der Mann empört, jedoch nicht annähernd so eingeschüchtert, wie Michael bei solch einem Angriff erwartet hätte.

Michael bohrte die Finger in das Fleisch des Mannes und gab ihm einen Vorgeschmack auf die Schmerzen, die er ihm verschaffen konnte. »Für wen arbeiten Sie, Soldat, und warum sind Sie hier?«

»Lassen Sie mich los«, knurrte der Mann. »Ich arbeite für niemanden!«

»Klar doch. Sie kriechen nur aus Spaß hinter Autos herum.«

»Ich hab meine Reifen überprüft!«

»Hören Sie auf, mich zu verarschen«, knurrte Michael. »Für *wen zum Teufel* arbeiten Sie?«

»Sie sind ja total durchgeknallt, Mann. Ich hab keine Ahnung, wovon Sie reden.«

Michael knirschte mit den Zähnen. »Hat Ihnen derjenige, der Sie geschickt hat, gesagt, wer ich bin?«, fragte er, denn sein Ruf war ihm nur allzu bewusst. »Hat man Ihnen gesagt, dass ich

Ihnen die Lichter ausblasen würde, ohne mit der Wimper zu zucken?«

»Ich hab doch schon gesagt, Mann«, sagte der Soldat, »dass ich meine Reifen überprüft habe.«

Der Wind schickte eine Warnung, Michael riss den Mann zu Boden und zerrte ihn hinter das Auto. Mehrere Salven wurden auf sie abgegeben. Zu spät. Der Mann sank schlaff zusammen, eine Kugel steckte zwischen seinen Augen.

Scheiße! Erneut wurde das Feuer eröffnet. *Cassandra*. Michael ließ den Mann zurück und befahl dem Wind, den Truck einzukreisen und einen Schutzschild zu bilden, den er höchstens sechzig Sekunden aufrechterhalten konnte.

Der Wind trug ihn zur Fahrerseite, wo er in Stellung ging und auf eine Botschaft aus dem Luftstrom horchte. Die Schützen waren bereits tot, so viel konnte er verstehen. Oftmals verstand er gar nichts, doch es wurde allmählich besser.

Michael zog am Türgriff, stieg ins Auto und startete hastig den Motor. »Bleib so lange unten, bis ich Entwarnung gebe.«

»Ich dachte, es sollte wie ein Unfall aussehen?«, fragte sie vom Boden her. »Am helllichten Tag auf offener Straße auf mich zu ballern, wirkt nicht gerade wie ein Unfall.«

»Hat der Truck was abbekommen?«, fragte er, die Augen starr auf die Straße gerichtet, während er nach Angreifern Ausschau hielt.

»Ich glaube nicht«, erwiderte sie, dann etwas überzeugter: »Nein. Jetzt, da du's erwähnst, denke ich, dass der Truck nicht getroffen wurde.«

»Du kannst hochkommen, Süße. Aber duck dich im Sitz«, sagte er. »Ich glaube, dass es die Schützen auf *mich*, nicht auf dich abgesehen hatten. Das heißt, dass dein Vater dahintersteckt.«

Sie hievte sich auf den Sitz, lehnte den Kopf an die Tür unterhalb des Fensters und legte die Füße aufs Polster. »Sag, dass das nicht wahr ist«, flehte sie. »Wenn er weiß, dass ich bei dir bin, Michael, bleiben uns nur noch Brocks Dateien. Ich werde sonst nichts aus ihm herauskitzeln können.«

Da Adam ihren Tod wollte, gab es nichts, das sie tun konnte, doch das behielt Michael für sich. »Es ist ohnehin fraglich, ob dein Vater erfährt, dass ich bei dir bin«, sagte er. Was an sich gut war, wenn da nicht ein Zodius-Angriff drohen würde. »Jemand hat die Schützen erschossen.«

»Das verstehe ich nicht«, sagte sie. »Waren es die Zodius?«

Er nickte. »Schätze schon.«

»Warum sollten sie uns davonkommen lassen? Und warum greifen sie uns jetzt nicht an?«

Michaels Kiefer verhärtete sich, er griff nach seinem Handy, um Caleb anzurufen. Um es nach Sunrise City zu schaffen, brauchten sie Rückendeckung. »Wenn Adam meinen Tod wollte, würden wir jetzt nicht hier sitzen. Er will mich lebend, um mich foltern zu können. Aus irgendeinem Grund waren die Zodius nicht bereit, mir dort hinten die Stirn zu bieten.«

Allerdings würden sie früher oder später aufkreuzen, und bis dahin wollte Michael Cassandra aus der Schusslinie geschafft haben.

Brock kauerte auf dem Dach gegenüber von Cassandras Wohnung, von dem er einen fruchtlosen Versuch unternommen hatte, Michael zu erschießen. Er hatte einen Soldaten getroffen, wodurch ihm keine andere Wahl geblieben war, als die anderen drei ebenfalls zu erledigen. Wenn er Michael schon nicht aus dem Weg räumen konnte, bevor er mit Cassandra abhaute, dann würde eben keiner lebend davonkommen, um Powell zu verraten, dass sie bei ihm war.

Der letzte Schuss auf Michael war erstklassig gewesen. Michael hatte die Autotür geöffnet und war im Begriff gewesen, einzusteigen. Brock hatte schussbereit gewartet, als ihm die Waffe unvermittelt aus der Hand gerissen wurde.

Er war herumgewirbelt und hatte seinem Angreifer direkt in die Augen geblickt – Lucian. »Was zum Teufel?«

»Sie werden Michael kein Haar krümmen«, sagte Lucian. »Adam will ihn lebend. Erst retten Sie ihn vor den Scharfschützen, dann ballern Sie selbst auf ihn.«

»Ich wollte nicht, dass ein anderer die Lorbeeren kassiert«, log er und lenkte schnell vom Thema ab. »Ich dachte, wir wollten ihn eliminieren. Sie werden Michael nicht fassen können. Ebenso wenig, wie Sie Cassandra Powell liquidieren konnten.«

Lucian starrte Brock wütend an. »Michael und Cassandra steht eine schöne lange Fahrt auf einem verlassenen Abschnitt des Highway 95 bevor. Sie werden die Nacht nicht überleben.« Er hob Brocks Waffe an und zielte ihm zwischen die Augen. »Und Sie werden die Woche nicht überstehen, wenn Sie Red Dart nicht liefern.« Er entschwand im Wind und nahm die Waffe mit.

Brock boxte in die Luft und rannte davon. Er musste zum Stützpunkt und Powell überzeugen, ihm die Injektion gleich zu verabreichen, denn wenn Lucian seinen Willen bekam, würde Cassandra nie zu Hause ankommen. Powell hatte ihr Leben in seine Hände gelegt, doch sie würde den nächsten Morgen nicht mehr erleben.

Brock stieg in seinen Truck und knallte die Tür in dem Moment zu, als das Handy klingelte. Er spähte aufs Display. Powell. Sein Magen verkrampfte sich. Er hockte vor Cassandras Wohnung – vier von Powells Männern waren tot, und seine Tochter hatte gerade mit Michael das Weite gesucht. Dieser Anruf kam ihm im Augenblick genauso gelegen wie ein Loch im Kopf.

Er nahm ihn entgegen. »Ja, Sir. General.«

»Um dreiundzwanzighundert unter der Brücke an der Interstate 15«, sagte er. »Von dort aus werden Sie zu unserer Basis gebracht.«

Die Leitung war tot.

In fassungslosem Schweigen saß Brock da. Ein Treffen unter einer Brücke, mitten in der Nacht. Das gehörte garantiert nicht zum Standardprotokoll, was allerdings bei allem so war, was mit Red Dart im Zusammenhang stand. Powell machte ein großes Geheimnis um sein Labor.

Brock hielt sich zwar nicht für eine Memme, zitterte aber dennoch. Er war aufgeregt und hatte Angst. Allein der Gedanke daran, welch enorme Kraft demnächst durch seine Adern fließen würde, erregte ihn. Das könnte der Tag sein, der sein Leben für immer verändern würde.

15

Nur Minuten, nachdem Cassandra in der Überzeugung, dem Tod ins Auge zu blicken, auf dem Boden des Trucks gekauert hatte, beobachtete sie verwundert, wie Michael vom Las Vegas Boulevard ab- und in ein Parkhaus des Neonopolis Entertainment Center einbog. Er nahm eine scharfe Rechtskurve in die untere Ebene des 1800-qm-Gebäudes.

»Was machen wir denn in einer Shoppingmall?«

»Neonopolis ist mehr als eine Mall«, erwiderte er. »Es ist ein komplettes Entertainmentcenter mit Kinos und Spielhallen. Außerdem ist es der ideale Ort für unsere verdeckte innerstädtische Operation, die sich im Untergeschoss befindet. Die Menschenmengen verhindern Windwalking und Gefechte. Selbst Adam möchte nicht ins Gerede kommen, zumindest nicht, bis er bereit ist, das Ruder zu übernehmen.«

Ihr lief ein eiskalter Schauer über den Rücken. »Sag das nicht, als wäre es unvermeidlich. Als wäre es nur eine Frage der Zeit.«

Vor einer Stahlwand brachte er den Wagen zum Stehen und gab einen Code in sein Handy ein. Die Türen öffneten sich mit Lichtgeschwindigkeit, und er setzte den Truck wieder in Gang. »Bevor ich das zulasse, bringe ich ihn um.«

Mit gerunzelter Stirn merkte Cassandra, dass ihr schon die ganze Zeit eine Frage im Hinterkopf herumspukte. »Warum hast du ihn nicht schon aus dem Weg geräumt, als du in Zodius City warst?«

Er parkte den Truck neben Carrie, und angesichts der damit verbundenen Erinnerungen schnürte sich ihr die Brust zusammen.

»Oh, das wollte ich«, versicherte Michael, brachte den Schalthebel in Parkposition und stellte den Motor ab. »Du hast keine Ahnung, wie scharf ich darauf war, den Kerl auszuschalten. Ich wollte es schon, als er Area 51 überrannt hat. Aber der Dreckskerl hatte genügend Sprengstoff am Körper und auf dem Gelände verteilt, um jeden in der Umgebung mitzureißen, sobald er die Ladung gezündet hätte. Caleb und ich dachten, ich könnte ihn beseitigen, sobald er den Sprengstoff abnimmt, doch Adam plant alles minutiös. Er hat in verschiedenen amerikanischen Großstädten chemische Kampfstoffe platziert, die zum Zeitpunkt seines Todes hochgehen. Ich konnte nie in Erfahrung bringen, wer den Auslöser hat. Deshalb ist Adam unantastbar.«

Das war beinahe zu viel, um es begreifen zu können. »Der Kerl ist erschreckend. Das alles ist erschreckend.« Sie sah schnell zu Michael hinüber. »Warst du deshalb so lange in Zodius? Weil du herausfinden wolltest, wie du ihn eliminieren kannst, ohne Zivilisten zu opfern?«

»Ja«, erwiderte er leise. »Es geht dabei nicht nur um ein paar Opfer, Cassandra, es geht um Unmengen. Um Hunderttausende. Ich hatte nie vor, zwei Jahre dort zu bleiben. Eigentlich sollte ich dort rein und mich gleich wieder zurückziehen. Adam töten und es den Renegades ermöglichen, seine Anhänger anzugreifen. Dann wäre es vorbei gewesen. Doch bei Adam ist nichts einfach.« Er drückte die Tür auf. »Wir müssen weiter. Wir sind nicht tief genug unter der Erdoberfläche, um dir die Tracker vom Hals zu halten. Die Menschenmengen über Tage können deine psychische Energie nur ein wenig verwässern, um sie zu bremsen, aber es wird sie nicht aufhalten.«

Cassandra schluckte schwer und öffnete die Tür. Sie wurde gejagt. Würde diese Hölle denn jemals enden?

Als sie an das Heck des Trucks trat, verließ Sterling in einigen Metern Entfernung den Fahrstuhl und schlenderte lässig auf sie zu. Er trug das lange blonde Haar im Nacken gebunden, an den Schultern hatte er Waffen befestigt, ebenso an den Hüften seiner Jeans.

Cassandra lauschte, wie Michael die Vorkommnisse bei ihrer Wohnung schilderte. »Heilige Scheiße«, sagte Sterling. Er wischte sich übers Gesicht und sah Cassandra mit blaugrünen, von Kontaktlinsen gefärbten Augen entschuldigend an. Im Gegensatz zu den anderen GTECHs konnte Sterling seine Augenfarbe nicht vor Menschen tarnen. Warum, wusste niemand.

»Sorry, Cass«, sagte er hastig.

Sie schnaubte. »Ich bin froh, dich noch fluchen hören zu können, Sterling.« Sie kannte Sterling seit Area 51 und hatte ihn immer gemocht. »Außerdem bin ich relativ immun gegen Soldatengeschwätz. Im Moment ist mir nur die Entschlüsselung der Dateien wichtig.«

»Ich hab noch keinen Code der Regierung gesehen, den ich nicht knacken konnte«, erwiderte er mit einem frechen Augenzwinkern. »Michael ist vielleicht besser darin, andere mit einem einzigen finsteren Blick abzufackeln, aber das Computergenie bin ich.«

Cassandra lachte. Sie hatte völlig vergessen, dass Sterling Michael immer aufzog und dieser im Gegenzug mürrisch dreinblickte. Das hatte ihr wirklich gefehlt, und dem Leuchten in Michaels Augen nach zu urteilen, ging es ihm ebenso. Sie begriff, dass die Zeit bei den Zodius die Hölle gewesen sein musste und wie viel innere Stärke nötig gewesen war, um das zu überstehen. Zum ersten Mal empfand sie etwas anderes als Zorn wegen der Dinge, die er getan hatte. Sie war stolz auf ihn.

»Bis ihr zwei euch zur Straßenbahn aufmacht, sollte ich das Ding geknackt haben«, versicherte Sterling. »Was in den nächsten fünfzehn Minuten geschehen sein sollte, sonst sind wir von Trackern umzingelt.«

»Straßenbahn?«, sagte Cassandra und warf Michael einen fragenden Blick zu, während sie versuchte, nicht an die Tracker zu denken.

»Wir werden eine Reihe von Hotels mithilfe der Verbindungszüge aufsuchen«, erklärte Michael. »Wir durchqueren jedes Hotel zu Fuß. Das sollte die Sinne der Tracker lange genug verwirren, damit wir es auf den Highway schaffen. Ein Renegades-Team wird vor und hinter uns herfahren.«

Mit plötzlich trockener Kehle vergrub sie die Zähne in der Unterlippe. »Weil uns die Tracker schließlich einholen werden«, stellte sie fest.

Weder Michael noch Sterling widersprachen. Jedem war klar, dass die Zodius sowohl ihr als auch Michael an den Fersen hingen.

Kurze Zeit später befand sich Cassandra in einem Raum voller Monitore und elektronischer Geräte, knabberte an einem Powerriegel und trank Orangensaft. Michael hatte sechs Riegel und irgendwelche Ergänzungsdrinks besorgt, von dem dritten schraubte er gerade den Deckel auf. Sterling saß vorm Computer, hämmerte wie wild in die Tasten und ließ alle möglichen Codes in Grün und Weiß auf dem Bildschirm aufflackern.

»Wie geht's dir?«, fragte Michael leise, während er sie musterte.

»Besser«, erwiderte sie. »Ich bin nur müde. Im Augenblick wäre ich gern wie ihr. Wäre nicht schlecht, wenn ich mit ein paar Stunden Schlaf hier und da auskommen würde.« Und sie wünschte sich sehnlichst in die Vergangenheit zurück: mit Michael in Area 51, bevor das alles geschah. An seine Seite gekuschelt nach einem tollen Essen, während sie sich einen Film anschauten.

Er taxierte sie einen Moment, als würde er ebenfalls an früher denken, dann warf er Sterling einen Blick zu. »Die Uhr ist fast abgelaufen, Mann. Was hast du?«

»Halt die Luft an und zähl bis sechzig«, erwiderte Sterling. »Ich brauche noch eine Minute.«

Michael fluchte und zog die Tageszeitung unter Sterlings Arm hervor. Sterling bedachte ihn mit einem schneidenden Blick. »Es gibt ähnliche Geschichten in vier Staaten.«

»Was gibt's?«, fragte Cassandra. »Was ist los?«

Michael schleuderte das Blatt von sich. »Noch mehr vermisste Frauen«, sagte er. »Die meisten sind wahrscheinlich schon tot.«

Cassandra kam die Galle hoch, und sie legte den Powerriegel auf die Arbeitsfläche hinter sich. »Tot? Ich dachte, sie experimentieren nur mit ihnen?« Experimentieren *nur*. Du liebe Güte, das klang grauenvoll.

»Ava hat aus ihren Schwangerschaftshormonen ein neues Befruchtungsverfahren entwickelt«, erklärte er. »Das Problem ist dummerweise, dass die Chance, es zu überleben, bei fünfzig Prozent liegt.«

»Sie ist schwanger?«

»Setzt die Brut des Teufels in die Welt«, sagte Sterling über die Schulter hinweg.

»Das hat Caleb an dem Abend, als wir dir das Handy gaben, davon abgehalten, dich anzurufen«, erklärte Michael. »Wir konnten fünfzig von hundert Frauen dort rausholen. Deshalb musste ich meine Deckung auffliegen lassen.«

»Was ist mit den anderen fünfzig?«, wollte Cassandra wissen.

»Dank Avas Gehirnwäsche wollten sie bleiben«, sagte Michael. »Mindestens die Hälfte ist jetzt wahrscheinlich tot.« Er rieb sich den Kiefer. »Wir haben lediglich erreicht, dass noch mehr Frauen entführt werden.«

»Das stimmt nicht«, entgegnete Cassandra. »Ihr habt fünfzig Frauen gerettet, und bis sie die ersetzt haben, dauert es eine Weile. In jedem Fall sterben weniger Frauen.«

»Aber nur, wenn wir Adam aufhalten können«, hielt er dagegen.

Sterling drehte sich um und wischte sich hektisch über die Oberschenkel. »Ich arbeite bereits mit der Polizei daran, die Steckbriefe der Kidnapper im Land zu verteilen. Warnungen werden über die Tagespresse unter der Bevölkerung verbreitet.« Er wechselte das Thema. »Okay. Zu den Fakten. Fangen wir mit Powell an. Er will in ein paar Tagen zweihundert Truppen nach Dreamland entsenden.«

»Genau«, sagte Cassandra. »Sie werden dort ausgebildet, um gegen die Zodius zu kämpfen.«

»Das gefällt mir nicht«, sagte Sterling. »Nicht, solange Red Dart wie ein Damoklesschwert über den Renegades baumelt.«

»Ganz meine Meinung«, stimmte Michael zu. »Ich finde, wir sollten den Nachrichtenfluss von Dreamland ein wenig sabotieren, damit die Soldaten keine Meldung erstatten können.«

Cassandra schüttelte den Kopf und stieß sich von dem Tresen ab, an dem sie gelehnt hatte. »Wenn da irgendwas schiefläuft, wird mein Vater Verdacht schöpfen.«

Sterling schnitt eine Grimasse. »Ich versuche Wests E-Mail-Account zu hacken«, sagte er. »Eigentlich müsste ich es deichseln können, dass die Befehle umgeleitet und sonst wohin geschickt werden. Ich lasse es so aussehen, als hätte der Computer versagt. Das verschafft uns ein paar Tage, in denen wir nach Red Dart Ausschau halten können.«

Cassandra stieß die Luft aus. »Das könnte funktionieren.«

»Was noch?«, fragte Michael. »Wir müssen uns langsam auf den Weg machen.«

»Powell hat Green Hornets«, sagte Sterling. »Da Brock mit

Lucian unter einer Decke steckt, vermute ich, dass er sie den Zodius zugeschanzt hat.«

»Möglicherweise«, sagte Michael. »Wenn meine Mutter so ein heimtückisches Biest ist wie mein Vater, könnte sie es auch gewesen sein. Er hat gleichzeitig die Regierung und den Feind beliefert.«

»Was?«, riefen Cassandra und Sterling wie aus einem Mund.

»Taylor Industries ist für die Produktion der Green Hornets verantwortlich«, erwiderte er grimmig.

»Das Unternehmen deiner Familie?«, fragte Cassandra. Ihr fiel wieder ein, wie sie damals bei der Durchsicht von Michaels Akte auf die Verbindung gestoßen war, und zuckte zusammen. Schon damals hatte sie ihren Vater verdächtigt, diese Verbindung für persönliche Ziele zu nutzen.

»Allerdings«, erwiderte er mit einem knappen Nicken.

Sterling zog eine Augenbraue hoch. »Du machst Witze.«

»Schön wär's«, erwiderte Michael. »Eigentlich hatte man die Technologie schon vor Jahren auf Eis gelegt. Die Patronen sind in der Waffe explodiert und haben den Schützen verwundet. Offensichtlich hat man dieses Problem lösen können. Und wenn die Kohle stimmt, bedient meine liebe Mami auch Terroristen. Da meine Mutter an den Green Hornets nicht unschuldig ist, die man nun mal gegen die GTECHs einsetzt, hat sie höchstwahrscheinlich auch an Red Dart mitgewirkt, der die GTECHs ebenfalls zur Strecke bringen soll. Eine Waffe zu Tötungszwecken und eine zur Kontrolle. Powell hat dieses Mal wirklich vorgesorgt. Du musst mich irgendwie in ihre Datenbank einschleusen, Sterling.«

»Mannomann«, sagte Sterling. »Und ich dachte, *meine* Familie wäre verkorkst. Taylors System krieg ich schon klein. Ich will alle Patronen. Jedes Teil, das je hergestellt wurde.«

»Das heißt, dass wir auch die Munition vom Stützpunkt holen müssen«, gab Michael zu bedenken.

»Dort gehen ständig Lieferungen ein und aus«, erwiderte Sterling. »Ich fälsche einen Versandauftrag mit den Koordinaten der Green Hornets, und wir fangen den Posten ab, bevor Powell merkt, dass er weg ist.«

Michael nickte. Cassandra konnte nicht länger ruhig bleiben. »Was, wenn mein Vater wirklich gegen Adam aufrüstet?«

»Es wäre möglich, dass es den Soldaten nur mit den Green Hornets möglich ist, einen Angriff zu überleben.« Michael sah Cassandra lange und durchdringend an. »Die Renegades, nicht diese Geschosse, sind die beste Waffe, die dieses Land gegen Adam in der Hand hat. Das hat dein Vater offenbar vergessen. Ich lasse nicht zu, dass diese Munition gegen unsere Soldaten eingesetzt wird. Wenn wir sie bei deinem Vater lassen, wird genau das geschehen.« Er wandte sich wieder Sterling zu. »Hast du irgendwas über den Kristall gefunden?«

Sterling schüttelte mit zusammengekniffenem Mund den Kopf. »Nada«, erwiderte er. »Kein einziges verdammtes Wort. Wenigstens wissen wir, wo die Geschosse zu finden sind und welche der einlaufenden Soldaten die GTECHs attackieren sollen. Indem wir ihre Ankunft hinauszögern, verschieben wir Powells Pläne nach hinten und verschaffen uns etwas Zeit.«

»Zodius«, korrigierte sie. »Die Soldaten sollen die Zodius attackieren. Ich glaube immer noch nicht, dass sich mein Vater gegen die Renegades wendet.« Sie fasste einen Entschluss. »Ich weiß, dass ihr davon überzeugt seid und Red Dart für ein vermeintliches Foltergerät haltet, aber er ist keins. Ich muss zurück und es beweisen. Dann können wir mit meinem Vater an einem Strang ziehen und Adam ausschalten.« Dann sagte sie noch entschiedener: »Ja. Ich muss zurück. Heute Abend noch. Ich kann nicht weglaufen.«

Sterling und Michael warfen sich einen Blick zu. Michael nickte Sterling zu, der sich daraufhin wieder dem Computer zuwandte und mit der Eingabe fortfuhr. »Cassandra«, sagte Michael leise. »Es gibt kein *vermeintlich*. Red Dart *ist* ein Folterinstrument und wird sowohl gegen die Renegades als auch die Zodius gerichtet.«

»Verdammt, Michael«, fluchte sie. »Das kannst du doch nicht wissen.«

Sterling rollte im Stuhl zurück und zeigte auf den Bildschirm. Cassandra ging zum Monitor, setzte sich und starrte auf die eingescannten Papiere.

Als sie die an die Generalstabschefs adressierten Dokumente las, brach eine Welt für sie zusammen. Sowohl die Beschreibung als auch die Gebrauchsanweisung für Red Dart waren unmissverständlich: Ortung, Fernkontrolle, grausame Folter. Ihre Augen brannten, ihre Brust schmerzte, und sosehr sie sich auch bemühte, sie konnte die Tränen nicht zurückhalten.

Die Vergangenheit rauschte an ihr vorbei und kollidierte mit der Zukunft. Die Schutzimpfungen. Der Gottkomplex, auf den sie einen flüchtigen Blick hatte erhaschen können. War er jemals davon ausgegangen, dass es sich nur um Impfungen handelte? Die Lügen. Der Verlust eines Mannes, in dem sie einen Helden gesehen hatte. Jede seiner Handlungen diente dazu, sich selbst einen Vorteil zu verschaffen. Und jede Handlung schien mit Leichen verbunden; mit Leben, die in Gefahr schwebten. Ihr Blick wanderte zu der Zeitung. Es hatte schon so viele Frauen getroffen, die ihren Familien entrissen worden waren. Sie waren für immer verloren. Und in Zukunft würden es noch mehr werden.

Ein Absatz zog ihre Aufmerksamkeit auf sich, und sie riss die Augen auf. Ihr Vater testete das Serum an Menschen und GTECHs. Als sie begriff, welche Folgen das haben würde, blieb ihr die Luft weg. Wenn Adam es den Menschen verabreichte, würde er die Welt beherrschen. Wenn *ihr Vater* Menschen dafür missbrauchte, könnte er sie ebenfalls beherrschen. Letzteres widerte sie mehr an als alles andere. Sie musste in Betracht ziehen, dass dies möglicherweise das ultimative Ziel ihres Vaters war. Er behauptete, sein Land zu verteidigen, doch in Wahrheit ging es ihm nur darum, es zu kontrollieren.

Zornig wischte sie sich die Tränen weg. Keine Zeit für Gefühle. Nicht jetzt. Sie wandte sich Michael und Sterling zu, doch Michael war derjenige, den sie ansah. »Ich helfe dir, Red Dart zu vernichten. Allerdings kann ich es nicht von Sunrise City aus tun. Ich muss mich in der Nähe meines Vaters befinden.«

»Du begibst dich ins Hauptquartier der Renegades«, sagte Michael und nahm ihre Hand. »In Sunrise City bist du in Sicherheit.«

»Nein«, widersprach sie. »Es ist mir egal, ob ich in Gefahr schwebe. Wir stehen möglicherweise dem Ende der freien Welt gegenüber. Ich kann nicht gehen.«

Michael beäugte Sterling. »Wir gehen jetzt.« Ehe sie sich versah, standen sie im Korridor mit dem Rücken zur Tür, während sein massiver Körper ihr den Weg versperrte. Cassandra wollte ihn anbrüllen, weil er sie herumkommandierte, ihn anbrüllen, weil er ihr die Wahrheit über ihren Vater vor Augen geführt hatte. Zugleich wollte sie den Kopf an seiner Schulter anlehnen und sich einfach sicher fühlen, wenn auch nur für eine Minute.

Seine Finger woben sich durch ihr Haar. »Ich weiß, es ist hart, Süße«, sagte er. »Aber die Tracker sind dir auf den Fersen. Wir müssen untertauchen. Wir finden eine Möglichkeit, alles ins Lot zu bringen.«

»Wie?«, forderte sie. »Wie sollen wir das denn anstellen? Du willst den Tod meines Vaters, und das ist etwas, das ich mir einfach nicht wünschen kann. Ich kann es nicht.«

»Cassandra …«

»Willst du, dass er stirbt? Sag es. Sag es, ich muss es wissen.«

Er ging in die Knie auf Augenhöhe zu ihr. »Was ich will, ist deine Sicherheit. Du bist jetzt das Wichtigste für mich. Wenn du hierbleibst, wirst du die Nacht nicht überleben. Und wenn du zurückschlagen willst, musst du überleben.«

Er hatte recht. Sie wusste, dass er recht hatte. Trotzdem kam es ihr falsch vor, sich zu verstecken. Schuldgefühle fraßen sie bei lebendigem Leibe auf. »Ich habe meinem Vater geholfen. Habe ihm beigestanden. Ich …«

Er küsste sie. Ein inniger, leidenschaftlicher Kuss, der von der sanften Stärke erfüllt war, die sie immer an ihm geliebt hatte. Sanft. Ganz gleich, wie fordernd und stur er war, er war immer sanft gewesen.

»Wir finden eine Lösung«, sagte er. »Aber jetzt müssen wir los. Okay?«

Sie nickte, zu keiner Antwort fähig. Sie rannte feige davon, jedoch nur, weil Michael recht hatte. Sie musste überleben, um zurückschlagen zu können. Und sie würde kämpfen wie noch nie in ihrem Leben.

Lucian entdeckte Adam in der Mitte seines Kolosseums. Tad thronte mit selbstgefälliger Miene neben ihm, als ob er irgendeine Rolle spielen würde. Sie standen zwischen einer Reihe aus dreißig Wölfen und einer weiteren Reihe aus ebenso vielen Soldaten – Adams bevorzugte Formation, wenn er die Wölfe für den Kampf abrichtete. Er beabsichtigte, mit ihrer Hilfe die Menschen zusammenzutreiben, sobald er zur Übernahme bereit war. Zusammenzutreiben und bei Bedarf zu töten. Diese verdammten Wölfe. Lucian würde sich nie daran gewöhnen, dass sich diese Biester unter ihnen bewegten, als ob sie eine höhere Lebensform wären, nur weil sie zu Adam gehörten.

Lucian trat gerade vom steinernen Treppenaufgang, als Adam die Hand hob und herabschnellen ließ. Wölfe und Soldaten gingen aufeinander los. Adam und Tad zogen sich zurück und steuerten auf Lucian zu. Tad marschierte neben Adam, als sei dort sein rechtmäßiger Platz statt zu seinen Füßen. Tad erkannte nicht, dass er nur ein weiterer Hund war, der an Adams Fersen lecken durfte. Doch bald wäre es so weit – darum würde sich Lucian schon kümmern. Er hatte etwas in die Wege geleitet, das Michaels und Cassandras gemeinsame Zeit in deren Ende und seinen Anfang verwandeln würde. Noch bevor sich die Nacht dem Ende zuneigte, würde er Cassandra Powells Tod herbeiführen und Michael als ihren Mörder diffamieren. Powell wäre außer sich, am Boden zerstört und schutzlos Brocks Untersuchungen Red Dart betreffend ausgeliefert. Michael säße gefangen in Zodius City und würde seiner Strafe ins Auge blicken. Lucian würde seine Nachfolge antreten, und Tad wäre ein Nichts.

Brock stoppte den Truck unter der Brücke und schaltete die Scheinwerfer aus. Pechschwarze Dunkelheit und Ruhe umgaben ihn; bis auf das Rauschen der Räder auf dem Highway über ihm war nichts zu hören. Der Wind pfiff leise und gedämpft. Brock versteifte sich, öffnete das Handschuhfach und zog eine Smith and Wesson heraus. Man konnte einen GTECH vielleicht nicht ohne Weiteres zur Strecke bringen, aber er wusste, auf welche Stelle er zielen musste.

Unvermittelt nahm der Wind zu. Brock verkrampfte sich, als der Truck von einem gewaltigen Stoß durchgeschüttelt wurde. Grollender Donner folgte und verschaffte ihm etwas Trost, weil hier Mutter Natur am Werk war und kein Windwalker. Er entspannte sich ein wenig, jedoch nur, weil die Waffe beruhigend in seiner Hand lag.

Von weitem leuchteten Scheinwerfer in die Straße hinein, Fernlichter durchschnitten den Nebel. Wenige Meter von seinem Truck entfernt kam ein weißer Van langsam zum Stehen,

Lichter strahlten die auf den Asphalt prasselnden Regentropfen an.

Er wartete zunächst ab, was wahrscheinlich auch der Fahrer des anderen Wagens tat. Eine Art stillschweigende Pattsituation entstand, bis Brock mit flauem Magen einsah, dass er derjenige war, der aussteigen musste. Er hatte seine Befehle. Er öffnete die Tür und klammerte sich an der Waffe fest.

Der Regen fiel nun stärker, klatschte ihm das Hemd an den Körper, doch er achtete nicht darauf. Er zielte mit der Waffe auf die Tür und klopfte an. Sie glitt auf, und zu seinem Entsetzen wurde er von großen blauen Augen begrüßt, eingerahmt von langen, glatten schwarzen Haaren. Was für eine Frau! Sie strahlte ihn mit einem Lächeln an, das reizvoll genug war, um ein Bataillon Soldaten in seinen Bann zu ziehen. Was zum Teufel ging in einer Frau vor, die sich allein mit einem Kerl unter einer Brücke traf?

»Steigen Sie ein, Lieutenant Colonel, bevor Sie noch fortgespült werden.« Ihre Stimme war geschmeidig wie Whiskey, eine raue Sinnlichkeit schabte in ihren Tiefen.

Sein Blick wurde von dem Klinikbett und den Monitoren hinter ihr angezogen. »Wer sind Sie?«

»Der Mensch, der Ihnen die Welt in die Hände legt, Brock. Wenn Sie sie möchten. Sie können mich Jocelyn nennen.«

Langsam senkte er die Waffe, während sie sich von der Tür entfernte, um ihm Platz zu machen. Er kletterte hinein und zog die Tür hinter sich zu.

»Legen Sie sich aufs Bett und krempeln Sie die Ärmel hoch«, befahl sie.

Dass er klatschnass war und überall Wasser verteilte, schien sie nicht zu stören. Seine Nasenflügel blähten sich bei ihrem Duft; er erfüllte die Kabine mit einer sonderbar erregenden Mischung aus Vanille und Zimt.

Jocelyn kniete sich neben ihn und band einen Gummischlauch um seinen Oberarm. Heiliger Strohsack! Es war so weit, es war tatsächlich so weit. Er erhielt seine Injektionen. Er beobachtete, wie sie ein Mittel in eine Spritze zog, und bekam eine Erektion. Sie erregte ihn, ebenso wie die Nadel, die ihm ein neues Leben schenken würde. Sie war älter, als er zuerst gedacht hatte, vielleicht in den Fünfzigern, könnte aber für vierzig durchgehen. Allerdings törnte ihn das nicht ab. Nein, nichts an dieser Frau wirkte abtörnend. Sie war einfach hinreißend.

Ihre verblüffend blauen Augen trafen auf seine – erstaunliche kristallblaue Augen. »General Powell sagte, dass Sie sich der Risiken bewusst sind. Ich würde es allerdings gern von Ihnen persönlich hören«, sagte sie. »Denn es gibt kein Zurück. Alles an diesem Programm basiert auf Versuchen.«

»Wer nicht wagt, der nicht gewinnt«, erwiderte er und versank im Meer ihrer Augen.

»Ganz meine Philosophie.« Sie hielt die Spritze in die Luft und tippte dagegen. »Bereit?«

»Ich bin bereit zur Welt gekommen.«

Ihre Mundwinkel hoben sich. »Kann ich mir vorstellen.« Sie tippte noch mal gegen die Spritze. »Wir unterhalten uns später über die Nebenwirkungen.«

Irgendetwas an ihren Worten machte ihn nervös. Erledigten Ärzte das nicht im Vorfeld? Doch für Fragen war es nun zu spät. Sie neigte den dunklen Kopf und drückte auf den Kolben. Die Flüssigkeit war kalt, seine Vorfreude heiß. Die Dunkelheit kam unverzüglich.

16

Nachdem sie dreihundert Meilen auf finsteren Highways und durch Sturmwetter zurückgelegt hatten, lenkte Michael den Range Rover, den die Renegades an einem Hotel in Vegas bereitgestellt hatten, auf den Parkplatz einer Lagerstätte. Das Lagerhaus diente als Unterstand für Waffen und selten benötigte Motorräder, doch heute Nacht würden sie eine Maschine holen, mit der sie Cassandra durch den Canyon bringen würden.

Michael war nervös und bereit, es mit den Zodius aufzunehmen. Sobald sie in die finsteren Tiefen des Canyons eintauchten, wäre es sicher so weit. Er würde einiges dafür geben, wenn er sie mit dem Wind durchschleusen könnte oder es möglich wäre, sie auf dem Luftweg zu transportieren. Wodurch sie allerdings zu einer riesigen Zielscheibe würden, die Adam skrupellos vom Himmel holen würde. Cassandra schlief neben ihm auf dem Beifahrersitz, ihr blondes Haar hüllte das Polster ein – Haar, das sich wie Seide anfühlte und nach Geißblatt roch. Er begehrte diese Frau mehr als seinen nächsten Atemzug.

Er rieb sich den Kiefer und verfluchte sein armseliges, selbstsüchtiges Dasein. Er war ein egoistischer Mistkerl. Wenn ihn die letzten zwei Stunden, während denen er gegrübelt und sie geschlummert hatte, eines gelehrt hatten, dann das. Er wusste, dass er ein Mistkerl war. Was den egoistischen Teil betraf, nun, vielleicht war er auch das schon immer gewesen. Denn genau wie in Groom Lake war er davon überzeugt, dass er und Cassandra füreinander bestimmt waren. Er hatte mehrmals versucht, es sich auszureden, jedoch in der Regel eher das Gegenteil getan.

Hauptsächlich hatte er sich geradewegs in ihr Bett und wieder in ihr Leben hineingeredet. Jawohl, er war ein egoistischer, beschissener Mistkerl.

Dass er sie mit der Fahrt durch den Canyon Gefahren aussetzte, machte ihm das unmissverständlich klar. Er wollte ihr ein Leben in der Hölle des Kriegs nicht zumuten. Er wollte sie wieder glücklich und sicher in Deutschland wissen. *Falsch.* Eigentlich wollte er sie im *Bett* haben, unter sich und auf sich. Rings um sich. Dabei würde sie ihn anlächeln und ihm das Gefühl geben, dass noch etwas Menschliches in ihm steckte. Etwas, das es wert war, geliebt zu werden.

Er betätigte die Fernbedienung, und die Schiebetür glitt auf. Cassandra rührte sich, setzte sich schlaftrunken auf und streckte sich. »Wie lange hab ich geschlafen?«

»Zwei Stunden«, erwiderte er, als er in das Gebäude fuhr. »Die hattest du auch bitter nötig. Es wird eine anstrengende, holprige Fahrt durch den Regen, und wir müssen uns beeilen.« Er öffnete die Tür und ließ sie kurz allein im Wagen, bis sie ausstieg.

Er brauchte Waffen und eine Strategie für einen schnellen Abgang. Solange sie sich mitten im Nirgendwo aufhielten, saßen sie praktisch auf dem Präsentierteller, auch wenn die Renegades sie einkreisten und gegebenenfalls in die Defensive gingen. Allerdings waren sie nicht menschlich, Cassandra hingegen schon – was sie verwundbar machte.

Michael ging zu den Schränken an der Wand und riss einen auf, während eine Stimme in seinem Kopf sagte: *Du kannst es in Ordnung bringen. Ihr Leben mit deinem verbinden. Sie zum GTECH machen.*

Genau. Und was würde er in der Zwischenzeit noch aus ihr machen? Das Einzige, was ihm zustand, war, sie nach Sunrise zu bringen und anschließend zu verschwinden, um aus sicherer Entfernung für Caleb zu arbeiten.

Er öffnete eine weitere Schranktür und nahm einen Körperpanzer für Cassandra heraus. Er ermahnte sich, bei der Sache zu bleiben, denn seine Gedanken bewegten sich in eine beunruhigende Richtung. Die Autotür wurde zugeknallt. Er drehte sich zu Cassandra um und hielt den Körperpanzer in die Luft.

»Beeil dich«, sagte er. »In den nächsten fünf Minuten musst du in dem Panzer und wir wieder auf der Straße sein.«

»Der ist ja riesig«, sagte sie und beäugte den Anzug, der für einen Mann angefertigt worden und drei Nummern zu groß war.

»Das kriegen wir schon hin«, versicherte er. »Ich will, dass du da draußen so gut wie möglich geschützt bist.« Er versuchte, nicht an die verflixten Green Hornets zu denken.

Angst blitzte in Cassandras Gesicht auf, als würde sie begreifen, was er meinte. Im Canyon erwartete sie nichts Gutes, doch es gab keine andere Möglichkeit.

Er half ihr beim Anlegen des Anzugs und bückte sich, um die zu langen Beine hochzukrempeln und die Reißverschlüsse zu schließen. Schließlich lagen seine Hände auf ihrer Taille.

Sein Herz schlug bis zum Hals, ihre Blicke begegneten sich. Er wandte die Augen ab, sie ebenfalls.

Als er etwas sagte, trafen ihre Blicke erneut aufeinander. »Ich wollte dir nie wehtun.« Das hatte er schon einmal gesagt, doch er würde es noch hundertmal wiederholen, wenn sie ihm dann glaubte. Sie musste ihm einfach glauben.

»Ich weiß«, erwiderte sie leise. »Du konntest nichts dafür.« Als sie lachte, war es kein Laut, der ihn aufheiterte. »Meine Mutter hat mich immer davor gewarnt, mich in einen Soldaten zu verlieben. Weil es wehtut.«

Nun verstummte er völlig. Sie liebte ihn? Hatte sie gerade gesagt, dass sie ihn liebte? »Was hast du gerade gesagt?«

Sie leckte sich über die Lippen, ihre süße rosa Zunge befeuchtete die volle Unterlippe. »Ich … ich habe gesagt, dass ich …«

Ein gewaltiger Schlag war auf dem Dach zu hören, zwei weitere folgten. Das Funkgerät seines Handys summte. Michael schnappte es sich.

»Ein Dutzend Zodius und zweimal so viele Wölfe«, sagte Sterling. »Macht, dass ihr da rauskommt, und zwar gleich.«

Michael legte das Telefon zurück an seinen Platz und schnappte sich einen Helm für Cassandra. »Uns passiert nichts.« Er küsste sie heftig und schnell. »Mach genau das, was ich sage und wann ich es sage.«

Sie nickte mit angsterfüllten Augen und stülpte sich den Helm über den Kopf. Er nahm einen Helm für sich selbst und stieg auf ein Motorrad.

Binnen Sekunden hatte er die Maschine angeworfen und die Tür per Fernbedienung geöffnet. Dann flogen sie durch den Ausgang, und obwohl sein Instinkt ihm riet, den Wind als Schutzschild zu nutzen, unterließ er es. Alles, was er gegen die Zodius anwandte, könnte auch den Renegades schaden.

Als sie das Gebäude verließen, prasselte Regen auf sie nieder und raubte ihnen die Sicht. Wölfe stürzten sich aus sämtlichen Richtungen auf sie. Cassandra schrie auf, als sie in die Füße gezwickt wurde, und er war heilfroh, auf dem Körperpanzer bestanden zu haben.

Michael bog ab und machte einen Schlenker, konnte aber nicht nach einer Waffe greifen und gleichzeitig das Motorrad unter Kontrolle halten. Die Wölfe waren überall: rechts, links, vorne, hinten. Zu nah, um den Wind einsetzen zu können, ohne die Stabilität der Maschine zu beeinträchtigen. Gott sei Dank wurde wenigstens nicht geschossen. Die Zodius würden es nicht wagen, einen Treffer auf einen der Wölfe zu riskieren. Sie hatten zu große Angst, deswegen von Adam getötet zu werden. Es war eine lächerliche, jedoch praktische Schwäche, die er seinen Männern aufbürdete.

Irgendwie schaffte es Michael durch die Meute, ohne am Boden zu landen. Sobald sie an den Rand des Canyons gelangten, gab er Gas und schoss an den Bäumen vorbei. Die Wölfe wurden durch Schüsse ersetzt, Patronen pflasterten ihren Weg. Michael sprach den Wind an, errichtete eine temporäre Barriere, die bald fiel. Dann begann er von vorn.

Es wurde immer weiter gefeuert, sodass in einem ungeschützten Moment ein Reifen im Kugelhagel durchlöchert wurde. Die Zeit stand still, als das Motorrad unter ihnen wegrutschte. Michael dachte nur an Cassandra und federte instinktiv ihren Sturz mithilfe des Winds ab, indem er ein weiches Polster über dem Boden schuf.

Als sie im umherspritzenden Schlamm niedergingen, fuhr Michael der Schreck in die Glieder. Er riss sich den Helm herunter und versuchte, Cassandra im Regen zu erspähen. Ein paar Meter weiter entdeckte er sie aufrecht sitzend, wo sie sich den Helm vom Kopf riss. In einer einzigen Bewegung lag er auf ihr, schirmte sie gegen die Schüsse ab und wollte mit ihr zu einigen nahe gelegenen Bäumen rollen, als er hörte, wie über ihm Waffen gespannt wurden.

Er drehte sich um und blickte in die Läufe von einem Dutzend Gewehre, die zweifellos mit Green Hornets geladen waren. Wölfe standen knurrend bei den Soldaten. Lucian bildete die Vorhut, leitete offensichtlich den Angriff. Lucian, der stets auf Macht aus gewesen war, aber immer nur Adams Missachtung geerntet hatte.

Hinter den Zodius materialisierten sich Renegades und zielten mit Gewehren auf deren Köpfe. »Auch wenn wir keine Green Hornets geladen haben«, brüllte Sterling, »bohren sich die Kugeln direkt in die Köpfe deiner Männer.«

»Zuerst trifft es Michael und Cassandra«, erwiderte Lucian. »Zisch ab, Arschloch!«

Michael sah Lucian in die Augen und erkannte die Panik darin. Er stand mit dem Rücken zur Wand. Die einzige Möglichkeit, seinen Arsch vor Adam zu retten, bestand darin, Michael und Cassandra zu erschießen und im Wind zu verschwinden.

Michael zog die möglichen Auswirkungen gar nicht erst in Betracht, denn es gab keine akzeptable Lösung, keine richtige. Alles, was er mit dem Wind ausrichten konnte, wäre provisorisch, und anschließend würde man das Feuer eröffnen. Möglicherweise kamen sie dabei um – nicht nur er und Cassandra, sondern auch die Renegades. Es gab nur eine Alternative, mit der er hoffte, überleben zu können. Er packte Cassandra, verschwand mit ihr im Wind und hoffte inständig, dass sie es überstand.

Beißende Kälte holte ihn ins Bewusstsein zurück. So. Verdammt. Kalt.

Brocks Lider öffneten sich unter dem Brennen von grellen Lichtern. Schmerzen stachen in seine Hornhaut und zwangen seine Wimpern nieder, als hinge Zement an ihnen. Tröstliche Dunkelheit wurde ihm gewährt. Ja, Dunkelheit. Er mochte die Dunkelheit. Sie war alles, was er spüren, alles, was er sehen konnte.

Das Zimmer drehte sich, und schemenhafte Bewegungen führten ihn beinah in Versuchung, die Augen noch einmal zu öffnen. Eine leise Stimme waberte durch den leeren Raum seines Verstands, eine sinnliche, süße Stimme, ein Engel vielleicht.

Seine Lider schabten über die Augäpfel, und er blinzelte in das grelle Licht, das sein Gehirn spaltete und die Kälte in glühenden, an seiner Wirbelsäule hinabrasenden Schmerz verwandelte. In seinem Gesicht zuckten Muskeln. Er atmete ein und zwang sich, sich zu konzentrieren.

Eine weiße Zimmerdecke, er starrte auf eine weiße Decke. Vor seinen Augen verschwamm alles; über ihm schimmerten

Punkte wie Wassertropfen, desorientierten ihn. Verzweifelt suchte er nach etwas, auf das er sich konzentrieren konnte, doch es gab nur das verfluchte grelle Licht. Es war überall, umzingelte und verzehrte ihn.

Panik breitete sich in seiner Brust aus und stieg ihm mit erstickender Präzision in die Kehle. Er setzte sich jäh auf. Etwas zerrte heftig an seinen Handgelenken. Er keuchte, als der Schmerz sie fast entzweiriss und an den Armen hinaufschoss. Er hechelte mehrmals, sein Verstand war ein Wirbelsturm aus nebulösen, nicht identifizierbaren Bildern.

Brock hob den Kopf und sah sich um – ein kleiner, steriler Raum, weiße Laken, ein Klinikbett. Scharfer Schmerz jagte durch seine Handgelenke, als sich Widerstände in sein Fleisch gruben. Er wollte sich befreien, ruckte wieder hoch und stieß erneut auf Widerstand und noch mehr Schmerz. Dann begriff er, dass die Schmerzen von Kanülen herrührten.

Infusionsschläuche führten in die Beine, die Brust, die Arme. Er sah an sich hinab, entdeckte überall Schläuche und Kanülen, und Erinnerungen woben einen höhnischen Pfad durch seinen Verstand. Die Brücke. Die hinreißende Frau. Die Injektion.

»Powell, verdammt! Kommen Sie verflucht noch mal her! Powell!« Er hatte kein Zeitgefühl mehr und schrie immer wieder, erhielt jedoch keine Antwort. Er schrie, bis er heiser wurde.

»Ganz ruhig«, ertönte die leise weibliche Stimme aus dem Van, kurz bevor ihre wunderschönen blauen Augen sichtbar wurden. »Alles ist gut.« Sie sprach über die Schulter nach hinten. »Holen Sie bitte Dr. Chin.« Eine zarte Hand legte sich auf seinen Arm, kurz bevor ihr stechender Blick in seinem Gesichtsfeld erschien.

Jocelyn, dachte er. Ihr Name war Jocelyn. »Sie Miststück! Sie haben mich ausgetrickst! Sie sollten mir nur die Injektion geben.«

Sie zuckte zurück, als ob er sie geschlagen hätte. »Nein. Ich habe Sie nicht ausgetrickst!« Sie beugte sich wieder über ihn. »Brock, Schätzchen. Niemand darf erfahren, wo sich dieses Labor befindet. Ich weiß, dass Sie das verstehen. Sie sind schließlich ein Mann des Militärs.«

»Dann benutzen Sie eine Augenbinde«, blaffte er. »Dazu braucht man weder Nadeln noch Gurte. Ich habe die GTECH-Berichte gelesen. Verarschen Sie mich nicht, Lady. Die GTECHs wurden nicht fixiert. Sie wussten noch nicht mal, was man mit ihnen gemacht hat.«

Ihre Antwort kam schnell. »Deren Wandlung verlief sukzessive, ihre nicht. Wir mussten Sie fixieren, damit Sie sich die Infusionsschläuche nicht herausreißen, während sich ihr Körper transformiert. In wenigen Tagen, wenn wir sie abnehmen …«

»In wenigen Tagen!«, rief er, während er wieder versuchte, sich loszureißen. Die Schmerzen waren ihm einerlei, er wollte nur frei sein. »Ich kann nicht tagelang so liegen. Das war nicht abgemacht. Entfernen Sie die Nadeln. Lassen Sie mich gehen.« Ein kleiner Chinese betrat den Raum, den Brock wütend anstarrte.

»Ich bin Dr. Chin«, verkündete er. Dann griff er nach der am Fußende hängenden Tafel und sprach über seine Schulter mit jemandem, den Brock nicht sehen konnte. »Geben Sie ihm zwei Milligramm Lorazepam.«

»Wer Sie auch sind, wenn Sie mir die Spritze verpassen, merke ich mir Ihr Gesicht und drehe Ihnen den Hals um, sobald ich hier aufstehe.« Der verschwommene weiße Kittel verharrte zögernd, offenbar nahm er sich die Drohung zu Herzen.

Brocks Augen huschten unbändig zwischen Jocelyn und Dr. Chin hin und her. »Ich töte euch alle.«

Jocelyn streckte die Hand nach dem verschwommenen Weiß aus und sagte: »Geben Sie sie mir.« Sie redete mit dem Arzt. »Geht es ihm ansonsten gut?«

Er nickte. »Ich habe ihn gründlich untersucht, bevor er aufgewacht ist.«

»Dann lassen Sie uns allein, damit ich ihm alles erklären kann«, sagte sie und wandte sich wieder an Brock.

»Wenn Sie mir diese Spritze geben, werden Sie es bereuen«, warnte er.

Jocelyns volle Lippen hoben sich ungerührt zu einem Lächeln, während sie nach einem Infusionsständer griff. »Für einen ans Bett gefesselten Mann sind Sie sehr hartnäckig.« Sie führte die Spritze in den Infusionsschlauch und leerte sie.

»Das nächste Mal sind Sie ans Bett gefesselt, und dann lasse ich meinem Willen freien Lauf.« Für ihre Arglist war sie ihm ein wenig Spaß schuldig.

Sie zog eine Augenbraue hoch. »Versprechungen, Versprechungen. Im Augenblick bezweifle ich, dass Sie sich die Schuhe selbst binden können, geschweige denn, mich fesseln.« Sie schleuderte die Spritze in einen Mülleimer und machte es sich neben ihm bequem, dann legte sie eine Hand auf seine Brust. Sie war warm auf seiner kalten Haut. »Wie wäre es, wenn wir uns darüber unterhalten, was mit Ihnen geschieht?«

Eine plötzliche Schwere trommelte über seine Augenlider, verschmolz mit der Hitze ihrer Handfläche und zerrte ihn in eine Lethargie hinein. »Sagen. Sie. Es. Mir.«

»Sie haben das GTECH-Serum bekommen – ein spezielles Serum, das noch kein anderer Mann erhalten hat. Sie werden der stärkste und kompetenteste GTECH sein – was Sie als deren Befehlshaber auch sein sollten.«

Der Stärkste. Die Welt drehte sich in Brocks von Drogen vernebeltem Verstand. Diese Welt gefiel ihm. Ihm gefiel Jocelyns Stimme – so klangvoll und weiblich.

Sie fuhr fort: »Während des Übergangs entstehen Schmerzen, da sich Ihre Muskeln und Ihr Flüssigkeitshaushalt anpassen.

Aber wenn es vorbei ist, werden Sie der mächtigste Mann der Welt sein, und wir fangen an, Ihre Armee aufzubauen.« Sie rutschte näher heran. Wie im Van stach ihm trotz seiner schwindenden Sinne ihr irrer, exotischer Duft in die Nase. »Sie werden ein Held sein, Brock.«

Ein Held, dachte er lächelnd. Er würde ein Held sein. Der mächtigste Mann der Welt.

Genugtuung schlüpfte in seinen Verstand, und er gestattete seinen Augen, sich zu schließen, gestattete der Dunkelheit, das grelle Licht zu überwinden.

17

Michael hielt Cassandras schlaffen Körper in den Armen und materialisierte sich vor der Höhlenwand zu Sunrise City. Er war kaum fähig zu atmen, und wenn Cassandra es nicht tat, wollte er gewiss auch nicht mehr. Er musste sie unbedingt an einen sicheren Ort bringen und trat vor den unsichtbaren Punkt, der ihn einscannte und identifizierte. Die Höhle spaltete sich in zwei Teile und gewährte Zugang zu einem versteckten Eingang. Innerhalb einer Sekunde stand Michael im Inneren der enormen Lagerhalle, die den Einstieg zu Sunrise City bildete, während sich die Türen automatisch hinter ihm schlossen.

Als er Cassandras tropfnassen Körper niederlegte, hatte er das Gefühl, als würde seine Brust in einen Schraubstock gespannt. Ein Blick in ihr blasses Gesicht genügte, um sich seiner größten Angst zu stellen – sie atmete tatsächlich nicht.

»Nein!« Er stieß einen Schrei aus, kauerte sich neben sie, riss den Körperpanzer bis zur Taille auf und begann mit der Reanimation. Sie musste leben. *Musste leben.* Chaos stürmte auf ihn ein, Trotz, Schmerz und Zorn. Er presste die Lippen auf ihre. Während er sich verzweifelt um ihre Rettung bemühte, schwirrte ihm der Kopf vor quälenden Gedanken. Schuldgefühle stürzten auf ihn ein. Er hatte das zu verantworten. Es war allein sein Werk.

Mit Vernunft versuchte er den niederschmetternden Schlag zu verhindern: Wenn sie in einer Verbindung gelebt hätten, dann wäre er bei ihr gewesen und hätte die Frauen in Zodius nicht retten können, hätte nie von Red Dart erfahren, und der

Körperpanzer hätte ihm nicht zur Verfügung gestanden. Wenn er sich mit ihr verbunden hätte, wäre es ihm möglich gewesen, ihr uneingeschränkten Schutz zu bieten. Dann würde sie nicht im Sterben liegen. Oder wäre nicht bereits tot. Er richtete sich auf und schrie aus vollem Hals. Sie war tot. Sie war tot. Und er ebenfalls. Sie zu verlieren, war das Einzige, was er nicht ertragen, die einzige Prüfung, die er nicht bestehen konnte.

Ein markerschütternder Schrei wand sich spiralförmig durch die Dunkelheit, die Cassandra verzehrte. Weiße Flecken rührten an dem Schwarz und Grau vor ihren Augen. Sie erwachte keuchend und setzte sich auf, Kopf und Magen drehten sich. Doch es gab nur eins, was wichtig war. Michael rief nach ihr. Er rief nicht nur – er schrie mit schmerzverzerrtem Gesicht aus tiefster Brust.

Er schrie nach ihr. Sie wusste es mit jeder Faser ihres Körpers.

»Michael«, flüsterte sie und packte ihn. »Michael. Ich bin okay. Mir geht's gut.«

Er sah auf sie herab, die Erleichterung stand ihm ins Gesicht geschrieben. Er zog sie fest in seine Arme, dann nahm er ihr Gesicht in beide Hände. »Cassandra. Mein Gott, ich dachte …«

Sie drückte ihm rasch einen Kuss auf, weil sie seine tröstende Wärme brauchte, von der sie unterbewusst wusste, dass sie von ihr ins Leben zurückgeholt worden war. Diese Lippen. Dieser Mann. Ein Erinnerungsfetzen – auf sie gerichtete Waffen; die Gewissheit, gleich erschossen zu werden, brandete über sie hinweg. Gerade hatten sie noch in Gewehrläufe geblickt und jetzt … »Wir sind mit dem Wind gegangen.«

»Ja«, erwiderte er, als er sich zurückzog. »Mir blieb nichts anderes übrig. Sie hätten uns …«

»Erschossen«, beendete sie. »Ich weiß.«

Einen Augenblick lang betrachtete er sie liebevoll. »Wir müssen dich zum Arzt runterbringen«, sagte er. Als er sie gerade in die Arme nehmen wollte, schrillte eine Sirene los. Ihr Herz donnerte wie ein Presslufthammer, Michaels Blick schoss zur Höhlenwand.

Die Mauer teilte sich, Caleb und Sterling erschienen im Wind. Schemenhafte Gestalten in schwarzer Tarnkleidung verschmolzen mit der hereindringenden Dunkelheit. Sterling machte noch einen Schritt, bevor er zusammenbrach, eine Blutlache breitete sich neben ihm aus. Der Wind beförderte drei weitere Männer in den Eingang, wovon zwei verwundet waren und sich vor Schmerzen krümmten.

Ein Blick auf Michael genügte, um Cassandra erkennen zu lassen, dass er hin- und hergerissen war. »Geh!«, schrie sie, während sie sich aus seinen Armen herauswand. »Mir geht's gut! Geh schon. Hilf ihnen!«

Er zögerte kurz, ehe er zu den verletzten Soldaten raste. Cassandra rappelte sich schwankend auf, fing sich aber rasch. Entsetzt beobachtete sie, wie Caleb Sterling schulterte und mehrere Fahrstühle im hinteren Bereich des Lagerhauses ansteuerte, während sich eine Blutspur hinter ihm bildete. Es war viel Blut. Sterling hatte zweifellos schwere Verletzungen erlitten.

Schuldgefühle nagten an Cassandra, als sich Michael um einen weiteren Verletzten kümmerte, an den sie sich vage als Damion erinnerte. Ihn hatte sie ebenso gemocht wie Sterling. Diese Männer waren ihretwegen verwundet worden, weil sie sie beschützen wollten.

»Bitte«, sagte sie leise, hob den Blick gen Himmel und streckte die Hand nach einem Glauben aus, den sie unlängst aus den Augen verloren hatte. »Lass sie nicht sterben.«

Während sie ihr Stoßgebet auf den Weg brachte, stürmte sie unbeirrt zu den Aufzügen, um nicht allein im Lagerhaus zurückzubleiben, sondern den anderen hilfreich zur Seite zu stehen. Sie ergatterte einen Platz im hinteren Teil des einen Lifts, wo sie hinter Michael und Caleb stand, die jeder einen Soldaten trugen. Als ihr Blick zwischen den breiten Schulterpaaren hin und her huschte, nahm sie eine stumme Seelenverwandtschaft zwischen den beiden Renegades wahr, die sie bereits in Area 51 bemerkt hatte. *Renegades*. Beide waren Renegades, waren nie etwas anderes gewesen. Wie hatte sie nur jemals dem Glauben verfallen können, dass Michael sich Adam und nicht Caleb angeschlossen habe?

Der Fahrstuhl bewegte sich langsam in den Untergrund. Zu langsam. Sie befürchtete, dass das Leben der Männer von der Geschwindigkeit des Lifts abhängen könnte, als er von zähem Schweigen begleitet nach unten kroch.

»Was war da draußen los?«, fragte Michael mit steifer, leiser Stimme.

»Damion war schon unten, ich bin ihm hinterher. Sterling ist zum Angriff übergegangen, bevor ich ihn aufhalten konnte. Er ist mit dem Wind mitten in die beschissene Schießerei gegangen und hat die Green Hornets abgefangen, die für Damion bestimmt waren. Verdammter Idiot. Verdammter blöder Idiot. Er weiß doch, dass mir die Zodius kein Haar krümmen. Er weiß, dass mein Bruder es untersagt hat.«

Michael sah Caleb an. »Auch wenn sie nicht absichtlich auf dich schießen, hättest du dennoch sterben können«, sagte er. »Dein Leben ist zu wertvoll, um es aufs Spiel zu setzen. Du musst diesem Schlamassel verdammt noch mal ein Ende setzen. Nein, warte. Es ist deine Bestimmung, diesen Mist verdammt noch mal zu beenden.«

»Erzähl mir nichts von meinem ach so wichtigen Leben, während Sterling an meiner Schulter verblutet, Michael«, zischte Caleb. »Mein Leben ist nicht wertvoller als …«

»Von wegen«, fiel Michael ihm ins Wort, »und im Gegensatz zu dir ist sich Sterling darüber im Klaren.«

Cassandra kniff die Augen zusammen. Sie war erschüttert und bekam noch größere Schuldgefühle. Sehr viel größere. Hätte sie das Ganze verhindern können, wenn sie schon zu Beginn von Projekt Zodius erkannt hätte, wie ihr Vater wirklich tickte? Denn seinetwegen war sie doch hier. Sie alle waren seinetwegen hier.

»Dich trifft keine Schuld, Cassandra«, sagte Caleb. Hatte er etwa ihre Gedanken gelesen? Eigentlich sollte sie bei den GTECHs nichts mehr überraschen können.

»Nein«, sagte Michael grob, »es ist meine Schuld.« Cassandras Herz klopfte wie wild. »Ich bin schuld.« Redete Michael etwa davon, sie heute hierher gebracht zu haben? Wenn dem so sein sollte, bedauerte sie es – und wie sie es bereute, diesen Weg genommen und damit Männer in den Tod getrieben zu haben.

Vielleicht sprach Michael auch davon, dass er ihren Vater hatte laufen lassen. Sie wusste, dass ihn deswegen Gewissensbisse plagten, denn es stand wie eine massive Mauer zwischen ihnen, größer als jede andere, die er je um sich errichtet hatte. Und davon gab es eine ganze Menge.

Die Fahrstuhltüren glitten auf. Sterling und Damion wurden schleunigst auf fahrbare Tragen gebettet, die in einem lang gezogenen, engen Bereich mit Steinboden auf sie warteten. Cassandra folgte den Männern und bemerkte andere Soldaten, die von beiden Seiten aus den Fahrstühlen traten, um sich um andere Verletzte zu kümmern.

Hektik brach aus, Cassandra jagte den Tragen über einen ins Krankenhaus führenden Korridor hinterher. Es gab ein riesiges Zimmer, in dessen Mitte die Anmeldung thronte, die von mit Vorhängen abgetrennten Räumen umgeben war.

Cassandra stand zwischen Michael und Caleb gequetscht vor einer großen Glasscheibe, von der aus man einen Operationssaal überblickte. Kelly befand sich mit Sterling im OP und operierte.

Sie hatte nicht mal gewusst, dass Kelly bei den Renegades lebte. Als sie von Groom Lake geflohen war, hatte sie in blindem Egoismus alles andere ausgeblendet, hatte sogar einen Krieg verdrängt, der einfach nicht weichen wollte. Sie hatte sich zu kämpfen geweigert, während Adam immer bedrohlicher geworden war.

Als sie nun beobachtete, wie Kelly um Sterlings Leben kämpfte, genauso wie er sich für sie alle eingesetzt hatte – für Damion, Caleb und auch sie –, hasste sie sich selbst. Sie gelobte, es wiedergutzumachen. Sie würde Red Dart aufspüren und vernichten, und sie würde ihren Beitrag leisten, um die Green Hornets zu bekommen. Sie würde nicht zulassen, dass sich Adam noch mehr davon unter den Nagel riss. Wenn es irgendetwas ändern würde, dass sie sich ihren Vater vorknöpfte, dann befände sie sich mit Lichtgeschwindigkeit auf dem Weg durch den Canyon und würde ihn zwingen, alles aus der Welt zu schaffen. Wenn es doch nur so einfach wäre. Herrgott, wenn es doch nur so wäre.

Sie sah zu Michael auf, studierte seinen angespannten Kiefer und die steife Haltung. Seine Erschütterung ging in Wellen von ihm aus, die sich über ihr brachen. Was auch immer hinter dem stecken mochte, was er im Lift geäußert hatte, schien ihn bei lebendigem Leib aufzufressen. Als er um sie gebangt hatte, waren die Mauern um ihn eingestürzt, jedoch binnen Sekunden aufs Neue entstanden, weil er nun um seinen Freund fürchtete.

Am liebsten würde sie diese Mauern einreißen und ihn in den Arm nehmen. Doch seit sie ihn kannte, hatte sie zum ersten Mal das Gefühl, dass es besser wäre, ihn in Ruhe zu lassen. Obwohl er zum Greifen nah war, schien es, als befände er sich ohne Wiederkehr am anderen Ende der Welt.

»Er kollabiert!«, brüllte jemand, dann durchbohrte ein Signalton Cassandras Gedanken.

Ein brutaler Windstoß schoss reißend durch ihre Lunge,

während sie die flachen Hände gegen die Scheibe presste. Das Team bereitete den Defibrillator vor, um Sterling mit Elektroschocks wiederzubeleben. Insgeheim wusste Cassandra, dass diese qualvolle Minute den Krieg verändern würde, denn in diesem Moment floss Blut und schnitt jedem Soldaten an der Front tief ins Herz. Niemand, auch sie nicht, würde es tatenlos hinnehmen und so alles umsonst gewesen sein lassen.

Diese Männer hatten ihr das Leben gerettet. Sie war es ihnen schuldig, ihnen zur Seite stehen und ihre Verluste nicht sinnlos erscheinen zu lassen. Sie durchbohrte die Scheibe mit Blicken und flehte Sterling an durchzuhalten, um es ihm später persönlich sagen zu können.

Mit angehaltenem Atem starrte Michael in den OP und beobachtete, wie Kelly Sterling bearbeitete. Als der Monitor beim Bett einen gleichmäßigen, stabilen Rhythmus anzeigte, ließ er erleichtert die Schultern fallen. Die Green Hornets, jene grüne, von Taylor Industries hergestellte Munition, hatten einen guten Mann nicht das Leben gekostet. Er würde dafür sorgen, dass es dabei blieb.

Er hörte, wie Cassandra und Caleb erleichterte Seufzer ausstießen, während die Nervosität in der Nische des kleinen Wartebereichs abebbte.

»Caleb.« Eine Männerstimme ertönte von hinten.

Michael drehte sich um und entdeckte Dr. Walker, einen von einem halben Dutzend Ärzten, die Caleb von Groom Lake mitgenommen hatte. Der große Arzt mit den kurzen dunklen Haaren warf Michael einen argwöhnischen Blick zu, was Caleb nicht entging. »Er ist einer von uns. Schon immer gewesen.«

Michael hätte am liebsten die Zähne gefletscht, um den Mann verdammt noch mal zusammenzucken zu lassen. Als würde er sich nicht schon beschissen genug fühlen, ohne dass ihm noch signalisiert wurde, hier fehl am Platz zu sein. Andererseits – vielleicht stimmte das ja sogar.

»Was wollen Sie?«, bellte Michael gereizt, wobei er ein Knurren kaum unterdrücken konnte.

Dr. Walker räusperte sich nervös. »Die inneren Organe von Noah, Cooper und Jacob wurden nicht getroffen. Wir bringen Damion gleich in die Chirurgie, um ihm eine Kugel in der Nähe des Herzens zu entfernen. Die OP sollte komplikationslos verlaufen. Da sein Herz nicht direkt getroffen wurde, dürfte er bald wieder auf die Beine kommen. Sein Körper wird schnell heilen.«

Caleb nickte knapp. Er winkte den Arzt ein Stück den Flur hinunter, um mit ihm unter vier Augen zu sprechen. Michael bezweifelte nicht, dass es in dem Gespräch um ihn ging, was ihn nur noch mehr reizte.

Sein Blick fiel auf Cassandras schlammverschmiertes, bleiches Gesicht, und er winkte einer Schwester. »Wir brauchen einen Arzt.«

Cassandra wies die Frau kopfschüttelnd ab. »Es ist sinnvoller, wenn sie nach den Männern sieht, die in Lebensgefahr schweben. Mir fehlt nichts.«

»Nein«, wehrte er ab und dachte an ihren leblosen Körper, den er minutenlang in den Armen gehalten hatte. »Deine Atmung hat ausgesetzt. Du musst untersucht werden.« Er hob die Hand und winkte noch einmal nach der Schwester, die ihn anstierte, als sei er Freddy Krueger aus den alten *Nightmare*-Filmen. Er zog ein mürrisches Gesicht. »Zur Hölle, Frau. Ich bin kein Zodius, sondern Renegade. Und wir brauchen hier verdammt noch mal einen Arzt.«

»Beruhig dich«, sagte Cassandra und sah die Frau kopfschüttelnd an. »Mir fehlt nichts.«

»Ach, von wegen«, murrte er.

»Mir geht's gut, Michael. Dank dir.« Ihre sanfte, beruhigende Hand schloss sich um seinen Arm. Er konnte sich weder Sanftheit noch Ruhe leisten. Nicht, solange Menschen dem Tod ins Auge blickten. Die falschen Menschen. Cassandra und Sterling statt Powell und Adam.

»Danke mir nicht, Cassandra«, zischte er, während Zorn in ihm aufstieg wie ein schwungvoll geworfenes Messer. Er wollte ihren Dank nicht. Er wollte … Nun, er wusste nicht, was er im Augenblick wollte außer Adams und Powells Blut und Cassandra unter sich zu spüren, während sie seinen Namen stöhnte. Und ihm ein kleines Stück vom Himmel schenkte, einen Ausweg.

Doch sie konnte nicht länger dafür herhalten. Nicht, ohne sich auf eine Verbindung einzulassen – mit einem Mann, der nicht einmal ein Mann war. Um das nicht aus den Augen zu verlieren, hatte er ihr aus dem Weg gehen und die Beziehung beenden wollen. Und wieder vergaß er es in ihrer Gegenwart.

Keiner von beiden ging dem anderen aus dem Weg. Stattdessen blickte sie mit diesen wunderschönen grünen Augen zu ihm auf – die wunderschön und grün bleiben sollten. Nicht schwarz. Sie sollten nicht in den Strudel der Obsidian-Hölle gesogen werden, was jedoch geschehen würde, wenn er sie gänzlich forderte.

»Ich kann mir nicht vorstellen, wie es sein muss, wie der Feind behandelt zu werden«, sagte Cassandra leise. »Du bist in Zodius durch die Hölle gegangen. Aber deswegen bin ich stolz auf dich und auch auf das, was du getan hast.«

Ihm schnürte sich die Brust zusammen. Er wandte den Blick ab und lenkte ihn auf die Glasscheibe. »Du würdest anders denken, wenn du wüsstest, was ich dort tun musste.« Seine Funktion als Adams persönlicher Leibwächter, Tyrann und Terrorist hatte er nur allzu gut erfüllt. Und allzu leicht. Mitunter hatte er sogar vergessen, dass er so nicht war. Doch seine eigene Persönlichkeit hatte die Oberhand behalten. Er war sich treu geblieben und hatte sich gesagt, dass er so handeln musste, weil er dazu fähig war – und um es Caleb zu ersparen. Damit Caleb ein ehrenvoller Anführer blieb, unverdorben von Menschen wie seinem Bruder und dessen Anhängern. Einer musste diese Rolle übernehmen.

»Was du getan hast, spielt keine Rolle«, sagte sie. »Nur weshalb du es getan hast.«

Er sah ihr direkt in die Augen. Sie gab sich verständnisvoll, doch er wusste, dass sie nicht verstand. Sie sollte auch nicht verstehen. Weil er sich eine solche Welt nicht für sie wünschte. Sie sollte verdammt noch mal nichts damit zu tun haben, sondern sicher und glücklich leben. Deshalb gab er keine Ruhe – er würde so lange weitermachen, bis sie die Flucht ergriff. »Würdest du genauso reden, wenn ich deinen Vater aufgeschlitzt hätte?«

Sie holte tief Luft und zuckte vor ihm zurück. »Das hätte nichts aus der Welt geschafft. Adam wäre immer noch da, um die Welt an sich zu reißen.«

»Allerdings gäbe es Red Dart nicht, der ihn ködert und noch anheizt«, erwiderte er.

»Meinst du, die Welt wäre jetzt besser, wenn du ihn in Groom Lake erledigt hättest?«, hielt sie trotzig dagegen und hob eine Hand. »Spar dir die Antwort. Lass es einfach.« Sie taxierte ihn mit zusammengekniffenen Augen. »*Willst* du mich etwa aus der Fassung bringen?«

»Ich versuche lediglich, dich vorzubereiten.«

Sie wirkte verletzt und war noch blasser als vor wenigen Minuten. Sie befeuchtete sich die trockenen Lippen. »Wann wirst du ihn eliminieren?«

»Wann auch immer es in Zukunft richtig erscheint«, sagte er. »Das ist ein Krieg, und ich bin Soldat.«

Das war ein harter Brocken. »Oh, ich bin mir vollkommen im Klaren darüber, dass du Soldat bist, Michael.« Sie schluckte schwer und schüttelte den Kopf. »Nein, du wirst ihn nicht töten, das glaube ich nicht. Denn du weißt, dass sich dadurch gar nichts ändert.«

»Du kennst mich nicht so gut, wie du denkst, Cassandra«, erwiderte er.

Als sie Calebs Schritte hinter sich hörte, schloss Cassandra die Augen. Was immer ihr Vater auch getan hatte, er war und blieb ihr Vater. Sie konnte sich seinen Tod nicht wünschen, und ebenso wenig konnte sie die Vorstellung ertragen, dass Michael ihn aus dem Weg räumte. Daran würde sie zugrunde gehen und alles auf einen Schlag verlieren. Aber sie sprach es nicht aus, als sich Caleb näherte.

Ein Blick auf Caleb genügte, und Cassandra schlich davon, um den Männern ein Gespräch unter vier Augen zu ermöglichen. »Ich geh mal eben zur Toilette.«

Cassandra eilte den Korridor hinunter, als Caleb gerade begann: »Die Zodius haben sich vorerst zurückgezogen …« Der Rest ging unter, als sie um die Ecke bog, um ein wenig Ruhe zu finden.

In der winzigen, aus nur einer Kabine bestehenden Toilette presste sie die Handflächen gegen das kühle Waschbecken und ließ den Kopf hängen. Mehr brauchte sie von Caleb nicht zu hören. »Vorerst zurückgezogen« hieß mit anderen Worten: »Das Blutvergießen wird weitergehen.«

Es sollte endlich ein Ende finden. Am liebsten hätte sie die Zeit zurückgedreht, um unzählige Dinge zu ändern, die Motive ihres Vaters ins rechte Licht zu rücken und Maßnahmen zu ergreifen. Doch die Zeit lief unbarmherzig weiter, ganz gleich, wie beängstigend das sein mochte.

Cassandra atmete tief durch und sah in den Spiegel. Waschbäraugen starrten zurück, Schlammspuren zogen sich über ihre Wangen, und Cassandra zuckte zusammen. Sie war immer noch krank, und offen gestanden ging es ihr beschissen. Doch es erschien ihr egoistisch, wegen eines verdorbenen Magens zu jammern, während das Leben anderer am seidenen Faden hing.

Nicht ihre derangierte Erscheinung oder ihre persönlichen Beschwerden erschütterten sie, sondern was dem zugrunde lag. Jahrelang, eventuell sogar ihr ganzes Leben lang, hatte sie sich auf eine Weise mit ihrem Vater identifiziert, die über Familienbande hinausreichte.

»Du kannst es ins Reine bringen«, flüsterte sie. »Du *wirst* es ins Reine bringen.«

Cassandra sammelte sich, wusch sich kurz das Gesicht, und ging dann wieder zu den Männern, die nebeneinander am Sichtfenster des OPs standen. Bei Michaels Anblick, der mit gespreizten Beinen und vor der Brust verschränkten Armen dastand und etwas Unnahbares ausstrahlte, verkrampfte sich ihr der Magen, weil sie der Grund dafür war.

Innerhalb weniger Tage waren sie von Gegnern zu Liebenden geworden, und nun war sie nicht sicher, wo sie standen. Offen gestanden stellte sich Cassandra die Frage, ob Michael sie wirklich von ihrem Vater trennen konnte, egal, wie sehr er sich bemühte oder es beteuerte.

Sie schlich sich von hinten an, stützte sich an der Wand ab und beobachtete Kelly, die im OP eine grüne gezackte Patrone nach der andern in einen Glasbehälter fallen ließ. Man konnte die Anspannung im Wartebereich mit Händen greifen; die Angst, dass Sterling es nicht schaffen könnte, ließ keinem Ruhe.

Michael stand aufrecht wie ein Zinnsoldat und verfolgte jede Bewegung der Ärztin. Caleb hingegen war rastlos und marschierte auf und ab. Bis Kelly erschien, um sie auf den neuesten Stand zu bringen, hatte er schon beinahe ein Loch in den soliden Betonboden gewetzt. Zu dritt bestürmten sie die Ärztin.

»Er ist stabil«, verkündete Kelly, während sie Cassandra einen stummen, mitfühlenden Willkommensgruß übermittelte. Die gute Nachricht war wie eine sanfte Brise an einem heißen Tag.

Kelly fuhr fort: »Das Schlimmste ist noch nicht überstanden. Er hat viel Blut verloren und schwere Verletzungen erlitten. Woraus diese Projektile auch bestehen mögen, sie durchschlagen nicht nur den Körperpanzer, sondern zerfetzen Muskeln und Gewebe. Ihm steht eine lange Nacht bevor, in der er heilen wird. Aufgrund seiner schweren Verletzungen mache ich mir Sorgen wegen der Übelkeit. Es ist zwar nicht erwiesen, doch ich bin der Meinung, dass Vitamin-C-Mangel die Übelkeit auslöst. Darum wird es ihm intravenös zugeführt werden. Das und die Tatsache, dass er in der Vergangenheit während des Heilungsprozesses nicht krank war, geben Anlass zur Hoffnung.«

»Wann kann man sagen, ob er über den Berg ist?«, fragte Cassandra und kam den Männern damit zuvor.

»In ein paar Stunden.« Kelly musterte die drei. »Ihr solltet euch waschen und etwas ausruhen.« Sie gab Cassandra ein Zeichen. »Du nicht. Dich muss ich noch untersuchen, bevor du mir durch die Lappen gehst. Ich bin gleich wieder da, ich muss erst noch nach den anderen Patienten sehen.« Sie drehte sich um und hielt in der Bewegung inne. »Oh.« Sie holte einen durchsichtigen, versiegelten Beutel voller Patronen aus ihrer Tasche. »Dachte, ihr möchtet die vielleicht haben.« Sie ließ die Tüte in Calebs Hand fallen und stapfte davon.

Caleb starrte darauf. Alle starrten darauf, fast als stünde ihnen der Teufel in Gestalt von Patronen gegenüber. Nachdem sie hatten mit ansehen müssen, wie Männer wegen diesen Dingern verbluteten, traf das vielleicht sogar zu.

Plötzlich tat Caleb etwas, das er in Cassandras Gegenwart noch nie getan hatte. Er verlor die Nerven. Während er einen dröhnenden Fluch ausstieß, klatschte er die Hand gegen die

Mauer neben dem Fenster. Sein ganzer massiver Körper war angespannt und strahlte tosenden Zorn aus.

Als zwischen seinen Knöcheln Blut hervorquoll, zuckte Cassandra zusammen. Sie schlang sich die Arme um den Körper und trat ratlos zurück. Sie wusste nicht, ob es etwas gab, das sie für ihn tun konnte. In Calebs Händen lagen Menschenleben, möglicherweise sogar die Zukunft der Welt. Er musste unter immensem Druck stehen.

»Adam hat Streitkräfte an unseren Grenzen postiert«, knurrte Caleb. »Die können es gar nicht erwarten, diese verfluchten Kugeln in jeden meiner Männer zu pumpen. Und was haben wir, um uns zu verteidigen? Nichts. Nicht ein einziges verfluchtes Ding.«

»Wir können es schaffen«, sagte Michael. »Wir reißen uns Powells Green-Hornet-Bestand unter den Nagel. Noch heute Nacht.«

Immer noch verkrampft, fuhr sich Caleb mit der unverletzten Hand über den Nacken, schien sich jedoch allmählich zu beruhigen. »In den verschlüsselten Dateien wird erwähnt, wo sich die Munition befindet. Nur Sterling bekommt Einblick in die Daten, sonst vertraue ich niemandem. Wenn wir uns ohne diese Information auf die Suche machen, können wir ebenso gut nach der Nadel im Heuhaufen Ausschau halten.« Caleb starrte Michael an. »Kannst du sie von Taylor holen?«

In Michaels Kiefer zuckte ein Muskel. »Sterling hat dir vermutlich erzählt, dass meine Mutter Powell mit Green Hornets versorgt. Und dass ich glaube, dass sie ihm auch mit Red Dart unter die Arme greift. Wenn ich recht habe und mich bei ihr blicken lasse, um die Munition zu bekommen, riechen die beiden Lunte. Dann geben wir preis, dass wir wissen, was sie vorhaben …«

»Ich bin ziemlich sicher, dass das kein Geheimnis mehr ist«, murmelte Caleb verdrossen. »Wir brauchen die Geschosse.«

Endlose angespannte Minuten verstrichen. Michaels Miene wirkte nüchtern und unergründlich, doch Cassandra konnte dennoch die von ihm ausgehenden Emotionen wahrnehmen. Die Nervosität, die ihn von innen heraus auffraß. Der Gedanke, sich seiner Mutter stellen zu müssen, war eine bittere Pille. Tatsächlich graute ihm davor.

Doch vorhin hatte er sie daran erinnert, Soldat zu sein – also würde er sich der Situation stellen. Sie wusste es schon, bevor er zustimmte.

»Ich brauche ein Team bei der Taylor-Anlage, das sofort zum Angriff übergeht, wenn ich die Koordinaten durchgebe. Wenn die Männer gleich mit mir aufbrechen, kann ich sie mit dem Schutz des Winds aus dem Canyon schleusen.« Caleb nickte kurz, während sich Michael an Cassandra wandte. »Ich bin in ein paar Stunden zurück.«

Nutzlose Verzweiflung stieg in ihr auf. Sie wollte ihn anbrüllen, zu bleiben. Diese Nacht musste endlich enden. Dieser Krieg hatte schon zu tiefe Wunden gerissen, ihnen zu viel abverlangt. Doch sie konnte nichts tun, außer zu nicken. »Pass auf dich auf.«

Als tief in seinen Augen eine Regung aufflackerte, legte sich ein Schatten darüber, sodass sie glaubte, es sich eingebildet zu haben. Dann drehte er sich um und marschierte los. Sie begriff, dass sie mit der Angst kämpfte, ihn nicht lebend wiederzusehen. Diese Angst würde sie jedes Mal ertragen müssen, wenn er ging. Doch nicht, weil er Soldat war oder sie einen lautlosen Krieg führten. Sondern weil er Michael war.

18

»Sein Organismus passt sich gut an das Stufe-2-Serum an, obwohl es ihm so schnell zugeführt wurde«, berichtete Dr. Chin, der nur wenige Meter vom Bett seines Patienten entfernt stand.

Powell zeigte sich relativ unbeeindruckt von dieser Nachricht und missachtete so geflissentlich den wissenschaftlichen Fortschritt, der die Transformation von drei Monaten auf wenige Tage komprimiert hatte. Bis er vom Weißen Haus zum Rücktritt gezwungen worden war, hatte er in Groom Lake miterlebt, wie man zweihundertneun Soldaten zu GTECHs umwandelte. Im Moment hatte er jedoch kein Interesse daran, neue zu schaffen. Dass er dazu in der Lage war, hatte er bereits unter Beweis gestellt; zudem besaß er eine ausreichende Menge des Serums, um weitere hundert Männer behandeln zu können, wovon er die Regierung jedoch nicht in Kenntnis gesetzt hatte. Durch die Allianz mit der Regierung standen ihm genügend Männer zur Verfügung, allerdings würde Jocelyn das fehlende Modul beisteuern, das ihm eine angemessene Nutzung der neuen GTECHs erst möglich machte: Kontrolle.

»Wie es aussieht«, fuhr Chin fort, »hat er siebzig Prozent aufgenommen. Wir sollten …«

West zuckte plötzlich. Er riss die Augen so weit auf, als hätte man Fäden durch die Wimpern gewoben, die die Lider nach außen zogen.

Powell war dieser Anblick vertraut. Genauso sahen getroffene Soldaten auf dem Schlachtfeld aus, kurz bevor sie vom Tod erlöst wurden. Er taxierte Chin mit einer hochgezogenen Augenbraue.

»Bei einer derart rasanten Transformation lassen sich Nebenwirkungen nicht vermeiden«, erklärte Chin.

»O Gott«, sagte Jocelyn und hastete zu Brock. Sie schnappte sich die Augenmaske, die auf dem transportablen Tisch lag. »Das muss am Licht liegen.« Als sie sich vorbeugte, zuckte Brock erneut.

»Verdammter Mist, Jocelyn«, fluchte Powell. »Er wird Sie noch verletzen.« Brock war zwar fixiert, aber immer noch wild. »Sie sind keine verfluchte Krankenschwester.«

Powell warf Chin einen mahnenden Blick zu, der ihn auffordern sollte, einzugreifen. Wests unerträgliche Schmerzen waren Powell gleichgültig, Jocelyn hingegen widerstrebte es, anderen Menschen Leid zuzufügen; auch wenn sie mit der Produktion von Massenvernichtungswaffen im Grunde genommen nichts anderes tat. Seit dem Tod ihres Mannes war das Geschäft nicht mehr dasselbe. Indirekt zu töten, belastete sie nicht, zumal der Gewinn nicht zu verachten war – doch es aus nächster Nähe erleben zu müssen, war unerträglich. Auch wenn sie entnervend weiblich war, duldete Powell ihre Empathie. Denn es käme ihm mehr als ungelegen, wenn sie im letzten Moment Gewissensbisse plagten – das würde die Lage nur unnötig kompliziert machen.

»Nun legen Sie ihm schon die bescheuerte Maske an, bevor er sie noch verletzt.« Chin wirkte empört. Warum sollte ausgerechnet er die Krankenschwester spielen? Damit brachte er Powell erst recht auf die Palme. »Machen Sie schon!«, befahl er leise, aber barsch.

Chin setzte sich in Bewegung und legte Brock die Maske über die Augen. Er beruhigte sich augenblicklich.

Jocelyn runzelte besorgt die Stirn. »Es tut mir weh, das mit anzusehen.«

»Seine Hornhaut sollte sich innerhalb der nächsten Stunden anpassen«, versicherte ihr Chin.

Jocelyns Sorge verwandelte sich in leichte Euphorie, als sie sich vom Bett abstieß und rasch zu den Männern gesellte. »Soll das heißen, dass wir Red Dart ebenfalls in wenigen Stunden testen können?«, fragte sie und packte ihr Mitgefühl für West in die hinterste Ecke. Zweifellos wollte die Wissenschaftlerin und Waffenexpertin in ihr sehen, wie ihre Arbeit Früchte trug.

»Während der Transformation ist das Serum hauptsächlich damit beschäftigt, seinen Körper sämtlicher Schwächen zu berauben«, erklärte Chin. »Wir wissen nicht, wie anpassungsfähig er sich in dieser Zeit verhält. Wir wollen doch nicht riskieren, dass er gegen unsere selbstentwickelte Formel immun wird. Warten Sie, bis die Transformation vollständig abgeschlossen ist.«

»Kommen Sie zum Punkt, Chin.« Powell war nicht in der Stimmung, sich stundenlange Erläuterungen anzuhören. »Wie lange?«

»Vierundzwanzig Stunden.«

»Straffen Sie es auf zwölf«, verlangte Powell.

Chin rutschte unbehaglich hin und her. »Da wäre noch eine Frage …«

»Dann sorgen Sie für die Antwort«, schnappte Powell. *»Sofort.«*

Chin nickte knapp und steuerte die Tür an.

Man hatte die relativ kleine Anlage unter Jocelyns Haus untergebracht, wo sie mittels militärischer Technologie getarnt wurde. Dennoch stammten sämtliche Apparaturen von Powell, die Chin zuvor bei PMI verwendet hatte. Das Labor hielt der Hightech-Ausstattung von PMI zwar nicht im Mindesten stand, bot jedoch eine gewisse Diskretion, die er hinsichtlich Jocelyns Beteiligung als unerlässlich erachtete. Er involvierte ausschließlich Menschen, die er kontrollieren und unter Druck setzen konnte. Und er wusste um Jocelyns Schwächen. »Schließen Sie die Tür hinter sich«, befahl Powell, als Chin zum Ausgang gelangte.

Powell hatte bisher eine rein geschäftliche Beziehung zu Jocelyn unterhalten und seine sexuellen Bedürfnisse anderweitig gestillt, doch dieser Ersatz stellte ihn nicht mehr zufrieden. Sie hatten etwas gemeinsam, das über das Red-Dart-Programm hinausging. Michael Taylor hatte ihn damals bloßgestellt. Er hatte nicht nur seine Tochter flachgelegt, sondern ihm außerdem fast die Kehle aufgeschlitzt. Dieser Kerl hatte mit seinem Vaterland gebrochen, so wie er vor Jahren seine Mutter und seine Familie im Stich gelassen hatte. Jawohl, er und Jocelyn hassten Michael, und aus diesem Hass war etwas anderes entstanden: Begierde.

Seine Augen strichen über ihre Kurven, zeichneten die Konturen der Hüften nach, die Rundung der Brüste. Dann betrachtete er wieder ihr herzförmiges Gesicht. »Ich glaube, es ist Zeit, mit dem Champagner anzustoßen, den wir für diese Gelegenheit reserviert haben.«

»Ich dachte, das würden wir erst, wenn Red Dart aktiviert ist.«

Er lächelte zustimmend. »Dann trinken wir auf unsere jahrelange hervorragende Zusammenarbeit, die uns hierher geführt hat.« Er streckte die Hand aus. »Was halten Sie davon?«

Sie zögerte kurz, ehe ihre Reserviertheit dahinschmolz und sich ihr Gesicht angesichts der Vorfreude, sich ihm zu unterwerfen, entspannte. Als sie die Lippen öffnete, legte sich ein Schleier über ihre Augen. Sie hob die Hand und streichelte seinen Handrücken. Als ihre Blicke sich begegneten, loderten sie vor beiderseitiger Anziehungskraft, und das in der Luft liegende Versprechen verdichtete die Atmosphäre – heute Nacht würde er sie haben.

Powell bugsierte sie zur Ledercouch und den Sesseln, die von einem Schreibtisch in der äußersten Ecke flankiert wurden. Im Gegensatz zu den angrenzenden Räumen entlang des Flurs hatte er in ihrem Arbeitsbereich für ein gemütliches Ambiente gesorgt.

Er schob sie zur Couch. Während sie zaghaft auf der Kante Platz nahm, beobachtete sie ihn unter schweren Lidern, ihre schwarze Hose schmiegte sich um die schlanken Schenkel. Er ging zu einem Wandkästchen, nahm eine Flasche Champagner und zwei Gläser heraus und füllte sie. Dann ließ er sich neben ihr nieder und reichte ihr ein Glas.

»Auf uns«, murmelte er leise, und was er mit Worten nicht ausdrücken konnte, sagte er mit den Augen.

Mit geröteten Wangen öffnete sie den Mund und prostete ihm mit klirrenden Gläsern zu. »Auf uns.«

Dann tranken sie genussvoll. Er zog ihr das Glas aus der Hand und stellte beide Kelche auf dem Tisch ab. »Verrate mir eins, Jocelyn«, sagte er und legte kühn eine Hand auf ihren Oberschenkel. »Törnt es dich genauso an wie mich, die Welt zu retten?«

Als Brock allmählich zu Bewusstsein kam, hörte er Stimmen; seine letzte Erinnerung war die an schwere, das grelle Licht ausblendende Schatten. Wie lange war das her? Minuten? Stunden?

Er blinzelte ein paarmal, versuchte sich zu konzentrieren, spürte etwas Schweres auf seinem Gesicht. Eine Maske – er trug eine Art Maske, die seine Augen bedeckte.

Er öffnete den Mund und wollte rufen, doch allein bei dem Versuch schwoll sein Hals an. Er holte tief Luft, um sich zu vergewissern, dass seine Lunge noch funktionierte. Stieß die Luft wieder aus. Er war nicht tot. Eine vertraute Stimme bohrte sich durch den Nebel. Nein, es war ein Stöhnen. Ein weibliches Stöhnen.

»General«, hörte er ein Flüstern. *»O Gott, General.«* Erneutes gedämpftes Stöhnen und Keuchen, dann ein gutturales, männliches Knurren.

Die Realität holte Brock ein und ließ Habgier durch seine Adern strömen. Er wusste nicht, warum, doch Jocelyn gehörte ihm. Er versuchte sich aufzusetzen. Versuchte zu schreien – Jocelyn! –, brachte aber keinen Ton heraus.

Jocelyns Stimme waberte durch die Dunkelheit. »General, warte. General, aufhören.«

Brock holte Luft, zwang sich, ruhig zu bleiben, und klammerte sich an die Bruchstücke ihrer Stimme. »General, warte!«, wiederholte sie. »Brock ist wach. General, hör bitte auf! Er ist wach.«

Der General grunzte. »Das ist mir gerade scheißegal, Jocelyn.«

»Wir sollten nach ihm sehen.«

»Wie wär's, wenn ich's dir erst richtig besorge, und du siehst anschließend nach ihm?« Dem folgten Kussgeräusche. »Wie wär's damit?«

»Er kann uns hören«, flüsterte sie.

»Dann hat er auch was davon und kann mit uns zusammen kommen.«

Brock zerrte an den Fesseln und kämpfte sich durch die an den Armen hinauftreibenden Schmerzen.

Offenbar brachte der General sie mit weiteren Küssen zum Schweigen. Er machte immer weiter. Das Seufzen und Stöhnen quälte Brock mehr als die in seinen Adern steckenden Nadeln. Unbändig kämpfte er gegen die Fesseln an, versuchte sich zu befreien, wollte das Stöhnen und Seufzen zum Verstummen bringen, da fuhr ihm ein stechender Schmerz durch eine Augenbraue, und er war nicht mehr imstande, sich zu wehren. Ihm blieb nichts anderes übrig, als still zu liegen und Jocelyns Lustschreien und dem Klatschen von Haut auf Haut zu lauschen. Das Ganze setzte sich endlose, qualvolle Minuten lang fort, bis es schließlich endlich still wurde. Brock malte sich mit bildhafter Genauigkeit aus, wie sie nackt und aneinandergeschmiegt dalagen – dann wurde ihm klar, dass er Powell jagen und töten, ihm heimzahlen würde, was er ihm angetan hatte. Daran klammerte er sich, bis eine Sirene laut schrillte und wieder verstummte.

»Wer klingelt denn so spät noch an der Tür?«, fragte Jocelyn. Eine gewisse Hektik brach aus, während sie sich offenbar etwas anzog.

Tür? *Das war doch keine Türklingel,* dachte Brock vage. Wo zur Hölle waren sie?

»Ich checke den Monitor«, sagte Powell. »Du ziehst dich an.«

Tastaturgeklapper erklang … dann fluchte Powell leise.

»Was ist?«, fragte Jocelyn. »Was ist denn?« Als sie keuchte, ging Brock davon aus, dass sie einen Blick auf den Bildschirm geworfen hatte. »O mein Gott. Es ist mein Sohn. Michael ist hier.«

Als seine Mutter die Tür öffnete, blähte der Geruch von Sex Michaels Nasenflügel und ersetzte den in der Ferne abklingenden Sturm. Obwohl sich seine feine Nase im Gefecht als nützlich erwiesen hatte, sorgte sie heute dafür, dass sich ihm der Magen umdrehte, denn in diesen Geruch mischte sich noch etwas anderes. Etwas Vertrautes, das er nicht genau zuordnen konnte. Etwas, das nach Gefahr und Lügen roch. Ein Omen, dass dieses Treffen seine Vermutung bestätigen würde: dass sie mindestens so niederträchtig war wie sein Vater. Dass sie alles tun würde, um an der Spitze mitzumischen, und nicht einmal vor einer Allianz mit Adam zurückschreckte.

»Hallo Mutter.«

Jocelyn Taylor erwiderte den Blick ihres Sohns mit den gleichen kristallblauen Augen, die er einst besessen hatte. In ihren Tiefen spiegelte sich ein Willkommensgruß wieder, wie man ihn einem wilden Tiger bot – geheucheltes, majestätisches Desinteresse, um den unterschwelligen Wunsch zur Flucht zu verbergen. Zerlumpt vom Krieg und geschlagen vom Regen, wirkte er zweifelsohne wie ein zorniger Tiger. Das eindringliche Gefühl, seiner Verpflichtung als Sohn nachkommen zu müssen, hatte ihn hergeführt. Er musste sich erst von ihrer Schuld überzeugen, bevor er sie den Renegades auslieferte. Allerdings kannte er die Antwort in dem Moment, als sie die Tür öffnete – sie war schuldig. Genau wie sein Vater.

»Ich dachte schon, du hättest vergessen, dass es mich gibt«, erwiderte sie schroff.

»Was du sicher mit Leib und Seele gehofft hast«, sagte er trocken. »Wir müssen reden.«

Sie legte den Kopf schief und betrachtete ihn einen Augenblick lang. Die Zeit war gut zu ihr gewesen, auch wenn ihr die Leitung von Taylor Industries einiges abverlangte. Damals hatte sie Michael angefleht, ihr diese Bürde abzunehmen. Andererseits verfügte sie über genügend Geld, um die Nebenwirkungen des Alterns zu lindern.

»Komm rein«, sagte sie schließlich und trat ein Stück zurück, um ihn einzulassen.

Er betrat das Haus, das er einst sein Heim genannt hatte – kostspieliger italienischer Marmor erstreckte sich zu seinen Füßen, geätzte Spiegelglasscheiben säumten hohe Decken –, und wünschte sich sehnlichst, nicht hier sein zu müssen.

»Hier entlang«, sagte sie.

Er folgte ihr durch die Diele in die Küche, die er in seiner Kindheit geliebt hatte. Nach der Schule hatten ihn dort Milch und Kekse erwartet, und in den Ferien waren dort die Mahlzeiten zelebriert worden. Doch die Bilderbuchfamilie war von der Zeit ausgelöscht worden. Er hatte feststellen müssen, dass seine Mutter auf Kosten ihres Rechtsbewusstseins Vater-Mutter-Kind gespielt hatte, während sie die unmoralischen Geschäftspraktiken ihres Manns ignorierte. Jene Praktiken hatten dieses Fantasieleben ermöglicht, und offenbar hatte sie beschlossen, dort anzuknüpfen, wo ihr Mann aufgehört hatte.

In Abwehrhaltung brachte sie die zweieinhalb Meter lange marineblaue Kücheninsel zwischen sich und Michael. Keiner von beiden machte sich die Mühe, auf einem der Barhocker Platz zu nehmen.

Michael kam direkt zur Sache. Er knallte eine Green Hornet auf die geflieste Arbeitsfläche. Ihr Gesicht wurde aschfahl.

»Wie ich sehe, hast du es endlich geschafft, Green Hornets in angemessener Qualität zu produzieren«, sagte er.

»Wo hast du das her?«, zischte sie.

»Aus meinem Brustkorb«, erwiderte er. »Wie ich sehe, wendest du Dads alte Tricks an und verkaufst ohne Rücksicht auf Verluste Waffen an alle möglichen Leute.«

»Das ist unmöglich«, entgegnete sie.

»Ist es nicht. Das kann ich dir mit Brief und Siegel versichern«, sagte er. »Ich habe Freunde, gute Männer, die ihr Land verteidigen und wegen dieser Munition nun um ihr Leben kämpfen müssen. Ich will Namen. Wer hat sie an wen, wann und in welchen Mengen verkauft?« Er wollte verdammt noch mal wissen, wie die Zodius überhaupt von der Existenz der Green Hornets erfahren konnten, ehe sie an seine Mutter herangetreten waren. Andererseits hatte Adam schon immer wie ein Schießhund darüber gewacht, dass seine Stützpunkte ordentlich eingedeckt waren. Er war wie die Mafia geworden – in jeder Operation saß jemand, der seinen Zwecken dienlich war.

Sie stieß ein humorloses Lachen aus und verschränkte die Arme vor der Brust. »Die Liste ist kurz. Die US-Army. Basta. Es gibt keine anderen Kunden. Wenn ihr euch gegenseitig damit abknallt, ist das nicht mein Problem.«

»Du lügst.« Sie konnte ihm ja kaum in die Augen sehen – aber andererseits war es lange her, dass sie dazu imstande gewesen war. Womöglich hatte sie es schon nicht mehr gekonnt, seit sie ihn nach der Schule mit Keksen empfangen hatte. Diese Frau war sie längst nicht mehr – die perfekte Hausfrau und Mutter –, falls sie es überhaupt je gewesen war.

Sie starrte ihn wütend an. »Du wagst es, mein Haus zu betreten und mich zu verurteilen, während du Ehre vorheuchelst. Dabei wissen wir beide, dass es gerade genug gibt, was man dir vorwerfen könnte. Aber dein Tag wird kommen, Michael.«

»Ich will Namen hören«, wiederholte er barsch. »Wem hast du die Green Hornets verkauft?«

»Von mir bekommst du gar nichts«, verkündete sie. »Was habe ich denn je von dir bekommen?«

»Sollte noch eine Green Hornet einem unserer Soldaten Schaden zufügen«, sagte er, »mache ich mir die Vernichtung von dir und Taylor Industries zur Lebensaufgabe.«

Das blasse, von Schönheitsoperationen geschaffene Gesicht errötete. »Das Erbärmliche daran ist«, sagte sie, »dass ich dir sogar glaube. Ich glaube, dass mein Sohn versuchen würde, seine Mutter zugrunde zu richten.«

»Dein Sohn ist schon vor Jahren gestorben«, beteuerte er. Er war in der Hoffnung gekommen, Antworten und die liebende Mutter seiner Kindheit vorzufinden, nicht um dem Feind zu begegnen, der sie inzwischen geworden war. Herrgott, was war er doch für ein Idiot. Wie konnte er von Cassandra erwarten, sich von ihrem Vater abzuwenden, wenn er selbst nicht in der Lage war, seine Mutter abzuschreiben. »Also. Schluss mit dem Gequatsche. Wir gehen an deinen Computer.« Er würde ihr rein gar nichts glauben.

Ihre Augen weiteten sich. »Warum sollte ich das tun?«

»Weil ich nicht nur wissen will, an wen du die Green Hornets verschachert hast. Ich will jede Patrone aus deinem Depot.« Sie wirkte ängstlich, als wollte sie sich weigern, also fügte er leise hinzu: »Wir können es auf die sanfte Tour durchziehen, *Mutter*, oder auf die harte.«

Als ihr Blick zu der Pistole und den beiden Messern huschte, die an seiner Hüfte befestigt waren, verfinsterte sich ihre Miene, dann schluckte sie schwer. Ohne ihn eines Blickes zu würdigen, machte sie auf dem Absatz kehrt und marschierte den Flur hinunter. Sie wandte sich dem Büro auf der rechten Seite zu, das einst seinem Vater gehört hatte.

Zeitgleich mit ihr stand er hinter dem massiven Mahagonischreibtisch und ragte über ihrer Schulter empor. Ohne seine Aufsicht würde sie keinen Finger rühren. Tatsächlich streckte er den Arm über ihre Schulter hinweg aus und erweckte das HP-Notebook mit einem Knopfdruck zum Leben.

»Schon eingeloggt«, spottete er. »Du beschämst mich, Mutter. Du solltest vorsichtiger sein.« Er zeigte auf den Besucherstuhl auf der anderen Seite des Tischs. »Setz dich.« Sie spitzte die Lippen, tat jedoch wie geheißen.

Er zog die Waffe und legte sie demonstrativ auf den Tisch, um sie daran zu erinnern, dass er sie, ohne zu zögern, einsetzen würde. Er begann zu tippen. Nachdem er Green Hornets eingegeben hatte, poppte ein weiteres Fenster auf, das ihn zu einer zweiten Passworteingabe aufforderte.

»Wie lautet das Passwort?«

»Michael«, sagte sie und bedachte ihn mit einem »Fahr-zur-Hölle«-Blick.

Die Ironie, dass diese Munition geschaffen worden war, um ihn und jene, die wie er waren, zu eliminieren, entging ihm nicht. Ihr gegenseitiger Hass war fast ebenbürtig. Er gab das Passwort ein. Kurz darauf flackerte die gewünschte Information auf dem Monitor auf, sogar die Lagerstätte und vergangene Lieferungen wurden genannt. Alles wies auf lediglich einen Kunden hin – die US-Army, genau wie sie gesagt hatte. Vielleicht handelte es sich aber um die einzigen dokumentierten Verkäufe.

Er schob ihr das Telefon über den Tisch zu. »Informiere dein Sicherheitsteam. Erteile Caleb Rain die Erlaubnis, eine Lieferung zu holen.«

»Damit wirst du nicht durchkommen«, verkündete sie.

»Ruf einfach nur an«, schnappte er.

Als sie aufgelegt hatte, meldete er sich über sein Handy beim Renegades-Team. Dann legte er es neben die Waffe. »Wir warten gemeinsam, bis die Green Hornets geholt werden«, sagte er. »Damit du mir helfen kannst, eventuell auftretende Schwierigkeiten aus dem Weg zu räumen.«

Er tippte Red Dart ein, fand aber nichts. Er versuchte es mit diversen Varianten und zog in Betracht, sie ins Verhör zu nehmen, entschied jedoch, dass sie das nur veranlassen würde, Red Dart gewissenhafter zu verstecken, bevor Sterling den Kristall ausfindig machen konnte. Er erstellte eine Kopie der Dateien. Wenn sich auf ihrem Computer irgendetwas befinden sollte, würde er es kriegen. Denn er wollte die technischen Fakten, um den Renegades eine eigene Produktion der Munition zu ermöglichen.

Erneut blähte der Geruch von Sex seine Nasenflügel. Er taxierte seine Mutter mit zusammengekniffenen Augen. Es war Powell; er konnte ihn riechen. »Steh auf«, sagte er und griff nach der Waffe. Powell war hier, und Michael würde ihn finden.

19

Eine halbe Stunde durchforstete er das Haus auf der Suche nach Powell. Dieser Mann hatte ihm Cassandra an dem Tag genommen, als er beschloss, die X2-Infizierten hinter Schloss und Riegel zu bringen. Wenn er wie geplant die Gewalt über die Regierung gewann, könnte er es Adam mit Leichtigkeit ermöglichen, den amerikanischen Traum einer freien Welt zu zerstören. Dieser Mann hatte im Bett seiner Mutter gelegen. Dass Powell mit seiner Mutter geschlafen hatte, brachte Michael fast zur Raserei. Er zweifelte nicht eine Sekunde daran, dass er davon hatte erfahren sollen. »Wo ist er, Mutter?«, forderte Michael. Er thronte in der Mitte ihres Schlafzimmers, das vor Seide, Satin und Sex mit Powell nur so troff. Vielleicht war es auch nur sie. Und *sie* roch nach Sex. Sein verfluchter Geruchssinn. Zu wissen, dass sie bei ihm gelegen hatte, war die reinste Folter.

Jocelyn hockte mit selbstgefälliger Miene auf der Bettkante. »Ich habe keine Ahnung, wovon du redest.«

»Ich verliere allmählich die Geduld«, sagte er durch zusammengebissene Zähne.

Sie zog eine schmale dunkle Augenbraue hoch. »Ich dachte, du könntest dich zusammenreißen, so wie *dein Vater*.«

Michael rollte den Kopf von einer Seite zur andern, atmete langsam und gereizt ein. »Täusch dich nicht, Mutter«, sagte er leise und unheilvoll. »Ich *bin* wie mein Vater. Und wir wissen beide, was er getan hätte, wenn ihm jemand in die Quere gekommen wäre, nicht wahr?« Sein Vater hätte eine Möglichkeit gefunden, es demjenigen heimzuzahlen. Genau wie Michael.

Wenn Powell noch hier sein sollte – und all seine Instinkte, einschließlich seines verbesserten Geruchssinns, sprachen dafür –, würde er ihn finden. Er würde es ein für alle Mal beenden – und wenn er ihn foltern musste, um zu erfahren, wo sich Red Dart befand. Auf der Suche nach seinen Geheimnissen würde er alles auf den Kopf stellen. Wenn Michael Powell nicht zum Zwitschern bewegen konnte, war Adam möglicherweise dazu in der Lage.

Sein Handy klingelte. Michael riss es sich ans Ohr und hörte Caleb. »Wir haben die Munition. Die Männer warten am Stadtrand von Sunrise City auf uns.«

»Ich komme so schnell wie möglich«, erwiderte Michael. Er würde erst gehen, wenn er sicher sein konnte, dass sich Powell nicht im Haus befand.

Schweigen. »Ich warte auf der vorderen Veranda.«

Der Schreck fuhr Michael in die Glieder. Caleb war hier. Er hatte gewusst, dass Michael ihn brauchen würde. Das entsetzte ihn auf eine Art, wie es nicht einmal seine Mutter schaffte. Es brachte ihm in Erinnerung, dass er wichtiger war als dieser ganze Mist. Wichtiger als die Vergangenheit. Er beendete das Gespräch und klemmte das Telefon wieder an seinen Gürtel. Dann bedachte er seine Mutter mit einem verächtlichen Blick und verließ das Zimmer. Er marschierte schnurstracks auf die vordere Veranda und hielt erst wieder an, als er die Tür hinter sich geschlossen hatte. Einige Minuten lang standen er und Caleb schweigend nebeneinander. »Alles in Ordnung?«, fragte Caleb, ans Geländer gelehnt.

Michael verschränkte die Arme vor der Brust. »Powell vögelt meine Mutter, und ich bin ziemlich sicher, dass er bei meiner Ankunft noch dort war. Allerdings konnte ich ihn nicht finden. Vermutlich hat er sich verkrochen, sonst hätte ich ihn aufgespürt.«

Caleb zog eine Augenbraue hoch. »Und was hättest du dann getan?«

»Ihm die Scheiße aus dem Leib geprügelt, bis er mir verraten hätte, wo Red Dart ist. Anschließend hätte ich ihn einen Kopf kürzer gemacht.« Das war nicht das, was Caleb hören wollte. Er glaubte, dass Powell eher sterben würde, bevor er irgendetwas preisgab – doch das hielt Michael nicht von einer ehrlichen Antwort ab.

»Entspricht nicht ganz unserer Vereinbarung«, erwiderte Caleb trocken. »Solange Powell lebt, wissen wir wenigstens, wer Red Dart hat. Er ist das bekannte Übel, wie das alte Sprichwort so schön sagt, und damit besser als ein unbekannter Feind, den wir nicht erkennen.«

Michael drehte sich um und betrachtete das Haus. Caleb schien seine Gedanken zu lesen und sagte: »Wir ordern ein Team, das das Haus gründlich auf den Kopf stellt.« Er stieß sich vom Geländer ab. »Fürs Erste laden wir deinen Zorn und einige der Green Hornets auf die Zodius ab, die vor unserer Tür lauern. Wir müssen unsere Männer in Sicherheit wissen.«

Michael nickte. Er hatte große Lust, seine Aggressionen abzureagieren, indem er einige Zodius aus dem Weg schaffte. Möglicherweise war das das Einzige, was ihn davon abhielt, da zu sein, wo er wirklich hinwollte – nämlich in Cassandras Bett. Selbst wenn der Besuch bei seiner Mutter nur dazu gut gewesen war, ihn daran zu erinnern. Wenn er jemals dieses kleine Stück vom Himmel gebraucht hatte, das Cassandra für ihn darstellte, dann jetzt.

»Ich habe dir doch gesagt, dass die Green Hornets erst verwendet werden dürfen, wenn Red Dart bereit ist!«, rief Jocelyn, als sie das Labor betrat, wo Powell schon ungeduldig wartete. »Er hat mich mit dir in Verbindung gebracht! Er wird mich auch mit Red

Dart in Verbindung bringen, wenn er es nicht schon getan hat!« Sie atmete zitternd ein. Auch wenn sie nicht mehr kreischte, klang ihre Stimme immer noch unnötig schrill. »Ich hab dir doch gesagt, Michael würde wissen, woher sie stammen. Diese Technologie befindet sich schon seit Jahren in unserem Besitz. Er hat unsere Aktien besessen und kennt die Berichte. Mein Sohn ist zehnmal so gefährlich wie sein Vater. Er wird Adam helfen, die Weltherrschaft an sich zu reißen. Bestimmt. Außerdem wird er Taylor Industries an sich reißen. Und meinen Forschungsbetrieb. Ich weiß gar nicht, warum er es nicht schon längst getan hat.«

Du lieber Gott, sie weinte ja. Er hatte erreichen wollen, dass sie Michael fürchtete und ihn als Bedrohung ansah. Er hatte Salz in ihre Wunde gestreut, die Augen davor verschlossen zu haben, dass ihr verstorbener Mann ein Monster gewesen war. Sie hatte ihm sogar geholfen, im Namen des Geldes unschuldige Leben auszulöschen. Sie hatte es ihm wirklich leicht gemacht. Da sie ihrem Sohn nicht unrecht tun wollte, indem sie ihn ebenfalls zum Monster erklärte, war sie ihm, als er erwachsen wurde, überwiegend aus dem Weg gegangen. Sie hatte ein Motiv gebraucht, um das Richtige zu tun. Und sein Plan war aufgegangen. Vielleicht sogar zu gut. Eine hysterische Schnepfe war das Letzte, was Powell gerade brauchen konnte. »Reiß dich zusammen, Jocelyn, und benimm dich wie …«

»Ein Soldat?«, kreischte sie. »Ich bin kein Soldat. Ich bin die Frau, der du versprochen hast …«

Er packte sie und schüttelte sie durch. »Reiß dich am Riemen, Weib. Ich bin doch nicht so dämlich, Green Hornets zu benutzen, bevor wir so weit sind, und mich dadurch zu verraten«, sagte er. »Sie waren Teil unseres Plans. Ein Doppeltreffer. Töten oder beherrschen. Überleg doch mal, was du mir vorwirfst, Jocelyn. Dann erkennst du, dass es Irrsinn ist. Jemand hat uns hinters Licht geführt.«

»Ich dachte, du hättest dahingehend vorgesorgt«, sagte sie und drängte verzweifelt: »Du hast *gesagt*, du hättest Sicherheitsmaßnahmen ergriffen.«

Powell musste nachdenken und schob sie grob von sich.

»General …«

»Halt die Klappe, Jocelyn!«, bellte er. Jetzt fiel ihm wieder ein, warum er es hasste, Frauen in wichtige Angelegenheiten einzubeziehen. »Ich kann nicht denken, wenn du ständig plapperst.« Ein entsetzter Ausdruck trat in ihr Gesicht. Er wandte sich schnell ab, um die Tränen nicht erdulden zu müssen, die todsicher gleich fließen würden.

Für so etwas hatte er keine Zeit. Er war zu weit gekommen und stand zu kurz davor, Red Dart zu verwirklichen, um jetzt ins Straucheln zu geraten.

Powell drehte sich um und wandte sich West zu. Er war der Einzige, der Kontakt zu den Zodius gehabt hatte. Der Einzige, der Zugang zur Artillerie hatte, die auf dem Stützpunkt verschlossen war. Und der einzige Mann, der wusste, was ein gewisses Gerät von »streng geheimem« Rang enthielt.

»Es war West«, sagte er, während Zorn in ihm aufwallte. Er schnappte sich einen Brieföffner vom Schreibtisch und trat durch die offene Glastür, die einen Rahmen um Wests Bett bildete. Am Bett hielt er inne und rammte den Brieföffner in Wests Bein. Der schnappte nach Luft und versuchte sich aufzusetzen, während ihm die Augen aus dem Kopf quollen.

»O mein Gott!«, kreischte Jocelyn. »Was machst du da?« Sie packte Powells Arm.

Powell sah auf sie hinab. »Reiß dich zusammen, bevor ich mich noch um dich kümmern muss.«

Sie sah ihn entsetzt an, dann lockerte sie den Griff und ließ die Hand sinken. Powell wandte sich ab und riss die Klinge aus Wests Bein, der vor Schmerz das Gesicht verzog. »Wissen Sie, was ich an den GTECHs liebe?«, wollte er wissen. »All den Schmerz und Schaden, den ich anrichten kann, ohne zu töten. Ich verwunde sie. Sie heilen. Dann schneide ich weiter.« Wieder rammte er den Brieföffner in Wests Bein, diesmal ließ er ihn dort stecken. »Ich weiß, dass die Zodius die Green Hornets von Ihnen haben. Wieso?«

»Das war ich nicht«, keuchte Brock. »Das würde ich nie tun.«

»Lügen bringen mich dazu, noch mehr Schmerz zufügen zu wollen.« Er riss die Klinge aus Wests Bein.

»Ich hab's nicht getan! Bitte! Hören Sie auf! Ich hasse Lucian. Ich will, dass er in die Knie geht und um Gnade winselt. *Ich würde Lucian nie helfen!*«

Powell betrachtete ihn einen Augenblick. Er würde ihm genauso bereitwillig glauben, wie er seine Hand in ein Aquarium voll Piranhas stecken würde. Er stieß den Öffner wieder in Brocks Schenkel und kostete es aus, als dieser ächzte. Der Schmerz würde ihn lehren, sich zusammenzureißen. »Sie glauben vielleicht, alle Beweise vernichtet zu haben, aber ich werde sie finden. Sie lügen, und dafür werden Sie bezahlen.«

Er drehte sich um und entdeckte Dr. Chin neben Jocelyn. »Denken Sie nicht mal daran, ihn zusammenzuflicken. Und lassen Sie das Messer, wo es ist. Ich will, dass die Wunde heilt, während es darin steckt. Das wird ihn lehren, mir lieber nicht in die Quere zu kommen. Ansonsten fahren wir wie geplant fort. Wir machen ihn mit Red Dart mürbe.«

Er betrachtete Jocelyn mit einem kalten Blick. Schwäche verachtete er. Heute hatte sie bewiesen, dass sie am besten unter ihm aufgehoben war, nicht an seiner Seite. »Sieh einfach nur zu, dass Red Dart bereit ist, wenn Chin das Startzeichen gibt.«

»Was ist mit Michael?«, fragte sie mit leicht bebender Stimme.

Er zog eine Braue hoch. »Was soll mit ihm sein?«

»Er wird wiederkommen.«

»Dann sind wir vorbereitet«, versicherte er. »Tatsächlich werden wir ihn willkommen heißen. Wenn Michael zu uns kommt, erspart er es uns, Jagd auf ihn machen zu müssen. Hoffentlich bringt er noch andere mit. Wir markieren ihn mit Red Dart, dann brechen und beherrschen wir ihn wie alle GTECHs. Sie werden unsere Beschützer, nicht unsere Invasoren. Wenn man bedenkt, wie er uns das Leben zur Hölle gemacht hat, scheint es mir durchaus angemessen, Michael als Ersten zu Fall zu bringen.« Sein Mund zuckte. »Das wird ein weiterer Grund zu feiern sein.« Er wandte sich an Chin. »Rufen Sie mich, wenn Sie so weit sind.« Er warf einen Blick auf die Uhr und kalkulierte, wie viele Stunden Chin benötigen würde, bis Red Dart zur nächsten Dämmerung zur Verfügung stand. Er wagte es nicht, weitere Verzögerungen in Kauf zu nehmen. »Sie haben zehn Stunden.«

Powell stapfte davon, in Gedanken bereits mit seinen Plänen beschäftigt. Je mehr er über Michael nachdachte, desto mehr freute er sich darauf, ihn in die Knie zu zwingen.

20

Cassandra saß mit bis zum Kinn hochgezogenen Knien in dem weichen grünen Sessel zwischen Damions und Sterlings Betten. Damion war endlich eingeschlafen. Der arme Kerl war durch die sprichwörtliche Hölle gegangen. Er hatte sich übergeben und am ganzen Leib gezittert. Michael hatte dieselben Symptome gezeigt, und obwohl Sterling ernsthaftere Verletzungen davongetragen hatte, schlief er friedlich.

»Klopf, klopf.«

Cassandra sah auf und entdeckte Kelly in der Tür. »Hey«, sagte sie lächelnd. Kelly hatte alle Hände voll zu tun gehabt, war hereingesaust, hatte Blut abgenommen, Vitalfunktionen überprüft und war wieder herausgeeilt.

»Was ist aus meiner Anweisung geworden, dich auszuruhen?«, fragte Kelly.

»Das mache ich, wenn du dich ausruhst«, versprach Cassandra.

»Ich sehe schon, kompliziert wie eh und je«, neckte Kelly, als sie den Arztstuhl heranrollte. »Und bevor du fragst: Ich habe dein Blutbild noch nicht.«

Cassandra lächelte. »Ich wollte tatsächlich fragen.«

»Ich weiß. Ich fasse es immer noch nicht, dass du Michaels Symbol schon in Groom Lake getragen und es mir verschwiegen hast. Ich hätte es niemandem verraten.«

»Ich wollte dich nicht in Verlegenheit bringen«, sagte Cassandra. »Ich dachte immer, wir würden uns zu erkennen geben. Die Dinge sind einfach … passiert.«

»Dinge«, schnaubte sie. »So kann man's auch nennen.«

Cassandra plagte das schlechte Gewissen. »Es tut mir leid, dass ich mich einfach in Luft aufgelöst habe.«

»Wenn du auf Deutschland und die lange Funkstille anspielst«, sagte Kelly, »tut es mir nicht leid. Du hättest dableiben sollen. Dort warst du sicher.«

»Solange Adam frei herumläuft, ist Sicherheit nur eine Illusion.« Sie wechselte das Thema und fragte endlich, was sie nicht hatte aussprechen können, als Kelly beschäftigt gewesen war. »Der endgültige Vorgang, der mich zum GTECH macht, hat sich doch nicht verändert, oder? Dass sich die Augenfarbe ändert und diese Übelkeit. Meine Beschwerden deuten auf eine Wandlung hin, obwohl wir keinen Blutaustausch vorgenommen haben.«

»Diese Beschwerden treten nach dem Sex auf, stimmt's?«, fragte sie. Cassandra nickte und Kelly fuhr fort: »Möglicherweise hat sich Michaels Körper weiterentwickelt, sodass für den Prozess nun kein Blutaustausch mehr benötigt wird. Vielleicht reichen jetzt ein paar sexuelle Akte aus.«

Das war nicht das, was Cassandra hören wollte, denn es bedeutete, entweder auf Sex zu verzichten oder sich auf eine lebenslange Bindung einzulassen – es musste doch etwas dazwischen geben. Vielleicht Kondome, aber … »Es ist nicht der Sex. Sondern die Orgasmen«, sagte sie, als sie an das Treffen in der Hoteltoilette dachte.

Kelly steckte die Hände in die Taschen ihres Arztmantels. »Ich werde nicht nach Details fragen«, sagte sie. »In dem Punkt vertraue ich dir.« Einen Augenblick saß sie nachdenklich da. »Es könnte auch daran liegen, dass du einen Eisprung hast. Wenn das der Fall sein sollte, wäre es durchaus möglich, dass dein Körper auf deinen Partner reagiert – was von der Natur gewollt ist, um die Fortpflanzung zu sichern.«

Cassandra beäugte sie. »Ich kenne dich, Kelly«, sagte sie. »Lass das Arztgehabe. Du glaubst doch nicht für eine Minute an dieses Eisprung-Ding. Ich bin *mit dem Wind* gegangen und habe es überlebt.«

»Zusammen mit Michael«, erwiderte Kelly. »Zwischen euch besteht ein physisches Band, das, zumindest theoretisch, einen gewissen Schutz geboten haben könnte.«

»Kelly«, warnte Cassandra. »Komm zum Punkt. Sag mir, was ich wissen muss, und nicht das, was du für das Beste hältst.«

Kelly schürzte die Lippen. »Du trägst das Symbol seit zwei Jahren – wobei ich immer noch nicht fasse, dass du's mir verheimlicht hast, aber nichtsdestotrotz –, Mutter Natur sucht sich einen Weg, das zu beenden, was sie begonnen hat. Wie bereits erwähnt, könnte Michael sich vom benötigten Blutaustausch wegentwickelt haben. Es ist nicht von der Hand zu weisen, dass er den Wind beherrscht, was kein anderer GTECH kann. Natürlich weiß ich nicht, weshalb das so ist. Er weigert sich, sein Blut analysieren zu lassen. Vermutlich hat er Angst, wir könnten feststellen, dass er wie Adam oder etwas anderes Verrücktes sei. Als ob es bei Adam irgendwelche Vergleichsmöglichkeiten gäbe.«

»Weil er X2 hat, wie Adam«, folgerte Cassandra.

»Ja«, stimmte Kelly zu. »Da er aber weder zu Aggressionen neigt, noch der Undercover-Aufenthalt bei der Zodius-Bewegung ihn dazu bewogen hat, sich ihr anzuschließen, wird er es nach so langer Zeit auch nicht mehr tun. Wenn ich sein Blut untersuchen dürfte, könnte ich unter Umständen diagnostizieren, dass er gar nicht X2-infiziert ist. Möglicherweise war der Test fehlerhaft. Oder er hat etwas, das die Gewalttätigkeit des X2 aufhebt. Wenn er es zulassen würde, könnte ich ihm helfen, Antworten darauf zu finden. Allerdings wird er das nicht.«

Michael tat nichts gegen seinen Willen – außer sich mit ihr zu verbinden. Panik breitete sich in Cassandra aus. Sie hatte keine Lust, sich ein Lebensband diktieren zu lassen oder sich zwangsläufig an Michael zu binden. Es sollte wie eine Heirat sein – aus freien Stücken. »Falls wir den Blutaustausch durch unser Wiedersehen irgendwie übersprungen haben, können wir ihn denn unterbrechen, indem wir uns aus dem Weg gehen?«

»Willst du das denn überhaupt?«, fiel ihr Kelly ins Wort. »Ihr liebt euch doch. Cassandra, ich glaube wirklich nicht, dass das X2-Gen eine Bedrohung für dich darstellt. Wenn Michael …«

»Darum geht es doch nicht«, warf sie rasch ein. »Es ist komplizierter. Zu kompliziert, um es jetzt zu vertiefen.«

Kelly dachte einen Augenblick nach. »Wenn du willst, können wir morgen in Ruhe reden. Ich bin hier, wenn du mich brauchst.«

Ihr wurde warm ums Herz. »Ich bin so froh, dich wiederzuhaben, Kelly.«

Sterling wälzte sich stöhnend im Bett herum, was eine weitere Frage aufbrachte.

»Warum ist Damion während des Heilungsprozesses krank und Sterling nicht?«

»Wenn ich das wüsste«, sagte Kelly verdrossen. »Je weiter die Entwicklung der GTECHs fortschreitet, desto schlechter geht es ihnen während der Heilung. Sogar der Vitamin-C-Mangel steigt an. Ein Großteil der Männer muss sich täglich hochdosiertes Vitamin C spritzen.«

Ein Kribbeln rieselte jäh an Cassandras Wirbelsäule hinab. »Michael«, sagte sie, kurz bevor er in der Tür erschien und sie mit breiten Schultern und seiner dominanten Erscheinung ausfüllte. Dominant. Alles an ihm beherrschte ihre Sinne. Er trug das Haar im Nacken zusammengebunden, auf seinem Gesicht lag ein leichter Schatten aus Bartstoppeln. Seine dunklen Augen schienen sich endlos in ihre Seele hineinzuwinden. Er raubte ihr den Atem. Eigentlich sollte sie ihm die kalte Schulter zeigen, weil er sich wie ein Idiot benommen hatte. Stattdessen war sie erleichtert, dass er wohlbehalten zurückkehrte – mehr oder weniger. Es gab noch einiges zu besprechen, und jetzt war der ideale Zeitpunkt. Denn jetzt befanden sie sich endlich in einem Raum.

»Habt ihr die Green Hornets?«, fragte Cassandra.

»Nicht nur das«, erwiderte er, »wir haben sie gleich an den Zodius-Soldaten ausprobiert, die vor unserer Tür gelauert haben. Wir haben sie in die Flucht geschlagen. Sie sind mit eingezogenem Schwanz zu Adam zurückgeschlichen.«

»Mir reicht es schon, wenn ich keins von den Dingern mehr aus unseren Männern holen muss«, sagte Kelly, während sie ihren Stuhl herumrollte, um beide ansehen zu können. »Ich wollte gerade ein ruhiges Plätzchen für Cassandra suchen. Ich habe ihr Blut abgenommen, und morgen wissen wir hoffentlich mehr.« Sie zögerte kurz, bevor sie sagte: »Es wäre nicht schlecht, wenn ich von dir ebenfalls eine Probe hätte, Michael.«

Sekundenlang stand er mit starrem Kiefer und unergründlicher Miene da, ehe er erwiderte: »Wo soll ich mich melden?«

Kellys Kinnlade klappte fast hörbar auf den Boden, ehe sie aufsprang und ihm ihren Stuhl überließ, während sie Cassandra verstohlen zuzwinkerte. »Ich hole nur kurz ein paar Sachen«, sagte Kelly. »Bin gleich zurück.«

Kelly schien Michaels Zustimmung irgendeine Bedeutung beizumessen, Cassandra hatte allerdings keinen Schimmer, welche. Dennoch hatte sie Schmetterlinge im Bauch, als Michael ins Zimmer marschierte, weil er sie mit seiner Erscheinung überwältigte, als er den Stuhl nahm und ihr direkt in die Augen blickte. »Wie geht's den beiden?«, fragte er.

»Bei Damion war es wirklich schlimm, aber es scheint vorüber zu sein.«

»Und wie geht es dir?«, fragte er liebevoll.

Besser, nun da er da war. »Ganz gut.« Sie neigte den Kopf und betrachtete ihn. In seinen dunklen Augen flackerte etwas Undefinierbares. »Und wie geht es dir?«

Eine lange Pause entstand, bevor er kaum hörbar sagte: »Ich weiß es nicht, Cassandra.«

Das erschütterte sie zutiefst, denn so etwas hatte er ihr gegenüber noch nie geäußert. Niemals. Und sie bezweifelte, dass er etwas Ähnliches je vor anderen ausgesprochen hatte. Er brauchte sie. Sie konnte es spüren, und das bedeutete so viel, dass all ihre Zweifel und Nöte augenblicklich verblassten.

Kelly kehrte mit ihren Utensilien zurück. »Alles klar. Bringen wir's hinter uns, damit ihr euch ausruhen könnt.«

Michael behielt Cassandra noch einen Moment im Auge, ehe er sich umdrehte und Kelly den Arm hinstreckte. Kelly entnahm das Blut – zwei Röhrchen mehr als bei Cassandra – und verstaute es mit den anderen Sachen in einer Tasche. »Alles klar. Ich habe Cassandra gesagt, dass die vorläufigen Ergebnisse morgen früh vorliegen. Dennoch würde ich sie lieber ein paar Tage zur Beobachtung hierbehalten.«

Michael warf Cassandra einen Blick zu, als erwartete er Protest, doch der blieb aus. Für Widerspruch war sie zu erschöpft. »Ich muss mir überlegen, wie ich mich am besten bei meinem Vater melde. Und ich brauche irgendetwas Plausibles, das erklärt, warum ich nicht bei der Arbeit erscheine.«

Michael zog überrascht eine Augenbraue hoch.

»Du hast dein Blut geopfert«, sagte sie leise. »Also werde ich meine Zeit opfern.«

Er begriff, warf Kelly einen vorwurfsvollen Blick zu und sagte leicht tadelnd: »Offenbar war meine Aversion gegen deine Spritzen Gesprächsthema bei euch.«

»Es könnte unter Umständen aufgekommen sein«, erwiderte sie zaghaft.

Er blickte noch finsterer drein. »Was passiert mit ihr, Doc?«

Kelly sah zwischen beiden hin und her. »Das, was geschehen soll. Ich denke, ihr wisst es beide.« Sie ließ es kurz sacken, ehe sie dienstlicher hinzufügte: »Was den biologischen Teil betrifft … nun, wir müssen die Testergebnisse abwarten. Solange ihr zusammen seid, versuchen eure Körper vermutlich, das zu beenden, was sie begonnen haben.«

»Mit anderen Worten, wir können es nur unterbinden, indem wir uns aus dem Weg gehen«, folgerte er.

Da es nicht wie eine Frage klang, sondern wie eine Feststellung, beschlich Cassandra das Gefühl, dass er sich bereits damit auseinandergesetzt hatte. Seine unerfreulichen Worte rissen jäh durch Cassandras Seele und verstörten sie völlig. Er hatte sich beim letzten Mal nicht verabschiedet, sondern war sang- und klanglos verschwunden. Das konnte sie nicht schon wieder über sich ergehen lassen.

»Sofern man es überhaupt unterbinden kann«, erwiderte Kelly und befreite Cassandra aus dem Lauffeuer ihrer konfusen Gedanken. »Was ich bezweifle. Ich könnte mich jedoch irren. Wie ich Cassandra schon sagte, könnten auch simple Hormonschwankungen verantwortlich sein, die wieder verschwinden, wenn ihr euch trennt. Aus wissenschaftlicher Sicht will ich diese Vorgänge nachvollziehen können, oder besser gesagt: Ich muss es sogar. Denn andere werden das Gleiche erleben, daran habe ich keinen Zweifel. Wir müssen wissen, ob ohne Blutübertragung eine Verbindung stattfinden kann und wie sich diese Verbindung letztlich auf das Paar auswirkt. Wir setzen alles daran, es so schnell wie möglich herauszufinden.« Sie steckte die Hände in den Arztmantel. »Ich stoße noch die Tests an und lege mich dann selbst aufs Ohr.« Sie wandte sich an Cassandra. »Wir reden morgen. Wir können ja eine Kaffeepause einlegen, solange ich dich mit Fragen löchere.«

Cassandra lächelte. »Klingt gut. Na ja … das mit dem Kaffee jedenfalls.«

Kurz darauf ging Kelly und ließ Cassandra mit Michael allein.

Ihr Herz trommelte in einem wilden, schwermütigen Rhythmus gegen die Rippen, der Kummer ankündigte.

Michael rollte mit dem Stuhl herum, um sie anblicken zu können. »Bereit, von hier zu verschwinden?«

Sie schluckte schwer und nickte. »Ja. Bereit.« Er bot ihr eine Hand an, die sie zögernd nahm. Wärme breitete sich in ihr aus. Er öffnete den Mund, um etwas zu sagen, und schloss ihn wieder. Sie entschied, ihn vorerst in Ruhe zu lassen. Nicht hier. Nicht jetzt. Sie wollte mit ihm allein sein. *Bei ihm sein*.

Händchen haltend schlenderten sie durch das nahezu verlassene Krankenhaus und verließen es durch einen Ausgang, der zu einem schmalen, elektronischen Förderband führte, das sie durch eine Höhle mit hohen Decken transportierte. Decken und Wände waren von flackernden Neonlichtern gesäumt, die sich endlos in die Länge zu ziehen schienen.

Michael zog sie an sich, umgab sie mit seinem massiven Körper, vergrub die Hände in ihrem Haar und legte seine Stirn an ihre. »Meine Mutter«, flüsterte er. »Ich weiß jetzt, dass sie bei all dem eine Rolle spielt.«

Sie lehnte sich zurück und strich ihm ein paar widerspenstige Haarsträhnen aus dem Gesicht. »O Gott, Michael. Ich hatte gehofft, es wäre nicht so. Es tut mir leid. Hast du sie gesehen? Mit ihr gesprochen?«

Er atmete schwerfällig ein, worauf sie eine Hand auf sein Herz legte, das vibrierende Klopfen vernahm und versuchte, es mit einer nachdrücklichen Berührung zu beruhigen. Endlich stieß er die Luft aus. »Ich habe sie gesehen. Sie hat gelogen und behauptet, die Green Hornets nur an die Army verkauft zu haben.« Er legte seine Hand auf ihre. »Ich habe etwas von dir erwartet, das ich selbst nicht tun kann. Ich wollte, dass du deinen Vater aufgibst. Mir war klar, was meine Mutter macht, und trotzdem wollte ich vom Gegenteil überzeugt werden.«

Sie hätte am liebsten geweint. Michaels Schmerz ging ihr unter die Haut und sickerte auf direktem Weg zum Herzen durch. »Michael …«

Er drückte ihre Hand fester. »Lass mich ausreden, Baby. Bitte.«

Sie nickte. Ihm zuzuhören, war das Wichtigste, was sie jetzt für ihn tun konnte. »Natürlich.«

»Ich muss mich bei dir entschuldigen. Es tut mir so wahnsinnig leid.«

Sie legte die freie Hand an seinen Kiefer. »Mir tut es für uns beide leid.«

Ihre Blicke begegneten sich und hielten einander fest. Sie erstarrten für endlose Sekunden, verknüpften sich miteinander in Vergangenheit und Gegenwart und in einer Vorahnung dessen, was noch vor ihnen lag.

Ein Signalton kündigte das Ende des Wegs an und brach schließlich den Bann. Sie drehten sich um, verließen das Förderband und betraten den verblüffendsten Ort, den Cassandra je zu Gesicht bekommen hatte: eine unterirdische Stadt mit malerischen kleinen Steinbauten, zu denen rote Ziegelsteinwege führten. Es gab Geschäfte und Restaurants mit kleinen Außentischen und Stühlen.

»O mein Gott«, staunte Cassandra. »Wie ist das möglich?«

»Durch Geld und jede Menge Pflege«, erwiderte er. »Außerdem wollte Caleb, dass sich die Menschen hier wie zu Hause fühlen. Es sollte ein sicherer Ort sein, der nicht wie ein Gefängnis wirkt.«

»Sieht es in Zodius auch so aus?«

»Unsere Stadt ist viel kleiner«, erklärte er. »Die Einwohnerzahl von Zodius City übersteigt unsere um mehrere Tausend.«

»Wie können sich die Renegades das alles leisten?«

»Durch Privatgelder von Leuten wie mir und Damion, die es

erübrigen konnten. Als wir der Regierung unsere Unterstützung zusicherten, gelang es Caleb, eine finanzielle Vereinbarung mit ihnen zu treffen. Alles was wir hatten, wurde investiert.«

»Erstaunlich«, flüsterte sie. »Einfach erstaunlich.«

Sie schwenkten nach links auf ein anderes Förderband, das in einen Tunnel mit Abzweigungen nach links und rechts führte. Sie nahmen den rechten Weg, passierten eine Reihe von Türen und fuhren bis zum Ende. »Hier wohne ich«, sagte Michael und gab einen Code an der Tür ein, die kurz darauf aufschnappte. Er trat zurück und stützte sich mit dem Arm an der Türdichtung ab. »Fühl dich wie zu Hause. Aber das weißt du sicher. Ich komme morgen in aller Frühe, und dann stellen wir eine verschlüsselte Telefonleitung zu deinem Vater her, die den Anschein erweckt, als würdest du dich von deinem Handy melden. Ich bringe dir auch frische Kleidung mit.«

Sie reckte das Kinn und stellte sich so dicht vor ihn, dass sie ihn fast berührte. »Du willst mich doch nicht allen Ernstes heute Nacht hier allein lassen?«, fragte sie. »Oder doch?«

»Wenn ich nur einen Fuß in die Wohnung setze, kann ich für nichts garantieren«, sagte er heiser. »Es fällt mir jetzt schon schwer, meine Hände im Zaum zu halten.«

»Dann lass es doch.«

»Du hast gehört, was deine Ärztin gesagt hat«, wandte er ein. »Wenn wir …«

Sie schlang die Arme um ihn und sah zu ihm auf. »Du wirst mich heute Nacht nicht verlassen.«

21

»Was zur Hölle war da draußen los, Lucian?«, tobte Adam, als er ins Krankenhaus von Zodius City stürmte, wo Lucian gerade einen Soldaten auf ein Bett legte. Einer von einem Dutzend Verwundeten, die von den Renegades getroffen worden waren.

»Michael war los«, erwiderte er kampfbereit. »Er lässt dir Folgendes ausrichten: Verpiss dich. Im Anschluss hat er drei unserer Männer mit Green Hornets niedergestreckt.«

Mit gerötetem Gesicht und halb hervorquellenden Augen stand Adam kurz davor durchzudrehen. »Wo hat er die her?«

Aus unmittelbarer Nähe ertönte Avas Stimme. »Beeilt euch! Bringt sie zum Arzt!« Als Adam in die Türöffnung trat, erschien hinter ihm Tad mit einer Frau in den Armen, die dringend medizinische Hilfe benötigte.

Ava überflog das Zimmer und zeigte auf einen der verwundeten Soldaten. »Der da!«, schrie sie den Arzt an. »Er ist ihr Lebensband. Retten Sie ihn, sonst wird sie sterben.« Mit zornerfüllten Augen wirbelte sie zu Lucian herum, während sie sich vorsichtshalber nicht von der Frau entfernte. Tad blieb wie ein Wachhund hinter ihr stehen. »Was hast du getan, Lucian? Solche Verluste hatten wir noch nie. Wenn ihr Mann es nicht schafft, stirbt sie ebenfalls, und damit geht unsere Chance, Nachkommen zu produzieren, den Bach runter! Wir plagen uns immer noch damit ab, die verlorenen Frauen zu ersetzen.«

Tad stemmte die Hände in die Hüften. »Sieht aus, als hätte dich dein Kontaktmann aufs Kreuz gelegt und die Green Hornets sowohl an uns als auch die Renegades verhökert«, höhnte er.

»Michael hat Brock West nicht gebraucht«, erwiderte Lucian. »Er hat doch Cassandra Powell, sein Lebensband.« Er wandte sich an Ava. »Er hat sie mit dem Wind in Sicherheit gebracht.«

»Demnach war es ihm egal, ob sie lebt oder stirbt«, warf Tad hastig ein.

»Wenn auch nur die geringste Chance besteht, dass sie verbunden sind«, sagte Ava, »dürfen wir sie nicht töten, Adam. Wir brauchen die Lebensbänder, unter allen Umständen. Michael ist mächtig. Seine Nachkommen wären mächtig. Mit Red Dart wirst du ihn und seinen Nachwuchs beherrschen können.« Sie lächelte. »Stell dir nur vor, welche fantastischen Möglichkeiten es dir eröffnet, Michael und seine Partnerin in Gewahrsam zu foltern. Ohne sie zu töten. Das würde Spaß machen. Wir könnten es zusammen tun.«

Adam sah sein Lebensband mit halb verschleierten Augen an. »Vielleicht sollte ich ihn mir persönlich vorknöpfen. Die Sache ein für alle Mal erledigen.«

»Nein!«, protestierte Ava und presste seine Hand auf ihren Bauch. »Damit setzt du mein Leben und das unseres Kindes aufs Spiel.« Sie beäugte Lucian. »Wenn Lucian es diesmal nicht auf die Reihe kriegt, sollten wir Tad eine Chance geben.«

Lucian knirschte mit den Zähnen. Langsam, aber sicher hatte er dieses Miststück satt.

Cassandra hielt Michael in einer Umarmung gefangen und weigerte sich, ihn gehen zu lassen. Mit aufgewühlten dunklen Augen sah er auf sie herab, wirkte gequält, hungrig – voll Leidenschaft. Dann küsste er sie. Dieser Kuss raubte ihr den Atem und gab ihr das Gefühl, gleichzeitig lachen und weinen zu wollen.

Michael schob sie rücklings ins Zimmer, schloss die Tür mit einem Tritt und drehte am Dimmer, um den Raum zu erhellen. Cassandra machte sich jedoch nichts aus dem Zimmer oder der

Hölle außerhalb der Wohnung. Nicht jetzt. Nur Michael, der Mann, der Augenblick und sein Kuss interessierten sie.

Er flocht die Finger in ihr zerzaustes Haar und küsste sie, als hätte er sie noch nie geküsst und als würde er es nie wieder tun. Ein gewaltiges Verlangen erwachte in ihr, wie sie es nie für möglich gehalten hätte. Sie schob die Hand unter sein T-Shirt, tastete über feste Muskeln und warme, straffe Haut. Er reckte die Arme und zog sich das Shirt über den Kopf. Noch bevor es am Boden lag, streichelte sie seine Brustbehaarung, zeichnete die Linien seiner definierten Muskeln nach. Wieder küsste er sie, lang, betäubend und vollendet, sodass sie sich auf die Zehenspitzen stellte. Mit sanftem, hungrigem Lecken liebkoste sie seine Zunge. Der Kuss wurde inniger, als er ihre Taille entblößte, mit schwieligen Fingern Lust verheißend über die weiche Haut rieb und ihr Shirt auf den Boden neben seines beförderte.

Ebenso flatterhaft atmend wie sie führte er sie in die zweckmäßig eingerichtete Wohnung hinein.

Im Gehen sah sich Cassandra um. Eine Granittheke zog sich um die kleine Küche, die einen großen offenen Raum und die vordere Hälfte des Wohnbereichs bestimmte. Dort gab es eine Couch, zwei Sessel und einen Großbildfernseher. Im hinteren Teil befand sich der Schlafbereich mit einem Kingsize-Bett, dessen Kopfende aus schwarzem Leder gefertigt war. Es gab keine Bilder, keine persönlichen Gegenstände. Nichts, was darauf hinwies, dass es sich um Michaels *Heim* handelte. Ob es damit zusammenhing, dass er in der Zodius-Nation gelebt hatte? Oder lag es daran, dass er nur Leere zuließ? Dieser Gedanke versetzte ihr einen Stich ins Herz. So etwas wünschte sie sich weder für ihn noch für sie beide.

Sie durchquerten den geräumigen Wohnbereich und blieben beim Bett stehen, wo sie einander in die Augen sahen. Michael ließ ihre Hand los. Als sie einander beäugten und sich stumm verständigten, begriffen sie, dass sie eine Entscheidung mit weitreichenden Konsequenzen treffen mussten.

Zum ersten Mal seit ihrem Wiedersehen wollten sie in beiderseitigem Einvernehmen miteinander schlafen, statt sich von ihrer Begierde leiten zu lassen. Es war eine Art Pakt, zumindest eine Möglichkeit finden zu wollen, die Hürden zu überwinden, die sich ihnen ständig in den Weg stellten. Beiden war bewusst, dass es sie unter Umständen sogar zusammenschweißen könnte, und sie begriffen, dass sie sich auf dünnem Eis bewegten, wenn sie trotz der unbekannten Folgen einer Verbindung aufs Ganze gingen.

»Ich kann immer noch gehen«, sagte er leise. »Wir müssen es nicht tun.«

Als Erwiderung darauf streckte sie die Arme zur Seite, öffnete ihren BH und schleuderte ihn von sich. »Oder du kannst bleiben.«

Er hielt noch kurz ihrem Blick stand, dann wanderten seine Augen ganz langsam über ihre Brüste, während sein Antlitz von schierer Begierde beherrscht wurde. Als ihre Nippel steif wurden, zog sich ein Pfad der Lust mitten durch ihr Innerstes. »Du hast die schönsten Nippel, die ich je gesehen habe«, murmelte er leise.

Ihr Höschen wurde augenblicklich feucht. Seine frivolen Sprüche hatten ihr schon immer die Röte ins Gesicht getrieben, sie hochgradig erregt, und daran hatte sich nichts geändert. »Und du«, sagte sie, »hast zu viel an.« Ihre Stimme war rau vor Hingabe und klang fremd in den eigenen Ohren.

Er überlegte nicht lang und riss sich die Jeans vom Leib. Als sie an ihrer Hose nestelte, begannen sie sich völlig euphorisch auszukleiden. Sie war so aufgeregt, dass ihre Hände zitterten, genau wie beim ersten Mal, als sie miteinander geschlafen hatten. Sie erinnerte sich an jenen Tag, beschritt in Gedanken den Pfad, der sie heute Nacht hergeführt hatte.

Als sich Cassandra der letzten Sachen entledigt hatte, fühlte sie sich wie ein Schulmädchen vor dem ersten Date und zwang ihr Herz, sich zu beruhigen. Kein Mann hatte es bisher geschafft, sie auf solche Weise zu erregen – keiner außer Michael.

Während sie einander musterten, bewunderte sie seinen Körper. Er war ein Kunstwerk. In ihren Augen war er der vollkommene Mann, bestehend aus stählernen Muskeln und männlicher Perfektion. Beim Anblick seiner aufragenden Erektion öffnete sie den Mund. Die Vorfreude, ihn gleich in sich zu spüren, ließ ihr den Atem stocken.

Sie machte den ersten Schritt und umfasste seinen Schwanz, sah ihm tief in die Augen und berührte mit der freien Hand seine Brust. Hart und unbeugsam pulsierte sein Schwanz unter ihrer Haut, während sich die Adern hervorwölbten. »Es hat mir so gefehlt, dich zu berühren«, sagte sie.

»Meine Selbstbeherrschung hängt am seidenen Faden«, warnte er.

Sie kräuselte die Lippen. »Tja, dann«, erwiderte sie spöttelnd und beugte sich ihm zu. Sie presste die Brüste an ihn, schlang ihm die Arme um die Taille und züngelte an seinen Brustwarzen. »Auf deine Selbstbeherrschung ist sicher Verlass.« Sie drückte seinen Schwanz, streichelte die feuchte Spitze, liebkoste ihn und ließ die Finger darum gleiten, während sie Schultern und Arme mit Küssen bedeckte.

Sie betörte ihn mit einem aufreizenden Blick und nagelte ihn in lustvoller Verheißung fest. Dann rutschte sie an ihm hinab und ging vor ihm in die Knie. Verzückung erschütterte seine starken Züge, als sie langsam die pralle Eichel leckte und in den Mund sog. Sie saugte ihn tiefer und fester ein, bis er ihren Mund mit seinem salzig-süßen Geschmack erfüllte. Sie liebte die darin verborgene Lust, das Gefühl, einen Teil seiner Stärke stibitzen zu können. Unter ihrer Hand spürte sie, wie seine Schenkel unaufhörlich bebten. Michael zitterte und war auf eine Weise verletzlich, wie er es zu keinem anderen Zeitpunkt zuließ.

Sie kniete so gern vor ihm und verwöhnte ihn mit dem Mund, weil er nur dann alles mit sich geschehen ließ. Es war der einzige Zeitpunkt, da er sich fallen ließ und sich nicht zügelte.

Also liebkoste sie ihn mit dem Mund, der Zunge, der Hand. Sie betörte ihn mit allem, was ihn anmachte und um den Verstand brachte. Als er die Finger in ihr Haar wob, entwich ihm ein Stöhnen, das wie ein Aphrodisiakum auf Cassandra wirkte und sie veranlasste, noch mehr zu geben und mehr zu nehmen. Während sie saugte, stieß er mit den Hüften zu, ließ seinen Schwanz vor- und zurückgleiten. Das dringliche Zucken seiner Hüften und das Pulsieren seines Glieds verrieten ihr, dass er bald kommen würde. Doch er überließ ihr nicht vollkommen die Führung, sondern legte seine Hände auf ihre Schultern und bedeutete ihr, innezuhalten. Dann zog er sie an den Armen hoch.

»Wenn ich komme«, sagte er, »dann in dir.« Er legte sie behutsam aufs Bett, kniete sich an den Rand der Matratze und spreizte ihre Beine. Auf die Ellbogen gestützt beobachtete sie ihn dabei. Seine Hände krochen an ihren Beinen hinauf und folgten einem gemächlichen, neckenden Pfad, der seine Absichten unmissverständlich preisgab.

Als sein warmer Atem über ihren Kitzler strich, sank sie auf die Matratze, während er die Zunge um die Spitze kreisen ließ, ehe er sanft zu saugen begann. Cassandra schrie auf, als er stärker saugte und seine Finger das schlüpfrige geschwollene Fleisch liebkosten und in sie glitten. Sie krallte sich an der überraschend weichen Decke fest, während ihre Lider bei jedem Lecken, Streicheln und Saugen flatterten. Er reckte den Arm und spielte mit der anderen Hand an ihren Nippeln.

Er gab ihr alles, was sie begehrte, außer in ihr zu versinken. Sie musste ihn unbedingt in sich spüren. Sie fühlte den Orgasmus heranjagen und kämpfte wimmernd dagegen an. Mit übermenschlicher Kraft setzte sie sich auf und versuchte, sich ihm zu entziehen. Er packte ihre Beine, hielt sie fest und sah von der delikaten Stelle zwischen ihren Schenkeln auf, sodass ihre Sehnsucht nur noch stärker wurde.

»Zusammen«, flüsterte sie. »Bitte. Ich will es wirklich.« Sie presste die Hände auf seine Schultern und schob ihn von sich. »Du liegst unten.« Aus irgendeinem Grund wusste sie, wie wichtig es ihm war, dass sie es wirklich wollte. Sie waren erfüllt von Hingabe und Begierde, aber dieses Mal gab es nicht diesen irren kopflosen Rausch, der alles andere überrumpelte.

Ehe er sich auf den Rücken drehte, nahm sein Gesicht einen liebevollen Ausdruck an, um sogleich in neu entfachter Begierde aufzulodern. Cassandra verschwendete keine Zeit und setzte sich rittlings auf ihn, drückte ihre feuchte Mitte an seinen Bauch und beugte sich vor, um ihn zu küssen.

Besitzergreifend wölbte er die Hände um ihren Busen, strich bis zur Taille hinab und gab ihr Halt, während sie sich seine Erektion griff. Sie sahen einander in die Augen, als sie die Spitze seines Glieds an den geschwollenen Schamlippen entlangführte. Er drang in sie ein, und das Gefühl, ihn wieder bei sich zu haben, raubte ihr den Atem. Langsam glitt sie an seinem harten, heißen Schwanz hinab, bis sie miteinander verschmolzen und eins waren.

In einem undurchdringlichen Netz aus Gefühlen und Leidenschaft gefangen, blickten sie einander an. Mit einer unvermuteten Bewegung regte er sich, küsste sie, schlang die Arme um ihren Hals und ließ ihre Zungen umeinander kreisen. Sie setzten sich langsam in Bewegung, wiegten ihre Becken in einem sinnlichen Rhythmus, der Wonne in jeden Nerv versprühte. Ihre zarten Küsse mündeten in Verzweiflung, dann in Leidenschaft, bevor sie unkontrollierbar wild wurden. Michael setzte sich mit ihr zusammen auf, hielt sie am Rücken fest und schaukelte langsam in einer schrägen Stellung, die sie fast um den Verstand brachte. Ihre Münder waren sich dabei so nah, dass ihr Atem sich vermischte.

Er hielt jäh inne, strich ihr Haare aus den Augen. »Ich liebe dich, Cassandra«, sagte er. »Ich liebe dich so sehr.«

Ein Schauer ließ ihre Haut prickeln, während ihr Herzschlag einen Moment lang aussetzte. Nach diesen Worten hatte sie sich gesehnt. »Ich liebe dich auch, Michael. Sogar als ich dich hassen wollte, habe ich dich geliebt.«

Er nahm ihr Gesicht in beide Hände. »Es gibt Dinge über mich, die du nicht weißt«, sagte er. »Ich kann und werde dich nicht bitten, mit ihnen zu leben.«

»Bitte, Michael«, flüsterte sie und schmiegte die Hände um sein Gesicht. »Hör auf, dich zu verurteilen und anzunehmen, dass ich wie du empfinde. Hast du je etwas getan, das gegen die Rettung Unschuldiger verstoßen hat? Irgendetwas, das du später bereut hast?«

»So einfach ist es nicht«, flüsterte er. »Baby, das ist es nicht.«

»Ich kenne dich, Michael«, raunte sie und küsste ihn, bevor er widersprechen konnte.

Mit seiner üppigen männlichen Würze verschlang er ihren Mund, während sein Schwanz das empfindliche Fleisch zwischen ihren Schenkeln liebkoste. Sie ließen sich gehen und vergaßen, was sie hergeführt hatte oder trennen könnte. Seine großen Hände erforschten ihren Körper, berührten sie wie kein anderer. Er spielte an ihren Nippeln, indem er köstlich und doch grob daran zupfte, sodass sie im selben Augenblick schreien und sich widersetzen wollte. Er ließ sie an seinen Lippen knabbern und einen Pfad an seinen Schultern entlangküssen. Sie konnte ihn nicht genug berühren oder schmecken – es würde nie genug sein. Am liebsten wollte sie ihn aufs Bett werfen und wild reiten, um sich noch mehr von ihm zu nehmen. Um die Initiative zu ergreifen. Doch das bedeutete, ihn loszulassen, nicht mehr von seinen starken Armen getragen zu werden, und das kam nicht infrage.

Stattdessen klammerte sie sich mit Lippen, Armen und Hüften an ihm fest. Selbst wenn es eine Ewigkeit hätte dauern können, wäre es zu kurz gewesen. Viel zu früh wand sich die Spannung durch ihren Bauch und mündete in Zuckungen, die seinen Schwanz molken, während sie nach Luft schnappte und ihr Gesicht an seinem Hals vergrub. Er packte sie fester, bevor ihm ein gutturales Stöhnen entwich und er sich in ihr ergoss. Sekundenlang verharrten sie in dieser Stellung und verschmolzen miteinander, als ob sie Angst hätten, den Augenblick und einander zu verlieren.

Michael brach schließlich das Schweigen, als er, noch immer in ihr versunken, zur Bettkante rutschte. Er küsste sie, bevor er aufstand. »Gönn dir ein Bad und leg dich anschließend allein schlafen.«

»Nur wenn du mit ins Bett kommst«, begann sie zu verhandeln.

»Ich gehe nirgendwohin.« Er flüsterte heiser und gequält, in einem Ton, der suggerierte, dass er nicht jetzt gehen würde, aber später.

Cassandra klammerte sich an ihn, als er sie ins Bad trug. Es stimmte – sie fürchtete sich davor, allein zu sein. Und doch begriff sie etwas. Auch wenn sie Michael wollte und brauchte, sollte er es ebenfalls wollen. Weder ein Lebensband noch körperliche Verbundenheit konnten das Chaos in seinem Kopf beseitigen. Noch konnten sie das wichtigste Band zwischen ihnen erschaffen – das emotionale.

Es lag an Michael, ob er ihr Einlass zu seinem Leben gewährte. Alles andere wäre töricht. Entweder öffnete er sich ganz oder gar nicht. Allein zu sein, schmeckte ihr womöglich nicht, doch nun, da sie der Angst ins Auge blickte, würde sie sich damit auseinandersetzen. Cassandra konnte sich nicht damit abfinden, sich fragen zu müssen, wann Michael beschloss, eine Bedrohung für sie zu sein – und sie wieder verließ.

Michael saß an ein Ende der Badewanne gelehnt und blickte Cassandra in die schwarzen Augen. Mein Gott. Was hatte er getan? Was, wenn sie nun vollkommen und unwiederbringlich miteinander verbunden waren? Dabei lag noch nicht einmal das Ergebnis seines Blutbilds vor, und niemand konnte auch nur ahnen, was es ans Tageslicht bringen würde. Nur weil er die Nähe der Frau, die er liebte, dringend gebraucht hatte, hatte er sich wie ein Egoist verhalten.

Cassandra rutschte tiefer in die Wanne, ihr langes blondes Haar trieb auf der Wasseroberfläche. »Das ist ein kleines Stück vom Himmel.«

»Deine Augen sind schwarz.«

Sie senkte die Lider, dunkle Augenringe zeichneten sich auf ihrer bleichen Haut ab. Dann hob sie den Blick wieder. »Hab ich mir schon gedacht.«

Sie wieder bei sich zu haben, erinnerte ihn daran, warum er gedacht hatte, mit ihr ein anderer Mensch sein zu können; wie sehr er sich ihretwegen *wünschte*, ein besserer Mensch zu sein. Wo er nur Stahl vermutete, entdeckte sie Sanftmut.

Die GTECH-Injektionen verstärkten, was in jedem Mann steckte – intensivierten eine dunkle Seite. Dass er es geschafft hatte, nicht wie Adam zu werden, kam einem Wunder gleich. Dennoch erschütterte es ihn zutiefst, dass er fatale Fertigkeiten erworben hatte, die kein Mann mit einer schwarzen Seele wie der seinen besitzen sollte. Das Katastrophale daran war, dass er sich noch immer veränderte und an Stärke gewann. Wann würden ihn die Veränderungen wahnsinnig machen? Und würde er Cassandra mit in den Wahnsinn treiben?

Mit wachsender Sorge fragte er: »Wie geht's dir?«

»Gut. Ich bin bloß müde. Mir ist ein wenig übel, aber das ist bei so viel Schlafmangel wohl normal.« Sie hob die Hand, ließ Wasser und Seifenblasen von den Fingern tropfen. »Ich fasse es immer noch nicht, dass du Schaumbad dahattest«, spottete Cassandra. »Das verstößt doch gegen dein derbes Soldaten-Image, das du so überzeugend an den Tag legst. Für den Fall, dass du diese Seite im Macho-Soldaten-Handbuch meines Vaters übersprungen haben solltest.« Ihr Lächeln verblasste kurz, als würde es wehtun, von ihm zu reden oder Vergleiche zwischen beiden zu ziehen.

Michael hob ihren Fuß an und massierte ihn zärtlich, während die hübschen, rosa lackierten Zehen aus dem Wasser lugten. Als sie seufzte, lächelte er innerlich. Einer guten Fußmassage hatte sie noch nie widerstehen können, genauso wenig, wie er ihren niedlichen Grimassen widerstehen konnte. »Caleb hat eine der Krankenschwestern beauftragt, sich um das Wohlergehen der Soldaten zu kümmern«, erklärte er. »Emma hat jedes Zimmer mit Dingen ausgestattet, die sie für notwendig hielt. Natürlich ohne Sex im Hinterkopf zu haben.« Cassandra lachte. »Diese Emma gefällt mir jetzt schon. Ein Schaumbad ist etwas Elementares.« Während er weitermassierte, stöhnte sie ein wenig. »Das kannst du wirklich gut«, grinste sie. »Neben vielen anderen Dingen.«

»Pass auf«, warnte er, denn ihr zweideutiger Ton ließ seinen Schwanz pulsieren. »Sonst vergesse ich mich und rutsche rüber, um dir ein paar von den anderen Dingen zu zeigen. Und wir wissen beide, dass du schlafen musst.« Allerdings. Auch wenn er sie brauchte, hatten ihre Bedürfnisse Vorrang.

»Schlaf wird überbewertet«, sagte sie wegwerfend und wechselte mit ernster Miene das Thema. »Was wirst du wegen deiner Mutter unternehmen?«

Er streckte die Hand aus und zog sie in seinen Arm. Sie war so klein, dass sie problemlos neben ihm Platz fand. »Ich werde ihre Firma ruinieren und dafür sorgen, dass sie die Zodius nicht mehr unterstützen kann.«

Sekundenlang lag eine bleierne Stille in der Luft, ehe sie flüsterte: »Erzähl mir, was heute Nacht passiert ist.«

Als er tief durchatmete, begriff er, dass er es sich unbedingt von der Seele reden musste. Ihren Vater ließ er außen vor, und die Worte kamen ihm leicht von den Lippen, sprudelten hervor wie eine leichte sommerliche Brise statt wie ein unbehaglicher, erzwungener Sturm. Manches von dem Verhältnis zu seiner Mutter kannte sie schon: dass sie ihn verstoßen hatte, weil er sich von der Familie und seinem Vater abgewandt hatte. Sie wusste von der langen Funkstille. Dennoch war Cassandra neu, dass er sich bisher nicht eingestanden hatte, wie sehr ihn das alles belastete. Es war ihm erst klar geworden, als er in der Küche seiner Mutter gestanden und entdeckt hatte, dass er ihre Taten nicht länger als die einer fehlgeleiteten Hausfrau rechtfertigen konnte. Diese Erkenntnis hatte ihn fast entzweigerissen.

Das Wasser war bereits kalt geworden, als sie sich aus der Wanne erhoben und abduschten. Michael drehte Cassandra um, schlang ihr den Arm um die Taille, strich ihr das nasse Haar aus dem Nacken und küsste das Symbol, das sie mit ihm verband. Er gab sich kurz dem Glauben hin, sie ganz haben zu können, und zog sie an sich. Von der friedvollen Wärme des Wassers benetzt, schloss Michael die Augen und malte sich aus, der morgige Tag könnte ebenso vollkommen sein wie dieser Moment, auch wenn er wusste, dass es nicht so sein würde.

22

Cassandra wurde von einem lauten Pochen aus dem Schlaf gerissen, dem ein stechender Schmerz in der Bauchgegend folgte. O Gott. Sie öffnete blinzelnd die Augen und kniff sie beim Anblick des schmerzlich grellen Lichts sofort wieder zusammen. Dabei war es noch nicht einmal Tageslicht.

Es klopfte erneut. Mit an den Kopf gepressten Händen zwang sie sich in eine aufrechte Position, während sie ihren nackten Körper unter der Bettdecke verbarg.

Michael saß in voller Montur auf der Bettkante. Er trug einen schwarzen Tarnanzug, den sie schon bald als die Standardkleidung der Renegades kennenlernen sollte. »Vielleicht willst du lieber den hier anziehen«, sagte er und hielt ihr einen zu großen blauen Bademantel hin. »Sterling ist da. Er will die verschlüsselte Leitung zu deinem Vater einrichten.«

»Mit freundlichen Grüßen von Emma?«, fragte Cassandra, als sie den Mantel nahm. »Du siehst mich nämlich lieber hüllenlos.« Sie versuchte zu lächeln, doch ihre Augen schmerzten, und es geriet zu einer Grimasse. »Und ich habe am liebsten nichts an.«

»Der Bademantel kommt tatsächlich von Emma«, gab er zu und drückte ihr einen Kuss auf den Mund, warm und sinnlich. Ihr rutschte ein kurzer, wohliger Laut heraus, als er hinzufügte: »Du hast recht, hüllenlos ist mir tatsächlich lieber … an dir.« Seine Stimmung änderte sich, wurde düster. Angst prägte seine harten Gesichtszüge. »Deine Augen sind immer noch schwarz.«

Sie krümmte die Hand an seiner Brust. »Mir ist auch wieder schlecht – es wird aber allmählich besser.« Hoffentlich. Als es wieder klopfte, platzte ihr beinah der Schädel. Na schön, vielleicht befand sie sich doch nicht auf dem Weg der Besserung. »Er soll endlich damit aufhören!« Das Hämmern machte sie völlig fertig.

Als sie mit den Armen in den Bademantel schlüpfte, wanderten seine Augen über ihre nackten Brüste, dennoch hielt er sich zurück, obwohl er in Betracht zog, sie anzufassen – die schiere Begierde in seinen Augen verriet es. Unvermittelt zog er sie an sich und küsste sie leidenschaftlich, sodass sie atemlos und keuchend zurückblieb, als er sich erhob und zur Tür schlenderte. Dieser Kuss enthielt eine Botschaft, die es zu entschlüsseln galt, doch es blieb keine Zeit. Er öffnete bereits die Tür. Cassandra band den Gürtel des Bademantels in der Taille und rutschte zur Bettkante.

Als Sterling und Kelly die kleine Wohnung in Beschlag nahmen, war der Raum im Nu von Leben erfüllt. Michael und Caleb blieben in der Diele, was die Frage aufwarf, worüber die beiden reden mochten.

»Ich hab Kaffee mitgebracht.« Kelly schwebte in einer Wolke aus Jasmin-Parfum durchs Zimmer, eine schwarze Hose lugte unter ihrem weißen Arztkittel hervor. »Und Klamotten, die wahrscheinlich nicht besonders gut passen, aber besser sind als nichts.« Sie hielt eine kleine Henkeltasche in die Luft. »Emma hat eine Kulturtasche mit diversen Hygieneartikeln bestückt.«

»Ich muss diese Emma wirklich kennenlernen«, sagte Cassandra. »Klingt, als wäre sie die Mutter der Nation.«

»Wo bleibt eigentlich *mein* Kaffee?«, fragte Sterling, der hinter Kelly hereinstapfte. In der Armeekleidung und mit der über der Schulter hängenden Laptoptasche wirkte er so gut wie neu. Er salutierte vor Cassandra. »Danke für die nächtliche Wache am Krankenbett.«

»Jederzeit wieder«, erwiderte Cassandra, »trotzdem wollen wir es nicht zur Gewohnheit werden lassen.«

»Den Kaffee kannst du dir abschminken, Sterling«, sagte

Kelly. Sie stellte die Tasche auf den Boden und setzte sich neben Cassandra. Dann hielt sie ihr einen Pappbecher mit Kaffee hin, während sie Sterling einen strengen Blick zuwarf. »Ich habe dich gerade erst vom Infusionstropf abgehängt.«

»GTECH, Süße.« Er packte die Tasche auf den Couchtisch und setzte sich. »Und ich hänge schon seit Stunden nicht mehr am Tropf.«

»Für dich immer noch Doktor, nicht Süße.« Mit in die Luft gestrecktem Finger wandte sie sich wieder Cassandra zu. »Gerade mal eine Stunde aus dem Krankenhaus, und schon hält er sich für Superman. Wenigstens hält Damion heute Morgen den Ball flach. Er ruht noch.«

Als Michael und Caleb das Zimmer betraten, schoss der Testosteronspiegel in der Wohnung schlagartig in die Höhe. Beide blieben im Eingang des Wohnzimmers stehen. Große, dominante Männer. Anführer.

»*Der da* ist dein Superman«, sagte Sterling und deutete mit dem Kinn auf Caleb, ehe er die Stimme senkte und Michael ansah. »Und er ist der sagenumwobene Batman.«

Cassandra lachte. Es ging ihr mittlerweile etwas besser, dennoch stellte sie den Kaffee verstohlen auf dem Nachttisch beim Bett ab. Ihr flauer Magen und Kaffee waren gerade keine gute Kombination. Sterlings Sprüche hingegen schon. »Ich hab's ganz deutlich vor Augen«, sagte sie und suchte Blickkontakt mit Michael. Mit den Augen teilte sie ihm mit, dass dieser alberne Vergleich zuzutreffen schien – er war Batman. Ihn suchte man auf, wenn sich kein anderer die Hände schmutzig machen wollte.

Caleb unterbrach den Blickkontakt, indem er zwischen ihnen hindurchging und auf dem Sessel neben der Couch Platz nahm. »Womit Sterling Robin wäre.«

Die gute Stimmung konnte nicht über ihre Nervosität hinwegtäuschen. Cassandra registrierte, dass sogar Michael unruhig war.

Kelly zauberte zwei Spritzen hervor. »Die erste macht die Nebenwirkungen erträglicher«, sagte sie leise. »Und ich möchte dir noch etwas Blut abnehmen.« Sie reckte Cassandras Kinn und musterte sie prüfend. »Und zwar, solange deine Augen schwarz sind. Je früher, desto besser. Später brauche ich alle zwei Stunden neue Proben.«

Sterling betätigte einige Tasten am Computer. »Robin braucht noch ein paar Minuten zum Hochfahren. Tu dir keinen Zwang an und verwandele Cassandra in der Zwischenzeit in ein Nadelkissen. Ich bin froh, dass sich der *Doktor* mal einen anderen vornimmt.«

Cassandra warf einen flüchtigen Blick auf die Uhr. Schon acht. »Ich muss mich innerhalb der nächsten Stunde bei meinem Vater melden«, sagte sie. »Wenn's recht ist, würde ich mich gern anziehen.«

»Wir haben so oder so noch einiges zu besprechen«, sagte Caleb. »Tut, was ihr tun müsst, Ladys.«

»Komm, wir gehen ins Bad und lassen die Jungs allein«, schlug Kelly vor.

Cassandra zog den Bademantel um sich. »Ja, gehen wir.« Als Michael Cassandra mit sorgenvollen Augen anblickte, war sie sich vage bewusst, dass sie von Caleb beobachtet wurden.

»Gibt es schon was von ihrem Blutbild?«, fragte Michael Kelly.

Cassandra nutzte die Gelegenheit, um Caleb zu mustern, der mit unergründlicher Miene und auf die Knie gestützten Ellbogen auf dem Sessel hockte.

»Noch nichts Endgültiges«, erwiderte Kelly und warf ihm einen Provozier-mich-nicht-Blick zu. Sie schnappte sich ihre Tasche und winkte Cassandra ins Badezimmer.

Cassandra setzte sich auf den Klodeckel und konnte gerade so ein Kichern unterdrücken. »Dem hast du's aber gegeben.«

Kelly schloss die Tür, stellte die Tasche ab und stemmte die

Hände in die Hüften. »Ich habe mittlerweile gelernt, mich durchzusetzen. Die waren schon als normale Soldaten ein ziemlich anspruchsvoller Haufen. Als GTECHs sind sie wie Soldaten mit Raketenantrieb, zehnmal so schlimm.«

»Kannst du denn schon *irgendwas* sagen, Kelly?«, fragte Cassandra und wappnete sich für die Antwort.

»Du hast einen Eisprung. Und dein Vitamin-C-Spiegel ist zu niedrig«, sagte sie und schnipste gegen die Spritze. »Ich gebe dir jetzt ein Ergänzungsmittel und noch etwas gegen die Übelkeit.« Sie warf einen Blick auf Cassandras Arm. »Krempel den Ärmel hoch.«

Während sie den Ärmel hochschob, fragte Cassandra: »Und was heißt das?«

»Noch nichts«, erwiderte Kelly. Sie beugte sich vor und injizierte das Vitamin C. Dann legte sie die Kanüle beiseite und griff nach der zweiten. »Die weiterentwickelten Tests sind noch nicht fertig. Und die Proben von heute müssen noch mit denen von gestern verglichen werden.« Nach ein paar Minuten war sie fertig. »Ich lasse dich jetzt allein, damit du dich anziehen kannst.« Sie seufzte. »Tja, dann werde ich Michael mal zu einer weiteren Blutspende überreden. Vielleicht kann ich ihn ja davon überzeugen, dass er kein Monster ist, das dich auch in eins verwandelt.«

Irgendwie bezweifelte Cassandra, dass ein Bluttest das bewirken könnte. Sie wusste nicht, ob es irgendetwas gab, dass das schaffen würde.

Wie am Vorabend starrte Michael mit angehaltenem Atem den Schlauch an, der mit der Kanüle in seinem Arm verbunden war, und wartete darauf, dass sein Blut hindurchströmte. Als die rote Flüssigkeit erschien – weder grün noch blau, sondern ganz normal rot –, sprach er ein stummes Dankesgebet. Schließlich war er alles andere als normal, sogar für GTECH-Begriffe. Kelly war sich dessen ebenfalls bewusst; das hatte er ihrem Gesicht angesehen, als sie neben ihm Platz genommen hatte.

Da Caleb und Sterling in unmittelbarer Nähe leise miteinander redeten, senkte Michael die Stimme zu einem Flüstern. »Was hast du Cassandra gesagt?«

Als Kelly seinen Blick erwiderte, entdeckte er etwas Wissendes in ihren grünen Augen, das ihm bestätigte, dass sie bei den Tests etwas entdeckt hatte, das ihm nicht gefallen würde. »*Noch* nichts«, erwiderte sie mit warnendem Unterton. »Wir besprechen die Ergebnisse, wenn du hier fertig bist. Komm dann zu mir.«

Michaels Magen ballte sich zu einer harten Kugel aus Angst zusammen. Dass sein Blutbild Anomalien aufwies, war weder für ihn noch für alle anderen eine Überraschung. Es war egoistisch gewesen, letzte Nacht mit Cassandra zu schlafen, ohne die Ergebnisse zu haben, ohne zu wissen, was er ihr möglicherweise zumutete – und das war ihm klar gewesen. Trotzdem hatte er sich nicht zurückgehalten, sondern war tief in ihr versunken und hatte jede Sekunde davon ausgekostet.

Kelly erhob sich. »Bis später, Gentlemen.« Sie warf Michael einen Blick zu. »Bis gleich.« Ohne eine Antwort abzuwarten, eilte sie mit wehendem weißem Mantel zur Tür.

Sterling starrte Michael mit offenem Mund an.

»Was ist?«, fragte Michael schroff, nicht in Stimmung für irgendwelchen Mist. Dass Caleb und Sterling seit ihrem Eintreffen Unruhe ausstrahlten, machte die Sache nicht besser.

»Sie hat dir Blut abgenommen«, stellte Sterling mit listig glänzenden Augen fest.

»Ich hab wirklich keine Lust, mit dir über meine Krankengeschichte zu diskutieren, Sterling«, erwiderte Michael zähneknirschend. Er sah zwischen den beiden hin und her. »Was ist los?«

Ärger lag in der Luft, während Caleb und Sterling einen vielsagenden Blick wechselten. Caleb bedeutete Sterling mit einem Nicken fortzufahren. »Ich habe beide Computer gecheckt, Brock Wests und den deiner Mutter. Kein einziger Hinweis auf Red Dart. Du musst mich bei Taylor einschleusen, damit ich in den Server komme.«

»Dann können wir auch gleich ein ganzes Team losschicken, das alles durchsucht«, sagte Michael. »Je früher, desto besser.«

»Morgen Nacht«, erwiderte Caleb.

»Heute noch«, forderte Michael. »Bei Tageslicht, bevor meine Mutter Gelegenheit hat, irgendwelche Beweise verschwinden zu lassen.«

»Ich bin mir nicht sicher, ob es das Risiko wert ist«, wandte Caleb ein.

»Wieso?«

Caleb und Sterling sahen einander wieder an, worauf Michael gereizt murrte: »Spart euch die dramatischen Pausen. Was zum Teufel ist los?«

Sterling erwiderte: »West hat vom Stützpunkt ausgehende Waffenlieferungen frisiert und umgeleitet, um Green Hornets dort hineinzuschmuggeln. Diese Lieferungen haben ihr Ziel nie erreicht. Ich sehe keine Beweise, dass deine Mutter an Adam verkauft hat. Sie könnte durchaus unschuldig sein.«

»Sämtliche Untersuchungen, die Taylor Industries betreffen, sollten vertraulich behandelt werden«, warf Caleb ein.

Michael saß eine Minute lang reglos da, ehe er ein bitteres Lachen herausbellte. »Heilige Scheiße.« Er rieb sich den glatt rasierten Kiefer und stieß ein zweites heiseres Gackern aus. »Deshalb führt ihr so einen Eiertanz auf? Ihr denkt, dass ich ihretwegen einen melodramatischen Anfall bekomme und jemanden zum Händchenhalten brauche? Meine Mutter ist nicht unschuldig. Wenn sie nicht mit Adam unter einer Decke steckt, dann mit Powell.« Er wandte sich an Caleb. »Das habe ich dir doch gestern Abend schon gesagt.«

»Vielleicht hast du dich geirrt«, wandte Caleb ein.

»Powell war dort«, blieb Michael beharrlich.

»Es spricht nichts dagegen, Waffen an die US-Regierung zu verkaufen, um die nationale Sicherheit zu gewährleisten«, gab Caleb zu bedenken. »Wir haben nichts in der Hand, um das Gegenteil beweisen zu können.«

Immer im Zweifel für den Angeklagten – typisch Caleb. »Hör auf, mich retten zu wollen«, sagte Michael. »Darauf kann ich verzichten. Sie ist, was sie ist, das weiß ich besser als jeder andere. Wenn du Beweise willst, besorg ich sie dir. Wir haben jetzt eine Ladung Green Hornets. Lass Powells Lieferung, wo sie ist, und stell eine Satellitenverbindung her. Jetzt, da meine Mutter weiß, dass ich weiß, was sie treibt, werden sie sicher weggeschafft. Denn sie verkauft nicht nur an Powell. Sie steckt mit ihm unter einer Decke und das in jeglicher Hinsicht.«

Die Badezimmertür flog auf, und Cassandra erschien von Neonlicht umrahmt. Sie trug ein schwarzes T-Shirt und eine locker sitzende schwarze Jeans, die einen starken Kontrast zu ihrer bleichen Haut bildeten. Die noch immer schwarzen Augen schimmerten wie Opale in ihrem ungeschminkten Gesicht. Gier erfasste Michael, versetzte ihn in reine, weiß glühende Erregung. Er hatte geschworen, heute die Finger von ihr zu lassen und zuerst die Ergebnisse der Blutuntersuchung abzuwarten. Doch wie sollte man etwas so Grundlegendes wie das Atmen abstellen? Cassandra zu berühren, war genau dasselbe für ihn. Wie hatte er nur all die Jahre ohne sie leben können?

»Ich hab euch durch die Tür gehört«, verkündete sie, zögerte kurz und warf Michael einen gequälten Blick zu, während der übrige Raum verschwamm und sie sich nur an ihn richtete. »Falls mein Vater deine Mutter in die Sache hineingezogen hat, dann manipuliert er sie.« Sie verschränkte die Arme vor der Brust. »Er weiß alles von jedem Soldaten, den er in das Zodius-Projekt involviert hat. Er weiß garantiert auch alles von dir. Das Unternehmen deiner Familie produziert Waffen und beliefert damit die Regierung. Das wusste er, als er dich rekrutiert hat. Er wusste mit Sicherheit damals schon, wer deine Mutter ist. Das ist kein Zufall. Ich habe keine Zweifel, dass es für ihn nur das Sahnehäubchen ist, dass er sich mit deiner Mutter zusammengetan hat. Es ist eine Botschaft. Du hast dich in seine Welt gemogelt, ihm die Tochter genommen und ihn mit einem Messer bedroht. Und nun wetzt er die sprichwörtlichen Messer. Er hält deine Welt in den Händen. Er hat die Kontrolle, nicht du.« Sie atmete zitternd ein und stieß die Luft wieder aus. »Ich rede mir nicht mehr länger ein, dass er so etwas nicht tun würde. Ich habe versucht, ihn in Schutz zu nehmen und seine Handlungen zu rechtfertigen, aber damit ist jetzt Schluss. Es tut mir leid, was er dir und deiner Mutter antut.«

Michaels Herzschlag setzte für eine Sekunde aus, dann schlug es einen zornigen Rhythmus an. Powell sollte für das, was seine Tochter durchmachen musste, in der Hölle schmoren. Für das, was sie alle durchmachen mussten. »Entschuldige dich weder für deinen Vater noch für meine Mutter«, befahl er Cassandra. Es war ein Befehl, erbittert und guttural. Er würde nicht zulassen, dass sie sich das zumutete, und er würde seine Mutter nicht unbemerkt weitermachen lassen. »Wir müssen davon ausgehen, dass meine Mutter aus eigenem Antrieb handelt. Sie weiß, womit sie es zu tun hat.«

»Das kannst du doch nicht wissen, Michael«, beharrte Cassandra, während sie auf ihn zuging. »Was macht es für einen Unterschied, ob deine Mutter Green Hornets an die Regierung verkauft oder irgendwelche anderen Waffen?«

Seine Mutter wusste genau, was sie tat und warum sie es

tat, darauf würde er Gift nehmen. »Sie kennt ihn«, sagte er. Stahl ummantelte seine Worte. »Gestern war jemand bei ihr. Ein Mann.«

Langsam begriff sie. »Du glaubst, dass es mein Vater war«, sagte sie. Obwohl es eine Feststellung war, nickte er. Sie öffnete den Mund, hielt kurz inne und flüsterte dann: »Und du glaubst, dass sie … was miteinander haben?«

»Ja«, erwiderte er grimmig. Trotz seines Bemühens, sie in Schach zu halten, schwangen die Schatten der Vergangenheit in seinem Ton mit. »Es war dein Vater.«

»Du weißt nicht zufällig, wo sich das PMI-Labor deines Vaters befindet, Cassandra?«, fragte Caleb.

Sie presste die Lippen zu einem schmalen Strich zusammen, als sie die Arme in einer Mischung aus Empörung und Rückzug vor dem Körper verschränkte. »Nein«, erwiderte sie. »Er hat es ›zu meinem eigenen Schutz‹ vor mir geheim gehalten. Seine berühmte Ausrede.«

Caleb fluchte und fuhr sich über den Nacken. »Wir müssen es wissen. Sonst drehen wir uns im Kreis. Er weiß, dass wir ihm auf den Fersen sind.«

»Ich finde das Labor«, bot sich Cassandra an. »Ich verschaffe mir Zugang zu seinem Computer und durchsuche seine persönlichen Sachen, sein Büro und sein Haus.«

»Nein«, sagte Michael unerbittlich. »Selbst wenn ich dich darauf ansetzen würde, was ich nicht tue, ist es zu riskant.«

Sie versteifte sich und warf ihm einen stechenden Blick zu.

Michael fügte hinzu: »Er hat überall Überwachungskameras installiert, Cassandra. Ihm wird nicht entgehen, dass du schnüffelst.«

»Er weiß, dass ich neugierig bin«, sagte sie. »Wenn ich auffliege, schleime ich ein bisschen und tische ihm eine Lüge auf. Ich weiß, wie ich ihn zu nehmen habe. Wenn irgendjemand mit meinem Vater zurechtkommt, dann ich. Und es ist nicht gerade so, als ob du besonders viele Alternativen hättest.«

»Wir fangen bei meiner Mutter an«, beharrte Michael. »Stellen dort alles auf den Kopf und suchen Beweise für Taylors Beteiligung. Oder wo sich PMI befindet.«

»Was wir auch tun«, sagte Cassandra, »ich muss mich bei meinem Vater melden. Es wird allmählich spät. Wenn ich unentschuldigt von der Arbeit fernbleibe, wird er misstrauisch.«

Sterling schnappte sich das kabellose Telefon vom Couchtisch und reichte es Michael. »Wie lautet deine Nummer?«

Cassandra gab ihm ihre Handynummer. Während Sterling die Ziffern in seinen Laptop eingab, hielt ihr Michael das Telefon hin. Als das Freizeichen ertönte, atmete sie mit flatternden Nerven tief durch. »Ich war noch nie so nervös, wenn ich meinen Vater angerufen habe.« Am liebsten hätte Michael sie in den Arm genommen, doch ihm fiel sein Termin bei Kelly wieder ein, und er riss sich zusammen. Bevor er nicht mit der Ärztin gesprochen hatte, wäre jeder Kontakt mit Cassandra purer Egoismus. »Du schaffst das schon.«

»Morgen, General«, sagte sie. Jeder wusste, dass er es hasste, von ihr General genannt zu werden, weshalb sie ihn des Öfteren damit aufzog. »Melde mich krank.« Sie hörte eine Minute zu. »Du weißt ja, wie unerbittlich diese Kopfschmerzen sind.« Pause. »Ja. Wirklich. Mir geht's gut. Ich muss nur schlafen, um diesen Nebel loszuwerden, deshalb schalte ich mein Telefon aus. Ich …« Sie lauschte wieder eine Minute. »Ja, ich denke, dass ich morgen wieder da bin.«

Michael packte ihre Hand. *Nein*, mimte er stumm.

Trotz flackerte in ihren Augen auf. »Vielleicht könnten wir uns morgen zum Essen treffen? Ich hab das Gefühl, als wären wir uns ein wenig fremd geworden, Daddy.«

Michael starrte sie wütend an. Sie erwiderte seinen Blick auf gleiche Weise, wechselte noch ein paar Worte mit ihrem Vater und legte auf. »Was zum Teufel war das, Cassandra?«

»Clever«, verkündete sie nachdrücklich mit durchgedrücktem Rücken und Entschlossenheit. »Das war clever. Niemand steht meinem Vater so nah wie ich. Er wird sich Zeit für mich nehmen. Das heißt, dass er währenddessen nicht bei deiner Mutter sein wird. Und das wiederum heißt, dass ich im Anschluss einen Kaffee bei ihm trinke. Ich kann seine Festplatte stibitzen und du die deiner Mutter. Ich kann genau wie Brock die Munitionslieferungen manipulieren. Ich kann dir deine Green Hornets besorgen. Ich bin alles, was du hast.«

»Was ist mit deinen Augen?«

»Wenn sich die Farbe nicht ändert«, sagte sie, »mache ich es wie Sterling und benutze Kontaktlinsen.«

»Dafür ist er zu scharfsinnig.«

Gewieft erwiderte sie: »Wenn sie komisch aussehen, wird er es auf die Migräne schieben.«

»Was ist mit der Tatsache, dass Adam dich in meinem Beisein angegriffen hat? Dein Vater weiß, dass du bei mir bist, und das heißt, dass Brock ebenfalls davon weiß.«

»Noch ein Grund, es so schnell wie möglich zu erledigen«, entgegnete sie.

Vor lauter Zorn vergaß er, dass sich Caleb und Sterling noch im Zimmer befanden. »Meinst du nicht, dass du das vorher mit uns hättest besprechen sollen?«

Das konnte doch nicht wahr sein! »Uns? Wer ist uns? Du meinst wohl eher dich! Nein, ich hatte nicht vor, mit dir zu reden. Weil man mit dir nicht reden kann. Du plärrst immer nur Befehle raus.«

»Nein, Cassandra«, sagte er.

»Du kannst nicht für mich entscheiden, Michael.« Sie warf Caleb einen Blick zu. »Ist es sinnvoll, wenn ich euch helfe?«

»Ich bin dein Lebensband«, sagte Michael unumwunden. Calebs Meinung war ihm völlig gleichgültig, wenn es Cassandra betraf.

Caleb vergessend, schossen ihre Augen zu ihm zurück. »Nein, bist du nicht«, korrigierte sie. »Und irgendeine biologische, körperliche Verbindung gibt dir nicht das Recht, für mich zu entscheiden.«

Habgier fuhr ihm durch sämtliche Nervenenden. »Da irrst du dich, verdammt.«

Caleb und Sterling standen auf. Mit dem sicheren Gefühl, hier fehl am Platz zu sein, steuerten sie auf die Tür zu. Weder Cassandra noch Michael nahmen Notiz von ihnen. »Du kannst nicht einfach kommen und gehen, wie es dir passt«, grollte Cassandra, »und erwarten, dass ich gehorche, wenn du mit den Fingern schnipst. Du machst mir keine Angst, Michael. Das hast du nie getan.«

Er packte sie, warf sie aufs Bett und setzte sich rittlings auf sie. »Du solltest aber Angst haben, Cassandra.«

Die vollen Lippen geschlossen, reckte sie einladend das Kinn und flehte beinah danach, geküsst zu werden. »Hab ich aber nicht«, verkündete sie. »Was willst du dagegen tun?«

Was würde er tun? Genau das, was er sich eigentlich untersagt hatte. Er legte sie flach aufs Bett und spreizte ihre Beine, legte seinen harten Schwanz auf die warme Mitte ihres Körpers und küsste sie. Seine Zunge drängte in ihren Mund und gab seinen üppigen Geschmack an sie weiter.

Sie stöhnte in seinen Mund, schlang ihm die Arme um den Hals und wölbte sich ihm entgegen. Eine Hand wanderte besitzergreifend über ihren schlanken Brustkorb und liebkoste hart die vollen Brüste. Sie belohnte ihn mit einem leisen Stöhnen, das so köstlich klang, dass es den letzten Rest seiner Zurückhaltung beinahe zunichtemachte. Er löste sich von ihren Lippen und klammerte sich an den seidenen Faden seiner Selbstbeherrschung. »Du wirst dich nicht in Gefahr begeben«, befahl er und durchbohrte sie mit den Augen. »Das wirst du nicht.«

»Wenn ich Teil deines Lebens bin, bin ich auch Teil dieses Kriegs. Wenn ich nicht zu deinem Leben gehöre, bin ich trotzdem noch Teil dieses Kriegs. Daran kannst du nichts ändern.«

»Cassandra …«

Sie hielt ihm den Mund zu. »Deine herrische Art ist sexy, wenn du in mir bist«, warnte sie, und ihre Stimme hatte einen verwegenen Unterton aus Zorn und Verführung angenommen, der ihm beinahe den Verstand raubte. »Allerdings nervt sie, wenn du dabei nicht in mir steckst. Also, entweder ziehst du dich aus, oder du hältst die Klappe.«

»Ich halte nicht die Klappe«, sagte er.

»Gut«, flüsterte sie. Das hieß, dass er sich ausziehen würde.

Er knabberte grob an ihrer Unterlippe, worauf sie keuchte, um anschließend ein süßes Schnurren auszustoßen. »Und wenn ich nackt und in dir bin, Cassandra«, sagte er, »lautet die Antwort immer noch nein.«

Ein listiges Lächeln stahl sich auf ihre Lippen. »Das werden wir schon sehen.«

23

Brock erwachte, begleitet von einer nebulösen außerkörperlichen Erfahrung, aus einem dämmrigen Schlaf. Nach Luft schnappend kämpfte er sich durch den Moder der Dunkelheit. Mit auf den Rücken gelegten Händen setzte er sich vor Kraft strotzend auf und spürte eine kalte, harte Fläche unter sich. Mit flatternden Lidern sah er ins Licht: Lange schwarze Linien wurden sichtbar und verblassten wieder. Er blinzelte immer wieder, konzentrierte sich aufs Neue. Stäbe. Um ihn herum waren überall Stäbe. Er war in einem riesigen Käfig. Käfig. War das ein Traum?

Ganz langsam hob er den Kopf und sah an sich hinab, stellte fassungslos fest, dass er so nackt war wie am Tag seiner Geburt. Schwer atmend suchte er die Umgebung ab, während Erinnerungen allmählich Gestalt annahmen. Von allen Seiten des Käfigs zeigten Kameras auf ihn. Mit geschlossenen Augen rief er sich die Erinnerungen krampfhaft ins Gedächtnis zurück. Die Brücke. Die Injektion. Jocelyn. Ihre weiblichen sexy Kurven, diese großen blauen Augen. Er hatte kaum ihr Bild vor Augen, da stand sein Schwanz schon wie eine Eins.

Er fasste sich ans Bein und verzog das Gesicht, als Powell vor seinem geistigen Auge erschien und einen Brieföffner hineinrammte. Der Schmerz. Er streckte den Arm aus und tastete das Bein ab. Nichts. Er lachte, als er begriff, dass es vollbracht war – er war ein GTECH. Die Transformation war abgeschlossen.

Ihm fiel noch etwas ein, und sein Herz geriet ins Stolpern. Powell, der der festen Überzeugung war, dass er Lucian die Green Hornets gegeben habe; was rückblickend betrachtet total bescheuert gewesen war. Dieser idiotische Lucian. Brock hätte auch selbst darauf kommen können, dass er es an die große Glocke hängen würde. Er atmete ein, zog eine Spur durch den Schmerz und den Nebel – hatte er es etwa zugegeben? Erleichterte stellte er fest, dass er nicht weich geworden war. Er hatte nichts gestanden, das seine Chance, die GTECHs zu führen oder Lucian auszumerzen, aufs Spiel setzen würde.

Adrenalin raste durch seine Adern, leckte in einem plötzlichen Kraftausbruch an den Muskeln. Er beugte mehrmals die Hand. Macht jagte jeder Bewegung hinterher, Stärke strömte durch seine Venen. Brock verlagerte das Gewicht auf die Handflächen und sprang auf. Kraft durchflutete seine Gliedmaßen, und er warf den Kopf in den Nacken und brüllte aus reiner Freude. Darauf hatte er gewartet. Das war der Auftakt zu etwas Größerem.

Doch dann schloss er die Hände um die Gitterstäbe, und die Realität verpasste ihm einen gewaltigen Hieb gegen die Brust. Er war gefangen. Computer säumten die Wände. Ein langer Labortisch mit elektronischen Geräten war gegenüber dem Käfig platziert. Alles umzingelte den *Käfig*. Er war nackt. Gefangen. Sein Enthusiasmus kam knirschend zum Stillstand.

Was zur Hölle ging hier vor? Er verzog das Gesicht. Powell. Es war eins seiner Psychospielchen. Ein Kontroll-Ding.

Na schön. Er würde es mitspielen, bis er den Spieß umdrehen konnte – und das würde er.

Ein unvermitteltes Prickeln rieselte an seiner Wirbelsäule hinab, kurz bevor Jocelyn in einem Rausch aus sexy Kurven und langen dunklen Haaren ins Zimmer stolzierte. »Ah, Sie sind wach«, sagte sie und legte einen Stapel Akten auf den Tisch gegenüber dem Käfig. Ihr Blick schweifte an seinem Körper hinab, blieb an seinem Penis hängen. Bereits halb erigiert, erwachte er zuckend zum Leben.

»Und nackt«, erwiderte er. »Sind Sie wegen der Peepshow gekommen, oder was?«

»Ich bin gekommen, um das zu beenden, was ich begonnen habe«, sagte sie. Als sie sich an den Tisch lehnte, blitzte sie ihn mit blauen Augen an.

Er zog eine Augenbraue hoch. »Und das wäre?«

»Red Dart zum Erfolg zu führen, angefangen mit Ihnen.«

»Aus welchem Grund muss ich nackt sein?«

Mehrere Sekunden verstrichen. »Der General wollte auf den ersten Blick sehen können, ob Sie als neuer Mensch wiedergeboren werden.« Allerdings fand sie Gefallen daran. Er konnte es an ihrem Blick erkennen, den sie ihm unter schweren Lidern zuwarf. Irgendetwas an Jocelyn riss wie ein tosender Sturm durch ihn und ließ sich schwer auf seiner Brust nieder. Plötzlich stürmte ein Erinnerungsfetzen von Powell und Jocelyn auf ihn ein.

»Sie vögeln mit ihm.« Er würde nicht zulassen, dass das noch einmal geschah.

Ein überraschter Ausdruck huschte über ihr Gesicht, ehe sie kühl erwiderte: »Und Sie wollen auch mal, nicht wahr? Sobald Sie frei sind, fallen Sie ihm doch nur in den Rücken.« Sie verschränkte die Arme vor den vollen Brüsten.

»Wenn ich scharf auf Ärger mit Powell wäre, dann wäre ich zu Adam übergelaufen«, erwiderte er. »Wenn er Sie noch mal betatscht, hab ich was Besseres für ihn. Dann mache ich ihn kalt.« Er konnte sich nicht erklären, warum ihn allein die Vorstellung, dass Powell an ihr herumfingerte, aus der Fassung brachte. Er hatte keinen Schimmer, warum er die Gitterstäbe niederreißen und sie durchschütteln wollte, bis sie endlich kapierte, dass Powell nichts an ihr verloren hatte. Feuer züngelte an seinen Gliedmaßen und seinem Verstand. Es löschte den gesunden Menschenverstand aus, zerriss ihn wie ein durch Muskeln und Fleisch schneidendes Messer.

Sie betrachtete ihn mit zusammengekniffenen Augen. »Warum sagen Sie so etwas?«, fragte sie. »Sie kennen mich doch gar nicht.«

Er nagelte sie mit gequältem Blick fest. »Ich habe Sie schon vor der Injektion begehrt. Jetzt begehre ich Sie noch mehr.«

»Das ist vermutlich eine Folgeerscheinung der Transformation«, sagte sie. »Ich rufe den Arzt.« Sie griff nach dem Telefon.

Ein weiterer Erinnerungsfetzen stürmte auf ihn ein. »Warten Sie.« Er verengte die Augen. Michael war da gewesen. Michael. Und sie hatte ihn als *ihren Sohn* bezeichnet. »Heilige Scheiße«, sagte er ungläubig und legte den Kopf schief, um sie näher betrachten zu können. »Ist Michael etwa Ihr Sohn?«

Mit einem dumpfen Schlag, der klang, als würde ein Betonklotz zu Boden stürzen, setzte sie das Telefon ab. »Was hat Michael damit zu tun?«

Bingo. Einen Nerv getroffen. Obendrein einen empfindlichen. »Ziemlich viel, wie es scheint. Er *ist* doch Ihr Sohn, oder?« Das in ihrem Gesicht aufblitzende Unbehagen sagte alles. »Powell bumst Sie, und Ihr Sohn bumst seine Tochter. Das ist ein klein wenig abgedreht, sogar für meine Verhältnisse.«

»Was?«, erwiderte sie. »Michael ist mit Powells Tochter liiert?«

»Offensichtlich haben die beiden eine gemeinsame Vergangenheit.«

»Aber Michael ist ein Zodius.« Sie schüttelte den Kopf. »Nein. Das ergibt keinen Sinn. Powells Tochter würde sich nicht mit einem Zodius-Soldaten einlassen.«

»Michael *war* bei den Zodius. Er ist jetzt ein Renegade. Vermutlich gehört er zu den guten Jungs, aber andererseits weiß keiner, auf welcher Seite Michael wirklich steht, soviel ich das sagen kann. Und mal ehrlich, wer sind denn nun die guten Jungs?«

»Michael gehört nicht zu den Guten.«

Michael hatte wirklich ein Händchen dafür, jeden in ein verbittertes, kleines Häufchen zu verwandeln. »Aber Powell schon?«

Sie ging in die Defensive. »Er versucht, dieses Land vor Adam zu beschützen.«

Wohl eher die Welt zu kontrollieren – doch Brock scherte sich nicht darum. Nicht solange er seinen Anteil daran hatte. »Dann wissen Sie vermutlich, dass Powell Michael hasst. Er befürchtet offenbar, dass Michael seine Tochter skrupellos benutzt, um ihn aus dem Weg zu räumen.« Er hob eine Augenbraue. »Sie hassen ihn auch, stimmt's?« Interessant. »Was mag er wohl verbrochen haben, dass sich die eigene Mutter gegen ihn wendet?«

»Kann es losgehen?« Powells Stimme hallte durch den Raum, bevor er in Begleitung von Dr. Chin auftauchte.

Jocelyn wirbelte herum. »Gehört Michael zu den Zodius oder den Renegades?«

Missbilligend funkelte Powell Brock an, ehe er sich wieder Jocelyn zuwandte. »Er ist ein GTECH, Jocelyn. Sie sind alle GTECHs, und jeder muss kontrolliert werden.«

»Aber er dient doch Adam«, sagte sie. »Du hast gesagt, dass er mit Adam arbeitet.«

»Bekommst du plötzlich Muttergefühle, weil du deinen Sohn retten willst, Jocelyn?«, schimpfte er. »Er stellt eine weitaus größere Bedrohung dar als sein Vater. Und wenn wir ihn nicht in den Griff kriegen, garantiere ich dir, dass es unschuldige Leben kosten wird. Und wir wissen beide, dass mehr Blut an deinen Händen klebt, als du ertragen kannst.« Er machte eine vage Geste zum Computer. »Zeig mir, was für brillante Dinge du bei Red Dart bewerkstelligt hast, meine Liebe.«

»Es könnte mit Risiken verbunden sein«, sagte sie und beäugte Dr. Chin. »Brock reagiert irgendwie auf die Transformation. Er ist aggressiv. Besitzergreifend.« Sie zögerte. »Sexbesessen.«

»Die wesentlichen Eigenschaften seines Charakters sind

durch die Injektion nun stärker ausgeprägt«, erklärte Dr. Chin. »Deswegen müssen Sie sich nicht verrückt machen. Wenn er irgendwie aus der Rolle fallen sollte, bin ich hier, um einzugreifen.«

Brock packte die Gitterstäbe mit solcher Wucht, dass er nicht sicher war, ob der Stahl oder seine Arme brechen würden. Er war weder sexbesessen noch aggressiv. Und auf die Einmischung irgendwelcher Typen konnte er verzichten. Er wollte, dass das hier ein für alle Mal vorbei war.

»Tun Sie, was immer Sie wollen, und lassen mich verdammt noch mal hier raus!«, brüllte Brock und rüttelte an den Stäben. »Er hat recht, Jocelyn. Wir sind alle GTECHs. Und ich bin ihr Anführer.«

»Mach weiter, Jocelyn«, befahl Powell.

Sie zögerte. »Ich brauche den Kristall.«

Er zog eine schmale silberne Schachtel aus seiner Jacke und öffnete den Deckel. Der Kristall verströmte strahlendes rotes Licht. Jocelyn nahm ihn heraus und befestigte ihn an der elektronischen Vorrichtung neben dem Computer. Für einen qualvollen Augenblick sah sie zu Brock auf. Sie drückte einige Tasten, dann ertönte das Knacken von Zahnrädern, als sich neben den Kameras der Lauf einer Waffe ausstreckte. Brock wandte sich der Waffe zu – was ihm auch bevorstehen sollte, er war bereit. Alles, was er wollte, war, frei zu sein.

General Powell stand mit verschränkten Armen hinter Jocelyn, und beobachtete, wie sich West, der die Welt beherrschen wollte, zum Narren machte. Er wusste, dass ihn dieser Kerl hintergangen hatte, doch West würde auf dem schnellsten Weg lernen, wer hier am längeren Hebel saß.

»Es geht los«, murmelte Jocelyn und drückte eine Taste.

Auf Brocks Brust erschien ein roter Punkt, dem lautlos und schmerzfrei direkt ein zweiter folgte. Brock versteifte sich.

»Das ist der Tranquilizer«, erklärte Jocelyn. »Es ist ein Schock von zwei Sekunden, an den er sich nicht erinnern dürfte.«

Brock streckte sich und wandte sich an Powell. »War's das?«, fragte er. »Bin ich fertig? Sind wir bereit, den GTECHs Feuer unterm Hintern zu machen?«

»Ist es vollzogen?«, fragte Powell an Jocelyn gewandt.

Sie betätigte noch ein paar Tasten und drehte den Monitor so, dass er ihn sehen konnte. Powell betrachtete die blinkende Leuchte auf dem Bildschirm. »Gehen Sie ein Stück«, rief Jocelyn Brock zu.

Er tat es, und das Signal bewegte sich mit ihm.

»Ausgezeichnet«, sagte Powell. »Es hält.«

Er lächelte Jocelyn an. Sie war schon immer das Forschungs- und Entwicklungsgenie von Taylor gewesen. Dennoch schien es ein Wunder, dass sie ihre Arbeit als Chefin von Taylor Industries hatte bewältigen können, angesichts der Schwächen, die sie in letzter Zeit an den Tag legte. Kein Wunder, dass ihr Mann sie aus Taylor rausgehalten hatte. Man würde sie im Auge behalten und völlig kontrollieren müssen.

Jocelyn drückte noch ein paar Tasten, worauf ein Fenster mit Koordinaten eingeblendet wurde. »Jetzt wird seine genaue Position angezeigt.« Sie gab noch etwas ein, und eine lange Zahlenreihe erschien. »Das ist sein individuelles Signal. Es handelt sich um einen Code, den wir mit dem Peilsender einführen, um sein Signal einzigartig zu machen. Die Technologie ist … nun … sie überrascht mich immer noch. Unsereins wäre nie auf so etwas gekommen.«

»Und der Folter-Mechanismus?«, fragte Powell und kämpfte seine wachsende Euphorie nieder.

Jocelyn hatte durch Zufall entdeckt, dass Red Dart in Kombination mit bestimmten Schallwellen das Nervensystem zu Hackfleisch verarbeitete. Dummerweise übertrugen sie sich auf jeden GTECH innerhalb einer gewissen Reichweite, wodurch der individuelle Einsatz Einschränkungen unterworfen war. Im Rahmen einer militärischen Massenaktion war er allerdings unentbehrlich. Den Strahlen des Kristalls ausgesetzt, könnte man die gesamten Streitkräfte der GTECHs in die Knie zwingen.

»Sobald wir die Schallwellen aktivieren, sollte der GTECH darauf ansprechen.« Sie hielt eine kleine Fernbedienung in die Höhe. »Wir haben es noch nicht an Menschen getestet. Dr. Chin und ich sind der Meinung, dass er zuerst beobachtet und einem Stresstest unterzogen werden sollte.«

»In diesem Punkt muss ich Jocelyn zustimmen«, warf Dr. Chin ein. »Wir haben ihn ziemlich schnell von den Überwachungsgeräten genommen.«

Powell drehte die Fernbedienung ein paarmal in den Händen. »Wenn wir ihm alles verpassen, was wir zu bieten haben, und er überlebt es«, sagte Powell, »dann ist Ihr Stresstest erledigt und wir können fortfahren.«

»Falls er überlebt«, spöttelte Jocelyn. »Wir müssen einen Gang zurückschalten. Langsam testen. Wir haben zu viel erreicht, um es jetzt zu vermasseln.«

Er zog eine Augenbraue hoch. »Bloß weil der Kerl deinetwegen einen Ständer hat, willst du zurückrudern und ihn in Schutz nehmen? Ich weiß, dass er scharf auf dich ist. Du hast die Kameras vergessen. Ich habe gesehen, wie du ins Zimmer gekommen bist. Ich habe alles gesehen und gehört.« Er packte sie und nahm sie in die Arme, streichelte ihren Po. Sie keuchte und stemmte sich gegen seine Brust. Er brüllte West zu: »Ich betatsche sie, West. Wen wollen Sie jetzt ficken? Sie oder mich?«

West schrie wutentbrannt auf, rannte im Käfig umher und rüttelte an den Gitterstäben. »Ich bringe Sie um! Ich mache Sie kalt, Powell, und ziehe Ihnen bei lebendigem Leib die Haut ab!« Er stieß animalische Knurrlaute aus.

Powell ließ Jocelyn los, die davoneilte wie ein armseliges Kaninchen.

»Du Mistkerl!«, kreischte sie. »Du hast ihn mit Absicht wütend gemacht. Das ist nicht Sinn und Zweck der Wissenschaft!«

Powell beachtete sie nicht. »Was halten Sie davon, Chin?«

Dr. Chin musterte West prüfend, der nicht mehr schrie, sondern im Kreis rannte. Er warf Powell einen besorgten Blick zu. »Ich habe Sie gewarnt, dass eine beschleunigte Gabe des Serums eine ursprünglichere Wirkung haben könnte. Vor allem mit der neuen Zusammensetzung.«

Powell fummelte an der Fernbedienung herum. »Selbst Tiere kann man zum Gehorsam dressieren«, entgegnete er trocken. »Mit der richtigen Disziplin.«

Dr. Chin beobachtete Jocelyn, die die Arme an den Körper presste. »Ich habe den Verdacht, dass zwischen Ihnen und West ein Lebensband besteht.«

Jocelyn riss den Mund auf. »Ich fühle mich ja nicht mal zu ihm hingezogen.«

»Ein Lebensband würde sich zu seinem Partner hingezogen fühlen«, stimmte Chin zu. »Wir müssen einige Tests durchführen.«

»Ich lasse mich doch nicht in eine Laborratte verwandeln«, sagte Jocelyn. »Ich denke nicht im Traum daran.«

»Ich dachte, du wolltest deinem Land dienen?«, spottete Powell.

Sie schüttelte den Kopf. »Ein Lebensband hat doch damit nichts zu tun.«

»Wir müssen wissen, was in den GTECHs vorgeht. Das ist unumgänglich.« Powell dachte kurz nach, sein Blick schweifte zu Dr. Chin, der im Gegensatz zu Jocelyn den Mumm hatte, unvermeidliche Dinge durchzuziehen. »Ich frage mich, was passiert, wenn wir sie zu ihm in den Käfig stecken?«

»Was?« Jocelyn hielt sich am Tisch fest. »Ich gehe nicht in den Käfig zu diesem … diesem Ding, das du geschaffen hast.«

Powell verzog das Gesicht. »Rein hypothetisch gesehen, Jocelyn«, erwiderte er. »Reiß dich zusammen und benimm dich wie ein Profi. Das ist ein wissenschaftliches Experiment, das entwickelt wurde, um Leben zu retten.« Er ging auf den Käfig zu. »Machen wir weiter.«

Es war unerlässlich, sein Vorhaben zügig voranzutreiben, da die GTECHs nun von Red Dart wussten und Michael nicht nur bei den Renegades mitmischte, sondern zudem seine Nase in Jocelyns Angelegenheiten steckte. Powell musste die Kontrolle über die GTECHs erlangen, und zwar gleich. Wenn die Schallwellen nicht ausreichen sollten, musste er eben Red Dart und die Green Hornets miteinander kombinieren.

Wests Verlust würde ihm Unannehmlichkeiten bereiten. Seine Verbindung zu Lucian war der schnellste Weg in die Reihen der Zodius gewesen, und seine Bereitschaft, direkt zu handeln, die bestmögliche Alternative. Doch um feindliches Territorium erobern zu können, musste man Verluste in Kauf nehmen. Zudem waren zusätzliche Rekruten auf dem Weg, die er aufgrund ihrer beispielhaften Erfolgsbilanz höchstpersönlich ausgesucht hatte.

Powell hielt die Fernbedienung lächelnd in die Luft. »Darum sind Sie nackt«, sagte er. »Weil ich Sie mit dem Tod bekannt machen werde, mein Sohn. Entweder werden Sie als mein Nachfolger wiedergeboren – oder gar nicht.« Er bediente den Regler, worauf West durchgeschüttelt wurde. Er drehte die Lautstärke auf, und West rutschte an den Gitterstäben hinab und fiel auf die Knie. O ja, das gefiel ihm. Er nahm ein wenig von der Lautstärke weg und gestattete West eine kurze Pause.

Mit rotem Gesicht und blutunterlaufenen Augen stand West unter Zuhilfenahme der Hände auf. »Was haben Sie mit mir gemacht?«, schnaufte er.

Powell kniete sich auf Wests Augenhöhe nieder. »Nicht ich habe das getan. Sondern Jocelyn. Das ist ihre Erfindung.« Er neigte den Kopf und musterte ihn. »Sie haben doch gesagt, dass es Ihnen nichts ausmacht, sich mir unterzuordnen. Sie haben gesagt, Sie würden alles tun, was nötig sei, um als mein Anführer zu fungieren. Also. Warum erzählen Sie mir nicht, wie die Zodius an die Green Hornets gekommen sind?«

Er knurrte. *»Ich weiß es nicht.«*

Powell aktivierte die Fernbedienung. Wests Griff löste sich von den Stäben, zitternd fiel er zu Boden. Powell nahm den Finger vom Knopf. »Wie haben sie die Green Hornets bekommen?«

West stützte sich wieder auf die Hände. »Ich weiß …«

Powell schockte ihn noch mal und ließ die Schallwellen auf kleiner Stärke zischeln, sodass West zuckend auf dem Gesicht lag.

Jocelyn stürmte nach vorn. »Genug, General! Du siehst doch, dass es funktioniert. Es reicht!«

»Reiß dich zusammen«, warnte er Jocelyn, seine Stimme war wie ein Peitschenhieb. »Unser Ansinnen ist größer als die Schmerzen eines einzelnen Mannes.«

Trotz blitzte in ihren Augen auf. »Dir geht es doch nur darum, Gott zu spielen.«

Ungeduld bahnte sich einen Weg durch seinen Körper. »Vorsichtig, Jocelyn, meine Süße«, sagte er. »Du stehst unter Stress und sagst Dinge, die du später bereuen könntest. Denn wenn man die Produktion von Massenvernichtungswaffen nicht Gott spielen nennen kann, dann weiß ich auch nicht.« In seinen Worten lag eine hintergründige Drohung – er machte auf diskrete Weise deutlich, dass er wusste, wie viele amerikanische Särge durch Taylors ausländische Verbindungen auf dessen Rechnung gingen.

Er näherte sich ihr und sah auf sie herab. »Ich weiß, wie gern du die Vergangenheit ändern willst. Wir sind eine friedliche Nation. Durch ein Arsenal von Supersoldaten nötigen wir den anderen Frieden auf, ohne die Hand erheben zu müssen. Wir tun hier etwas Gutes, und die Umstände erfordern eben, dass wir schnell handeln.« Das Provozierende wich aus ihren Augen, und er legte ihr die Hände auf die Schultern. »Wir müssen die körperlichen und geistigen Grenzen dieses Mannes kennen, um deren Effektivität gegen die GTECHs richtig kalibrieren zu können.«

Sie zögerte und schüttelte dann den Kopf. »Ja. Ja, du hast recht. Okay. Ich kann nur … Ich kann es nur nicht mit ansehen.«

»Dann lass es«, sagte er. »Geh ins andere Zimmer. Wir rufen dich, wenn es vorbei ist.«

Mit einem tiefen Atemzug stimmte sie stumm zu, machte kehrt und verließ den Raum.

Powell konzentrierte sich wieder auf West, schob den Regler vorsichtig hinauf. West versteifte sich und erschlaffte anschließend. Dann stützte er sich wieder jäh auf die Hände. Blut tropfte von seinen Lippen. »Ich habe versucht, unseren Auftrag zu decken«, zischte er.

Powell zog eine Augenbraue hoch. »Haben Sie Lucian nun die Green Hornets gegeben?«

»Sie wollten, dass ich meine Vertrauenswürdigkeit unter Beweis stelle. Ich wusste, dass wir die Projektile zurückgewinnen, wenn wir die Zodius-Nation zu Fall bringen.«

»Also haben Sie mich verraten«, sagte er, betätigte die Fernbedienung und drehte die Lautstärke bis zum Anschlag auf.

West zitterte. Powell schaltete wieder ab.

»Nein!«, schrie West. »Nein. Ich habe versucht, Sie abzuschirmen.«

»Was verschweigen Sie mir noch, Lieutenant Colonel?«, forderte Powell. »Denn wenn ich Lucian in die Finger kriege und ihn mit Red Dart markiere, werde ich ihn zum Reden bringen. Er wird mir das erzählen, was Sie mir verheimlicht haben, und dann gnade Ihnen Gott.«

West sog scharf die Luft ein, sprang auf und stand nackt und starr in Habachtstellung da. »Kurz bevor Sie mich zur Brücke beordert haben, Sir, hat Ihre Tochter ihre Wohnung freiwillig mit Michael verlassen. Lucian glaubt, dass sie Michael hilft, die Red-Dart-Formel zu finden und zu vernichten. Lucian hatte mich als Mittelsmann einsetzen wollen. Michael hätte Cassandra dazu gebracht, nach Red Dart Ausschau zu halten, aber ich hätte ihr Gründe gegeben, ihm nicht zu trauen. Ich wäre zum richtigen Zeitpunkt eingeschritten und hätte sie vor Kummer bewahrt, und sie hätte mir die Daten ausgehändigt.«

Powell sah rot. Er hieb auf die Fernbedienung, und West fiel zu Boden wie ein Steinquader von einem Hochhaus. Lucian würde das Vorhaben, Cassandra manipulieren zu wollen, mit Schmerzen bezahlen. Wenn Brock aufzustehen versuchte, würde Powell ihn wieder zu Fall bringen, weil er allem zugestimmt und zugelassen hatte, dass Michael seiner Tochter nahegekommen war.

Er hasste Michael. Hasste ihn, weil er ihm sein kleines Mädchen genommen und ihr Vertrauen zu ihm zerstört hatte. Weil er ihm ein Messer an die Kehle gehalten und ihn dazu gebracht hatte, um sein Leben zu flehen.

Allerdings … eine Idee nahm in ihm Gestalt an. Strategie war alles. Ein guter General wusste, wie er die Taten seines Feindes zu seinen Gunsten nutzen konnte. Michael stellte immer noch eine direkte Verbindung zu Taylor Industries dar. Er war einer der mächtigsten existierenden GTECHs und sowohl mit Caleb als auch Adam gut bekannt. Unter dem Einfluss von Red Dart und seiner Tochter wäre er der perfekte Kommandant über die GTECHs – zumindest an der Leine geführt. An seiner Leine.

Er würde Michael brechen und neu gestalten. Das war genial. Nun musste er sich nur noch überlegen, wie er seine Tochter zurückgewinnen konnte. Michael würde ihr gewiss folgen.

24

Wilder, hingebungsvoller, heißer Sex. Dreimal in zwei Stunden. Wenn die Gegensprechanlage nicht unerwartet gesummt hätte, hätten sie vermutlich auch den Rest des Tages im Bett verbracht. Die aus Zodius geretteten Frauen hatten Cassandra eine Einladung zum Lunch zukommen lassen, den man mit einer Therapiesitzung kombinierte. Seit der Einladung hatte Michaels Stimmung von heißblütig und romantisch zu distanziert und reserviert gewechselt, worauf sich Cassandra keinen Reim machen konnte.

Fünfzehn Minuten später stand Cassandra vor dem Badezimmerspiegel, legte etwas Lippenstift auf und befand, dass sie trotz der Ringe unter den pechschwarzen Augen einigermaßen menschlich wirkte. Sie knipste das Licht aus und ging wieder zu Michael, der auf der Bettkante hockte. Das lange dunkle Haar fiel ihm über die Schultern, als er sie mit einem stechenden Blick unter schweren Lidern taxierte.

»Du solltest dich ausruhen«, insistierte er.

Cassandra runzelte die Stirn. »Kellys Spritze hat Wunder bewirkt. Mir geht's gut.«

Eine Sekunde verstrich, dann zwei – angefüllt von einer Stille, die unausgesprochene Worte enthielt.

Schließlich sagte Michael: »Du solltest die Kontaktlinsen tragen, die Kelly mitgebracht hat.«

Sie wich ein Stückchen zurück und zog die Augenbrauen zusammen. »Wozu? In Sunrise City hat doch jeder schwarze Augen.«

»Die Frauen aus Zodius nicht«, sagte er. »Sie sind weder GTECH noch Lebensband. Da ich zu den Kerlen gehöre, die sie gekidnappt haben, wird deine Verbindung zu mir nicht gerade für dich sprechen.«

»Du bist doch aber derjenige, der sie gerettet hat, Michael. Das verstehe ich nicht.«

»Sie haben mich aber wesentlich länger als Gegner und Kidnapper erlebt als sonst etwas.« Er stand auf. »Wenn du nicht zu spät kommen willst, sollten wir aufbrechen.« Wie aus heiterem Himmel sauste eine Mauer zwischen ihnen herab, und die Diskussion war beendet.

O nein. Nicht mit mir, dachte Cassandra, als sie mit geschürzten Lippen auf die Tür zumarschierte. Er konnte jeden anderen von sich weisen, aber nicht sie.

Cassandra steuerte entschlossen auf ihn zu, fing ihn auf halbem Weg ab und schlang die Arme um ihn. »Rede mit mir, Michael. Sag mir, was los ist.«

Sofort wurde er wieder liebevoll, streichelte ihr Haar und presste die Lippen auf ihren Mund. »Cassandra.« Als er ihren Namen hauchte, spürte sie seinen Atem auf den Lippen und hätte fast schwören können, dass er zitterte. Oder zitterte etwa sie? »Trag bitte die Kontaktlinsen.«

»Ich werde meine Augen nicht vor diesen Frauen verstecken, Michael«, trotzte sie. »Ich will ihnen helfen. Ich kann die Hände nicht einfach in den Schoß legen, denn genau das habe ich getan, als ich nach Deutschland geflohen bin. Diese Frauen wissen, wer mein Vater ist. Sie wissen, dass er Adam geschaffen hat. Damit muss ich zurechtkommen, wenn ich ihr Vertrauen gewinnen will. Meine Verbindung zu dir wird ihnen vor Augen führen, dass ich Avas Fruchtbarkeitstest ebenso zum Opfer fallen könnte wie sie.« Sie küsste ihn wieder. »Und jetzt bring mich zum Restaurant.«

Er gab sich seufzend geschlagen und schüttelte den Kopf. »Du hörst wohl nie auf mich.«

Sie hakte sich bei ihm unter. »Wenn ich mich nicht irre«, schnurrte sie, »habe ich in den letzten zwei Stunden ziemlich gut auf dich gehört.«

»Dann muss ich dich wohl ans Bett fesseln, damit du hörst?«

Sie grinste. »Hast du ein Problem damit?«

»Wenn es irgendwie machbar wäre, nein«, erwiderte er. »Da es aber nun mal nicht möglich ist, machst du es mir so gut wie unmöglich, dich im Auge zu behalten.«

Sie verließen die Wohnung und betraten das Förderband. »Wie ich bereits sagte«, meinte sie, »hör einfach auf, es versuchen zu wollen.«

Er lehnte sich ans Geländer und betrachtete sie mit Augen, die tief in ihre Seele blickten und drohten, ihr Inneres nach außen zu kehren. »Das ist, als würde man Sterling bitten, nicht mehr den Klugscheißer zu spielen.«

Cassandra lachte. »So schlimm kann es doch nicht sein.«

»Schlimmer.«

Sie lächelte, während sie das vorüberziehende Trottoir und das Zentrum von Sunrise City mit seinen Geschäften und Restaurants betrachtete, wo hauptsächlich Männer unterwegs waren. »Erstaunlich«, murmelte sie. »Und das ist alles in nur zwei Jahren entstanden?«

»Es ist nur ein Bruchteil von dem, was Adam in Groom Lake ins Leben gerufen hat«, erwiderte er. »Caleb hat während des ersten Jahrs nicht allzu viele Bauarbeiten durchführen lassen. Er hatte das Gefühl, mit dem Bau von Sunrise City zu akzeptieren, dass der Krieg länger andauert. Doch irgendwann hat er beschlossen, dass es wichtiger ist, jenen, die diesen Ort ihr Zuhause nennen, etwas Komfort zu bieten. Hier leben viele Menschen. Viele der wissenschaftlichen Mitarbeiter befürchten, ein Ziel für die Zodius darzustellen. Ihre Familien stehen unter unserem Schutz.«

»Das bedeutet ein großes Opfer für eine Familie, außerhalb des gewohnten Umfelds leben zu müssen.«

»Nicht unbedingt«, erwiderte er. »Adam weiß, wie er gewisse Talente jagen und zur Mitarbeit bringen kann. Viele der Menschen hier leben mit der Bedrohung, von den Zodius entführt zu werden. Andere haben wir für potenzielle Ziele gehalten und sind an sie herangetreten, bevor sie Adam ins Auge fielen.«

»Das ist einfach erschreckend«, sagte sie.

»Vor allem, wenn man bedenkt, dass Adam viele einflussreiche Leute in den oberen Etagen in der Hand hat. Wir haben versucht, mit eigenen Verbündeten entgegenzuwirken. Wir können nur hoffen, dass das reicht.«

Sie gelangten an das Ende des Gehwegs, und Cassandra zwang sich, die düstere Stimmung abzuschütteln. Bald kamen sie an ein idyllisches kleines Restaurant, das über eine komplette Belegschaft, Speisekarten und hübsche rot-grüne Tischdecken verfügte. »Und ich hatte mich schon auf eine riesige Kantine eingestellt.«

»Die gibt's hier auch«, versicherte Michael. »Ohne Kantine und Rationslager ist eine Militärbasis einfach nicht dasselbe.«

»Das ist alles so unglaublich fortschrittlich«, murmelte sie. Es war eine komplette unterirdische Welt. Um keinen klaustrophobischen Anfall zu bekommen, verdrängte sie, wie tief unter der Erde sich alles befand. Es gab weder Sonnenlicht noch Autos. Im Falle einer Katastrophe würde sich eine Flucht schwierig gestalten. Cassandra erkannte, weshalb Caleb alles darangesetzt hatte, ein Bild der Normalität zu erschaffen. Es gab vieles, was bewältigt werden musste.

Michaels dunkle Augen durchbohrten sie, konzentrierten sich auf sie, nicht auf das Restaurant oder die Stadt. »Bist du sicher, dass du dem gewachsen bist?«

Cassandra stellte sich auf die Zehenspitzen und küsste ihn. »Es geht mir gut, glaub mir.« Sie strich über seinen Kiefer. Er hatte ein so starkes, hübsches Gesicht. Lange, dunkle Wimpern und Augen, die ihr – unabhängig von der Farbe – in die Seele blickten. »Als du gegangen bist, habe ich daran gezweifelt, ob das mit uns … echt war. Ob du mich wirklich geliebt hast.«

»Mehr als meinen nächsten Atemzug«, sagte er leise, aber mit einem düsteren Unterton. »Cassandra.« Ihr Name grollte von seiner Zunge wie entfernter Donner, leise und unheilvoll. »Ich war Adams rechte Hand.«

»Das hast du nur vorgetäuscht.«

»Was immer diese Frauen über mich erzählen«, sagte er, »sie sagen die Wahrheit. Hör gut zu. Dann verstehst du endlich, wozu ich fähig bin.«

Trotz wallte in ihr auf. »Wenn ich mir alles anhöre und dich anschließend immer noch liebe, Michael – denn das werde ich –, was willst du dann tun? Findest du dann einen anderen Grund, um mich loszuwerden?«

»Hör dir an, was sie zu sagen haben«, sagte er. »Wir reden anschließend.« Er zog sie in eine Nische neben dem Gebäude, packte sie und küsste sie lange und innig.

Sie machte sich von ihm los und starrte in seine Augen, in deren Tiefen etwas Gequältes lag. »Wag es nicht, mich zu küssen, als wolltest du dich verabschieden«, krächzte sie zornig. Er hatte doch gar nicht vor, später mit ihr zu reden. Er hatte bereits für sie entschieden, sich selbst verurteilt und für schuldig befunden.

»Cassandra …«

»Ich sage nicht, dass es heute kein Abschied ist, Michael«, fiel sie ihm ins Wort. »Denn wenn du mir nicht vollkommen vertrauen kannst, dann reicht deine Liebe nicht aus, damit ich bei dir bleiben kann. Ob es dir nun passt oder nicht, solange diese Red-Dart-Sache nicht vom Tisch ist, hast du mich am

Hals. Wenn alles überstanden ist und wir uns tatsächlich verabschieden sollten, dann *wirst* du's mir verdammt noch mal ins Gesicht sagen. Oder ich muss es tun. Egal wie, wir *sagen* es uns. Das bist du mir schuldig.«

Sie wand sich aus seinen Armen, drehte sich um und stürmte auf das Restaurant zu. Als er keine Anstalten machte, sie aufzuhalten, rutschte ihr das Herz in die Hose. »Der Teufel soll dich holen, Michael«, flüsterte sie.

Dass Cassandra in diesem Restaurant alles über seine Zeit in Zodius erfahren würde, brachte Michael völlig aus der Fassung. Als er wenige Minuten später den Verwaltungstrakt des Krankenhauses von Sunrise City betrat, stand er förmlich unter Strom. In ihm braute sich ein Sturm zusammen, der jeden zu vernichten drohte, der es wagen sollte, sich ihm in den Weg zu stellen.

Als er die Büros passierte, drehten die Labortechniker und diverse Wissenschaftler die Köpfe, um seiner vorüberziehenden Gestalt nachzublicken. Zweifellos fragten sie sich, was er hier verloren hatte. War etwas geschehen? Schwebten sie in Gefahr? Angst ergriff die Menschen, wenn er auftauchte, und Cassandra würde diese Angst bei den Frauen im Restaurant entdecken, sobald sein Name fiel.

Er wollte nicht, dass sie diese Seite von ihm kennenlernte, und dennoch gestand er sich zögernd und kläglich Vergangenes ein. Sie damals zu verlassen, war leichter gewesen, als sich der Aussicht zu stellen, die Liebe in ihren Augen erlöschen und zu Angst werden zu sehen. Stattdessen hatte er ihren Hass und ihr Misstrauen geschürt und ihr seine Erwartungen aufgedrängt.

Schweren Herzens umrundete er die Station, wo Sterling und die anderen am Vorabend behandelt worden waren, und blieb im Eingang stehen. Kelly war gerade am Zentralschalter und hob jäh den Blick, als könnte sie die von ihm ausgehende Gewalt spüren. Unter normalen Umständen hatte er diese Gewalt ebenso mühelos im Griff wie seine Atmung.

Heute jedoch nicht. Nicht an dem Tag, an dem Cassandra durch ihn hindurch auf die Killermaschine blicken würde. Sein Körper pulsierte von einer leise summenden, unkontrollierbaren Kraft. In seinem Kopf herrschte ein Chaos aus Erinnerungen an Zodius und den Dingen, die Cassandra darüber erfahren könnte.

Als sich Kelly in Bewegung setzte und ihn zum Behandlungsraum winkte, ergriff ihn jähe Furcht. Herrgott. Wollte er wirklich wissen, was sie zu sagen hatte?

Wie einer von Adams verfluchten Wölfen trottete er ihr wie ein devoter Welpe in ein Zimmer von der Größe einer Keksschachtel nach. Mit vor der Brust verschränkten Armen blieb er kerzengerade stehen und erwartete die Hiobsbotschaft.

»Setz dich«, sagte Kelly, rollte mit ihrem Stuhl herum und zeigte auf eine Untersuchungsliege.

Mit einer hochgezogenen Augenbraue bedeutete er ihr, dass sie den Verstand verloren haben musste, wenn sie dachte, er würde auf dieses Ding steigen. Er hatte sich gerade so zu diesem Termin überwinden können und das auch nur Cassandra zuliebe. Dass er nicht normal war, war nichts Neues für ihn. Um das bestätigt zu bekommen, brauchte er keine Analyse aus dem Reagenzglas.

Kelly spitzte die Lippen. »Ich hätte mir ja denken können, dass ich mein Glück überstrapaziere.« Sie gestikulierte vage mit einem Stift zur Tür. »Vielleicht willst du die lieber schließen.«

Er erkannte, dass der Moment gekommen war – sie würde ihm endgültig bestätigen, was er bereits wusste: dass er anders war als die anderen GTECHs. Er brauchte einen Augenblick, um sich zu sammeln, dann streckte er den Arm aus und knallte die Tür zu. Mit ungerührter Du-kannst-mir-nichts-vormachen-Miene kehrte er zur vorigen Pose zurück.

Kelly taxierte ihn mit einem viel zu wissenden Blick, der besagte, dass sie ihm nichts vormachen wollte. »Vermutlich ist es dir lieber, wenn ich gleich zum Punkt komme. Also, packen wir's an.« Ohne eine Antwort abzuwarten, fuhr sie fort. »Du hast immer noch das X2-Gen. Darüber hinaus besitzt du ein zusätzliches Chromosom, das die anderen GTECHs nicht haben. Zumindest keiner der GTECHs, die wir bisher untersuchen konnten.«

Sie ahnte, welche Frage ihm auf den Nägeln brannte, und bevor er sich vom ersten Schreck erholten konnte, fügte sie hinzu: »Um sagen zu können, was das genau bedeutet, brauchen wir Zeit und weitere Analysen. Ich denke jedoch, dass das Chromosom dafür verantwortlich ist, dass du den Wind kontrollieren kannst. Falls es zwischen dir und den anderen GTECHs noch weitere Abweichungen gibt, wäre es hilfreich, wenn du mir diese nennst. Ich kann …«

Michael schloss die Augen und blendete Kellys Stimme aus, während sich sein Verstand in einem tosenden Wirbelsturm drehte. Ein weißes Rauschen hallte in seinen Ohren wider, tobte in seinem Kopf und fuhr vibrierend durch seinen Körper. Mein Gott, was zur Hölle war er überhaupt? Er löste sich aus dem Rauschen und konzentrierte sich wieder auf Kelly. »… ein MRT und eine Reihe von diagnostischen …«

Michael riss die Augen auf und stieß den einzigen zusammenhängenden Gedanken hervor, den er in Worte fassen konnte. »Was heißt das für Cassandra?«

Kelly stieß schwer den Atem aus. »Sie ist noch nicht zum GTECH geworden. Sie hat die gleichen Zellabweichungen wie die anderen Frauen, die das Symbol tragen, allerdings sind Cassandras ausgeprägter. Andererseits hat noch niemand zwei Jahre mit dem Symbol gelebt, ohne den Bindungsprozess abzuschließen.« Sie steckte sich den Stift hinters Ohr. »Wie man es auch dreht und wendet, wir bewegen uns auf unbekanntem Terrain.«

Herrgott. Er hatte kein gutes Gefühl bei der Sache. »Was ist mit ihrer zweiten Blutprobe? Ist aus ihr ersichtlich, ob die Veränderungen fortschreiten?«

Kelly spannte die Lippen an. »Ja.«

Schuldgefühle wälzten sich durch seine Knochen. »Nachdem wir Sex hatten«, stellte er fest. Obwohl er gewusst hatte, dass Cassandra auf die körperliche Vereinigung reagierte, hatte er sie nicht in Ruhe gelassen.

»Ohne weitere Tests kann ich nichts Genaues sagen, aber ja. Offenbar bringt euch jeder intime Kontakt der vollständigen Bindung näher.« Sie beugte sich mit leuchtenden Augen nach vorn und stützte einen Ellbogen aufs Knie. »Das Faszinierende daran ist, dass das zusätzliche Chromosom noch nicht existiert hat, als wir dein Blut in Groom Lake untersucht haben. Möglicherweise löst das X2 deswegen keine Aggressionen aus wie bei vielen anderen. Ich gehe davon aus, dass ihr bereits in Groom Lake intim wart, und trotzdem hatte sie nicht die Bindungssymptome, die jetzt vorhanden sind. Es ist, als würdest du dich entfalten und der Bindungsprozess sich mit dir. Das ist wirklich aufregend.«

»Freut mich, dich in Aufregung versetzen zu können, Doc«, sagte Michael barsch. »Entschuldige, wenn ich nicht mit Konfetti um mich werfe. Wir wissen noch nicht mal, *was zum Teufel* ich bin. Ich lasse nicht zu, dass Cassandra mit so etwas in Verbindung gebracht wird. Bring es in Ordnung. Sieh zu, dass es verschwindet.«

Kelly wirkte gereizt und versteifte den Rücken. »Zellveränderungen dieser Größenordnung kann man nicht *in Ordnung* bringen, Michael. Sie in einem Übergangsstadium zwischen Mensch und GTECH zu lassen, schadet ihr. Wie bei den GTECHs ist ihr Vitamin-C-Spiegel viel zu niedrig. Und ihr Blutbild ist ein einziges Chaos.«

»Wenn ich die Finger von ihr lasse«, fragte er und ignorierte den Stich ins Herz, »werden sie dann verschwinden?«

Nun wurde sie wütend. »Weder *verschwinden* Zellveränderungen, noch kommen sie wieder *in Ordnung*. Wahrscheinlich ist sie aufgrund der aktiven Zellveränderungen krank geworden. Was ihre Augen betrifft – ich weiß nicht, wann sie endgültig schwarz bleiben. Es könnte schon so weit sein.«

»Wenn die Theorie stimmt, dass beim Tod des Lebensbands der Partner ebenfalls stirbt«, sagte er. »Das würde doch nur geschehen, wenn die Bindung abgeschlossen ist. Richtig?«

»Das ist noch nicht erwiesen«, erwiderte sie. »Es gab jedoch körperliche Verbindungen, die dafür sprechen. Eine Schusswunde beim einen verursacht ein Trauma beim anderen.«

»Ist sie in Sicherheit, solange unsere Bindung nicht vollkommen abgeschlossen ist?«, fragte er.

»Das kann man unmöglich sagen«, erwiderte sie. »Jemanden von Cassandras körperlicher Verfassung konnten wir noch nicht begutachten. Was die übrigen Fragen betrifft … du verlangst Antworten, die ich dir nicht geben kann. Dafür müsste ich weitere Tests durchführen.«

Den Teufel würde sie tun. Er brauchte keine Tests, die ihm sagten, was getan werden musste. Er brauchte nichts, was ihm bewies, dass er sich auf einem schmalen Grat zwischen Renegade und Zodius bewegte, der ihn immer noch zugrunde richten konnte und Cassandra mit ihm. »Stabilisiere Cassandra. Ich bin nicht wichtig.«

»Und wenn ich das nicht kann?«

»Gib dir Mühe.«

»Michael …«

»Ich werde Cassandra nicht mit auf dieses unbekannte Terrain nehmen.«

»Versteh doch«, sagte sie. »Ich kann noch nicht beweisen, dass das Böse angeboren ist, aber ich arbeite daran. Adam war schon immer schlecht. Caleb nicht. Sie sind das, was sie schon vor den Injektionen waren.«

»Du hast keine Ahnung, womit ich geboren wurde«, sagte er.

»Ich schon. Es darf kein Lebensband geben.«

Eine Mischung aus Missfallen und zögerlicher Zustimmung huschte über ihr Gesicht. »Ich muss Caleb von dem zusätzlichen Chromosom in Kenntnis setzen.«

»Wenn du das nicht tun würdest, hättest du hier nichts verloren.« Er drehte sich um und stapfte zur Tür.

»Michael, warte.« Er zögerte, wandte sich ihr jedoch nicht zu. »Was soll ich Cassandra sagen? Eigentlich hat sie nach dem Essen mit den Zodius-Überlebenden einen Termin bei mir.«

»Dass sie mir verdammt noch mal aus dem Weg gehen soll.«

Zehn Minuten später stürmte Michael in die Einsatzzentrale, dem Herz des Betriebsbereichs der Renegades. Caleb, Damion und Sterling saßen in der Mitte des rechteckigen Zimmers am »Runden Tisch«. Auch wenn Damions Beisein keine Überraschung darstellte – seiner Familie gehörte ein Technikunternehmen, und er war ein technisches Genie –, hätte er bei dieser Unterredung gut und gern auf ihn verzichten können. Dieser Junge trug das typisch amerikanische Pfadfinder-Image genauso perfekt zur Schau wie eine Waffe. Weder war Michael in Pfadfinderstimmung, noch wollte er, dass Damion Caleb in selbige versetzte.

Mit einer finsteren Forderung auf den Lippen ragte er über dem Tisch empor. An den Wänden hinter ihm prangten strategische Karten, auf denen Hauptziele mit bunten Nadeln markiert worden waren.

»Drücken wir uns nicht länger um die Sache mit Powell herum«, spie Michael aus. »Scheiß auf die Allianz mit der Regierung. Die steigen genauso mit Adam ins Bett wie meine Mutter mit Powell. Sie und die Insider, die Adam dort eingeschleust hat, haben die Renegades bereits zum Feind erklärt, sonst würde man uns nicht mit Red Dart attackieren. Daran wird sich nichts ändern. Es ist so weit, Caleb. Mir ist klar, warum wir uns vorsichtig herangetastet haben, allerdings konnten wir Red Dart nicht aufspüren. Zu viel steht auf dem Spiel. Wir müssen Powell, bevor es zu spät ist, von der Position stoßen, von der er das Programm in die Wege leiten kann. Er muss hergeschafft und hinter Gitter gebracht werden.«

Caleb presste die Lippen zu einem schmalen Strich zusammen. »Du weißt, wie ich darüber denke«, sagte er. »Lieber einen bekannten Feind als einen unbekannten. Auch wenn Powell aus dem Weg ist, befindet sich Red Dart immer noch da draußen. In weiß Gott wessen Händen. Wir müssen herausfinden, wer das Sagen hat, statt Red Dart zu suchen.«

»Die Uhr tickt, Caleb«, mahnte Michael scharf. »Er weiß, dass wir ihm auf den Fersen sind. Er wird sein Vorhaben schneller vorantreiben – und ich darf hinzufügen, dass wir keine Ahnung haben, was er bezweckt. Wir haben nichts in der Hand.«

»Vielleicht doch«, warf Damion ein. »Sterling und ich haben Taylors System geknackt.«

Sterling zog eine Augenbraue hoch. »Wie wär's, wenn du dich setzt und uns dabei hilfst, in den Kopf deiner lieben Mami einzudringen?«

Michael fragte nicht, wie sie es geschafft hatten, das Unmögliche möglich zu machen. Nur das Ergebnis war wichtig. Er atmete tief durch und zwang sich zur Ruhe, bevor er Platz nahm. Powell hatte sich gerade ein paar zusätzliche Stunden erkauft.

25

Durch den Streit mit Michael noch immer verwirrt, folgte Cassandra der Tischdame, die sie an die Tafel mit den acht aus Zodius geretteten Frauen führte. Durch die Rolle ihres Vaters bei der Schaffung der GTECHs ohnehin schon nervös, fühlte sie sich angesichts ihrer dürftigen Garderobe auch noch befangen, als sie der Gruppe immer näher kam. Auf ihre eigene Art war jede Frau von atemberaubender Schönheit. Offensichtlich hatte sich Adam regelrecht darauf versteift, die perfekte Rasse schaffen zu wollen, sodass er nur bestimmte Frauentypen in Betracht zog.

Eine hübsche Brünette mit Bob stand auf und begrüßte Cassandra. »Hi«, sagte sie und streckte die Hand aus. »Ich bin Emma. Ich freue mich sehr, dass Sie gekommen sind.«

Cassandra schüttelte ihre Hand und blinzelte überrascht. »Sie sind Emma?«, rief sie aus. Aus irgendeinem Grund hatte sie eine altbackene Frau mittleren Alters vor Augen gehabt, keine zierliche, hinreißende Person. »Vielen Dank für die Kosmetikutensilien.«

»Ich freue mich, wenn ich helfen kann.« Emma bedeutete ihr, am oberen Ende des Tischs neben ihr Platz zu nehmen.

Cassandra suchte rasch ihren Stuhl auf, wobei sie mit großen, fast schon glotzenden Augen gemustert wurde.

»Hallo«, grüßte Cassandra mit staubtrockenem Mund. Sie war die einzige Expertin unter den Frauen. »Ich bin Cassandra Powell.« Ihr Nachname lag wie Blei auf ihrer Zunge, als sie die flachen Hände auf der farbenfrohen Tischdecke ablegte. Powell.

Ihr Vater. Dieser Mann hatte die Monster geschaffen, die für die Qualen der Frauen verantwortlich waren.

»Ihre Augen.« Das kam aus dem Mund einer wunderschönen Blondine, die am anderen Ende des Tisches saß. »Emma sagte, dass Sie bei Michael wohnen. Sind Sie sein Lebensband?«

»Angestrebtes Lebensband«, erwiderte Cassandra. »Der Blutaustausch ist noch nicht vollzogen.« *Und wird es vielleicht auch nie* – dieser Gedanke schnitt ihr wie ein Messer durchs Herz.

»Wow«, sagte die Frau und lehnte sich wie vor den Kopf geschlagen im Stuhl zurück. »Das muss … grauenvoll sein.«

Zustimmendes Gemurmel ertönte.

Cassandra schüttelte den Kopf. »Wie bitte?«, fragte sie. »Warum sollte es grauenvoll sein?«

»Er war schließlich Adams Stellvertreter«, sagte eine der Frauen.

»Er wurde der ›Peiniger‹ genannt«, sagte eine andere.

»Michael wurde sogar von den anderen Zodius-Soldaten gefürchtet.«

Rings um den Tisch wurde Ähnliches gemurmelt, wie Cassandra bestürzt registrierte. Er war vom »Mysteriösen« zum »Peiniger« geworden. Es musste schrecklich sein, gefürchtet zu werden und zu wissen, dass hinter vorgehaltener Hand über einen getuschelt wurde. Der Wunsch, Michael in Schutz zu nehmen, wallte in ihr auf. Sie liebte ihn und wusste, dass er wiederholt das Leben anderer über sein eigenes gestellt hatte.

»Hat er gegen eine von euch die Hand erhoben?«, fragte sie herausfordernd, während sie selbst nicht für eine Sekunde daran glaubte.

Schweigen. »Nein«, sagten alle wie im Chor.

»Hat er euch vor Adam gerettet?«, forderte Cassandra.

»Ja«, erwiderten alle.

Cassandra las flüchtig in den Gesichtern der Frauen und forderte sie mit Blicken heraus. »Er hat euch aus der Hölle befreit, und ihr behandelt ihn, als sei er der Feind?«

Die Blondine von vorhin ergriff wieder das Wort. Sie stellte sich als Jessica vor und erklärte ihre Vorbehalte. »Verstehen Sie doch«, wandte sie ein. »Michael war Adams verlängerter Arm. Wir konnten ihn weder ansprechen noch ansehen, ohne ungestraft davonzukommen.«

Eine andere fügte hinzu: »Er war wirklich furchteinflößend. Wir sind in Zodius durch die Hölle gegangen.«

Eine andere warf ein: »Wer Adam verärgerte, wurde entweder den Wölfen vorgeworfen …«

»Oder Michael zur Folter übergeben«, beendete Jessica.

Cassandra schluckte. Das klang tatsächlich ziemlich fragwürdig. Mit leicht zitternder Hand strich sie sich die Haare aus dem Gesicht. Ihr Glaube an Michael war unerschütterlich, aber sie war Emma trotzdem dankbar, als sie die herantrabende Bedienung verscheuchte. Cassandra wollte mehr hören.

Sie war die Tochter eines Generals und konnte die Gesetze des Krieges nachvollziehen. Zudem hatte sie sich, was Michael betraf, nie etwas vorgemacht – er war Soldat, und das war nun mal nicht immer ein angenehmer Job. An diesem Punkt begann ihr Einsatz: Sie half den Soldaten, ihre Erlebnisse zu verarbeiten und zu verstehen, weshalb sie, trotz der Abscheulichkeiten, die die Ausübung ihrer Pflicht nach sich zog, Ehrenmänner waren.

»Aber er hat euch nie etwas zuleide getan?«, fragte sie.

Schweigen breitete sich um den Tisch aus, Augenpaare huschten hin und her, bevor verneinend gemurmelt wurde. »Nur den anderen Soldaten«, sagte Jessica.

»Allerdings waren wir sicher, dass er es tun würde«, beteuerte ein Mädchen. »Er hat den Soldaten Angst eingejagt, und deshalb wussten wir, dass es furchtbar wäre, ihn zu verärgern.«

Cassandra stieß vor Erleichterung ein kurzes humorloses Lachen aus. »Natürlich hat er die Zodius-Soldaten bestraft. Wahrscheinlich wollte er sie sogar töten.« Sie lehnte sich im Stuhl zurück. »Michael ist ein Renegade. Er ist nie etwas anderes gewesen. Diese Soldaten waren nicht nur eure Feinde, sondern auch seine. Ladys, wir befinden uns im Krieg. Falls eine von euch daran zweifeln sollte, sollte sie noch mal darüber nachdenken.« Stolz wallte in ihr auf. »Die Informationen, die Michael in Zodius Nation gesammelt hat, waren von unschätzbarem Wert, um die Sicherheit der Menschheit gewährleisten zu können. Und nur weil er dort war, hat er euch das Leben retten können.« Sein Weggang war unerträglich gewesen, doch durch seine Taten befanden sich die Renegades vermutlich weiterhin im Krieg, und die Menschheit kämpfte immer noch ums Überleben.

Schweigen senkte sich über den Tisch. Einigen konnte man die Irritation vom Gesicht ablesen, anderen schien es schwerzufallen, Michael zu akzeptieren. Ihr Vater hatte Verachtung verdient, stattdessen wurde sie Michael zuteil. *Mein Gott*, dachte sie, *das ist so ungerecht*. Wie konnte sie von Michael erwarten, sich nicht für ein Monster zu halten – vor dem er sie beschützen wollte –, wenn alle anderen eines in ihm sahen?

»Ladys, er hat Ihr Leben gerettet«, verkündete Cassandra, während sie nicht zu vergessen versuchte, dass diese Frauen erst seit kurzem in Sunrise City lebten und ihnen völlig neu war, dass Michael nicht zu den Zodius gehörte. Sie war selbst noch dabei, es vollständig zu erfassen, und sie liebte diesen Mann. »Das war doch sicher nicht vergebens.«

»Dennoch kann man nicht unter den Teppich kehren, wie es dort gewesen ist«, sagte Jessica. »Und es ist nicht einfach, ihn nicht mit diesem Ort in Verbindung zu bringen.«

Emma legte ihre Serviette mit einem dezenten Räuspern auf dem Tisch ab. »Ich habe mich nie vor Michael gefürchtet.« Eine unangenehme Verlegenheit ging durch die Gruppe. Mehrere Frauen wandten den Blick von Cassandra ab.

Cassandra wurde plötzlich schlecht. Sie ballte die Fäuste auf dem Tisch. Mit angehaltenem Atem lauschte sie Emma, als diese fortfuhr.

»Jeder Soldat, der Adam nahestand, hat uns wie Sexsklavinnen benutzt«, sagte sie. »Von uns wurde erwartet, sie nach Gutdünken zufriedenzustellen. Anschließend mussten wir etliche Untersuchungen über uns ergehen lassen, und dann taten wir es wieder mit den Soldaten. Michael kam zu mir. Nur zu mir. Ich habe keine Ahnung, wie er das geschafft hat. Andererseits wurde er, wie bereits erwähnt, gefürchtet. Er tat, was er wollte und wann er es wollte.«

Cassandra war speiübel. In ihrem Kopf drehte sich alles, während ein Würgen ihren Hals verstopfte. Als sie von Michael getrennt gewesen war, hatte sie versucht, ihn sich nicht mit anderen Frauen vorzustellen. Und nun saß sie neben ihr. Deshalb war Michael vor dem Essen so reserviert gewesen. Kein Wunder, dass er sich vor dem Restaurant verabschiedet hatte.

Emma legte ihre Hand auf Cassandras, die sich zusammenreißen musste, um sie nicht wegzustoßen. »Er hat mich kein einziges Mal angefasst«, sagte Emma. »Er ließ mich lügen, dass er es getan habe.«

Alle schnappten nach Luft. Cassandra stieß die Luft aus. Während sie eine Faust an die Brust drückte, sackten ihre Schultern nach vorn. Für einen Augenblick war sie nicht in der Lage gewesen zu atmen. Sie hob die Hand und wischte sich über ein feuchtes Auge. »Sagen Sie das bitte noch mal.«

»Er hat weder mich noch eine andere angefasst.« Emma warf einen Blick in die Runde. »Hat er euch jemals angefasst?«

Jede beteuerte rasch, dass nichts dergleichen geschehen war.

Emma lächelte. »Er sagte, ich würde sein Leben aufs Spiel setzen, wenn ich es irgendjemand erzählen sollte. Als wir die Flucht planten, wollte er verhindern, dass sich jemand verdächtig verhält. Er sagte, es sei wichtig, dass er von jedermann gehasst wird. Adam erwartete das.« Sie sah ihre Freundinnen an. »Deshalb musste ich euch belügen. Es tut mir leid, meine Lieben. Ich habe es nur getan, um euch zu schützen.« Sie wandte sich wieder an Cassandra. »Deshalb hatte ich keine Angst vor ihm.«

»Danke, Emma«, sagte Cassandra leise. Als die beiden einander anblickten, wurde die Saat einer aufkeimenden Freundschaft gelegt, denn Emma hatte ihr ein Geschenk gemacht. Michael war ihr unter den schlimmsten Bedingungen treu geblieben. Cassandra stützte die Ellbogen auf dem Tisch ab und bettete das Kinn in eine Hand. »Erzählt mir, wie es war. Was ihr durchgemacht habt.«

Ihre Erlebnisse sprudelten überraschenderweise nur so hervor, und Cassandra spürte ihr Bedürfnis, sich mitteilen und alles verarbeiten zu müssen. Sie lauschte den grauenvollen Geschichten für zwei volle Stunden, angefangen damit, wie man sie in die Gefangenschaft gelockt hatte.

»Wo sind die anderen Frauen?«, wollte sie wissen. »Warum sind sie nicht hier?«

»Es fällt vielen schwer, sich verstecken zu müssen«, sagten sie. »Sie haben Angst um ihre Familien, sind aber hin- und hergerissen, ob sie sie herbringen und damit zwingen sollen, ihr Leben aufzugeben.«

Das verstand Cassandra. Als sie damals nach Deutschland geflohen war, war es ein Gefühl gewesen, als habe man sie ihres Lebens beraubt. »Ihr müsst euch wehren«, sagte sie. »Wir müssen uns wehren.«

»Wie?«, wurde rings um den Tisch gemurmelt.

»Indem wir unser Möglichstes tun, um die Kidnapper zu stoppen«, erwiderte sie. »Die Renegades tun alles in ihrer Macht

Stehende, um Adam endgültig das Handwerk zu legen. In der Zwischenzeit werden aber immer noch Frauen verschleppt. Warum greifen wir nicht ein und halten sie auf? Wir haben doch alle irgendwelche Qualifikationen, und die können wir einsetzen. Ich kann Tendenzen, Diagramme, Grafiken und Verhaltensanalysen bestimmen.«

»Ich war beim FBI«, erzählte eine Frau.

Andere fielen mit ein und berichteten von ihrem Know-how, und Cassandra spürte, wie Aufregung in ihr heranwuchs. »Wir sind gut fünfzig Frauen«, sagte sie. »Wir können etwas bewirken. Wir dokumentieren, wann die Kidnapper zuschlagen und nach welchem Schema sie vorgehen. Wir bitten Caleb, ein Team zusammenzustellen, das die identifizierten Gefahrenquellen ins Visier nimmt. Wir erarbeiten etwas, wodurch die Öffentlichkeit und die Polizei aufgeklärt werden, jedoch ohne preiszugeben, dass eine außerirdische Bedrohung besteht, um keine Panik auszulösen. Selbst wenn wir die Entführungen nicht stoppen können, können wir sie zumindest ein wenig bremsen.«

Die Frauen fielen in Cassandras Begeisterung mit ein, und gemeinsam wurden Pläne geschmiedet. Sie würden sich zur Wehr setzen.

Cassandra hatte sich ein Ziel gesetzt, das richtig schien. Sie akzeptierte nicht nur die gegebenen Umstände, sondern hieß sie willkommen. Sollte Michael nicht dasselbe tun können oder wollen, dann würde sie sich auch gegen ihn zur Wehr setzen.

»Ich habe nichts«, sagte Sterling, als er sich vom Laptop abstieß und die Arme vor der Brust verschränkte. Es war spät, fast zweiundzwanzig Uhr, und sie ackerten schon seit Stunden durch die Datensätze.

»Scheißkerl«, nuschelte Caleb ein paar Meter entfernt, während er sich auf die Monitore der Satellitenüberwachung konzentrierte, die eine Wand des rechteckigen Raums einnahmen. »Showtime, Jungs«, sagte er und wandte sich den Männern zu. »Die Green Hornets sind in Bewegung. Du hattest recht, Michael. Deine Mutter hat Powell erzählt, dass wir von der Munition wissen.«

Womit bewiesen war, dass Michaels Mutter auf einer Ebene mit Powell kommunizierte, die über eine geschäftliche Beziehung hinausging. Nicht dass er daran gezweifelt hätte. Ein weiterer Schlag in die Magengrube, um einen völlig verkorksten Abend abzurunden.

Sterling rollte mit dem Stuhl zum Hauptrechner hinüber und versetzte ihr Team mit einigen Eingaben in Alarmbereitschaft, dann schwenkte er herum und nickte Caleb und Michael zu. »Ein Abfanggeschwader ist auf dem Weg. Hoffen wir, dass sich keiner unserer Männer eins von diesen grünen Scheißdingern einfängt. Powell wird mit Gegenwehr rechnen.«

Sterlings Laptop stieß einen Signalton aus, worauf er zum Tisch zurückrollte, auf die Alarmanzeige spähte und Michael einen Blick von unten zuwarf. »West ruft bei Cassandra an.«

Während Sterling die Lautstärke aufdrehte, trat Caleb an den Tisch heran und legte die Hände auf die Rückenlehne eines freien Stuhls. Ein Klingeln schallte durch den Raum, dann schnurrte Cassandras süße Stimme von ihrer Mailbox. Der weiche weibliche Klang summte durch Michaels Körper und bewirkte, dass sich seine Hoden zu einem festen Knoten zusammenzogen. So mühelos konnte sie in sein Innenleben reichen und ein Feuer in ihm entfachen.

Hier ist die Mailbox von Cassandra Powell. Hinterlassen Sie eine Nachricht, ich rufe so schnell wie möglich zurück.

Im Anschluss folgte Wests Nachricht. »Cassandra, hier ist Brock. Ich habe mit Ihrem Vater gesprochen, und er hat sich bereiterklärt, Sie in Red Dart einzuweihen. Ich weiß, dass Sie wegen Ihrer Migräne nicht kommen, er hat mir jedoch von dem Essen morgen Abend erzählt. Ich werde ebenfalls dort sein und würde vorher gern noch einiges mit Ihnen besprechen. Rufen Sie mich zurück.« Als die Verbindung unterbrochen wurde, stellte Sterling den Ton ab.

Michael knirschte so fest mit den Zähnen, dass seine Kiefermuskeln knackten. West stand zusammen mit Powell auf einer Liste von Leuten, mit denen er noch ein Hühnchen zu rupfen hatte.

Caleb hatte die Lippen zu einem harten Strich zusammengepresst, während Damion aussprach, was alle dachten. »Geht es nur mir so?«, fragte er. »Oder stinkt das Timing dieses Anrufs drei Meilen gegen den Wind? Die Patronen sind kaum in Bewegung, und West meldet sich bei Cassandra.«

Sterling stimmte zu. »Ich würde ja gern glauben, dass er die Wahrheit sagt und man Cassandra aufklären will, aber wir wissen, dass er für beide Seiten arbeitet – für Powell und die Zodius. Es könnte eine Falle sein. Ein Trick, um sie zu ködern und in den Tod zu locken.«

»Brock West muss aus dem Weg geräumt werden«, sagte Michael. »Er ist lästig. Und es ist längst überfällig, dass wir einsehen, dass Powell hinter Gitter muss. Wir können uns auch weiter vormachen, dass wir Red Dart finden und ihn dafür brauchen. Aber was heckt er noch alles aus, von dem wir nichts wissen? Wir haben ihn zwei Jahre in Ruhe gelassen, und dabei ist Red Dart herausgekommen. Diesen Fehler dürfen wir nicht noch mal machen. Wir müssen unseren Schaden begrenzen.«

Damion rutschte auf seinem Stuhl herum. »Wir dürfen nichts überstürzen …«

»Während du am Daumen lutschst und dir Alternativen überlegst«, fiel ihm Michael ins Wort, »könnte Powell einen Fehler begehen, der nicht uns, sondern Adam erlaubt, Red Dart in die Finger zu bekommen. Er wird langsam ungeduldig und bringt die Geschosse in Bewegung. Versucht, seine Tochter zurückzugewinnen. Wir müssen jetzt eingreifen. Wir finden die Beweise und Red Dart. Und selbst wenn nicht, haben wir uns wenigstens das Risiko, das Powell darstellt, vom Hals geschafft.«

Er wandte sich an Caleb, worauf Damion vernünftigerweise den Mund hielt. »Ich weiß, dass du dir Sorgen machst, dass wir uns innerhalb der Regierung Feinde schaffen, indem wir Powell ausschalten. Doch er ist der Grund, dass sie uns fürchten. Sie glauben, dass alle GTECHs gleich seien. Und daran ändert sich auch nichts, wenn wir uns wie auf Eiern bewegen. Wir schnappen ihn, und niemand wird es erfahren. Wir knöpfen uns Powell, meine Mutter und Taylor Industries in ein- und derselben Nacht vor. Wir konfiszieren alles, was wir tragen können, einschließlich Powell, und kerkern ihn in Sunrise City ein. Wir schärfen ihm ein, dass er uns besser hilft, Red Dart abzuschalten, bevor Adam ihn in die Finger bekommt und uns alle damit verfolgt.«

Sterlings Computer summte erneut. Er las die Nachricht. »Green Hornets auf dem Weg nach Sunrise City. Weder Gegenwehr noch Verletzte gemeldet.«

»Diese Munition hat das Schlachtfeld dem Erdboden gleichgemacht«, sagte Michael. »Schaffen wir uns einen Feind vom Hals. Lasst uns Powell hochnehmen.«

Caleb runzelte die Stirn, ehe er entschieden nickte. »Morgen Nacht.«

26

Michael hatte sich tatsächlich verabschieden wollen. Cassandra lehnte am Kopfende von Michaels Bett und versuchte sich auf den Film zu konzentrieren, den sie nur eingelegt hatte, um nicht ständig auf die Uhr sehen zu müssen. Mit jedem Atemzug wünschte sie sich Michael herbei. Sie war aufgekratzt vom Lunch zurückgekehrt, und hatte Michael von den Plänen erzählen wollen, die sie mit den Frauen geschmiedet hatte. Ihre Euphorie hatte sich jedoch schon vor Stunden in Luft aufgelöst.

Als es klopfte, raste Cassandra durchs Zimmer, riss die Tür auf und ließ bei Kellys Anblick enttäuscht die Schultern hängen.

»Lass mich raten, du hast Mister Groß-mysteriös-und-superlaunig erwartet?«

»Ja«, gestand sie betrübt und trat von der Tür zurück. »Im Augenblick wäre mir seine miese Laune sogar willkommen.«

»Ich bin sicher, dass das zusätzliche Chromosom, von dem ich dir erzählt habe, für seinen Sturkopf verantwortlich ist«, sagte Kelly, als sie eintrat und die Tür schloss. »Du willst wahrscheinlich nicht hören, dass die nächste Blutspende fällig ist.«

Cassandra ließ sich auf die Couch plumpsen und streckte den Arm aus. »Bitte, nur zu. Ich kann's kaum erwarten.«

Das zusätzliche Chromosom. Als sie davon erfahren hatte, hatte sie sich auf einen langen Kampf gefasst gemacht, Michael davon zu überzeugen, dass es kein Grund zur Sorge war, denn sie liebte Michael so, wie er war. Was ihm auch bevorstehen mochte, sie würde ihm zur Seite stehen. Diese Entscheidung stand fest, und davon würde sie nicht abrücken. »Ich hatte gestern im Fahrstuhl das Gefühl, als könnte Caleb meine Gedanken lesen. Kann er das? Gedanken lesen?«

»Er liest menschliche Emotionen«, erwiderte Kelly, während sie die Nadel in Cassandras Vene einführte. »Bei GTECHs funktioniert es allerdings nicht. Er nimmt wahr, wenn sich jemand fürchtet oder besorgt oder glücklich ist. Er sagt, es ist, als würde ihm eine Farbe erscheinen.«

»Also«, sagte Cassandra, »hat *er* auch das zusätzliche Chromosom? Werden dadurch die einzigartigen Gaben ausgelöst?«

»Er hat es nicht. Jedenfalls noch nicht. Es ist möglicherweise noch im Aufbau begriffen und kann noch nicht nachgewiesen werden. Michael war kurz nach seiner Wandlung zum GTECH in der Lage, den Wind zu beherrschen, so wie Adam mit Wölfen kommunizieren konnte. Calebs Gabe ist relativ neu. Ich habe nichts Schlüssiges vorzuweisen, woran man erkennen könnte, warum einige GTECHs über besondere Gaben verfügen. Dennoch wäre es interessant zu wissen, ob Adam dieses Chromosom hat.«

Cassandra verzog das Gesicht. »Ich bin froh, dass wir's nicht wissen. Es wäre nur ein weiterer Grund für Michael, sich mit Adam zu vergleichen.«

»Auch wenn Michael dieses Chromosom zum Teufel wünscht, ist es wissenschaftlich gesehen ein Zeichen für die Weiterentwicklung und die zunehmende Stärke der GTECHs. Ich würde das gern dokumentieren. Du wärst eine große Hilfe, wenn du Michael davon überzeugen könntest, mir weitere Untersuchungen zu gestatten. Ich wollte Caleb ebenfalls bitten, mit ihm zu reden, kann ihn jedoch nicht erreichen. Er verschanzt sich schon seit Stunden hinter verschlossenen Türen.« Sie musterte Cassandra. »Deine Augen sind fast wieder normal.«

Mit einem mulmigen Gefühl fasste sich Cassandra an die Wange. »Wirklich?« Und schon machte sich Michael aus dem Staub.

Kelly bedachte sie mit einem mitfühlenden Blick. »Du willst ihn wirklich nicht verlassen, oder?«

Sie schüttelte den Kopf. »Ich liebe ihn.«

»Und er liebt dich, sonst würde er sich nicht solche Sorgen um dich machen«, sagte Kelly und berührte sie am Arm. »Hör nicht auf, es ihm zu sagen. Irgendwann dringst du zu ihm durch.« Sie tätschelte ihre Tasche. »Ich bringe das jetzt ins Labor und versichere mich, dass es kein Fehler ist, dich morgen loszuschicken. Ihr werdet vermutlich bei Tagesanbruch aufbrechen. Ich kann dich allerdings erst entlassen, wenn die Ergebnisse vorliegen.«

Cassandra erhob sich mit einem Nicken und brachte Kelly zur Tür. »Ich melde mich, sobald ich die Ergebnisse habe.« Als Kelly nach der Tür griff, lief ein leichtes Prickeln an Cassandras Wirbelsäule hinab. Caleb stand mit Michael und Sterling im Eingang. Kelly warf einen Blick über ihre Schulter und zwinkerte Cassandra zu. »Du lockst die Männer ja in Scharen an, Mädel.« Sie beäugte Caleb. »Wir müssen reden, wenn du hier fertig bist.«

Als Cassandra begriff, dass Caleb die Männer anführte und nicht Michael, zog sie sich mit flatterndem Herzen in die Wohnung zurück. »Was ist los?«, fragte sie, während sie Michaels Blick suchte und mit einem kraftvollen Güterzug kollidierte. Er war nicht nur reserviert, sondern derart distanziert, dass es ihr das Herz zerriss.

»Du musst uns helfen, Cassandra«, sagte Caleb, während die drei Männer, alle in schwarzen Tarnanzügen, im Zimmer Stellung bezogen. *Krieger, die sich auf eine Schlacht vorbereiten*, dachte sie.

Ihr Blick ruhte kurz auf Michael, bevor sie sich jäh an Caleb wandte. »Jederzeit«, versprach sie.

Er winkte sie zur Couch hinüber. Cassandra hockte sich auf die Sofakante. Sterling nahm neben ihr Platz und öffnete seine Laptoptasche, während sich Caleb neben sie auf den Sessel setzte. Als Caleb von Brocks Anruf berichtete, gab sich Michael weiterhin distanziert. Obwohl sie Caleb ihre ungeteilte Aufmerksamkeit schenkte, war sie sich die ganze Zeit über bewusst, dass Michael mit unergründlicher Miene über ihnen emporragte, die Augen hinter dichten, schwarzen Wimpern verborgen.

»Wir haben beide gehört, wie Brock in dieser Gasse in Washington gesagt hat, dass er das Serum will«, sagte Michael. »Er wird es sich irgendwie beschaffen. Wir wissen nicht, ob er von deinem Vater oder von Adam beauftragt wurde, dich anzurufen. Möglicherweise hat uns auch ein Spion deines Vaters vor deiner Wohnung gesehen, und nun will dein Vater dich mit Red Dart ködern. Was allerdings nicht heißt, dass Brock dich nicht mehr aus dem Weg räumen will. Im Prinzip hat dein Vater sogar die Weichen dafür gestellt.«

»Um es kurz zu machen, Cassandra«, sagte Caleb, »wir schlagen morgen Nacht zu.«

Sie sah Michael direkt in die Augen. »Was soll das heißen?«, wollte sie wissen.

Caleb kam Michael zuvor. »Es steht eindeutig fest, dass zwischen Michaels Mutter und deinem Vater eine Verbindung besteht. Wir werden das Haus deines Vaters und Taylor Industries durchkämmen. Er wird in Sunrise City inhaftiert, was ihn hoffentlich veranlasst, uns endlich zu verraten, wo er Red Dart versteckt hält. Wir möchten, dass du dich bei ihm meldest. Ihn in Sicherheit wiegst und überzeugst, dass du morgen kommst.«

»Das hört sich an, als würde ich nicht kommen«, sagte sie, während sie in ihren Gesichtern las und verstand, dass es genau so war. »Ich muss aber zurück. Du hast doch selbst gesagt, dass mein Vater von Michaels Beteiligung und höchstwahrscheinlich auch von seinem Kontakt zu mir weiß. Wenn ich nicht komme, wird er sofort argwöhnisch und sucht mit Red Dart das Weite, bevor ihr zuschlagen könnt.«

»Nein«, donnerte Michael. »Ich lasse nicht zu, dass du so ein Risiko eingehst.«

Sie sah ihm unverwandt in die Augen. »Das entscheide immer noch ich.« Sie funkelte Michael einen Moment an, ehe sie sich Caleb zuwandte. »Ich rufe an. Zuerst bei Brock. Dann bei meinem Vater.«

Caleb sah Michael mit hochgezogenen Brauen an. »Sie hat recht«, sagte er. »Sie muss zurück. Wir behalten sie im Auge, Michael.«

Zähes Schweigen breitete sich in der Wohnung aus, ehe Michael sie anblickte. »Wir verkabeln dich, und du tust genau das, was ich dir sage.«

»Selbstverständlich«, erwiderte sie mit einem triumphierenden und zugleich mulmigen Gefühl. Sie würde ihren Vater ans Messer liefern. Das war nichts, worauf sie stolz war, doch sie hatte keine Wahl.

Als die anderen zu Ohrstöpseln griffen, um störende Geräusche beim Mithören des Gesprächs auszublenden, reichte Sterling ihr das Telefon. Zuerst war das Telefonat mit Brock an der Reihe. Cassandra versicherte ihm, am nächsten Tag wieder bei der Arbeit zu erscheinen, und bedankte sich, in ihrem Interesse mit Powell gesprochen zu haben. Sie versprach, hinsichtlich Red Dart Objektivität zu bewahren und ihren Vater in keinem schlechten Licht erscheinen zu lassen.

Nun zu ihm. Ihr graute vor diesem Anruf. »Hallo General«, sagte sie, während sie versuchte, sich nichts anmerken zu lassen.

»Cassandra, mein Schatz«, erwiderte er. »Wie geht es dir?«

»Die Kopfschmerzen sind besser. Aber deswegen rufe ich nicht an. Ich habe ein Problem.«

Eine kurze unbehagliche Pause entstand. »Was ist los?«

»Michael war heute bei mir«, sagte sie. »Er behauptet, jetzt für die Renegades zu arbeiten.«

»Du hast dich mit Michael getroffen?«, blaffte er.

»Ja«, erwiderte sie. »Auf einen Kaffee. Er ist aus heiterem Himmel aufgetaucht. Ich fühlte mich in die Enge getrieben, deshalb habe ich vorgeschlagen, in ein Café zu gehen. Ich hielt es für das Beste, in der Öffentlichkeit zu bleiben. Es war schrecklich. Ich war ein nervöses Wrack.«

Powell atmete tief durch. »Mach dir keine Sorgen, Kleines. Ich werde das mit Caleb regeln und klarstellen, dass sich Michael von dir fernzuhalten hat. Er wird dir nichts tun.«

Sie unterhielten sich noch kurz und beendeten dann das Gespräch. Mit zitternder Hand gab Cassandra Sterling das Telefon zurück. »Jetzt kann ich wenigstens erklären, warum ich mit Michael zusammen war. Falls uns einer von diesen Kerlen bei meinem Vater verpfiffen haben sollte.«

»Du warst verdammt überzeugend«, sagte Sterling anerkennend. »Das hat uns definitiv Zeit verschafft.«

»Danke, Cassandra«, sagte Caleb.

Michael schwieg. Er würdigte sie keines Blickes. Er kochte innerlich. Zweifellos würden sie sich später deswegen heftig in die Haare geraten. Cassandra beobachtete erschrocken, wie sich Michael umdrehte, um mit Caleb die Wohnung zu verlassen, und warf ihre Hemmungen über Bord. Das ständige Auf und Ab mit Michael hing ihr zum Hals heraus. »Wag es nicht, durch diese Tür zu gehen, Michael.«

Während die anderen instinktiv den zweiten schnellen Abgang des Tages hinlegten, erstarrte er und drehte sich langsam in der offenen Tür um. Ihr Herz raste, wummerte ihr in den Ohren. »Das Problem mit meinem Vater wird morgen Nacht gelöst«, verkündete sie. »Doch was immer heute Nacht mit uns geschieht, Michael – mir reicht's. Es fängt entweder hier an, oder es endet hier.«

Brock hatte sämtliche Befehle Powells ausgeführt und sich sogar bei Cassandra gemeldet. Er hörte mit, als Powell mit seiner Tochter telefonierte, und hoffte inständig, dass sie ihn nicht verärgern würde. Er wollte raus aus dem Käfig, hatte deshalb alle Befehle befolgt – und Cassandra angerufen. Sein Beitrag, um sie wieder nach Hause zu locken.

Wenigstens trug er nun grüne Tarnkleidung und stand vor dem Käfig. Fast wie ein Mensch, aber nicht ganz. Er war fahrig, und irgendein verflixter Kiefermuskel wollte nicht aufhören zu zucken, während Adrenalin durch seinen Körper summte wie elektrischer Strom. Irgendwie brachte er einen festen Blick zustande, stand aufrecht und stolz. Es war ein Test. Konnte man ihm außerhalb des Käfigs trauen? Er musste diesen Test bestehen. Von Gitterstäben war nie die Rede gewesen, sondern von Freiheit, die ihm durch sein Leben als stärkster, schnellster und mächtigster GTECH verliehen würde.

Powell beendete das Gespräch und wandte sich dem Technikexperten zu, der erwartungsvoll vor dem Computerpanel saß.

Der Mann erwiderte den Blick. »Der Anruf war verschlüsselt, und zwar sehr gut. Das war nicht die Arbeit von Amateuren.«

Powell atmete ein und nickte dem Mann zu. »Wegtreten, Sergeant.« Er stand auf und verließ den Raum.

Als er fort war, sah Powell flüchtig zu Jocelyn, die in der Nähe stand. »Michael hat meine Tochter höchstwahrscheinlich bestochen. Sie hat mich verraten.«

Jocelyn kam langsam näher. Ihr Geruch wühlte sich durch Brocks Sinne und entfachte eine wilde, animalische Begierde in ihm. »Es tut mir leid«, sagte sie an Powell gewandt. »Was wirst du tun?«

»Es gibt nur eins, was wir tun können«, verkündete er. »Wie geplant fortzufahren, und zwar schnell.« Er warf Brock einen Blick zu. »Sie sind zum Einsatz bereit, nicht wahr, mein Sohn?«

Er salutierte. »Ja, Sir.« Das war eine glatte Lüge. Er konnte sich kaum auf etwas anderes konzentrieren als auf das Zucken in seinem Kiefer und das Verlangen, die Hand nach Jocelyn auszustrecken und sie an sich zu reißen. Brock würde jedoch alles behaupten, um Powell – oder die Techniker, die die Schallwellen per Fernbedienung auslösten – davon abzuhalten, ihn wieder zu schocken. Er war sich ziemlich sicher, dass sein Hirn bald gebraten würde, wenn sie den Saft noch ein paarmal aufdrehten.

»Er ist nicht einsatzbereit«, protestierte Jocelyn. »Er sollte sich nicht mal außerhalb des Käfigs befinden. Nicht bevor Dr. Chin herausgefunden hat, was die Aggressivität auslöst.«

Powell hielt die Fernbedienung in die Höhe. »Ich brauche bloß die hier, um seine Aggressionen in Schach zu halten«, verkündete er. »Wir haben keine Zeit. Nicht solange mir Michael im Nacken sitzt.« Er atmete tief ein, als würde er Macht einsaugen. »Meine Laserwaffen sind bereit, nehme ich an?«

Sie zögerte und nickte dann. »Die Massenproduktion läuft bereits.«

»Ausgezeichnet, Jocelyn«, sagte er, und obwohl er mit ihr redete, richtete er den Blick auf Brock. Er berührte ihre Wange mit einer Hand und streichelte sie mit der Vertrautheit eines Geliebten, während die andere zu der um seinen Hals hängenden Fernbedienung griff und Brock stumm zu einer Herausforderung einlud.

»Hör auf, General«, sagte Jocelyn, während sie versuchte, sich ihm zu entziehen. Doch Powell glitt mit einer Hand um ihren Nacken und riss sie an sich.

Brock begann zu zittern. Mit jedem Knopfdruck von Powell spürte er, wie sich ein kleines Stückchen seiner Zurechnungsfähigkeit davonmachte. Brock drehte sich um, stapfte zum Käfig und sperrte sich selbst ein.

Powell zeigte sein selbstgefälliges »Ich-bin-Gott«-Lächeln.

Obwohl sich Jocelyn wehrte, küsste er sie. Brock knirschte mit den Zähnen, als sie schließlich nachgab, die Arme um seinen Hals schlang und den Kuss erwiderte.

Als Powell endlich von ihr abließ, keuchte sie. »Warum musst du ihn so piesacken?«

»Ich habe dir lediglich demonstriert, dass er sehr wohl einsatzbereit ist«, erwiderte er. »Obwohl er eine Schwäche für dich hat, hatte er sich im Griff.« Er streifte noch einmal ihre Lippen, worauf Brock vor den unbändigen Lauten zusammenzuckte, die den Raum erfüllten – ein Grunzen und Knurren, das er nicht beherrschen konnte.

»Red Dart war gute Arbeit«, sagte Powell. »Wir stehen kurz davor, all unsere Träume Wirklichkeit werden zu lassen, meine Süße. Lass dich nicht von der hässlichen Seite des Kriegs von den großen Dingen abbringen, die wir erreichen wollen.« Er strich ihr die Haare aus den Augen. »Ich muss jetzt gehen. Wenn ich heute Abend zurückkomme, beenden wir unsere Feier.«

Das Knurren bohrte sich in Brocks Kopf, in dem es ganz schwarz geworden war. Seine Hände umklammerten die Gitterstäbe. Die Zeit stand still.

»Brock.« Die Stimme – leise und süß – holte ihn wieder zurück ins Licht. Er blinzelte und schlug die Augen auf. Jocelyn stand vor den Gitterstäben. Er verlor sich in den Tiefen dieser großen blauen, wunderschönen Augen und suchte den Raum ab.

»Er ist fort«, sagte sie. »Schon seit Stunden.«

Sie steckte den Schlüssel ins Schloss. »Ich habe Abendessen für Sie gekocht. Sie müssen etwas essen.«

»Nein!«, rief er, als er die Gewaltbereitschaft in sich spürte und begriff, was aus ihm geworden war. Er war ein Tier, und Powell wollte eine Armee ins Leben rufen, die aus Kreaturen wie ihm bestand. »Öffnen Sie die Tür nicht.«

Sie erstarrte. »Aber Sie müssen essen.«

»Schieben Sie's durch die Stäbe«, sagte er. »Man kann mir in Ihrer Nähe nicht trauen, Jocelyn. Ich werde mich nicht im Zaum halten können.« Sie trat zurück, als ob sie sich verbrannt hätte, und dafür war er dankbar. »Ist es das, woran Sie teilhaben wollen? Noch mehr Tiere wie mich zu schaffen?«

»Dr. Chin arbeitet im Labor daran«, sagte sie mit bebender Stimme. »Er wird herausfinden, wie er beheben kann, was mit Ihnen geschieht.«

Er lachte verbittert und herrschte sie plötzlich zornig an. »Sie Miststück! Sie haben das zu verantworten. Jedes Mal, wenn er mich durchschüttelt, werde ich noch verrückter. Chin können Sie nicht die Schuld in die Schuhe schieben. Sie wollen es, aber das können Sie nicht. Sie beschissene …« Er wollte weitersprechen, doch um ihn wurde alles dunkel, und die Worte blieben ihm im Hals stecken. Er rang sich einen beherrschten Atemzug ab und schaffte es, sich zu beruhigen. »Es tut … mir leid. Ich … helfe ihm nicht. Sie müssen Red Dart vernichten«, sagte er. »Halten Sie Powell auf, bevor er …«

Seine Augen weiteten sich, als Powell hinter Jocelyn aufragte und Schmerz durch seinen Körper schoss. Dann wurde alles schwarz.

27

Michaels Apartment war ihm noch nie so winzig vorgekommen wie in dem Moment, als Cassandra ihn an der Tür in die Enge trieb. Sie war ihm so nah, dass er nur die Hand ausstrecken musste, um sie zu berühren. »Fällt es dir so leicht, mich ohne ein Wort sitzen zu lassen?«

»Es ist jedenfalls leichter, als bei dir zu sein und dich nicht haben zu können«, gestand er mit leiser, rauer Stimme. Etwas Primitives bahnte sich eine Schneise durch seinen Körper. Das Bedürfnis, ein Anrecht auf sein Lebensband zu haben.

»Das Einzige, was dich davon abhält, mich zu haben, bist du selbst, Michael«, sagte sie heiser. »Ich weiß von dem zusätzlichen Chromosom, und weißt du was? Es ist mir egal. Ich bin dein Lebensband. Was immer du bist … sind wir beide.«

Ihre Worte steigerten den Hunger zu qualvoller Intensität. *»Es gibt kein Wir,* Cassandra«, knurrte er fast. »Du hast gesagt, dass es heute entweder beginnt oder endet. Dann ist Schluss.«

Sie holte tief Luft und warf ihm einen provozierenden Blick zu. »Du solltest dir deiner Sache sicher sein, Michael«, sagte sie mit tränenerstickter Stimme. »Ich habe zwei Jahre auf dich gewartet, ohne zu wissen, dass ich warte. Ich habe mir gesagt, dass ich dich hasse, und trotzdem weitergewartet. Darüber bin ich mir mittlerweile im Klaren. Ich habe keinen anderen Mann auch nur angesehen. Ich wollte keinen anderen Mann. Irgendwo, tief in mir, wusste ich, dass du zurückkommen würdest und dass du mich nicht betrogen hast. Dieses Mal werde ich nicht warten. Ich *werde* weitermachen. Mein Leben wird weitergehen, und ich werde es überstehen. Also … wenn du sagst, dass Schluss ist, dann *ist* auch Schluss.«

Die Vorstellung, dass ein anderer Mann sie berühren, in den Armen halten, zum Stöhnen bringen könnte, pflügte durch seine Adern wie Säure und brachte sein Blut zum Kochen. Er fesselte ihre Handgelenke mit seinen riesigen Händen und presste sie gegen die Wand. Mit einer Hand nagelte er ihre Arme über dem Kopf fest, sein Schwanz drückte hart gegen ihren Bauch. »Du wirst keinen anderen Mann an dich ranlassen«, knurrte er.

Sie reckte das Kinn. »Du kannst nicht beides haben, Michael. Du bist entweder mit mir zusammen oder nicht. Dazwischen gibt es nichts. Nicht mehr. So werde ich nicht leben.«

Er schloss für einen Moment die Augen und rang um Selbstbeherrschung, obwohl es scheinbar keine gab. »Es ist riskant, mich absichtlich unter Druck zu setzen, Cassandra«, warnte er. »Hast du den Frauen heute nicht zugehört?«

»Doch«, erwiderte sie. »Ich kenne dich. Du hast getan, was du tun musstest, um in Zodius zu überleben. Du hast versucht, Leben zu retten und unser Land zu verteidigen. Du magst andere einschüchtern, aber mich niemals.«

Lust strömte aus jeder Pore seines Körpers. Ihre Lippen zogen ihn magisch an und verzauberten ihn. Nur einmal kosten. Ein einziges Mal.

Jäh löste er den Blick von ihren Lippen und sah ihr in die Augen. »Wirst du denn nie aufhören, dich wie eine verdammte Idiotin aufzuführen?«

»Wirst du damit aufhören?« Halb keuchte, halb flüsterte sie.

»Der Teufel soll dich holen, Frau«, zischte er, während er an ihrer schmalen Taille entlang zur Rundung der Brust strich, die wie für seine Hand geschaffen war. »Willst du das, Cassandra?« Ihre Brustwarze wurde unter seiner Hand steif, und er zwickte hinein. »Willst du, dass ich dich anfasse?«

Sie kam der Berührung entgegen. »Ja.«

»Soll ich dich beglücken?«, fragte er und zupfte grob am Nippel. Ihr Stöhnen erregte ihn noch mehr, machte ihn nur noch härter.

Er wanderte von der Brust zum fülligen, köstlichen Po und schmiegte ihre Hüften aneinander. Seine Kühnheit wurde mit einem süßen, sinnlichen Stöhnen belohnt, das seinen Körper in Vibrationen versetzte und seinen Schwanz anschwellen ließ.

Er neigte den Kopf und atmete tief ein. »Du riechst wie süßer Honig.« Er lehnte sich zurück, war nicht imstande, sich von ihren weichen Lippen fernzuhalten. »Ich könnte dich von Kopf bis Fuß ablecken und wieder von vorn beginnen. Dich weit spreizen und schmecken, wenn du kommst.«

Sie bebte. »Tu es. Tu es, Michael.«

Er sog scharf die Luft ein, rang um seine hart erkämpfte Selbstbeherrschung und packte ihre Hände, sodass sie ihn nicht berühren konnte. Er zwang sich, sie loszulassen. Fortzugehen und ihr das Leben zuzugestehen, das sie verdiente. Ein Leben jenseits der gefährlichen Natur, die ihn zu verzehren drohte, so wie sie ihn gerade verzehrte.

»Ich liebe dich, Michael«, wisperte Cassandra.

»Nein«, wütete er und senkte jäh das Kinn, wobei ihre Augen aufeinandertrafen. Das Haar löste sich aus dem Zopf im Nacken und fiel ihm ungezähmt ins Gesicht. »Du sollst mich nicht lieben, Cassandra.« Mit letzter Willenskraft stieß er sich von ihr ab und suchte Abstand.

Bei Gott, als sie den Kopf gegen die Tür fallen ließ, fiel sein Blick auf die steifen Gipfel ihrer Brustwarzen, die sich unter dem T-Shirt abzeichneten, und er wich noch einen Schritt zurück.

»Ich weiß nicht, wie ich an dich rankommen soll«, sagte sie leise und starrte zur Decke. »Ich weiß es einfach nicht.«

Als sie ihn wieder anblickte, war ihr Gesicht von Schmerz und

Hilflosigkeit verzerrt, sodass er kaum atmen konnte, weil er der Grund war.

»Ich brauche dich, Michael. Und ich weiß, dass du mich ebenfalls brauchst.«

Sie stieß sich von der Tür ab, richtete sich auf, marschierte schnurstracks in die Küche und ließ ihn sprachlos zurück. Kurz darauf kehrte sie mit einem Messer zurück. *Was zur Hölle*?

Ehe er begriff oder eingreifen konnte, schritt sie zur Tat. Sie ritzte sich die Handfläche auf, aus deren feiner blasser Haut sofort Blut quoll. »Dieses Mal ist es für immer«, sagte sie und verzog das Gesicht. »Au. Autsch. Okay, das ist schmerzhafter, als ich gedacht habe.«

Er war schon bei ihr, nahm sie in die Arme und trug sie ins Badezimmer. »Hast du den Verstand verloren, Frau?« Er schnappte sich ein Handtuch und wickelte es um ihre Hand. »Was hast du dir dabei gedacht?«

»Ich dachte, du würdest dadurch erkennen, dass es mir mit der Blutbindung ernst ist.« Ihre Stimme vibrierte vor Schmerz.

Er legte seine Stirn an ihre und streichelte ihr Haar. »Cassandra.« Er blickte in die grünen Augen, die er so liebte. Er konnte sie unmöglich ihrer Menschlichkeit, ihres Lebens berauben. »Wir müssen die Wunde nähen lassen.« Es war ein tiefer Schnitt, zu tief, um darüber hinwegzusehen.

»*Du* heilst mich«, sagte sie. »Du, Michael. Ich meine es ernst. Was immer wir sind, sind wir gemeinsam. Bis dass der Tod uns scheidet.« Sie atmete zitternd ein. »Verstehst du denn nicht? Ich kann ohne dich nicht atmen.«

Als ihre Worte bis in seine Seele reichten und direkt zu ihm sprachen, verstummte Michael gänzlich. Dasselbe hatte er selbst schon eine Million Mal gedacht.

Er zog sein Messer aus der Hosentasche, streckte die Hand aus und schnitt hinein.

Als er das Handtuch von ihrer Wunde löste, liefen Cassandra Tränen über die Wangen.

»Und ich kann ohne dich nicht atmen«, flüsterte er. »Wenn wir das tun, gibt es kein Zurück mehr. Dann leben und sterben wir wirklich gemeinsam, und welches Monster ich auch werden sollte, du wirst mir nie entkommen können.«

»Du bist kein Monster und wirst nie eines sein«, sagte sie, als sie seine Hand nahm und auf ihre presste. »Und wenn es ein ganzes Leben dauert, dir das klarzumachen, dann werde ich eben ein ganzes Leben darum kämpfen.«

Als sie ihre Hände miteinander versiegelten, blinzelte sie ihn unter einem Tränenschleier hervor an.

Was sie gerade getan hatte, die damit verbundenen Konsequenzen und dass sie ihm das Vertrauen entgegenbrachte, das er nicht wagte, zu sich selbst zu haben, ließen ihn vor Emotionen beben.

Er küsste eine Träne nach der andern fort, schmiegte ihre Wange in seine Hand und sagte das, was sie für alle Zeiten im Gedächtnis behalten sollte. »Ich liebe dich.«

»Ich liebe dich, Michael.«

Im Stillen leistete er einen weiteren Schwur. Er würde dieser Liebe gerecht werden und weder seiner Vergangenheit noch seiner Familie oder der Schwärze in sich gestatten, sie zu zerstören.

Michael küsste sie zärtlich, während die Leidenschaft noch unterschwellig in ihm lauerte, doch dieses Mal nicht fordernd – denn nun war sie für immer sein, und das war etwas, das gewürdigt werden musste. Er neigte sich zurück und sah auf sie hinab. Als das Grün ihrer Augen von Schwarz geschluckt wurde, führte er ihre aneinandergepressten Handflächen zwischen sich und zeigte Cassandra, dass die Wunden bereits verheilt waren.

Cassandra starrte auf ihre Hand und tastete über die Handfläche. Dann sah sie zu ihm auf. »Das war's? Das ist alles?«

Er führte ihre Hände wieder zusammen. »Das war's«, bestätigte er, drückte seine Lippen auf ihre und verweilte dort. Warm und vollkommen vermischte sich ihr Atem.

Sie erschauderte und gab ein derart lustvolles Stöhnen von sich, dass er mehr haben musste. Forscher werdend, drängte seine Zunge in ihren Mund, liebkoste sie erst lang und sinnlich, dann hungrig und wild. Sie entledigten sich ihrer Kleidung und warfen sämtliche Hemmungen ein für alle Mal über Bord. Als er sie frontal zum Spiegel drehte, umrahmte sein Körper ihre sanften Kurven, das lange dunkle Haar fiel in ihre beiden Gesichter, seine Erektion ruhte zwischen ihren Schenkeln. Die feuchte Hitze ihres Körpers badete ihn in bevorstehender Lust und Hingabe.

Sie streckte den Arm aus und wob die Hand durch sein Haar. »Ich liebe es, wie du dich anfühlst.«

Sein erigierter Schwanz dehnte sich pochend aus. Mühelos könnte er in sie eindringen, sie nehmen und tief in ihrem perfekten Körper versinken. Doch diesmal war es etwas Besonderes. Es war ihr erstes Mal in Verbundenheit, daher hielt er sich zurück und konzentrierte sich auf ihre Bedürfnisse. Er widmete sich ihren Brüsten und zwirbelte die prallen, geschwollenen Nippel. Diese roten rosigen Knospen würde er bis zum Morgengrauen immer wieder anbeten. Stöhnend legte sie den Kopf an seine Schulter, schloss zitternd die Augen.

»Schau in den Spiegel«, verlangte er. »Ich will sehen können, wie ich dich erfreue.« Die steifen kleinen Knospen unaufhörlich zwischen den Fingern reibend, zwickte er hinein.

Ihre Beine begannen zu wackeln und knickten beinahe ein. »Ich kann nicht«, gestand sie.

Er legte die Hand auf ihren Bauch und gab ihr Halt. »Du kannst«, ermunterte er sie. »Schau mich an, Cassandra.«

Als sie das Kinn hob, sah sie ihn unter schweren Lidern im

Spiegel an. Er zupfte an ihren Nippeln und beobachtete, wie sie die Zähne in der vollen Unterlippe vergrub, neigte den Kopf und presste die Lippen an ihr Ohr. »Ich gebe dir, was du wolltest«, versprach er. Er knabberte an ihrem Ohrläppchen und legte ihre Hände auf die Ablage vor ihr, um ihr Halt zu geben. »Ich küsse dich und lecke dich von Kopf bis Fuß.« Er strich ihr die Haare aus dem Nacken und enthüllte das Bindungssymbol. »Hier fange ich an.«

Er bedeckte das Zeichen mit dem Mund und ließ die Zunge darum kreisen, während seine Hände über ihren seidig-weichen Rücken glitten und die Lippen demselben Pfad folgten, bis sie ihren cremeweißen herzförmigen Hintern liebkosten. Er hob sie an der Hüfte an, spreizte sie weit und erwiderte ihren Blick im Spiegel, damit sie den rohen Hunger und die bevorstehende Wonne darin erkennen konnte. Dann ging er in die Knie und erschauerte beinahe bei ihrem Anblick. Er streichelte ihre wohlgeformte Hüfte, während er mit Lippen und Zähnen an einer vollkommenen Pobacke knabberte. Seine Finger strichen durch die feuchte Hitze der Schamlippen, als er sie umfasste und am geschwollenen Kitzler verweilte.

»Michael«, keuchte sie. »Ich …« Ihr fehlten die Worte, als er am Kitzler saugte.

Sie hob die Hüfte an, drückte sich an seinen Mund und folgte dem Rhythmus seiner Liebkosung. Er ließ die Finger in sie hineingleiten, erforschte und streichelte sie, als er sie mit Mund und Händen liebte. Als sie sich in seinen Mund ergoss und ihre süße Erregung ihn heftiger lecken und saugen ließ, schrie sie auf, während ihre Scheide seine Finger fest umschloss. Kurz darauf zuckten ihre Muskeln um seine Finger, und sie ließ sich mit bebenden Schenkeln gehen. Sanft führte er sie durch die Erlösung, linderte allmählich den Druck, bis sie sich beruhigt hatte.

Sich an ihrem Körper hinaufküssend, drehte er sie herum, bis seine Erektion zwischen ihren Beinen ruhte und er die Hände in ihrem Haar vergraben hatte. »Du kannst dir nicht vorstellen, wie sehr ich dich liebe«, flüsterte er, und während er sie anhob, drang er in ihre feuchte Hitze ein.

Sie schlang die Arme um seinen Hals und badete seinen Schwanz in wundervoller Wärme, während sie die Brust an seine schmiegte. »Du hast ein Leben lang Zeit, um es mir zu zeigen«, beteuerte sie.

28

Adam thronte am Marmortisch auf dem Balkon, der das Kolosseum überblickte. An beiden Seiten der offenen Tribüne saßen Soldatenhorden, die sich von den zwanzig leicht bekleideten, in der Mitte des Rings tanzenden Frauen betören ließen. Jene neuen Rekrutinnen hofften, von den Männern fürs Bett und als Lebensband auserkoren zu werden.

»Gefällt es dir?«, fragte Ava, trank Aprikosennektar aus einem Glas mit silbernem Stiel und betrachtete ihn unter schweren Lidern hervor.

Er nahm ihre Hand und drückte sie an seine Lippen. »Erstaunlich, wie du die Gedanken und Gefühle dieser Frauen beeinflussen kannst.«

Sie strahlte überglücklich, was jedoch nur von kurzer Dauer war. »Wir sind mittlerweile wieder bei siebzig Frauen«, sagte sie. »Zwei der neuen Rekrutinnen leben sogar schon in einer Verbindung.« In Anbetracht der Tatsache, dass sie es trotz gedrosselter Fertilitätstests geschafft hatte, zehn Objekte zu töten, sprach die Anzahl der Frauen für Tads Rekrutierungsmethoden – wenn man Kidnapping so bezeichnen konnte.

Begleitet vom Grölen der Menge verließen die Frauen die Arena. Musik plärrte aus den Lautsprechern, während die eigentliche Show vorbereitet wurde. An den Tribünen erloschen die Lichter. Adams Wölfe schritten von Scheinwerfern beleuchtet den Steinboden entlang in die Mitte des Kolosseums. An den hohen Wänden und Tischen entlang des Rings flackerten Kerzen.

Gleich würden die kürzlich gefangenen menschlichen Soldaten erscheinen und um ihr Leben kämpfen, um sich das versprochene Serum zu verdienen. Adams Vorrat war natürlich nahezu erschöpft. Nur ein Krieger mit herausragenden Fähigkeiten wäre des Serums würdig. Es war zwar unwahrscheinlich, doch es machte Spaß, den Wölfen zuzusehen. Das Adrenalin schoss vor Begeisterung durch ihn hindurch, und er vergaß alles außer der Show.

Bis ihm der Geruch einer Frau in die sensible Nase drang und dann der von Angst. Er wandte den Blick dem steinernen Korridor zu, aus dem Tad gerade auf den Balkon trat, wobei er eine verängstigte Frau mit einer Pistole vor sich hertrieb. Ihr Gesicht war tränenüberströmt.

Adam war schon genervt, bevor Tad am äußersten Ende des Tisches stehen blieb. »Was willst du, Tad?«

Ava erhob sich, näherte sich der asiatischen Schönheit und nahm ihre Hände. »Alles ist gut«, sagte sie, dann sah sie der Frau in die Augen und berührte ihre Stirn. Ihr Gesicht nahm einen entrückten, gelassenen Ausdruck an, und sie hörte auf zu weinen. Ava musterte sie von Kopf bis Fuß. »Sie ist immerhin ein gutes Exemplar«, bemerkte sie trocken.

»Ihre Herkunft ist auch nicht uninteressant«, bemerkte Tad und strich ihr übers Haar. »Sag ihnen, wer dein Vater ist.«

»Tan Chin«, sagte sie leise.

Ava machte große Augen. »Wie Dr. Chin?«

»Ganz recht«, erwiderte Tad und wandte sich an Adam. »Sie hat bei Chins Exfrau in China gelebt. Aber ich habe sie aufgespürt.«

Adam zog eine Augenbraue hoch. »Weiß Chin davon?«

»Nicht nur das«, erwiderte Tad, »er hat mir versprochen, dass er uns heute Nacht Red Dart, einen Vorrat des Serums sowie Michael und Cassandra beschaffen kann. Er will sogar bei der

Entbindung deines Kinds helfen.« Er sah Adam in die Augen. »Ich will Michaels Ersatzmann werden.«

Adam musterte ihn. Er war keine Augenweide und deshalb wertlos. Er hatte jedoch zu einer Zeit seinen Einfallsreichtum bewiesen, als Adam einen Krieg vermeiden musste, da er befürchtete, damit Ava und sein Kind zu gefährden. Fürs Erste würde Tad genügen. Wenn er Red Dart hatte, würde er sowohl seinen Bruder als auch Michael dazu bringen, mit ihm an einem Strang zu ziehen. Dann wären Leute wie Tad überflüssig.

Er neigte den Kopf. »Du redest eine ganze Menge«, sagte Adam. »Lass Taten folgen.«

In Begleitung von Sterling, Damion, Caleb und etwa einem Dutzend Soldaten verließen Cassandra und Michael kurz vor der Dämmerung Sunrise City. Cassandras Nerven waren zum Zerreißen gespannt. Statt zu schlafen, hatte sie Michael von ihrem Vorhaben erzählt, mit den Frauen eine Organisation zu gründen, um den Entführungen Einhalt zu gebieten. Reden und Sex hatten sie von den bevorstehenden Ereignissen abgelenkt. Ganz gleich, wie triftig die Gründe auch waren, es würde nicht leicht werden, die Inhaftierung ihres Vaters miterleben zu müssen. Und dann war da noch das Windwalking.

Cassandra Powell – das einstige normale Armeemädchen – würde windwalken. Möglicherweise war sie doch nicht so normal – schon längst nicht mehr. Immerhin hatte ihr Vater eine neue Menschenrasse geschaffen, und ihr Freund war ein halber Außerirdischer und nun endgültig mit ihr verbunden. Die letzte Phase der Wandlung war glücklicherweise ohne Nebenwirkungen verlaufen, was hinsichtlich der bevorstehenden Ereignisse ein wahrer Segen war. Sie hatte so kurz davor gestanden, sich mit Michael zu verbinden, dass der letzte Schritt ein Klacks gewesen war. Obwohl sie zum ersten Mal in ihrem Leben die

Nacht durchgemacht hatte, fühlte sie sich, als könnte sie Bäume ausreißen.

Die Tore zur Stadt schlossen sich hinter ihnen. Cassandra drehte sich um und blinzelte. Der Berg wirkte unberührt, als würde diese Tür nicht existieren.

»Ich bin mir nicht sicher mit diesem Wind-Ding«, sagte Cassandra. »Mein erster Versuch war ja nicht gerade berauschend.«

»Du bist jetzt anders«, versicherte Michael.

»Du vervollständigst ihn«, scherzte Sterling, der mit an die Brust gedrückter Hand ein Zitat aus *Jerry Maguire* zum Besten gab. Schnaubend fügte er hinzu: »Es macht süchtig. Das Windwalking, meine ich.« Er neigte den Kopf in Michaels Richtung. »Nicht er. Und falls er süchtig machen sollte, will ich's nicht wissen.«

Michael zog sie an sich. »Bereit?«

Sie atmete nervös ein. »Glaube schon.«

Er wartete keine präzisere Antwort ab. Plötzlich wurde sie von einer Kraft von unglaublicher Gewalt ergriffen, und bevor sie reagieren konnte, stand sie auf der Straßenseite gegenüber ihrer Wohnung.

Sie blinzelte und lächelte. »O mein Gott, das war ja fantastisch. Können wir das noch mal machen?«

Michael küsste sie lachend. »Noch tausendmal«, versprach er. »Aber nicht jetzt. Geh rein und zieh dich um.«

Sie klammerte sich an ihn. »Kommst du denn nicht mit?«

»Darauf kannst du Gift nehmen«, sagte er. »Allerdings möchte ich nicht dabei gesehen werden.« Er ließ ein Handy in ihre Hand gleiten. »Sobald du an der Tür bist, wählst du die Eins und sagst mir, ob die Luft rein ist. Ich windwalke dann.«

»Meinst du, dort ist jemand?«, fragte sie ängstlich.

»Ich bin sicher, dass alles okay ist«, erwiderte er. »Die Zodius vermuten dich immer noch in Sunrise City. Bis sie merken, dass du nicht mehr dort bist, befindest du dich schon auf dem Stützpunkt. Allerdings will ich, was deine Sicherheit angeht, kein Risiko eingehen.«

Er tätschelte ihren Hintern. »Geh jetzt. Geh zur Tür, damit wir reingehen können.« Er küsste sie, bevor er sie auf den Weg schickte. Cassandras Magen verkrampfte sich, ihre Nerven begannen wieder zu flattern. Der Tag konnte gar nicht schnell genug vorübergehen.

Die Straße war in Windeseile überquert, und sie hatte schon das Telefon in der Hand, ehe sie sich der Treppe zuwandte, die zu ihrer Wohnung führte. »Sauber«, sagte sie, während sie den Eingangsbereich durchsuchte. Kurz darauf erschien Michael, zog ein Werkzeug aus seiner Tasche und hebelte damit das Schloss auf. Offensichtlich hatte er daran gedacht, dass sie keine Schlüssel dabeihatte.

Er stieß die Tür auf, zog eine Pistole unter dem Hosenbein hervor und trat ein. »Bleib bei der Tür«, sagte er.

Cassandra tat wie geheißen, und ihr Herz raste, als er die Wohnung durchsuchte. Als er die Waffe ins Halfter zurücksteckte und die Tür schloss, stieß sie schwer den Atem aus und bemerkte überrascht, dass sie die Luft angehalten hatte. »Ich bin froh, wenn alles vorbei ist.«

Er zog sie an sich. »Bald, Süße«, versprach er. »Auch wenn ich dich vor den Trackern abgeschirmt habe, bin ich nur ungern in der Wohnung. Mach dich für die Arbeit fertig. Ich folge dir bis zum Stützpunkt, dort bist du vor ihnen sicher. Verlasse unter keinen Umständen die Basis, ohne mir vorher Bescheid zu geben. Ohne meinen Schutz gehst du nirgendwohin.«

»Das heitert mich nicht gerade auf«, sagte sie.

Er gab ihr einen Kuss. »Darum kümmere ich mich zu Hause, in unserem Bett.«

»Unser Bett?«, fragte sie leise.

»*Unser* Bett«, erwiderte er, während er in ihren Haaren wühlte. »An das ich dich mindestens eine Woche lang fesseln werde, wenn das hier vorbei ist.«

Sie klammerte sich an seine Zuversicht, an die süße Art, mit der er sie zu beruhigen suchte. Dennoch war da ein Knoten in ihrer Brust, der sich mit jedem Atemzug weiter zuzog. Etwas stimmte nicht. Sie sagte sich, dass das normal sei, da sie heute zur lebenslangen Haftstrafe ihres Vaters beitragen würde.

Trotzdem straffte und verdrehte sich dieser Knoten mit der schrecklichen Gewissheit, dass die Operation völlig misslingen würde. Michael teilte diese Vorahnung nicht mit ihr. Er war wie erwartet nervös und ruhelos. Ihr Vater hatte dieses Chaos zu verantworten, und sie musste helfen, es zu beseitigen. Sie fühlte sich, als stünde der Anfang vom Ende bevor, und sie müsste es irgendwie aufhalten.

Lucian stand vor dem Sicherheitstor von Zodius City und meldete sich, um Adam Bericht zu erstatten. Er hatte den Scanner kaum erreicht, da drehte der Wind, und er war von sechs Soldaten umzingelt. An vorderster Front stand Tad und zielte mit einem geladenen 38er-Special mit kurzem Lauf auf seine Stirn.

»Deine Dienste werden nicht länger benötigt«, verkündete er mit einem boshaften Grinsen.

»Leck mich am Arsch«, erwiderte Lucian. »Wenn du mich abknallst, wird Adam Red Dart nicht bekommen. Ich bin derjenige, der Brock Wests Vertrauen genießt.«

Tad kicherte. »Ich habe aus zuverlässiger Quelle erfahren, dass West in Powells Labor gefangen gehalten wird. Irgendein Durchgeknallter hat ihn mit einem neuen GTECH-Serum aufgemotzt. Er ist jetzt nutzlos.«

Lucians Magen verkrampfte sich. »Das ist unmöglich. Powell hat kein Serum mehr.«

»Sein Oberarzt, Dr. Chin, behauptet das Gegenteil. Tja, Dr. Chin frisst mir aus der Hand. Schon komisch, was man so erreichen kann, wenn man die Tochter des Arztes entführt.« Er entsicherte die Waffe. »Hättest du es lieber zwischen die Augen oder in den Hinterkopf?«

In dem Moment glaubte Lucian, dass, sosehr er Brock West auch verabscheute, sie doch eine Sache gemeinsam hatten. Sie würden beide tun, was zum Überleben nötig war. Und Tad – nun, Tad war nach wie vor ein Armleuchter. Er hatte es versäumt, Lucian Handschellen anzulegen und ihm so die Flucht ermöglicht. Lucian verschwand im Wind. Lieber würde er Powell helfen, als dass er sich die Lichter ausblasen ließ.

29

Cassandra saß zur Mittagszeit in einem schwarzen Rock und einer cremefarbenen Bluse in ihrem Büro und war mit den Nerven am Ende, weil sowohl von ihrem Vater als auch von Brock jede Spur fehlte. Keiner von beiden ging ans Telefon, und sie hatte ein ungutes Gefühl. Es verwandelte sich in Entsetzen, als zwei Soldaten vor ihrer Tür erschienen.

»Sie müssen mit uns kommen, Miss Powell«, verkündete einer der beiden.

Ihr Herz hämmerte gegen die Rippen. Gott sei Dank hielt sie gerade ihr Handy in der Hand. Sie hoffte inständig, dass Michael alles würde mithören können, wählte seine Nummer mit der Kurzwahltaste und ließ das Telefon unauffällig in der Tasche ihres Blazers verschwinden. »Warum? Geht es meinem Vater gut?«

»Mit Ihrem Vater ist alles in Ordnung«, erwiderte derselbe Offizier. »Sie müssen jetzt mitkommen.«

Sie griff nach ihrer Tasche.

»Wir nehmen Ihre persönlichen Sachen«, verkündete der andere Soldat.

Sie erstarrte. »Bin ich etwa verhaftet?«

»Ja, Ma'am, das sind Sie«, bestätigte er.

Beide rückten vor und beschlagnahmten die Handtasche.

Cassandra ließ das Handy heimlich im Papierkorb verschwinden und erhob sich polternd, um mögliche Geräusche zu überdecken. »Auf wessen Befehl?«

»General Powells, Ma'am«, verkündete der führende Offizier.

Sie bemerkte, dass sie zitterte. »Was wirft man mir vor?«

»Konspiration gegen die Vereinigten Staaten von Amerika.«

Als er ihren Arm packen wollte, wich Cassandra jäh aus. »Ich gehe freiwillig mit.«

Er nickte. »Ja, Ma'am.«

»Und hören Sie auf, mich Ma'am zu nennen!« Sie atmete tief durch und streckte knackend den Rücken, während sie sich sammelte. Ihr Vater würde ihr nichts tun. Sie schwebte nicht in Gefahr. Falls man sie ins Gefängnis stecken sollte, würde sie einen Anwalt anheuern und dagegen vorgehen. Obendrein war sie verkabelt. Die Renegades würden sie finden.

Sie schritt den lang gezogenen Korridor entlang und betrat den Fahrstuhl, die Offiziere stiegen jedoch nicht ein. Stattdessen gaben sie an der Tür einen Code ein, worauf diese sich schloss und sie einsperrte.

Die Stockwerknummern auf der Anzeige über der Tür hörten beim Erdgeschoss auf zu zählen, doch der Aufzug fuhr immer weiter abwärts in einen unterirdischen Bereich, von dessen Existenz sie nichts gewusst hatte.

Plötzlich quoll Rauch aus der Decke und füllte die Kabine aus. Obwohl Cassandra den Mund bedeckte und versuchte, nicht einzuatmen, trat die Wirkung fast sofort ein. Ihr schwirrte der Kopf, dann gaben ihre Beine nach.

Cassandra erwachte blinzelnd und ohne jedes Zeitgefühl. Das Kinn war ihr auf die Brust gesunken, und ihr Nacken schmerzte. Ihre Geistesgegenwart kehrte schlagartig zurück, sie hob jäh den Kopf und zerrte an den Armen, doch sie saß mit auf dem Rücken gefesselten Händen auf einem Stuhl.

Vor ihr stand ihr Vater. Eine brünette Frau, die sie nicht kannte, und Dr. Chin, an den sie sich noch aus Groom Lake erinnerte, standen zu seiner Rechten. Hinter ihnen befand sich ein riesiger

Käfig. Sie hatte das schreckliche Gefühl, lieber nicht wissen zu wollen, welchem Zweck er diente.

Mit einem Mal bemerkte sie, dass ihre Jacke fort und die Bluse verrutscht war. Das zwischen ihren Brüsten angebrachte Kabel war ebenfalls weg. Nun war sie auf sich allein gestellt, konfrontiert mit einem Mann, den sie kaum noch als ihren Vater erkannte.

»Hi, Engelchen«, sagte er, worauf sie ihn jäh ansah. »Was macht deine Migräne?«

»Warum tust du das?«, zischte sie. Auch wenn sie kaum begriff, was los war, suchte sie den Raum nach einer Tür ab – eine, links außen – und einem Telefon, das nirgends zu entdecken war. Ihre Handtasche lag neben ihrem Vater auf einem Labortisch; sie stand offen, als wäre sie durchwühlt worden.

»Ich, meine Liebste, versuche die Sicherheit unseres großartigen Volkes zu gewährleisten«, erwiderte er trocken. »Du kannst dir gar nicht vorstellen, wie sehr es mich betrübt, dass du, mein kleines Mädchen, beschlossen hast, dich mit unseren Feinden zu verbrüdern.«

»Du meinst doch nicht etwa die Renegades?«, fragte sie. »Ist es wahr, Vater? Hast du wirklich vor, Red Dart gegen die Renegades zu richten? Jene Männer, die ihr Leben aufs Spiel setzen, um uns Adam vom Leib zu halten?«

»Sie sind alle GTECHs, Cassandra«, sagte er. »Alle bringen der Menschheit den Tod. Ich tue, was du von mir verlangt hast. Ich bringe in Ordnung, was ich in die Welt gesetzt habe. Ich begrenze den Schaden.«

»Mein Gott«, sagte sie. »Siehst du denn nicht, dass du bloß einen weiteren Albtraum lostrittst? Adam hat die Regierung infiltriert. Wenn er Red Dart nicht bekommt, bevor du ihn herausgibst, dann holt er ihn sich, sobald du es tust. Du ermöglichst ihnen die Vernichtung der Renegades, und sie sind das Einzige, was zwischen uns und den Zodius steht.«

»Adam wird nichts von mir bekommen, Cassandra«, knurrte er. Sein Gesicht lief rot an, was einem seltenen Gefühlsausbruch gleichkam. »Wann war ich je so dämlich, mir in die Karten sehen zu lassen?« Er starrte sie mit wutverzerrtem Gesicht an, ehe er sich aufrichtete. Er stülpte ihre Tasche um und wühlte sich durch den Inhalt. »Wo ist dein Handy?«

»Zu Hause«, erwiderte sie und fügte in sarkastischem Ton hinzu: »Das Klingeln war Gift für meine Migräne.«

»Wo ist dein Handy, Cassandra?«, blaffte er.

Sie wusste, worauf er aus war: Er wollte Kontakt mit Michael aufnehmen. »Zu Hause«, plärrte sie zurück, während sie einen flüchtigen Blick auf die Frau warf, die sich bisher im Hintergrund gehalten hatte. Ihr dunkles Haar und die Gesichtszüge erinnerten sie an Michael. »Ich weiß, wer Sie sind. Jocelyn Taylor. Sie sind Michaels Mutter.« Die Frau presste die Lippen zusammen, ihre Augen flackerten in einer Mischung aus Skrupel und Zorn. »Wie konnten Sie Michael nur so niederträchtig in den Rücken fallen?«

»Michael ist nie jemandem treu gewesen, außer sich selbst«, erwiderte sie, jedoch mit weniger Überzeugungskraft, als Cassandra angesichts ihrer Taten erwartet hätte.

»Kennen Sie Ihren Sohn überhaupt?«, fragte Cassandra. »Andere Menschen haben bei Michael stets Vorrang. Er setzt sein Leben immer wieder aufs Spiel, um andere zu retten.«

»Hast du etwa vergessen, dass er mich mit einem Messer bedroht hat?«, schaltete sich ihr Vater ein.

Cassandra funkelte ihn wütend an. »Wenn er deinen Tod gewollt hätte, würdest du nicht mehr leben«, erwiderte sie. »Er hat dich vor Adam gerettet, und ich denke, dass du das weißt. Du willst nur nicht derjenige sein, der gerettet werden muss. Du hast den Verstand verloren, Vater. Du steuerst auf deinen Untergang zu und reißt uns alle mit.«

»Das reicht«, schnappte Powell. »Wie lautet Michaels Nummer, Cassandra?«

»Ich weiß nicht, wie ich ihn erreichen kann«, sagte sie. »Selbst wenn ich es wüsste, warum sollte ich es ausgerechnet dir verraten?«

Er gestikulierte in Chins Richtung. »Legen Sie die Kontakte an. Verpassen Sie ihr Elektroschocks.«

Cassandra und Jocelyn schnappten gleichzeitig nach Luft. »Das traust du dich nicht«, verkündete Cassandra.

»Wie lautet die Nummer?«, wiederholte ihr Vater.

Obwohl Cassandra Todesangst hatte, kam es nicht infrage, Michael ans Messer zu liefern. Sie reckte trotzig das Kinn. »Ich weiß nicht, wie ich Michael erreichen kann.«

Ihr Vater starrte sie wütend an, dann gab er Chin ein Zeichen. »Legen Sie los.«

»Sie ist deine Tochter«, sagte Jocelyn und packte seinen Arm.

Er schüttelte sie ab. »Und Michael ist dein Sohn«, erwiderte er. »Wir müssen für das übergeordnete Wohl Opfer bringen.« Er stapfte zu den Monitoren, riss eine Schublade auf und nahm ein Walkie-Talkie heraus. »Treiben Sie Cassandras Handy oder ihre Anrufliste auf. Ich brauche eins von beiden, und zwar *jetzt.*«

Chin begann, elektrische Kontakte an ihren Armen anzubringen. Als er an ihren Haaren herumnestelte, um ein Pad am Nacken zu befestigen, schreckte sie fast hoch, aus Angst, er könnte das Symbol entdecken. Das Symbol.

Plötzlich musste sie an ihre Verbindung mit Michael denken. Konnte man sie unter Strom setzen? Wenn ja, würde dann herauskommen, dass sie ein GTECH war? War sie nun stärker? Könnte sie das Seil zerreißen?

»Es kann losgehen«, verkündete Dr. Chin.

Das Walkie-Talkie knackte. »Die Anruflisten werden gleich per E-Mail zugestellt.«

Michael marschierte im Computerraum von Neonopolis auf und ab, während Sterling, dem Caleb im Nacken saß, auf die Tastatur einhackte. »Ich hätte es nie zulassen dürfen«, sagte Michael. »Was zur Hölle hab ich mir nur dabei gedacht, als ich sie allein zur Basis geschickt habe?«

Er hielt inne und taxierte Sterling ungeduldig. »Was gefunden?« Das Signal war vor fünfzehn Minuten verschwunden. »Entweder du findest ihre genaue Position, oder ich gehe ohne dort rein.«

»Ich hab den Ping lokalisiert.« Er lehnte sich im Stuhl zurück. »Das Handy ist noch in ihrem Büro. Wahrscheinlich hat sie das Kabel abgenommen, um nicht aufzufliegen. Sie weiß, dass du sie durch eure Verbindung aufspüren kannst.«

Michael schüttelte den Kopf. »Sie würde niemals beides zurücklassen.«

Caleb richtete sich auf. »Sie befindet sich noch im Gebäude. Wenn sie bei ihrem Vater ist, ist sie in Sicherheit.«

»Du warst nicht am Telefon«, sagte Michael. »Ich habe ihrer Stimme angehört, dass die Lage ernst war.« Er begann wieder auf und ab zu marschieren, starrte zur Decke und fuhr sich übers Gesicht. »Ich hätte es nie zulassen dürfen. Ich mache mich auf die Suche.«

Michaels Handy klingelte, er riss es vom Gürtel und nahm ab.

»Hallo Michael.«

Er erstarrte innerlich zu Eis. Powell. Er warf Caleb und Sterling einen Blick zu und formte lautlos Powells Namen mit den Lippen.

»Cassandra ist bei mir. Sie und ich, wir müssen reden – allein. Es dürfte Sie interessieren, dass ich Red Dart nicht nur einsetzen, sondern den GTECHs damit unerträgliche Schmerzen zufügen kann. Jeder, der Ihnen folgt, wird es am eigenen Leib erfahren.«

Michael kehrte Caleb und Sterling den Rücken zu. Er war sich völlig im Klaren darüber, dass Powell das Heft in der Hand hielt. »Ich will mit Cassandra sprechen.«

Eine Sekunde verstrich. »Komm nicht, Michael!«, brüllte sie ins Telefon. Michael stützte sich an der Wand ab, presste den Arm an den Kopf und schloss die Augen. Wie hatte er nur so dumm sein können, sie in diese Sache hineinzuziehen?

Powell kam wieder an den Apparat. »Ich habe einen kleinen Extraansporn für Sie«, sagte Powell. »Bis Sie eintreffen, wird Cassandra alle fünfzehn Minuten einen Elektroschock bekommen.« Er sprach mit jemandem im Hintergrund. »Schocken Sie sie.«

Cassandra schrie vor Schmerz auf.

»Nein!«, brüllte Michael, als er den Stromschlag an der eigenen Wirbelsäule spürte. Es war ein dumpfer, mit seinem Lebensband geteilter Schmerz, der ihre Qual noch untermauerte. »Fahren Sie zur Hölle, Powell!«

Powell kam wieder ans Telefon. »Ihnen bleiben vierzehn Minuten bis zum nächsten Elektroschock.« Er nannte eine Adresse, die Michael in der Nähe seines Elternhauses zuordnete. Powell legte auf.

Michael befestigte das Handy an seinem Gürtel, wandte sich den anderen zu und machte sich zum Aufbruch bereit.

»Was ist eben passiert, Michael?«, wollte Caleb wissen.

»Er hat Cassandra«, erwiderte er. »Ich muss los.«

»Zeigen wir dem jämmerlichen Bastard, was Sache ist«, sagte Sterling, schon im Begriff aufzustehen.

»Ich gehe allein«, sagte Michael. »Im besten Fall will er nur mich. Im Extremfall ist es eine Falle, um Red Dart gegen uns alle zu richten. Das können wir nicht riskieren.«

»Du wirst nicht allein gehen«, widersprach Caleb.

»Bis ich dort bin, will er Cassandra alle fünfzehn Minuten einen Elektroschock geben«, sagte er. »Ich habe keine Wahl.«

Caleb fluchte. »Lass uns darüber nachdenken …«

»Mir bleiben etwa zwölf Minuten bis zum nächsten Stromschlag«, sagte Michael. »Ich gehe. Du bleibst hier und führst die Renegades. Falls Cassandra und ich nicht durchkommen, musst du dafür sorgen, dass es nicht umsonst war.« Er fügte mit Nachdruck hinzu: »Lass Powell und Adam dafür zahlen, Caleb.«

»Ist sie noch auf dem Stützpunkt? Oder bringt er sie weg?«, fragte Caleb.

»Das werde ich dir nicht sagen«, erwiderte Michael. »Ich lasse nicht zu, dass du deine Sicherheit aufs Spiel setzt.«

»Falls er sie fortgebracht hat, kann es nicht weit sein«, sagte Sterling. »Wir spüren sie via Satellit auf. Du kannst es uns also auch sagen.«

Michael wandte sich jäh an Sterling. »Caleb braucht jemand, der die Drecksarbeit erledigt, wenn ich weg bin. Der ihm Rückendeckung gibt. Falls ich nicht zurückkomme, wirst du dieser Jemand sein.« Er stürmte aus der Tür, bevor sie ihn aufhalten konnten.

30

Michael kam bei den von Powell genannten Koordinaten hinter einem verlassenen Haus zum Vorschein. Ihm blieben noch sieben Minuten bis zum nächsten Elektroschock. Zwei Soldaten versperrten ihm den Weg, wovon ihn einer nach vorn winkte.

Michael näherte sich wie befohlen dem Kellereingang, den sie jedoch links liegen ließen. Stattdessen hob der Soldat eine von Gras bedeckte Falltür an und enthüllte eine Treppe, die unter die Erdoberfläche führte, und bedeutete Michael heranzutreten. Ihnen vorausgehend, nahm er einige Stufen nach unten, die an einem engen Tunnel endeten. Er ahnte schon bald, dass der Tunnel durch eine Abzweigung mit dem Keller seiner Mutter verbunden war. Er wagte einen Versuch und griff nach dem Wind. Sollten sich auch nur die allerkleinsten Haarrisse in der Oberfläche befinden, könnte er ihn zu Hilfe rufen. Doch es gab keine.

Der weitläufige Tunnel erstreckte sich gut anderthalb Kilometer zwischen dem verlassenen Haus und dem, was vermutlich das Labor seiner Mutter war. Er stand kaum in der Tür, als er Cassandra entdeckte. »Verdammt, Michael, ich hab dir doch gesagt, dass du nicht kommen sollst!«

Wenn Cassandra nicht in einem Käfig gesessen hätte und Michael nicht stinksauer gewesen wäre, hätte er gelacht, weil sie ihm sogar unter solchen Umständen die Stirn bot. Powell hatte mittlerweile bewiesen, dass er alles tun würde, um die GTECHs zu kontrollieren. Und niemand wusste, wie weit er noch gehen würde, wenn er sogar seinem eigenen Fleisch und Blut Schaden zufügte.

»Du weißt, dass ich kommen musste, Baby«, sagte er leise. Auf der Suche nach möglichen Fluchtwegen überflog er das Labor, entdeckte jedoch nur die Tür, durch die er hereingekommen war. »Geht's dir gut?«

Sie klang gepeinigt, Tränen liefen ihr über die Wangen. »Nein. Nein, mir geht's nicht gut. Ich würde mich lieber foltern lassen, als dich herzubitten.« Sie saß mit auf dem Rücken gefesselten Armen auf einem Stuhl, an unterschiedlichen Stellen ihres Körpers befanden sich unter Strom stehende Drähte. Sonst war niemand zu sehen.

»In den Käfig mit Ihnen«, schallte Powells Stimme aus der Sprechanlage.

Michael sog scharf die Luft ein. Wenn er erst im Käfig saß, könnte er so gut wie nichts mehr tun, um Cassandra dort rauszuholen.

»Sie ist mit einem Fernregler verbunden«, fügte Powell hinzu. »Ein Knopfdruck genügt, um Strom durch die Drähte fließen zu lassen. Soll ich es demonstrieren?«

»Sie Dreckskerl!«, knurrte Michael. »Sie ist Ihre Tochter!«

Cassandra weinte nun heftiger. »Tu es nicht, Michael. Komm nicht in den Käfig.«

Na schön, er würde da reingehen, jedoch nicht drinnen bleiben. Michael stürmte auf den Käfig zu. Durch das zusätzliche Chromosom beflügelt, durchquerte er den Raum mit dem Tempo eines GTECHs auf Speed. Er hob Cassandra samt Stuhl hoch und erstarrte. Cassandra schnappte nach Luft und vergrub das Gesicht an Michaels Schulter. Brock stand bewaffnet im Eingang des Käfigs, seine Augen waren so schwarz wie Kohlestücke. Er konnte unmöglich ein GTECH sein. Um das zu erreichen, musste man monatelange Injektionen über sich ergehen lassen.

»Green Hornets«, verkündete Brock. »Mit schönen Grüßen von Ihrer Mutter.«

Michael bemerkte, dass Brocks Hand zitterte. Was auch immer Powell mit ihm angestellt hatte, lief nicht besonders gut, und dem wirren Gesichtsausdruck nach zu urteilen, war der Mann instabil. »Ganz ruhig, Mann«, sagte er. »Ich ziehe mich zurück.« Michael ging langsam zurück in den Käfig und setzte Cassandra ab. Er machte sich daran, die Drähte zu entfernen.

»Nehmen Sie die Finger von ihr, Michael«, befahl Powells Stimme aus der Sprechanlage.

Brock entsicherte die Waffe. »Sie haben ihn gehört.«

Ohne Brock aus den Augen zu lassen, folgte Michael zögernd dem Befehl. »Ist es das, was Sie wollen?«, fragte er Brock. »Als aufgemotzter GTECH nach Powells Pfeife zu tanzen? Er benutzt Sie, Mann. Das nimmt kein gutes Ende.«

»Schnauze!«, brüllte er. »Schnauze halten!«

Etwas knackte, worauf Michael herumwirbelte und in den Lauf einer Waffe blickte, die aus einem Loch in der Decke ragte. *Cassandra!*

Michael versuchte sie abzuschirmen, so wie er sie vor Trackern abschirmen konnte, nun, da sie verbunden waren. Innerhalb weniger Sekunden gelangte er in ihr Innerstes, verknüpfte ihr neues Band und errichtete einen mentalen Schutzwall um sie – gerade noch rechtzeitig. Ein rotes Licht leuchtete auf seiner Brust. Kurz bevor Michael durchgeschüttelt wurde, dröhnte Powells Gelächter durch den Raum.

Michael ging zitternd zu Boden, Schwärze drohte, ihn zu verzehren. Er konzentrierte sich ausschließlich darauf, den Schutzwall aufrechtzuerhalten, und dennoch konnte er Cassandra entfernt schreien hören. *Ich mache Sie kalt, Powell!*, rief er in Gedanken, bevor die Schatten ihn verschlangen.

»Michael!« Tränen liefen über Cassandras Wangen, als sie mit ansehen musste, wie er mit dem Gesicht nach unten und von

Kopf bis Fuß zitternd zusammenbrach. Ihr leidenschaftlicher, wundervoller Krieger, vom eigenen Vater zu Fall gebracht. Dennoch konnte sie ihn im Geiste wahrnehmen – irgendwie beschützte er sie trotz allem. Brock lag ebenfalls zappelnd am Boden. Was immer Red Dart auch war, er differenzierte nicht zwischen den GTECHs. Wenn er auf einen Soldaten einwirkte, dann betraf es alle.

Ein anderer Soldat betrat den Raum, schnappte sich Cassandra samt Stuhl und schleppte sie aus dem Käfig, während die Tür hinter ihnen ins Schloss fiel.

»Er wird Ihnen dasselbe antun«, sagte sie, als er sie ein paar Meter weiter absetzte. »Wollen Sie das?«

Der Soldat ignorierte sie und marschierte davon, als habe sie nichts gesagt. Natürlich. Ihr Vater hatte ihn auf irgendeine Art in der Hand. Ihr Vater, der Strippenzieher.

Cassandra hörte eine Stimme und wandte sich der Tür zu. Powell, Jocelyn und Chin spazierten herein. Jocelyn eilte zum Computerpanel und betätigte irgendwelche Knöpfe, während sie mit Powell redete. »Du kannst ihn nicht in diesem Zustand belassen, ohne ihm Schaden zuzufügen.« Sie drehte sich zu Powell um. »General!«

Ihr Vater verzog das Gesicht. »West war wesentlich länger in diesem Zustand als Michael«, sagte er. »Wirst du etwa weich, weil es sich um deinen Sohn handelt?«

»Sieh dir doch an, was aus Brock geworden ist!« Sie zeigte mit zitternder Hand auf ihn und verschränkte dann die Arme vor dem Körper, als wollte sie das Zittern verbergen. »Wenn er uns zum Sieg führen soll«, sagte sie, »muss er zurechnungsfähig sein.«

»Vater«, sagte Cassandra. »Hör auf! Hör auf, ihn zu quälen!« Sie wusste, dass es ein Fehler war, doch aus Angst um Michael offenbarte sie sich. »Er ist mein Lebensband. Wenn du ihn tötest, bringst du auch mich um.«

In fassungslosem Schweigen drehten sich alle um und starrten sie an. Powell winkte Chin nach vorn. Er überprüfte ihren Nacken und nickte. »Sie trägt das Symbol.«

Powell zog eine Augenbraue hoch, dann brach er in Gelächter aus. Er warf die Arme feierlich in die Luft. »Das ist perfekt.« Er packte Jocelyn und küsste sie. »Verstehst du nicht? Michael wird alles tun, was wir verlangen, um sie zu beschützen.«

Cassandra drehte sich der Magen um. Ihr Vater war krank. Wahnsinnig. Sie verschloss die Augen vor diesem Albtraum, fragte sich, wo die Renegades blieben, und wusste doch, dass sie nicht kommen würden. Dafür hatte ihr Vater gesorgt.

Als der General Jocelyn absetzte, sah Cassandra ihr in die Augen. Überraschenderweise entdeckte sie aufrichtige Reue in ihnen. Sowohl Brock als auch Jocelyn hatten Zweifel. Das kam Hoffnung gleich. Andererseits war Michael bereits mit Red Dart markiert worden. Also bedeutete Hoffnung nichts. Es gab kein Entrinnen.

Powell rieb sich die Hände und sah Chin an. »Wir haben noch Zeit, bis wir sie fortschaffen. Wie wär's, wenn wir die neue Kreation mit der alten vergleichen?« Chin lächelte zustimmend.

»Was hast du vor, Vater?«, fragte Cassandra verzweifelt.

»Bleib locker«, sagte der General. »Michael wird schnell heilen.« Er zog eine Augenbraue hoch. »Du vermutlich ebenfalls.« Angesichts seiner unterschwelligen Drohung zuckte sie zurück und versuchte, sich von den Fesseln zu befreien. Entweder war sie kein bisschen stärker als vor der Lebensbindung, oder das Seil war aus Stahl gefertigt.

Cassandra beobachtete, wie ihr Vater den um seinen Hals hängenden Regler betätigte, und warf Jocelyn einen Blick zu. »Was ist das für ein Ding? Was macht er da?«

Zu ihrer Überraschung antwortete Jocelyn, indem sie auf den Käfig zeigte, wo sich Michael und Brock aufzurappeln begannen.

»Michael!«, rief Cassandra erleichtert.

Er wandte sich ihr zu, allmählich begreifend.

Powell betätigte einen Knopf am Computer. »Lieutenant Colonel West. Sie werden Ihren Feind angreifen und besiegen«, befahl er über die Sprechanlage.

Brock stürzte sich auf Michael, boxte und trat um sich, knurrte wie ein Tier. Michael sprang zur Seite. »Ich will Sie nicht bekämpfen, West!« Er stieß West gegen die Gitterstäbe und brüllte: »Ich werde nicht wie ein Tier kämpfen!« Dann, an West gewandt: »Lassen Sie nicht zu, dass er so etwas aus Ihnen macht.«

»Helfen Sie ihnen, Jocelyn«, flehte Cassandra. Jocelyn warf ihr einen hilflosen Blick zu, und Cassandra versuchte weiter, zu ihr durchzudringen. »Zwingen Sie Michael nicht, ihn zu verletzen. Bitte. Bevor mein Vater ihnen wieder Elektroschocks gibt.«

»Ich …«, flüsterte Jocelyn. »Ich kann nicht glauben, dass Michael nicht kämpft. Ich bin völlig fassungslos. Es ist nicht so, wie ich dachte …«

»Sie werden kämpfen!«, brüllte Powell und stapfte näher an den Käfig heran.

Cassandra konzentrierte sich auf Jocelyn, während sie zu verdrängen versuchte, dass ihr Vater wieder den Regler benutzte. »Michael ist ein guter Mensch, Jocelyn. Er ist ein *guter* Mensch. Mein Vater nicht. Helfen Sie ihm nicht.«

»Kämpft!«, brüllte Powell wieder.

Brock ging mit einem markerschütternden Schrei zu Boden, der durch Cassandras Nervenenden schoss. Brock lag mit dem Gesicht nach unten zitternd am Boden. Michael stand aufrecht.

»Was geht hier vor, Jocelyn?«, forderte Powell, während er am Regler herumfummelte.

Brock zuckte inzwischen so stark, dass er kurz davor war, zu krampfen. Michael war hingegen kaum etwas anzumerken. Ihr

Vater stürmte mit hochrotem Kopf zum Labortisch, sein Gesicht war vor Zorn zu einer brutalen Fratze verzerrt. »Ich sagte … was *zur Hölle* geht hier vor?«

Jocelyn hatte die Hand vor den Mund geschlagen, während Powell sie schüttelte. »Jocelyn!«, brüllte er.

»Ich weiß es nicht«, sagte sie und setzte sich abrupt in Bewegung, raste zum Computer und gab etwas ein. »Ich weiß es nicht.« Sie schlug sich gegen die Stirn und sah Powell an. »Es ist, als wäre Red Dart aus seinem System verschwunden.«

»Wie ist das möglich?«, verlangte er zu wissen.

»Ich versuche es herauszufinden«, sagte Jocelyn, und eilte zu den Computern, die die rechte Wand einnahmen. »Ich muss mir meine Forschungsarbeit ansehen. Ich brauche …«

»Wo ist Chin?«, brüllte Powell und schnitt ihr das Wort ab. »Chin!«

Nichts. Der Arzt war verschwunden.

»O mein Gott«, murmelte Jocelyn.

Cassandra drehte sich um, um das bleiche Gesicht der Frau sehen zu können. »Was?« Eine Vorahnung drehte ihr den Magen um. »Was ist los? Was ist?«

»Chins E-Mails sind noch geöffnet«, sagte sie. »Hier steht, dass die Zodius-Soldaten kommen.«

»Wir haben grünes Licht für Zoff«, sagte Sterling und lehnte sich vom Computer zurück. »Da gibt's Action. Jede Menge. Sechs Kilometer von Jocelyn Taylors Haus entfernt. Mindestens zwanzig Soldaten sind aus dem Nichts aufgetaucht.« Windwalker. »Dreiste Mistkerle. Am helllichten Tag.«

Caleb und Damion tauchten hinter Sterlings Schulter auf und nuschelten Flüche, ehe Caleb das Bereitschaftsteam über ein Ohrmikrofon kontaktierte, um es in Bewegung zu setzen.

Sterling hatte sich schon erhoben und wandte sich an Caleb.

»Du weißt, dass das eine Falle sein könnte«, sagte er. »Wir könnten alle mit Red Dart markiert werden.«

»Ich habe keine Lust, mir bis in alle Ewigkeit wegen einer Red-Dart-Falle den Kopf zerbrechen zu müssen, wenn wir Sunrise City verlassen wollen«, sagte Caleb. »Wir sind hergekommen, um die Sache zu beenden. Bringen wir's zu Ende.«

»Ganz meine Wellenlänge«, stimmte Sterling zu.

»Wenn wir nicht zu spät kommen«, warf Damion grimmig ein.

Sterling warf ihm einen strengen Blick zu. »Quatsch keinen Mist. Wir kommen nicht zu spät.« Er zeigte mit einem Finger auf Damions Kopf, als die drei zur Startrampe von Neonopolis aufbrachen, die sie für ihre Einsätze nutzten. »Du musst positiv denken, Mann. Wir sind Renegades.« Sie würden ihre Männer nach Hause holen. Oder bei dem Versuch draufgehen.

31

Die Zodius-Soldaten kommen. Jocelyn hatte es kaum ausgesprochen, da stürzte Powell zur Tür hinaus, dass Cassandra ihm nur noch hinterherstarren konnte. Jocelyn begann panisch auf und ab zu laufen. »Ich weiß nicht, was ich tun soll.«

»Lassen Sie Michael frei!«, rief Cassandra. »Er ist unsere einzige Chance. Lassen Sie ihn raus.«

Cassandras Selbsterhaltungstrieb schaltete sich ein, Adrenalin schoss durch ihre Blutbahn. Sie zerrte an den Fesseln und spürte, wie sie endlich nachgaben. Ein kurzer Ruck, und sie lösten sich. Gott sei Dank! Sie packte Jocelyn. »Wie öffnet man den Käfig?« Aus dem Korridor drangen Schreie und Schritte herein.

»Verdammt, Mutter!«, brüllte Michael. »Mach auf!«

Cassandra packte Jocelyns Arme. »Er ist unsere einzige Chance. Lassen Sie ihn raus.«

Jocelyn stierte Cassandra mit großen Augen an und nickte. »Die blaue Taste über dem Ziffernblock des Computers.«

Cassandra stand in Windeseile vor dem Rechner und betätigte die Taste, kurz darauf war Michael frei. Cassandra rutschte das Herz in die Hose, als ein Zodius mit gezogener Waffe in der Tür erschien. Michael stürzte sich mit solcher Geschwindigkeit auf den Feind, dass er nur noch als verschwommener Fleck zu erkennen war, bevor er mit ihm zusammenprallte.

Jocelyn schubste Cassandra vom Computer weg und begann zu tippen. »Ich muss Red Dart vernichten. Und das Programm löschen. Das Labor und alles, was sich darin befindet, ist mit einem Selbstzerstörungsmechanismus versehen.«

Cassandra hörte sie zwar, konzentrierte sich aber auf den Kampf, der bei der Tür im Gange war. Michael entriss dem Soldaten die Waffe und schoss ihm zwischen die Augen. Als der Feind und nicht Michael zusammensackte, stieß Cassandra einen erleichterten Seufzer aus.

Michael schleifte die Leiche ins Labor und begann, die Waffen zu entfernen. Währenddessen schloss er die Tür. Geschosse hagelten krachend gegen den Stahl, dann wurde die Tür mit Fausthieben bearbeitet. »Hier können wir nicht raus. In spätestens einer Minute haben sie die Tür aus den Angeln gerissen.«

»Geheimtür hinter dem Käfig«, sagte Jocelyn, die immer noch am Computer zugange war.

Michael ging auf die beiden Frauen zu. »Abmarsch.«

»Warte«, sagte Jocelyn. Sie hantierte an dem Gerät neben dem Rechner und bediente wieder die Tastatur. »Ich brauche noch eine Minute.«

»Wir haben keine Minute«, grollte Michael und schnappte sich Cassandras Hand. Vor dem Labor wurde lautstark diskutiert, wie man die Tür demolieren könnte, ohne alles in Schutt und Asche zu legen.

Jocelyn sah auf. »Genau genommen«, sagte sie und drückte eine letzte Taste, »bleiben dir exakt fünf Minuten, bis alles, was mit Red Dart zusammenhängt und sich nicht in meinem Kopf befindet, in Flammen aufgeht. Samt Labor und allem.« Sie steuerten auf den hinteren Bereich des Labors zu. Irgendetwas explodierte im Korridor. Die Tür wackelte, hielt aber stand.

»Wir müssen Brock mitnehmen!«, verlangte Jocelyn.

Michael knurrte halb. »Er ist ein wandelnder Peilsender.«

»Ich brauche ihn, um ein Antidot entwickeln zu können, falls Red Dart je wieder auftauchen sollte. Bitte. Wir brauchen ihn.«

Michael ließ Cassandras Hand unentschlossen los, trat in den Käfig und war binnen einer Sekunde wieder draußen. »Er ist tot«, sagte er, nachdem er seinen Puls überprüft hatte. Als er sie gerade mit der Waffe vorwärts winkte, flog die Tür in die Luft. »Los! Los! Los!«, brüllte Michael und gab einige Salven ab.

Jocelyn packte Cassandras Arm und zerrte sie vorwärts, dann gab sie einen Code an einer Schalttafel ein. Stählerne Schiebetüren öffneten sich zu einem Treppenhaus.

Geschützfeuer krachte hinter und über ihnen. Cassandra verspürte einen Anflug von Hoffnung. Ein anderer als Michael eröffnete das Feuer gegen die Zodius. *Bitte, lieber Gott,* betete sie, *lass es die Renegades sein, nicht die Männer meines Vaters.*

Jocelyn setzte sich bereits in Bewegung, doch Cassandra würde sich ohne Michael nicht vom Fleck bewegen. Sie hörte, wie er noch einmal schoss, und stieß erleichtert den Atem aus, als er im Korridor sichtbar wurde.

Cassandra drückte den markierten Schalter, um die Türen zu schließen. Sie rannte mit Michael die Stufen hinauf.

Er riss sein Handy vom Gürtel, um zu überprüfen, ob er ein Signal empfing. Als er eines in der Nähe des Ausgangs entdeckte, explodierte etwa zur gleichen Zeit hinter ihnen die Tür.

»Wir sind im Haus«, sagte er ins Telefon.

Jocelyn rief über die Schulter: »Küche.«

»Küche«, wiederholte Michael.

Fast gleichzeitig wurde direkt über ihnen geschossen, eine Tür ging auf und enthüllte Sterling und Caleb. »Hier fliegt gleich alles in die Luft«, rief Michael, während er die Frauen vorwärtsschob.

Sterling packte Jocelyn und ergriff die Flucht, dicht gefolgt von Caleb. Michael streckte die Hand nach Cassandra aus, um ihnen zu folgen, doch aus dem Tunnel wurde geschossen.

Er schloss die Tür zum Tunnel mit einem Tritt. »Lauf! Mach, dass du hier rauskommst!«, rief er Cassandra zu. »Ich halte sie in Schach, bis du draußen bist.«

»Nicht ohne dich!«, schrie sie.

Die von der Küche ins Wohnzimmer führende Schwingtür wurde plötzlich aufgestoßen. Ein Zodius packte Cassandra und zerrte sie ins andere Zimmer. Michaels Herzschlag setzte kurz aus, er stürzte ihr nach, doch die Tür fiel zu, und er wurde von allen Seiten unter Beschuss genommen. Er erwiderte das Feuer, drückte die Tür auf und suchte Cassandra. Doch es war zu spät. Der Zodius hatte sie schon durch den Haupteingang auf die Veranda gezerrt.

Er verließ das Haus mit dem Wind, entschlossen, der Sache ein Ende zu bereiten. Als er sich auf dem Rasen materialisierte, explodierte das Haus mit solcher Wucht, dass er und jeder im Umkreis von drei Metern zu Boden geschleudert wurden. Michael landete auf dem Bauch, fing sich rasch wieder und konnte nur an eines denken – Cassandra. Vom Boden aus hielt er Ausschau nach ihr und stellte erleichtert fest, dass sie lebte. Allerdings befanden sie und Sterling sich in der Gewalt von Zodius-Soldaten, die jedem ein Messer an die Kehle drückten. Gegenüber von ihnen stand Caleb, der Powell ebenfalls mit einem Messer in Schach hielt. In dieser Pattsituation standen sich Zodius und Renegades in direkter Konfrontation kampfbereit gegenüber.

Michael rührte sich nicht vom Fleck, als Tad Benson, den er als kaltblütigen Killer kennengelernt hatte, seine Forderung stellte. »Der General gegen seine Tochter«, eröffnete Tad die Verhandlung.

Caleb war gezwungen, sich zu entscheiden. Lieferte er Powell aus, dann würde dieser den Zodius den Red-Dart-Kristall geben. Tat er es nicht, würde Tad Cassandra und Sterling umbringen. Daran zweifelten weder Michael noch Caleb.

Michaels Mutter kam von der Seite herangekrochen. »Powell kann ihnen Red Dart nicht geben, falls dir das Sorgen macht«, flüsterte sie. Sie griff in ihre Tasche und gab ihm den Kristall. »Ich habe zwar die Daten gelöscht, aber den Kristall behalten. Er gehört jetzt dir.«

Michael sog scharf die Luft ein. Er konnte kaum glauben, was seine Mutter gerade getan hatte. Sie hatte nicht alles zerstört, sondern nur jeden in dem Glauben gelassen. Doch statt den Kristall für persönliche Ziele zu nutzen, gab sie ihn her, und nun stand es ihm frei, diese Schlacht zu beenden, ohne befürchten zu müssen, dass Powell durch Red Dart immer noch am längeren Hebel saß.

Michael entfesselte seine Macht. Winde von Orkanstärke umpeitschten sie und verschonten nur Michael. Er rannte zu Cassandra, wissend, dass er solch kräftige Windböen allerhöchstens eine Minute lang aufrechthalten konnte. Er entriss Tad das Messer, befreite Cassandra und wirbelte zu Sterling herum. Mit einer blitzschnellen Drehung aus dem Handgelenk schnappte er sich die Waffe des Soldaten und schoss ihm zwischen die Augen. Er drehte sich um, um Tad ebenfalls eine Kugel zu verpassen, doch der Wind ließ nach, und Tad verschwand in einer Bö.

Der gerade getötete Soldat sackte neben Cassandra zusammen. Sie stieß einen entsetzten Schrei aus und gab den Auftakt zum totalen Krieg der Renegades gegen die Zodius.

Michael entdeckte Powell und beobachtete ihn in dem Moment, als er sich von der Gruppe entfernte. Caleb hatte ihn loslassen müssen, um sich selbst zu verteidigen. Powell rannte mit Vollgas davon. Als er sich aus dem Staub machte, musste sich Michael zwischen ihm und Cassandra entscheiden. Was keine Entscheidung war.

Mit einem leisen Fluch ließ Michael Powell laufen, half Cassandra aufzustehen und brachte sie mit dem Wind zu seiner Mutter. »Lauft!«, brüllte er.

Powell jagte durch den Wald und hielt auf einen Tunnel zu, der in anderthalb Kilometern Entfernung lag. Das Geräusch nahebei heulender Wölfe durchlöcherte die Luft und beflügelte sein Adrenalin. Schneller. Er musste schneller laufen. Unvermittelt barst der Wind. Vor ihm erschien Lucian, brachte ihn jäh zum Stillstand.

»Lange nicht gesehen, General«, sagte Lucian, wobei er auf die Zeit anspielte, als er unter Powell in Groom Lake gedient hatte.

»Nicht lange genug«, erwiderte Powell und zielte mit der Glock auf Lucian, die er vor seiner Flucht aus dem Labor mitgenommen hatte. »Vorsicht, Verräter. Ich würde Ihnen mit Freuden eine Green Hornet zwischen die Augen verpassen.«

»Dieser *Verräter*, wie Sie mich nennen, ist Ihre einzige Chance zu entkommen«, sagte Lucian. »Nicht nur die Renegades, auch die Zodius wollen Ihr Blut sehen, General.«

»Ich weiß nicht, welches Spiel Sie spielen, aber heben Sie es sich für einen Dummen auf«, sagte der General. »Ich weiß, dass Sie zu Adam gehören.«

»Ich bin jetzt freier Agent«, verkündete Lucian. »Sie bekommen die Gelegenheit, sich als erster Rekrut zu melden.«

General Powell zog eine Augenbraue hoch. »Warum sollte ich das tun?«

»Weil Sie keine Wahl haben«, erwiderte er. »Wenn Adam Sie in die Finger bekommt, macht er Sie kalt. Oder Sie verrotten in einer Zelle, falls Caleb schneller ist. Erklären Sie sich bereit, mit mir zu arbeiten, und ich bringe ich Sie mit dem Wind hier raus. Dann legen wir uns etwas zurecht, womit wir Adam und Caleb zeigen können, wer wirklich das Sagen hat.«

»Das Windwalking könnte mich umbringen«, sagte er.

»Genau wie Adam.«

»Woher soll ich wissen, dass Sie mich nicht zu Adam bringen?«

»Weil Sie noch leben, General«, sagte er. »Ich hätte mich problemlos von hinten anschleichen und Ihnen die Kehle durchschneiden können. Allerdings haben Sie Ressourcen, die ich will.« Schritte hallten durch die Luft, hastige Bewegungen. »Jetzt oder nie, General.«

Der General überlegte noch einen Augenblick, dann ließ er die Waffe sinken. Lucian dachte vielleicht, nun das Heft in der Hand zu haben, doch Powell bezweifelte nicht, dem schnell Abhilfe schaffen zu können. Auch wenn er bei der Explosion den Kristall verloren hatte, besaß er immer noch etwas vom Serum und zwölf GTECH-bereite Soldaten. Da er nun wusste, was das Serum mit einem Menschen anrichten konnte, würde er nächstes Mal vorsichtiger sein. Und Vorkehrungen treffen. Er würde Notschalter in den Gehirnen der Probanden implantieren, bevor er ihnen die Freiheit schenkte, und etwas konzipieren, das mit der begrenzten menschlichen Kraft kompatibel war und verdeckte Handlungen enthielt. Es war noch nicht vorbei. Alles, was er tun musste, war, das Windwalking zu überstehen.

»Tun Sie es«, befahl Powell. Lucian trat nach vorn und packte ihn. Der Wind trug sie davon.

Michael rief noch einen orkanartigen Sturm herbei. Zodius und Renegades stolperten und kämpften gleichermaßen, doch Tad brüllte über das Tosen hinweg: »Rückzug!«

Als der Wind erstarb, verschwanden die Zodius-Soldaten in ihren eigenen Böen und ergriffen die Flucht, solange sie noch konnten.

Löschfahrzeuge fuhren mit quietschenden Reifen in die Auffahrt. Männer eilten aus den Fahrzeugen, um die Flammen hinter ihnen zu bekämpfen. Die Renegades verschwanden im Wind, bevor man sie entdecken konnte. Einige machten sich auf die Suche nach Powell. Caleb würde Kontakt mit der Regierung aufnehmen und das Feuer erklären müssen, um sich anschließend zu bemühen, die Beziehung wieder aufzubauen, die Powell zerstört hatte. Ein schwieriges Unterfangen, da sie keine Ahnung hatten, wem sie trauen konnten.

Cassandra rannte zu Michael und schlang die Arme um ihn. »Gott sei Dank, es geht dir gut.«

Er nahm sie in die Arme und empfand eine Wärme, wie er sie noch nie gespürt hatte. Heute hatte sie gesehen, wie er getötet hatte, und akzeptierte ihn dennoch fraglos. »Es macht mich wahnsinnig, dass ich deine Folter nicht verhindert habe.«

»Zwei Jahre ohne dich waren Folter«, erwiderte sie.

Als seine Mutter auf sie zukam, schlang sie die Arme um den Körper und schien sich unbehaglich zu fühlen. Sie sah Cassandra an. »Ich bin so froh, dass es Ihnen gut geht. Ich ... na ja ... ich weiß nicht, wie ich mich entschuldigen kann. Ich habe Sie falsch eingeschätzt. Ich ... habe Ihren Vater falsch eingeschätzt.«

Cassandra schmiegte sich dichter an Michael, als wüsste sie, dass er ihre Wärme brauchte. »Wir leben, und es ist vorbei. Nur das zählt jetzt.«

Jocelyn nickte und warf einen zaghaften Blick auf Michael. »Ich schwöre, ich hatte keine Ahnung, worauf ich mich einließ. Ich dachte ... nun, viele Dinge, die jetzt verdreht wirken. Offenbar neige ich dazu, mir die falschen Männer auszusuchen.«

Michael wusste nicht, was er dazu sagen sollte. Jahrelang war er davon ausgegangen, seine Mutter sei genauso übel wie sein Vater, und er war sich nicht sicher, ob er bereit war, sie in einem anderen Licht zu betrachten. Diese Haltung hatte einen Großteil seines Lebens bestimmt und auch, wie er sich selbst sah. Doch heute hatte sie sich für ihn und die Renegades eingesetzt.

Letzten Endes hatte sie Cassandra das Leben gerettet, indem sie ihm den Kristall gab, statt ihn zu verstecken. Vermutlich hatte sie sogar Sterling gerettet. Sie trafen eine stillschweigende Übereinkunft, wodurch auf beiden Seiten ein gewisser, wenn auch begrenzter Respekt entstand. Das war gut, wenn man bedachte, dass sie die einzige lebende Person war, die Red Dart zum Laufen bringen konnte. Sie würde zu ihrem eigenen Schutz mit nach Sunrise City kommen, und Caleb würde entscheiden, was mit dem Kristall geschehen sollte. Michael gab Damion ein Zeichen und erteilte den Befehl.

Seine Mutter nahm es widerspruchslos hin. »Ich kann den Renegades helfen«, sagte sie. »Ich will es.«

Das Geräusch gleichzeitig heulender Wölfe sandte eine Warnung durch Michael. Er suchte Caleb und stellte Blickkontakt her. Adam war da. Beide nahmen ihn wahr, kurz bevor er von mehreren Wölfen umringt aus den Wäldern kam.

Michael gab Damion ein Handzeichen, worauf dieser neben ihn trat. »Geh mit Damion, Cassandra«, befahl er.

»Michael ...«

»Ich sagte, geh mit Damion«, wiederholte er. »Ich muss dich in Sicherheit wissen.«

Sie nickte zögernd, stellte sich auf die Zehenspitzen und küsste seine Wange. »Pass auf dich auf.«

Michael, Caleb und Sterling gingen auf Adam zu. In der näheren Umgebung befanden sich zu viele Zivilisten, um unentdeckt mit dem Wind gehen zu können. Michael und Sterling hielten sich im Hintergrund, während Caleb vortrat und sich Adam stellte. Zwei mächtige Persönlichkeiten, die einander ähnelten und doch so verschieden waren. Der eine strahlte magische, inspirierende und motivierende Werte aus. Der andere lediglich Boshaftigkeit und Finsternis, das Versprechen auf Zerstörung.

Sie unterhielten sich mit gedämpften Stimmen, zu leise, als dass Michael und Sterling sie hätten verstehen können. Bis Adam mit den heulenden Wölfen im Wind verschwand, schien eine Ewigkeit zu vergehen.

Caleb machte kehrt und kam zu ihnen zurück. Mit straff gespanntem Kiefer blickte er grimmig drein. Er sagte kein Wort, als er zwischen sie trat und per Handzeichen den Aufbruch signalisierte. Die drei Männer verschwanden im Wind – der Anführer der Renegades und die beiden Soldaten, denen er am meisten vertraute.

Worte waren überflüssig. Michael und Sterling wussten das Wichtigste. Der Krieg war nicht vorbei. Tatsächlich könnte er gerade erst begonnen haben.

Stunden, nachdem er Caleb geschworen hatte, einen Renegade nach dem anderen auszulöschen, bis sich sein Bruder den Zodius anschloss, thronte Adam am Tisch des Kolosseums und wartete auf den Beginn des Hauptereignisses. Ava saß bei ihm, Dr. Chin und Tad hatten gegenüber Platz genommen.

»Ich bin ja so aufgeregt, weil Sie hier sind, Dr. Chin«, sagte Ava und streichelte ihren Bauch. »Jetzt weiß ich, dass ich ein gesundes Baby zur Welt bringen werde.« Sie lächelte Tad an. »Und dank dir ist er bei uns.«

Tad neigte den Kopf. »Ich bin dir wie immer treu ergeben.« Ava strahlte vor Freude, was Adam zufriedenstellte. Avas Glück über Chins Ankunft ließ ihn spielend über Tads Versagen hinwegsehen – vorerst zumindest. Das GTECH-Serum, das Chin aus Powells Labor mitgebracht hatte, trug ebenso dazu bei, auch wenn es derzeit nur in begrenzter Menge vorhanden war. Dass ihm die sofortige Realisierung von Red Dart durch die Lappen gegangen war, war zwar enttäuschend, doch irgendwann würden sie es schaffen.

»Vielleicht birgt Ihr Kind«, sagte Chin, »das Geheimnis zur Neugestaltung des Serums.«

Sein Kind, dachte Adam. Ja. Sein Kind war die Zukunft. Heute Nacht lag etwas Bedeutungsvolles in der Luft, dachte Adam, während er Chin zuprostete und anschließend allen anderen am Tisch. »Auf die Zukunft der Zodius-Nation.«

Er wusste, dass die Renegades der Meinung waren, mit der Vernichtung von Red Dart einen Sieg errungen zu haben, doch schon bald würden sie erkennen, dass das ein Irrtum war. Adams Vorhaben, die Zodius-Bewegung zu vergrößern, hatte gerade erst begonnen.

Die Schwachen würden ausradiert werden, und Adam würde eine Welt bar jeder Vorstellungskraft regieren. Eine Welt ohne Differenzierungen. Eine Nation unter seinem Kommando. Eine *Zodius*-Nation.

Epilog

Cassandra stand im Konferenzzimmer und betrachtete die zahlreichen, mit bunten Pinnnadeln übersäten Landkarten. Ihre Frauengruppe, die sich mittlerweile die »Wächterinnen« nannte, hatte gerade ihr Meeting beendet. Es erfüllte sie mit Stolz, dass die Wächterinnen innerhalb eines Monats ein eindeutiges Muster bei den Entführungen hatten erkennen können. Sie waren bis zu Caleb durchgedrungen, um ein ziviles und militärisches Warnsystem auf die Beine zu stellen. Und das war erst der Anfang.

Michaels Mutter war ebenfalls dort und hatte sich rasch in das wissenschaftliche Team eingefunden. Von ihrem Vater fehlte jede Spur. Die Regierung beteuerte, nichts von seinem Verbleib zu wissen, allerdings war keiner der Renegades wirklich überzeugt davon. Sie versuchte, nicht darüber nachzudenken. Den Kristall hatte man sicher verwahrt, statt ihn zu zerstören. Caleb war nicht bereit, auf eine Waffe zu verzichten, die eines Tages von Nutzen sein könnte, um die Welt zu retten.

Cassandra hatte durch das Lebensband noch keine spezielle Gabe entwickelt, wie beispielsweise Avas Vermögen, andere einer Gehirnwäsche zu unterziehen. Dennoch würde sie alles willkommen heißen, was im Krieg gegen Adam hilfreich sein konnte.

»Ich möchte dir was zeigen«, sagte Michael, als er im Türrahmen erschien und die Lücke durch seinen massiven Körper schrumpfen ließ. Bei seinem Anblick holte sie tief Luft. Es erstaunte sie jedes Mal aufs Neue, mit welcher Leichtigkeit er auf ihre Sinne wirkte. Überrascht stellte sie fest, dass er keine Tarnkleidung trug, sondern eine ausgebleichte Jeans und ein bequemes blaues T-Shirt, das sich um seine breite Brust spannte.

»Du trägst ja keine Arbeitsklamotten«, sagte sie.

»Hab mir den Nachmittag freigenommen«, erwiderte er und streckte die Hand aus.

Nur ein paar Minuten später standen sie auf dem Gipfel eines überwältigenden Bergs am Rande des Grand Canyon. Zu ihren Füßen lagen eine Decke und ein Picknickkorb, den Emma gepackt hatte. Hingerissen bewunderte Cassandra die Aussicht. Das Reisen mit dem Wind eröffnete fantastische Möglichkeiten.

»Es ist überwältigend«, sagte sie und vergaß den um sie tobenden Krieg. Stattdessen hieß sie den Augenblick willkommen, gemeinsam mit dem Mann, den sie liebte. Sie lachte. »Außer mir glaubt wahrscheinlich keiner, dass du ein Picknick vorbereiten würdest.«

Er lachte nicht, wie sie eigentlich erwartet hatte, dabei liebte sie es so sehr, ihn zum Lachen zu bringen. Stattdessen bettete er sie auf die Decke und beugte sich mit sanften Augen über sie. »Du hast mein Leben auf eine Weise verändert, die ich nicht in Worte fassen kann.«

Mit vor Rührung enger Brust berührte sie seinen Kiefer. »Und du meines«, erwiderte sie.

Er küsste sie mit einer Zärtlichkeit, die sie mit Liebe erfüllte. Michael vervollständigte sie.

Danksagung

Es gibt so viele Menschen, die mich bei der Entstehung dieses Buchs und der folgenden Serie unterstützt haben. In erster Linie geht ein Dankeschön an Deb Werksman und das ganze Sourcebooks-Team für ihren Enthusiasmus, der sich in jedem Schritt zeigte, von der Manuskripteinreichung bis hin zum Druck. Rachel Dawn Carrington und Cathryn Fox – ihr seid großartige Freunde. Danke an Janice, die die Abgabetermine mit mir durchlebt und den Text immer wieder gelesen hat. Du hast ihn besser gemacht. Und schließlich, jedoch am wichtigsten, ein ganz dicker Dank an Donna Grant für die vielen speziellen Möglichkeiten, diesem Buch in die Regale zu verhelfen. Du rockst – mehr gibt es dazu nicht zu sagen.